Fred Khumalo

BEVOR WIR STERBEN, TANZEN WIR

Roman

Aus dem Englischen von
Christiane Seidel

InterKontinental

1. Auflage 2023

Stefanie Hirsbrunner | Karla Kutzner | Venice Trommer
Kantstr. 97 | 10627 Berlin

Lektorat Claudia Jürgens, Berlin
Gestaltung und Satz Ursula Steinhoff
Druck und Bindung Druck und Werte GmbH, Leipzig
Printed in Germany
ISBN 978-3-9823281-4-0

www.interkontinental-verlag.de

Originalausgabe:
DANCING THE DEATH DRILL

Klimaneutral
Druckprodukt
ClimatePartner.com/13676-2206-1172

All den unbesungenen Held*innen der
von Menschen gemachten Kriege.
All den tapferen Seelen, die sich noch an Bord
der *Mendi* befanden, als sie unterging.

KAPITEL 1

Frankreich, 1958

Als die beiden Männer an jenem Nachmittag das Restaurant betraten, schaute Jean-Jacques Henri, der Oberkellner im Tour d'Argent, auf den Fluss hinaus und träumte von seinem kurz bevorstehenden Ruhestand.

Rasch fasste er sich wieder, nahm den Männern die Mäntel ab und führte sie zu einem Tisch mit Blick auf Notre Dame und die nahe Seine. Sie ließen ein anerkennendes *Oh* und *Ah* hören. Obwohl Jean-Jacques mit den beiden Gästen höfliche Floskeln in makellosem Französisch austauschte, sah er sie nicht direkt an. Manche hätten das unhöflich gefunden, andere hätten ihn für schüchtern gehalten. In beiden Fällen hätten sie danebengelegen. Jean-Jacques hatte ein peinliches Geheimnis: Sein linkes Auge war künstlich. In der Vergangenheit hatte das einige aufmerksame Gäste erschreckt, daher hatte er beschlossen, während der Arbeit jeglichen Blickkontakt zu vermeiden. Dieser Schachzug hatte hervorragend funktioniert, da er allen Beteiligten unnötiges Unbehagen ersparte. Aus all den Jahren, die er in diesem Etablissement gearbeitet hatte, konnte er sich lediglich an ungefähr sechs, sieben Gesichter erinnern, die er aufmerksam angesehen hatte. Und das waren ganz besondere Gäste gewesen: Greta Garbo, die eine Bemerkung über seinen tadellos gepflegten Schnurrbart gemacht hatte; General Charles de Gaulle, der gemeint hatte, er sehe aus und laufe wie ein Soldat; Miles Davis, der ihm bei einem seiner frühen Paris-Besuche mit seiner Reibeisenstimme gesagt hatte: »Ich werde Sie nicht fragen, wie Sie Ihr Auge verloren haben, weil ich weiß, Sie werden mich nicht fragen, wie ich meine Stimme verloren habe!«

Das waren einige der Gesichter, an die sich Jean-Jacques deutlich erinnerte. Die meisten anderen waren verschwommen, Schattenbilder verstohlener Blicke. Zum Ausgleich dafür, dass er die Gäste nicht direkt ansah, verwöhnte er sie mit saftigen Geschichten und machte sie manchmal sprachlos mit horrenden Behauptungen: »Ich möchte Ihnen gern ein besonderes Entree offerieren, das ich den Küchenchef für Coco Chanel kreieren ließ, als sie das letzte Mal bei uns speiste.«

Nun trennten Jean-Jacques nur noch Monate von seinem Ruhestand. Es erfreute ihn, dass seine erzwungene tägliche Interaktion mit Menschen ein Ende finden würde. Er war erst siebenundfünfzig, doch er hatte ein langes, ereignisreiches Leben gehabt. Er brauchte die Ruhepause, das Alleinsein.

»Stammen Sie aus Algerien?«, unterbrach einer der Herren seine Gedanken.

»Algerien ist meine ursprüngliche Heimat; in Frankreich verdiene ich meinen Unterhalt, wie Sie sehen. Aber wie sind Sie darauf gekommen?«

»Ah, mit dieser Hautfarbe und diesen Haaren ...«, sagte der Mann, der Jean-Jacques' karamellfarbenen Teint bewunderte. »Außerdem sind Algerier rücksichtsvolle Leute. Anders als Europäer und Amerikaner blicken sie einem Fremden nicht in die Augen. In vielen Gegenden Afrikas gilt das als ungehörig. Einem Menschen in die Augen zu blicken, meine ich. Ich achte diese Haltung.«

Derlei einfältiges Geschwätz brachte Jean-Jacques auf die Palme. Er konnte seinen frühzeitigen Ruhestand im Dezember kaum erwarten – nur noch acht Monate.

Kurz darauf brachte er ihnen ihre Getränke – deutsches Bier. Er goss es in hohe, eiskalte Gläser. Der Redselige rückte sein Monokel zurecht und griff nach seinem Glas.

»Prost, meine Herren«, sagte Jean-Jacques, dann fiel ihm etwas ein. »Meine Herren, ich darf Sie darauf aufmerksam machen, dass wir diesen Samstag Mademoiselle Edith Piaf zu Gast bei uns haben werden. Sie wird wie gewöhnlich das eine oder andere Chanson darbieten. Zum Diner. Eine Tischreservierung ist erforderlich.«

Ohne den Blick zu heben, verbeugte er sich und wandte sich zum Gehen.

Jean-Jacques entfernte sich geschmeidig in Richtung Küche. Nach einer angemessenen Pause kehrte er zurück, um sie zu fragen, ob sie bereit zum Bestellen seien. Die Bestellung des Gesprächigen war schlicht: ein Steak *medium* mit Gemüsebeilage. Sein Gefährte bestellte die Spezialität des Hauses, *canard au sang.*

»Was hast du da gerade bestellt?«, fragte der Redselige.

»Das ist eigentlich eine Ente, die ausgepresst und im eigenen Blut gekocht wird.«

Jean-Jacques fragte dann, ob sie einen Wein aus dem Keller wählen wollten. Der Redselige seufzte und sagte: »Schön, schön. Haben wir die Zeit aufzustehen, in den Keller zu gehen und seine Geheimnisse zu erkunden? Wie ich gehört habe, würden wir mindestens ein Jahr brauchen, um die Reichtümer Ihres Kellers zu betrachten und zu verstehen. Ein guter Burgunder tut es auch. Ich denke, ich kann mich auf Ihr Urteil verlassen.« Sein Französisch war gut, er hatte jedoch einen Akzent, den Jean-Jacques nicht einordnen konnte.

»Ich danke Ihnen, meine Herren«, sagte Jean-Jacques. Er entfernte nun ihre leeren Biergläser vom Tisch.

Später kehrte Jean-Jacques mit ihrem Essen zurück, kochend heiß und duftend. Während er das Essen servierte, wartete ein Weinkellner an der Seite. Jean-Jacques bekam eine Flasche Wein vom Kellner überreicht, der dann wieder im Keller verschwand. Jean-Jacques, der angewiesen wurde, den Wein ohne Verkostung und weitere Förmlichkeiten auszuschenken, führte die Aufgabe aus.

Der Redselige beschwerte sich: »Das Steak sieht *overdone* aus.«

»Aber Sie haben es doch noch gar nicht angerührt, Monsieur«, sagte Jean-Jacques sanft. Er war so beschäftigt mit dem Weineingießen, dass er nicht bemerkte, dass das Gesicht des Mannes allmählich rot anlief und dass sein Monokel herabgefallen war. Jean-Jacques fügte hinzu: »Ich schlage vor, dass Sie es anschneiden, wenn es Ihnen recht ist, Monsieur. Dann werden Sie sehen, wie rosa es innen ist. Köstlich, wenn ich das sagen darf. Lassen Sie Ihre Messerklinge einfach auf dem Fleisch ruhen, und sie wird mühelos hindurchgleiten. So zart ist es. Bitte versuchen Sie es.«

»Ein Kellner widerspricht einem zahlenden Gast nicht«, sagte der Mann und hieb mit der Faust auf den Tisch, was seinen Tischgefährten erschreckte.

Jean-Jacques, der den Mann immer noch nicht direkt ansehen wollte, sagte: »Entschuldigung, Monsieur. Ich kann es in die Küche zurückbringen und sie bitten, Ihnen etwas anderes zuzubereiten, wenn Sie das bevorzugen.«

Der Mann seufzte, dann schnitt er das Steak an. Das Messer glitt durch das Fleisch, als wäre es ein Stück weiche Butter. Nur ein Bissen, und seine Augenlider flatterten anerkennend. Er schnitt ein weiteres Stück ab, steckte es in den Mund und kaute langsam, ließ es sich auf der Zunge zergehen, damit der Moment länger anhielt. Unwillkürlich entfuhr ihm ein Stöhnen.

»Sehen Sie? Ich wusste, dass es Ihnen schmecken würde, Monsieur«, sagte Jean-Jacques beschwichtigend. »Es hat genau die Konsistenz, die Sie gewünscht haben.«

Der Mann legte das Messer auf den Tisch und funkelte den Kellner an. »Sie können jetzt gehen.«

Jean-Jacques verbeugte sich respektvoll. Er war im Begriff, einen Aschenbecher vom Tisch zu entfernen, als sich der Redselige seinem Gefährten zuwandte und verächtlich auf Afrikaans sagte: »Kaffern sind überall auf der Welt gleich. Saufrech sind die alle. Haben immer Widerworte gegen Höhergestellte. Sieh dir diesen Affen hier an. Kecker-kecker! Glaubt, er sei etwas Besseres, nur weil er ein hellerer *houtkop* ist. Wo soll das verdammt noch mal hinführen?«

In diesem Moment fühlte Jean-Jacques, in dem Bitterkeit aufstieg, sich gezwungen, den Mann anzusehen, dessen Worte ihn mitten ins Herz trafen, Worte, die in einer Sprache ausgestoßen wurden, die er über dreißig Jahre nicht mehr vernommen hatte.

Sofort gaben seine Knie nach. Die Ohren dröhnten ihm, sein Kopf fühlte sich an, als würde er gleich explodieren. Während er sich an der Stuhllehne des stilleren Mannes festhielt, atmete er tief ein, das Herz klopfte ihm heftig, in seinen Augen schwammen Tränen. Dieses Gesicht spiegelte für ihn Schrecken der Vergangenheit. Wenn er die Männer angesehen hätte, als sie hereinkamen, hätte er das Gesicht sofort wiedererkannt, ein Gesicht, das – mit oder ohne Monokel – seit über drei Jahrzehnten in sein Gedächtnis eingebrannt war.

Plötzlich blitzte Wiedererkennen in den Augen des Mannes auf. »Du! Du bist es!« Er stand auf und langte nach einem Messer auf dem Tisch. In Panik ergriff Jean-Jacques das Steakmesser des Gastes und stieß es dem Mann zweimal – fest, heftig – ins Herz. Scharlachrote Blutstreifen erschienen kreuz und quer auf dem weißen Tischtuch. Der Mann stürzte schwer zu Boden. Als der andere Mann einen Revolver aus seinem Stiefel zog und zu zielen versuchte, stoppte ihn der Kellner, indem er ihm mit einer Bewegung, die seiner kräftigen Figur angemessen war, die Kehle aufschlitzte. Der Revolver polterte zu Boden. Der Mann riss den Mund auf, doch sein Schrei wurde von dem hervorschießenden Blut und der zischend aus der geöffneten Speiseröhre entweichenden Luft erstickt. Sogar im Fallen noch fuhr der Mann mit Krallen durch die Luft und zerriss mit seinen scharfen Fingernägeln Jean-Jacques' weiße Hemdbrust.

Jean-Jacques sah das Messer in seiner Hand an, das Blut auf seinem zerrissenen Hemd. Er ließ die Waffe fallen, als hätte sie sich in eine Giftschlange verwandelt. Dann machte er auf dem Absatz kehrt und ging ruhig zur Küche. Einige Gäste, die das kurze, aber brutale Gemetzel beobachtet hatten, duckten sich hinter ihre Tische. Kellner und Küchenkräfte, die von den Entsetzensschreien herbeigerufen worden waren, sahen aus einiger Entfernung zu. Keiner versuchte Jean-Jacques aufzuhalten, als er zur Toilette ging.

Er stand vor dem Spiegel und starrte hasserfüllt sein Gesicht an, die Kiefermuskeln angespannt. Sein Blick war abwesend, leer. Er erkannte den Mann nicht wieder, der ihn anstarrte. Im Glauben, das Trugbild würde verschwinden, blinzelte er. Doch der Fremde starrte herausfordernd zurück, verständnislos. Als würde er ihn verspotten. Auf seiner linken Wange war ein großer Blutfleck, und ein kleinerer auf dem Kinn. An seinen Händen klebte trocknendes Blut. Er drehte den Hahn auf, krempelte die Ärmel hoch, um sich Hände und Gesicht zu waschen. Dann drehte er den Hahn zu und richtete sich auf. Sein Blick blieb verständnis- und mitleidslos. Er spuckte sein Spiegelbild an. Ein-, zwei-, dreimal. Die Spucke lief am Spiegel hinab. Er streckte die Hand aus, um den Spiegel abzuwischen, ließ es dann aber sein.

Jean-Jacques seufzte und trottete zurück in die Küche, wo er sich schwer auf einen Stuhl fallen ließ, das Gesicht in den Händen verbarg und auf das Eintreffen der Polizei wartete.

KAPITEL 2

Sobald die Polizei gerufen worden war, wimmelte das Lokal von Reportern, die sich wie die Geier auf Jean-Jacques' Kollegen stürzten. Sie wollten wissen, was tatsächlich vorgefallen war, der Reihe nach, angefangen vom Zeitpunkt, als die Gäste sich niedergelassen hatten. Hatte es einen heftigen Wortwechsel gegeben, bevor Blut geflossen war? Waren die Gäste laut und betrunken gewesen? Waren sie auf irgendeine Weise aggressiv aufgetreten? Und was war eigentlich mit dem Kellner? Woher stammte er ursprünglich? Algerien? Aha! Der algerische Unabhängigkeitskrieg war auf französischem Boden angekommen.

Jean-Jacques' Kollegen sagten, wie schockiert sie über die Gewalttätigkeit waren, über die Plötzlichkeit des Geschehens. Sie sprachen positiv über Jean-Jacques – ein höflicher Mann, arbeitsam, zuverlässig –, und vor allem erwähnten sie seinen ganz eigenen Sinn für Humor. Selbst wenn er mit Provokationen von einigen der berühmteren Gäste des Restaurants konfrontiert war, die sich manchmal ein Vergnügen daraus machten, sich aufzuspielen und Unmögliches vom Personal zu verlangen, blieb Jean-Jacques stets ruhig, sagten sie.

Die Polizisten brachten einen kooperierenden Jean-Jacques in ein wartendes Polizeiauto. Kein Handgemenge, kein Wutausbruch, keine erhobenen Stimmen.

Als die anderen Reporter den Schauplatz verlassen hatten, blieb Thierry Bousquet zurück, ein Reporter der Sensationspresse. Er war ein berühmter Kriminalreporter, auf Du und Du mit vielen Polizisten. Selbst die, welche ihm nie begegnet waren, hatten von ihm gehört. Daher duldeten die Polizisten am Schauplatz seine

Gegenwart, obwohl das Drama vorbei war. Thierry hörte mit an, wie der leitende Polizeibeamte zwei seiner Untergebenen anwies, das Haus des Kellners aufzusuchen. Als der Polizist seinen Wagen startete, verfolgte ihn Thierry auf seinem Motorrad.

Das Polizeiauto kam kurz darauf bei der Wohnung in der Rue de Seine an. Die mit der Aufgabe betrauten beiden Polizisten stiegen ohne Eile aus und nahmen sich Zeit mit dem Hervorkramen von Schlüsseln und dem Öffnen von Jean-Jacques' Wohnungstür. Sie durchsuchten die Wohnung, während Thierry unauffällig hinter ihnen herschlich, bis ein Polizist ihn zum Gehen aufforderte, als hätte er ihn gerade erst bemerkt. Thierry tat so, als folgte er der Aufforderung, stahl sich stattdessen aber ins Wohnzimmer, wo seine Aufmerksamkeit sofort von einer Staffelei angezogen wurde, darauf ein Gemälde, irgendeine im Entstehen begriffene Arbeit. War Jean-Jacques Maler? Für welche Art von Gemälde interessierte er sich? Thierry suchte im Zimmer nach mehr Beweisen, dass der mörderische Kellner auch ein Künstler war. In einer Ecke befanden sich eine Reihe von Kunstwerken – Kohlezeichnungen, Aquarelle, Linolschnitte. Beim Stöbern in diesem Schatz sah er, dass die meisten Arbeiten mit Jerry Moloto signiert waren, was erklärte, warum sie seine Aufmerksamkeit erregt hatten. Thierry, der selbst Amateurmaler war, kannte Molotos Arbeiten, die er auf einigen kleinen, weniger bekannten Ausstellungen in Paris gesehen hatte.

Moloto war ein aus Südafrika stammender angehender Künstler, der seit vielen Jahren in Frankreich lebte. Obwohl kein wirklich großer Name, war er einer der wenigen afrikanischen Künstler, mit dessen Werk ernsthafte Pariser Sammler und Kunstkenner vertraut waren. Als sich Thierry das halb fertige Werk auf der Staffelei näher ansah, stellte er fest, dass der Mörder versucht hatte, ein berühmtes Gemälde von Moloto zu kopieren, das den Titel *Eselsgesang* trug.

»Sie sind ja immer noch hier«, sagte der Polizist genervt und schreckte Thierry damit auf.

»Entschuldigung, ich wollte gerade gehen, doch als Kunstfreund konnte ich einfach nicht widerstehen. Ich musste mir diese Arbeiten ansehen. Ich verspreche Ihnen, dass ich Ihre Ermittlungen nicht behindern werde. Ich bewundere nur, was dieser Mann geschaffen hat.«

Der Polizist zuckte mit den Schultern. »Ach, machen Sie, was Sie wollen. Aber wenn der Chef Sie hier erwischt, tragen Sie die Verantwortung.«

Nachdem Thierry den Polizisten ein wenig gelöchert hatte, erzählte er ihm, dass sie stapelweise Partituren und Noten gefunden hätten.

»Die Wohnung wirkt sehr teuer«, bemerkte der Journalist.

»Ein Flügel, gediegene Möbel. Hmm, diese ganzen ungewöhnlichen Gemälde und Kunstgegenstände. Das ist irgendwie dekadent, oder?«

»Besonders für einen einfachen Kellner.«

»Sie können meine Gedanken lesen.«

»Wer könnte dieser Mann sein?«, fragte Thierry, der das Potenzial der Story witterte.

»Das werden wir bald herausfinden. Der Mann könnte sich als ein Prinz in seinem Heimatland herausstellen.«

»Total genervt von den Forderungen seines reichen Vaters. *Wann wirst du dich endlich deinem Harem widmen, Abdullah?*«, sagte Thierry.

»Dann stellt sich heraus, dass der arme Abdullah mehr an Raschid oder Bilal oder Ahmed oder wie sie heißen mögen interessiert ist. Von wegen Harem!«, sagte der Polizist lachend.

»Dann flieht Prinz Farouk von zu Hause, kommt nach Paris. Nennt sich Jean-Jacques. Lebt anonym, aber recht komfortabel.«

»So könnte es gewesen sein.«

»Reine Vermutung, mein Freund«, gab Thierry zu bedenken.

»Diesen Gesichtspunkt muss ich meinem Vorgesetzten gegenüber erwähnen.« Dem Polizisten schien etwas eingefallen zu sein, und er sagte: »Der Kerl hat irgendeine Verbindung zu einem Lokal namens l'Echelle de Jacob. Da lagen Broschüren von diesem Jacob-Lokal herum. Haben Sie schon mal davon gehört?«

Der Journalist hatte den Klub tatsächlich vor drei Monaten besucht, doch er zog es vor, das nicht zu offenbaren. Er wollte als Erster dort sein. Es war immer hilfreich, der Polizei zuvorzukommen.

Er kam gegen 20 Uhr im Klub an. Es war nicht schwer, Moloto zu entdecken – er war der einzige Schwarze unter den wenigen Anwesenden. Er saß ganz für sich an der Bar, vor sich eine Flasche Cidre. Thierry hatte in einer der Zeitungen ein Foto von Moloto gesehen, und er stellte nun fest, dass der Mann in Wirklichkeit eine viel hellere Haut hatte. Jedenfalls viel heller als der durchschnittliche Afrikaner am Hafen.

»Guten Abend, Mr Moloto«, sagte er höflich auf Französisch. »Gestatten Sie, dass ich Sie anspreche?«

»Sprich mit mir, Bruder«, sagte Moloto auf Englisch und lächelte breit, sichtlich froh darüber, Gesellschaft zu haben. Er hatte offenbar schon mehr als eine Flasche Cidre gehabt.

»Ich glaube, Sie kennen einen gewissen Jean-Jacques Henri ...« Er sagte das aufs Geradewohl.

Moloto taxierte seinen Gesprächspartner. Dann sagte er: »Okay, klären wir zunächst etwas. Sie können französisch mit mir reden, aber ich werde auf Englisch antworten. Gut?«

Der Franzose nickte.

»Schauen Sie, meine Muttersprache ist SePedi. Wenn Sie mit mir reden wollen, würden Sie französisch sprechen, dann würde ich erst einmal auf Englisch überlegen, was sie sagen. Dann würde ich von Englisch nach Pedi übersetzen. Dann würde ich meine Antwort auf Pedi formulieren und sie dann ins Englische übersetzen. Und vom Englischen ins Französische. Schwierige Sache. Ich habe nie versucht, von Pedi ins Französische zu übersetzen, im Kopf, meine ich. Es ist immer von SePedi ins Englische und vom Englischen in die europäische Sprache, in der ich angesprochen werde.«

»Ich verstehe.«

»Was mich eigentlich zum kolonialisierten Eigentum der britischen Krone macht. Meine Denkvorgänge müssen von meinen britischen Herren abgesegnet werden, bevor sie anderen Europäern mitgeteilt werden können. Ah, ich habe mich vergaloppiert. Wie war gleich Ihre Frage?«

»Ich wollte wissen, ob Sie mit Jean-Jacques Henri befreundet waren ...«

»Ach ja. Jean-Jacques. Der ist mein Busenfreund, mein intellektueller Sparringspartner.«

Der Franzose beugte sich gespannt vor. Moloto runzelte die Stirn und erhob sich, da er die Gier des anderen nach einer pikanten Story spürte. »Vergiss es, darüber sollte ich nicht reden.«

Thierry erwiderte schnell: »Mein Lieber, ich bin nicht von der Polizei. Ich bin Journalist. Ich möchte mir nur eine Vorstellung von Jean-Jacques machen.«

»Vergiss es.« Er ging zur Bühne, um sich seinen Kollegen bei der Tonprobe anzuschließen. Vorsichtig folgte ihm Thierry.

»Ich lasse Sie rausschmeißen, wenn Sie so weitermachen. Belästigen Sie mich nicht länger«, blaffte Jerry.

Die anderen Bandmitglieder blickten von ihren Instrumenten auf. Der Barkeeper und Besitzer der Bar reckte den Hals und schaute dahin, wo sich eine lautstarke Auseinandersetzung entwickelte. »Haben Sie ein Problem, mein Herr?«

Thierry hob resigniert die Hände. Er ging zur Bar und erklärte: »Es gibt überhaupt kein Problem, Monsieur. Ich habe versucht, mich freundlich mit meinem guten Freund Monsieur Moloto zu unterhalten. Offenbar habe ich ihn irgendwie verärgert. Das ist alles.« Er bestellte Drinks für zwei, die er dorthin brachte, wo er mit Jerry gesessen hatte.

Die Band fing an, Ellingtons »Mood Indigo« zu spielen, und Jerrys Finger flogen gekonnt über die Klaviertastatur. Als der Klub sich allmählich füllte, ging die Band zu einer lebhaften Version von Cab Calloways »Minnie the Moocher« über.

Als die Show vorbei war, war Thierry richtig betrunken. Er versuchte es noch mal bei Jerry, als die Band die Bühne räumte. »Monsieur, was ich Ihnen die ganze Zeit zu sagen versucht habe, ist einfach: Ihr Freund Jean-Jacques wurde verhaftet. Er steckt in großen, großen Schwierigkeiten.«

»Was?«

»Er hat heute zwei Männer ermordet.«

Mitglieder der Band hoben die Köpfe. Jerry scheuchte sie fort. Er sagte zu Thierry: »Ich hoffe, Sie wissen, was Sie da sagen. Ich könnte Sie auf der Stelle an Ihren *weißen* Eiern aufhängen.«

»Die Story wird morgen Vormittag in der Zeitung stehen.«

»Was ist passiert?«

Thierry lächelte betrunken. Jetzt war er an der Reihe, sich zu sperren. »Sehen Sie, ich bin nicht in der Lage, jetzt zu reden. Zu betrunken.«

»Kommen Sie, Mann, spielen Sie nicht mit mir.«

»Wie wär's, wenn wir uns morgen zum Mittagessen treffen? Oder zum Diner? Dann hätten Sie schon die Zeitungen gelesen, aber es ist immer mehr dran an einer Story, als man in den Zeitungen lesen kann. Und da brauche ich Ihre Hilfe. Ich habe ein paar Fragen über Dinge, die morgen nicht in den Zeitungen stehen werden, wenn Sie verstehen, worauf ich hinauswill.«

Jerry stand lange da und starrte den Journalisten an. »Dann kommen Sie morgen zu mir. Und Ihre Story muss gut sein, oder ich schneide Ihnen die Eier ab und verspeise sie zum Frühstück, klar?«

»Sie scheinen Gefallen an *weißen* Eiern gefunden zu haben, Monsieur«, sagte Thierry lachend.

KAPITEL 3

Um 20 Uhr am nächsten Abend traf Thierry bei Jerry ein, in einem Mehrfamilienhaus direkt hinter dem Klub. Durchaus ein vornehmes Gebäude, doch Jerry, der hier der Hausmeister war, wohnte – oder vielleicht war »hauste« das angemessene Wort – wie ein Kaninchen im schäbigen Loch von einem Souterrain. Es war ein ziemlich großer Raum, der Platz für einen Küchentisch mit zwei Stühlen, einen Gasherd, einen Kühlschrank und ein Klavier bot. Eine Tür führte wohl zu einem Schlafzimmer. Es roch modrig. Egal, wie sauber man den Raum hielt – und er wirkte makellos –, der muffige Geruch würde nie verschwinden, nahm Thierry an.

»Sie sind also gekommen«, sagte Jerry zur Begrüßung, und es schwang deutlich mit: *Ich hatte gehofft, Sie würden nicht kommen, weil Sie gestern Nacht Blödsinn erzählt haben.*

Jerry bedeutete Thierry, am Tisch Platz zu nehmen. Er setzte sich ihm gegenüber. Der Journalist hoffte, die Person seines Interesses wäre verlegen und würde zu reden anfangen. Er irrte sich. Der Mann, dem das gestrige Besäufnis aus allen Poren drang, saß einfach da und starrte ihn mit müden, blutunterlaufenen Augen an.

Thierry wandte als Erster den Blick ab, aufgedreht wie eine gefangene Hummel. Er wollte unbedingt loslegen. So bald wie möglich. Jetzt. Doch er wollte seine Begierde nicht zeigen, seine Verzweiflung. Er räusperte sich und versuchte beiläufig zu klingen. »Gestern Abend habe ich gesagt, ich würde die Story aus meiner Perspektive erzählen. Ich habe Ihnen unsere letzte Ausgabe mitgebracht, damit Sie sehen können, was ich geschrieben habe. Es ist schlicht und sachlich. Ich erwähne, dass er aus Algerien stammt und was in diesem Land geschehen ist – die französische Verquickung und so weiter. Ich erwähne auch Jean-Jacques' Kunst. Meinem Verleger hat der Teil gefallen. Niemand sonst hatte das auf dem Radar.«

Jerry nahm die Zeitung und ließ sie zu Boden fallen, ohne hineinzuschauen. »Ich habe alle Zeitungen gelesen.«

Viele der Berichte, die er gelesen hatte, hatten Jean-Jacques' algerischen Hintergrund betont und angedeutet, dass er ein Linksradikler sei, dessen Unzufriedenheit mit den Franzosen vom algerischen Unabhängigkeitskrieg herrührte, der viele junge Leute zornig gemacht hatte.

Jerry wiederholte: »Ich habe alle Zeitungen gelesen. Und ich glaube, ihr habt keine Ahnung, wovon ihr sprecht. Der Mann, über den ihr Journalisten alle geschrieben habt, hat keinerlei Ähnlichkeit mit dem Mann, den ich kenne. Ich bin richtig enttäuscht. Vielleicht ist es an der Zeit, Missverständnisse aus dem Weg zu räumen.«

»Selbstverständlich. Wir müssen der Sache auf den Grund gehen.«

»Mein Freund wäre vielleicht nicht einverstanden, doch ich denke, die Wahrheit muss an die Öffentlichkeit. Die Wahrheit könnte ihn retten. Ihr mögt die Guillotine abgeschafft haben, aber eure Gerichte stecken noch im Mittelalter fest. Vielleicht kann mein Freund die Geschichte benutzen, die ich Ihnen erzählen werde, benutzen als … wie nennt man das in der Sprache der Justiz? abschwächende – Sie wissen schon – Faktoren, die seine Verteidiger nutzen können, um auf ein milderes Urteil zu plädieren?«

Thierry schaute ratlos drein.

Jerry versuchte es noch einmal. »Sie schreiben Kriminalreportagen, Mann. Sie sollten eigentlich wissen, wovon ich rede.«

Thierrys graue Zellen machten Überstunden, sie übersetzten Jerrys Englisch ins Französische und versuchten dann, das umgangssprachliche Französisch den Erfordernissen des französischen Juristenjargons anzupassen.

»*Circonstances atténuantes?* Hmm, warten Sie … Mildernde Umstände?«

»Genau! Mildernde Umstände.«

Thierry dachte eine Weile nach und fing dann erneut an: »Hören Sie, mein Freund, das ist mehr als eine Reportage, glaube ich. Es ist Geschichte, die Geschichte eines Landes. Die ganze Geschichte des algerischen Krieges muss noch erzählt werden. Ich denke, mit Ihrer Hilfe und Kooperation können wir die Auswirkung zeigen, die der Krieg auf normale Menschen gehabt hat, auf junge Leute, die ihr Land verstehen wollten – zum Teufel, ich wäre ein Narr, wenn ich mir einen solchen geschichtsträchtigen Leckerbissen entgehen ließe.«

Thierry holte sein Notizheft aus dem Rucksack und legte es auf den Tisch. »Sie haben hoffentlich nichts dagegen, wenn wir das festhalten.«

»Warten Sie.« Jerry schwieg lange. Dann sagte er, halb zu sich selbst: *»Quel poisson gelé.«*

Überrascht rief Thierry aus: »Warum nennen Sie mich einen gefrorenen Fisch?«

Laut lachend sagte Jerry: »Diesen Ausdruck habe ich von Jean-Jacques gehört, als ich ihn kennenlernte. Er war der Meinung, ich sei zu kalt und langweilig, um als Künstler in Frankreich Erfolg zu haben. Aber ich bin seitdem aufgetaut.« Er öffnete den Kühlschrank, holte einen Weißwein heraus, griff sich dann zwei Gläser, die er im winzigen Ausguss spülte, ehe er sie auf den Tisch stellte und einen Korkenzieher besorgte.

Er füllte die Gläser bis zum Rand. »Sie müssen mich entschuldigen, mein Freund. Ich verstehe, warum ihr Europäer eure Gläser nicht bis zum Rand füllt. Ich schätze, das ist wegen euren spitzen Nasen, die ins Getränk zu tauchen drohen, wenn das Glas zu voll ist. Zum Glück bin ich ein Schwarzer Mann aus Afrika mit einer netten großen, breiten Nase, da habe ich dieses Problem nicht.«

Sie lachten zusammen, und jeder nahm einen Schluck aus seinem Glas.

Dann setzte Jerry sein Glas ab und sagte: »Okay, mein Journalisten-Freund und ihr alle, mit denen Sie diese Story teilen werden. Das Wichtigste zuerst: Das ist nicht meine Geschichte, sondern die eines Mannes, den ich meinen Freund nenne, meinen Bruder. Jean-Jacques Henri.«

Thierry sah, wie Jerrys Schultern zuckten, bis er vor Lachen explodierte. »Jean-Jacques Henri!«, wiederholte er und bemerkte die Verwirrung des Franzosen gar nicht. Immer noch lachend stand er auf und schlug sich dabei auf den Schenkel. Seine Lachsalven trafen Thierry wie anrollende Wellen, die auf ein ahnungsloses Schiff prallten. »Jean-Jacques! Uh-huhuh! Jean-fucking-Jacques! Mann, lassen Sie sich nicht von dem blöden Namen in die Irre führen. Er ist ein südafrikanischer Junge. Pitso Motaung ist sein wahrer Name.«

»Was?« In diesem Moment war Thierry völlig platt.

Jerry fuhr fort: »Wenn wir nach Europa kommen, aus Afrika, müssen wir nämlich manchmal neue Namen annehmen, neue Identitäten. Jean-Jacques fucking Henri! Uh-huhuh! Und die Franzosen sind die ganze Zeit darauf reingefallen.«

Allmählich gewann Jerry seine Fassung wieder. Er schnäuzte sich und wischte sich dann mit dem Handrücken übers Gesicht. Noch immer vor sich hin kichernd, setzte er sich wieder. »Wie gesagt, wenn wir hier in Europa ankommen, müssen wir uns schnell arrangieren und neue Identitäten annehmen. Besonders die von uns, die eine hellere Hautfarbe haben. Wir wissen, dass die Franzosen toleranter gegenüber Nordafrikanern sind – Marokkaner, Algerier, Ägypter und so weiter. Diejenigen von uns, die eine hellere Hautfarbe haben, versuchen daher, als Nordafrikaner durchzugehen. So funktioniert die Welt, mein Freund. Was wollen Sie also über unseren Freund Pitso Motaung wissen?«

In Thierrys Kopf drehte sich alles. Jean-Jacques war also in Wirklichkeit ein Südafrikaner mit Namen Pitso Motaung. Das war nun wirklich mal eine Neuigkeit. Er beugte sich vor.

»Mann, Sie sollten lieber über mich schreiben«, sagte Jerry jetzt. »Ich bin ein besserer Pianist als Jean-Jacques. Ich singe auch gut. Und beim Malen steche ich ihn jederzeit aus. Wenn ich so darüber nachdenke, frage ich mich, warum ich keinen algerisch klingenden Namen angenommen habe, wo ich doch auch eine hellere Hautfarbe habe und mein Haar kraus genug ist?« Jerry lachte über seinen eigenen Scherz. Es entstand ein Moment des Zögerns, als Jerry einfiel, dass sein Freund ihn zahllose Male gebeten hatte, sich immer nur vage zu äußern, wenn die Rede auf Fragen der Identität und des Herkunftslands kam, besonders gegenüber Fremden. Aber da Jean-Jacques nun im Gefängnis war, würde seine wahre Identität gewiss offenbart. Oder vielleicht doch nicht?

Thierry, der Jerry Moloto genau beobachtete, spürte, dass viele ungeklärte Fragen im Raum standen. Das ganze Ereignis hatte einiges Unbehagen beim Künstler ausgelöst. Als junger Reporter hatte Thierry gelernt, dass langes Schweigen Interviewte nervös und unsicher machte. Früher oder später fühlten sie sich dann gezwungen, etwas zu sagen. Er entschloss sich also, diesen Trick anzuwenden. Er wartete ab.

Jerry Moloto stand auf und ging kopfschüttelnd in der winzigen Küche auf und ab. »Ich hab's gewusst, das musste ja passieren. Ich hab's gewusst. Ich habe ihm schon vor langer Zeit geraten, fortzugehen, Frankreich und die damit verbundenen bösen Erinnerungen hinter sich zu lassen. Nach London, Amsterdam, New York zu gehen, egal wohin, und ganz neu anzufangen. Das hab ich ihm geraten. Angefleht habe ich ihn. Er wollte nicht hören. Ich wusste, dass er einen von denen einmal treffen musste, wenn er hier in Paris blieb. Ich hab's ihm gesagt, verdammt noch mal.«

Jerry griff nach einem Papierstapel, den er auf einen kleinen Tisch neben dem Herd gelegt hatte. Daraus fischte er ein Foto, das er Thierry reichte. Die Frau darauf hatte den Körper einer Tänzerin, groß und schlank. Es war ein Schwarz-Weiß-Foto, Thierry konnte also nicht sagen, welche Farbe ihr Haar hatte, nur dass es dunkel wirkte. Die Frau war vielleicht Ende vierzig, Anfang fünfzig, die Haare fielen ihr in Wellen auf die Schultern, sie hatte ein breites, offenes Gesicht, eine scharfe aristokratische Nase, eine flache Stirn, durchdringende Augen, schmale Lippen, auf denen ein provokantes Lächeln lag, winzige Grübchen in den Wangen.

Jerry tippte mit dem Zeigefinger auf das Foto. »Das ist der Geist, der meinen Freund lange verfolgt hat. Er hat mir das Foto vor einigen Monaten gegeben. Hat mich gebeten, nach diesem Gesicht Ausschau zu halten, wenn ich außerhalb von Paris unterwegs war. Ab und zu begebe ich mich tatsächlich in die Provinz. Um mich inspirieren zu lassen, wissen Sie. Die ländlichen Gegenden Frankreichs sind gut für einen Künstler. Ich glaube, diese Frau hier, dieser Geist von einer Frau – weil ich nicht sicher bin, dass sie noch lebt –, hat das ganze Chaos ausgelöst, von dem sie mir berichtet haben. Seit ihrem Weggang ist mein Freund unberechenbar geworden. Man muss sich genau überlegen, was man in seiner Gegenwart sagt oder tut. Sie heißt Marie-Thérèse. Mein Freund kann Frankreich nicht verlassen, wegen dieser Frau. Sie hat ihn in der Hand. Und sie ist mächtig, gut vernetzt.«

»Sie sprechen in Rätseln, Monsieur. Könnten Sie mir das näher erläutern?«

Jerry schwieg lange. Gut möglich, dass er vergessen hatte, dass er mitten in seiner eigenen Küche stand und ein Journalist dort saß, ihn beobachtete und ungeduldig wartete. Schließlich nahm er den Faden wieder auf. »Mein französischer Bruder, ich glaube, Sie hat Gott gesandt. Wie war gleich Ihr Name?«

»Thierry.«

»Ah, Thierry. Jerry und Thierry. Das reimt sich. Sollte bei Gelegenheit einen Song darüber schreiben. Jerry und Thierry basteln 'ne Geschichte. Doch Thierry ist sorry, weil seine sich ändert …« Kopfschüttelnd lachte er kurz, ehe er wieder ernst wurde. »Mein guter

Freund Pitso hat mich schon vor Langem gebeten, ihm beim Verfassen seiner Lebensgeschichte zu helfen, damit er Frieden mit seiner Vergangenheit schließen könne. Wie Sie wissen, male ich, mache Musik und ich probiere mich im Schreiben von Kurzgeschichten aus. Einige davon habe ich an amerikanische Groschenhefte verkauft. Eine meiner Geschichten wurde in der Zeitschrift herausgebracht, die auch Dashiell Hammett und Raymond Chandler veröffentlicht hat – von denen haben Sie doch sicher gehört, oder?«

Thierrys Gesicht zeigte keine Regung, doch egal, Jerry machte weiter. »Jedenfalls will Pitso, dass ich über ihn schreibe. Wir könnten ihn im Gefängnis besuchen und mehr Fakten über ihn sammeln. Und dann könnten Sie eine Serie in Ihrer Zeitung starten. Aber um die Sache ins Rollen zu bringen, lassen Sie mich die Geschichte so erzählen, wie sie mir mein guter Freund erzählt hat.«

Jerry fing wieder an, auf und ab zu gehen. Er hatte offenbar seine Gedanken geordnet und war zu einem plötzlichen Entschluss gekommen. Er sprach jetzt mit großer Eindringlichkeit. »Ich, Jerry Mogodiri Moloto, will das so bald wie möglich loswerden: Ich werde Ihnen keine Geschichtslektion erteilen. Im Gegenteil, ich will Ihnen zeigen, dass Pitso Motaung oder Roelof Jacobus De la Rey, den Sie als Jean-Jacques Henri kennen, ein Zufall der Geschichte war. Er war ein komplexer Charakter, Pitso. Ich weiß nicht, warum ich in der Vergangenheit von ihm spreche. Pitso *ist* ein komplexer Charakter. Schon allein die drei Namen: Roelof de la Rey, Pitso Motaung und, natürlich, Jean-Jacques Henri. Komplex.«

Er hielt inne, dann sagte er: »Ja, mein guter Freund Pitso. Wir wollen also seiner Geschichte gerecht werden. Wie ich schon sagte, er ist ein komplexer Mann. Doch er ist auch ein Zufall der Geschichte.«

Was Thierry dann aus den Aufzeichnungen und der Erzählung Jerrys erfuhr, war eines Romans würdig.

KAPITEL 4

Südafrika, 1900

Vielleicht fangen wir am besten damit an, uns Jean-Jacques' Vater vorzustellen: Ein Zwei-Meter-Mann, barfuß, die Arme vor Muskeln strotzend, Hände so groß wie Bratpfannen, eine Mähne flammend roter Haare, dazu einen passenden Bart, der ihm bis auf die Brust reichte, stechende graue Augen, eine irische Kartoffel als Nase. Cornelius de la Rey war der wahr gewordene Traum eines Armeekommandeurs. Er war groß, und obwohl er nicht viel über die Briten wusste, hasste er sie leidenschaftlich. Und daher fand sich de la Rey 1900, ein Jahr nach dem Ausbruch des Burenkriegs und unmittelbar nachdem Bloemfontein in britische Hände gefallen war, im Busch des Oranje-Freistaates wieder und kämpfte gegen die Briten, die Farmen niederbrannten, die seinen Leuten, den Buren, gehörten. Die Farm seiner Eltern am Rand der gefallenen Stadt war noch nicht angegriffen worden. Er fragte sich, wie lange sie sich wohl noch behaupten konnte.

Mitte März zog das Kommando – zusammengestellt aus ausgebildeten Soldaten und Zivilisten wie ihm, den Burghers – Richtung Kroonstad, in Erwartung, dass die Briten sich nach Norden bewegten. Nach der Eroberung von Bloemfontein nahmen die Briten Transvaal ins Visier, eine Provinz mit reichen Goldvorkommen, die unter allen Umständen verteidigt werden musste. Unter den Buren ging sogar das Gerücht um, dass die Minen gesprengt werden sollten, um zu verhindern, dass die Rooineks das Gold in ihre gierigen Pfoten bekamen.

Wie die meisten Burgher hatte de la Rey vor Kurzem eine militärische Ausbildung absolviert und war nun bereit, sein Gewehr für die Verteidigung seiner Heimat einzusetzen. Burische Kundschafter hatten Bewegungen der Briten von Thaba Nchu Richtung Bloemfontein gemeldet. Aufgrund dieser Nachricht bezogen vierhundert Kommandotrupps aus Kroonstad und Bloemfontein Stellung entlang der Route, die von den Briten genutzt werden musste. Am 30. März sichteten die Trupps in der Morgendämmerung eine berittene britische Kolonne. Typisch für die Briten, strotzte sie vor Munitionskarren und Proviantwagen, Pferden und Packtieren. Sie wirkte eindrucksvoll, aber die Buren waren bereit. De la Rey, mit am Abzug zitterndem Finger, bereit den Feind niederzumähen. Er war wütend auf die Briten, doch er erlebte auch Momente des Selbstzweifels. Er glaubte nicht daran, zum Kämpfen geboren zu sein; viel lieber wäre er daheim bei der Farmarbeit gewesen. Es erstaunte ihn daher immer wieder, dass er, wenn der Befehl kam, mit Begeisterung feuerte.

Die überraschten Briten wurden zur wilden Flucht gezwungen. Die Krupp-Feldkanonen der Buren ließen Gewalt sprechen, bis die Sonne aufging. Die Briten rannten, dicht verfolgt von den Buren. Insgesamt töteten die Buren einhundertfünfzig Männer und machten vierhundertundachtzig Gefangene. Das Feld war übersät mit umgestürzten Proviantwagen, verletzten Pferden und blutigen Körpern.

»Fette Scheiß-Rooineks«, rief General Christiaan de Wet, als er sich anschickte, die Ernte des blutigen Gemetzels zu betrachten. »Schaut euch ihre Proviantwagen an. Damit kann man den ganzen Freistaat versorgen. Deshalb sind ihre Männer so fett.«

»General!«, rief de la Rey. »Hier sind ein paar schwer verwundete Briten. Sie sind nicht tot. Sie müssen medizinisch versorgt werden.«

General de Wet kam herbei, um sich die drei Briten mit ihren von Kugeln zertrümmerten Gesichtern anzusehen.

»Ach, die schaffen es nicht, de la Rey. Garantiert nicht.«

»Was sollen wir dann machen? Lassen wir sie zum Sterben zurück?«, fragte de la Rey, der die Gepflogenheiten in einer solchen Situation nicht kannte.

»Nein, man kann sie nicht hierlassen«, sagte General de Wet. »Sie müssen sie erledigen.«

Schockiert sah de la Rey ihn an. Die britischen Gefangenen ebenso.

»Erledigen Sie sie, de la Rey. Es sind schließlich ins Land eingefallene Heiden. Gierige, gottlose Kreaturen, die uns von unserem Land vertreiben, die unser Gold stehlen wollen. Erledigen Sie sie! Wissen Sie nicht, wer Sie sind? Sie sind ein de la Rey. Ein Kämpfer, ein Befreier.«

Die Buren riefen im Chor: »De la Rey! De la Rey!«

De la Rey legte langsam auf einen der Männer an.

»Was machen Sie da?«, schrie General de Wet. »Sie können doch keine Kugeln verschwenden. Benutzen Sie eins ihrer Bajonette. Da ist ein britisches Bajonett. Nehmen Sie das.«

De la Rey schaute zu seinem Kommandeur auf, wie auch die übrigen Männer. De Wet starrte zurück. De la Rey hob die mit Bajonett versehene Waffe auf und ging unsicher auf einen der Männer zu, der jetzt schluchzte.

Einer der Briten zeigte sich tapfer und fing an zu fluchen. »Ihr verdammten Schweine. Selbst die afrikanischen Wilden sind besser als ihr!«

De la Rey stieß mit dem Bajonett zu, ein Mal. Der Soldat schrie aufsässig: »*Long live the King*, ihr Schweine!«

De la Rey stieß wieder zu. Blut sprudelte dem Gefangenen aus dem Mund. Jetzt versuchten die beiden anderen Männer von ihm wegzukriechen. Er erreichte den einen und stieß ihm das Bajonett ins Herz. Der Gefangene erschlaffte sofort. Als de la Rey den Dritten erreichte, hatte ihn ein Zorn erfasst, wie er ihn noch nie vorher erlebt hatte. Er stach sechs Mal auf den Mann ein – auf den verdammten Senffresser, Gurkenkauer, Teetrinker –, bis er schließlich seinen Geist aushauchte.

Einen Moment verharrte die Truppe schweigend. Dann fing einer an, de la Reys Namen zu rufen. Die anderen Kameraden fielen ein.

Während die Buren die Proviantwagen der Feinde plünderten, klangen die Rufe über das Veld: »De la Rey! De la Rey! De la Rey!«

Bis er eingezogen wurde und zu dem Kommandotrupp kam, war de la Rey nicht bewusst gewesen, welchen noblen Familiennamen er trug. General de Wets Anspielung auf die Bedeutung seines Namens hatte ihn überrascht. Die Angelegenheit kam wieder auf, als die Trupps eines Tages um ein Feuer herum saßen und den Proviant aßen, den sie von den in Kroonstad geschlagenen Briten geerbt hatten. Ein Soldat sagte nebenbei: »Ach, wenn General de la Rey hier wäre, würde sich der Engländer in die Hosen machen.«

»Aber wir haben ja Cornelius bei uns«, sagte einer. »Der sollte uns eines Tages anführen. Er ist schließlich ein de la Rey.«

»Ja, die de la Reys sind geborene Führer.«

»Führe uns, de la Rey!«

Die Soldaten stimmten ein Lied an, das von de la Reys Tapferkeit handelte. Das ließ Cornelius erröten. Was ihn am meisten verunsicherte, war, dass er nicht wusste, wer dieser de la Rey war. Er fing sich bald darauf wieder, weil er seine Unwissenheit nicht offenbaren wollte. Vorsichtig, behutsam, wie man nichtsahnenden Beutetieren Fallen stellen würde, formulierte er seine Fragen, um mehr über den mutmaßlich großen Mann herauszufinden. Ohne es zu bemerken, unterrichteten ihn seine Kameraden darüber, dass einst in dieser Gegend des Landes ein tapferer Soldat mit Namen General Jacobus Herculaas de la Rey lebte. Oder, wie man ihn rühmend nannte, Koos de la Rey, der Löwe des Nordens. General de la Rey war einer der Anführer im Kampf gegen britische Unterdrückung, für burische Unabhängigkeit. Ein Veteran vieler

Kämpfe; 1865 gegen die Basotho, 1876 gegen die baPedi, angeführt von Sekhukhune.

Cornelius, der ein kleines Buch in seiner Jackentasche bei sich hatte, in dem er Menschen zeichnete, setzte sich manchmal hin, schloss die Augen und beschwor das Gesicht von General de la Rey, auf Grundlage der ungefähren Beschreibungen, die ihm verschiedene Erzähler lieferten. Dann zeichnete er mit großer Sorgfalt die Gestalt des Generals mit einem überdimensionierten Schnurrbart und markanten Gesichtszügen. Nie vergaß er, ein Gewehr und einen Patronengurt hinzuzufügen. Die Zeichnungen erwiesen sich als populär – tatsächlich so populär, dass einige der Männer Cornelius Teile ihrer Ration für Porträts von ihnen anboten. Diese führte er auf Papier aus, das ihm die Kunden brachten, die ihr Porträt gezeichnet haben wollten. Viele seiner Modelle waren umgängliche Leute, die die Interpretation ihrer selbst durch den Künstler akzeptierten. Andere beklagten sich: »Warum hast du mir ein saures Gesicht wie ein Engländer gemalt? Wo sind meine Lippen? Was ich sehe, ist bloß eine dünne Linie, wo meine Lippen sein sollten.«

»Ich habe doch bestimmt keine Nase, so breit wie die von Kaffern?«

»Jeder im ganzen Freistaat weiß, dass mein Bart größer ist als der von Paul Kruger. Warum zeichnest du mir dann einen mickrigen Bart? Dafür bezahle ich nicht.«

Eines Nachmittags bot er leise an, die Frau des Veldkornets zu zeichnen. Der Offizier, ein großer, dürrer Mann mit erschrockenen Augen und einem wilden Schnurrbart, antwortete mit seiner zänkischen Stimme: »Wie könnten Sie denn meine wunderbare Frau zeichnen, wenn Sie sie nie zu Gesicht bekommen haben?«

»Sir, beschreiben Sie mir einfach Mrs Breytenbach. Erzählen Sie mir in allen Einzelheiten, wie sie aussieht. Und ich werde ihr schönes Gesicht – ich vermute, sie ist schön – auf meinem Blatt Papier wiedergeben. Lassen Sie es mich bitte versuchen, Sir.«

Breytenbach fing an, zunächst ein wenig stockend, die Gesichtszüge seiner Frau zu beschreiben. Als er sich allmählich für die Aufgabe erwärmte, flossen Beschreibungen in den leuchtendsten Farben aus seinem Mund. Und zu guter Letzt atmete er tief aus wie einer, der nach einem schnellen Lauf zur Ruhe kommt, warf den Kopf zurück und sah in den Himmel empor.

Später breitete sich ein seliges Lächeln auf dem Gesicht des Veldkornets aus, als er sich über De la Reys Schulter beugte, um das Kunststück zu bewundern, das der junge Mann mit Stift und Papier vollbrachte.

Als die Zeichnung vollendet war, zeigte sie Breytenbach herum. Die Männer strahlten bei dem Anblick. Nachdem er den Kreis der Kaffee trinkenden Männer verlassen hatte, fragten sich zwei Soldaten, die der Frau des Veldkornets schon einmal begegnet waren, für alle hörbar, wer wohl die lebhaftere Fantasie habe, der Kommandant selbst oder de la Rey. Der schöne Engel auf diesem Bild würde schreiend davonlaufen, wenn er der echten Mrs Breytenbach begegnen sollte.

Während der darauffolgenden Wochen war de la Rey der Liebling des Veldkornets. Der ältere Mann teilte mit ihm seine private Brandyflasche. Er gab ihm reichlich vom Biltong aus seinem Tornister. Er schwärmte von den Tagen, als er Mrs Breytenbach den Hof machte. Die schöne Zeichnung von Mrs Breytenbach brachte andere Männer dazu, sich mit speziellen Anliegen an ihn zu wenden. Sie baten de la Rey, Bilder von ihren Kindern, Freundinnen, Frauen, Lieblingspferden zu zeichnen. Als Gegenleistung boten sie ihm ihre Rationen Essen oder Getränke an. Diese Tätigkeit entlastete de la Rey von der Bürde, ein de la Rey zu sein.

Doch de la Rey wusste, dass seine Zeichnungen bald den Reiz des Neuen verlieren würden. Die Männer würden sich wieder daran erinnern, dass mitten unter ihnen ein etwas unwilliger Krieger war. De la Rey versuchte, sich in schlaflosen Nächten einen Plan zurechtzulegen, wie er seine Kameraden überzeugen könnte, dass er nicht der Anführer des Kommandotrupps werden würde, wie sie es ihm offenbar nahelegten. Als er eines Abends das Thema anschnitt, schüttelten die Soldaten den Kopf und sagten: »*Ag*, schade, er ist genauso bescheiden wie der General selbst. Seht euch diesen Bart an, diese Locken. Seht doch diese Arme, diese Muskeln, diese Hände wie ein Vorschlaghammer, diese Wurstfinger.« Und sie stimmten ein Lied zum Lobpreis von General de la Rey an. Voller Verzweiflung seufzte Cornelius de la Rey.

Ermutigt durch ihren Erfolg in Kroonstad und Koorn Spruit, waren die Kommandotrupps tapfer nach Süden gezogen, den heranrückenden Briten entgegen. Unterwegs sahen sie, welche Verheerungen die Feinde angerichtet hatten. Einige Farmhäuser schwelten noch, nachdem sie von den Briten angezündet worden waren. Auf einer Etappe kamen sie an einem Dorf vorbei und beobachteten eine Gruppe von Männern – nach ihrer Kleidung zu schließen, offensichtlich Burgher – beim Ausheben eines Grabens. De la Rey dachte, dass es keinen Sinn ergab, mitten im Busch zu graben. Was konnten sie dort pflanzen? Dann bemerkte er einen Leichenberg in der Nähe. Der süßliche Geruch verwesenden Fleischs stieg ihm in die Nase, und er zuckte zurück und hielt den Atem an. Sein schnelles Farmerauge schätzte den Haufen auf zehn mal acht Meter, vier oder fünf Leichen übereinander.

De la Rey wandte den Blick ab von den Leichen, hin zu den Männern, die ein Massengrab aushoben, wie er nun begriff. Die Männer, auf deren Armen die Muskeln arbeiteten und deren Körper vor Schweiß glänzten, stießen ihre Schaufeln in die weiche, nachgebende Erde. Sie bewegten sich wie Gespenster, mechanisch, lautlos, in der schwülen Hitze, und das hatte etwas Traucrvolles, etwas Rituelles. Das laute Summen grüner Fliegen übertönte das

Scharren der Schaufeln, die sich in den Boden gruben. De la Rey, der noch immer die Luft anhielt, versuchte, die Leichen nicht anzusehen, stoisch geradeaus zu blicken. Doch sein Blick wanderte und fiel auf ein kleines Köpfchen. Sie war vielleicht zehn oder elf, mit einem herzförmigen Gesicht – jetzt kreideweiß –, ihre Augen starrten flehend in den Himmel, ihr rabenschwarzes Haar lugte unter der schmutzig weißen Haube hervor. De la Rey übergab sich und mehrere Männer nach ihm. Wider Willen kehrte de la Reys Blick zum Gesicht des Kindes zurück. Er sah, dass sie auf der Brust einer Schwarzen Frau ruhte, deren Haare und Kopfbedeckung vom Feuer versengt schienen.

Einige Soldaten gingen zu den Männern, die offenbar die Aufsicht hatten, um zu erfahren, was diesen burischen Frauen und Kindern und ihren Bediensteten zugestoßen war. De la Rey erinnerte sich, dass er unterwegs hier und da rauchende Reste von Farmhäusern gesehen hatte, und wie seine Waffenbrüder wollte er herausfinden, was vor sich ging. Aber der Veldkornet ließ es nicht zu. Ehe de la Reys Kameraden noch erkunden konnten, was geschehen war, befahl Breytenbach den Männern, weiter zu marschieren, weiter. Ihr Marsch ging immer nach Süden. Ihr Entsetzen wandelte sich in Wut. Ihre Wut wurde zu Ungeduld. Sie mussten die Briten kriegen.

Einige Tage später, es war noch Anfang April, trafen sie zum dritten Mal auf die Briten – diesmal in Reddersburg, ungefähr fünfunddreißig Meilen südlich von Bloemfontein. Bei Beginn des Kampfes merkte de la Rey wieder, dass er im Körper einer ihm fremden Person steckte. Genauso war es gewesen, als er die drei britischen Gefangenen getötet hatte. Er brüllte, während er unablässig auf den Feind feuerte.

Am Ende des Scharmützels lagen fünfhundertneunzig Rooineks tot da. Als de la Rey aus seiner Trance erwachte, blickte er auf seine Hände und auf die Leichen und schauderte. Aber als ihm einfiel, welche Angst er kurz vor dem Gefecht gehabt hatte, lächelte er. Mit

Stolz beobachtete er, wie die arroganten Briten, die das Gemetzel überlebt hatten, sich ergaben. Er wollte jubeln, als sie mit vorgehaltener Waffe zu einer von den Buren kontrollierten Farm getrieben wurden.

Als die britischen Gefangenen sicher hinter Stacheldraht verwahrt waren, stimmten die siegreichen Buren plötzlich ein Lied an, während sie die Proviantwagen des Feindes plünderten. Die Führer des Feldzugs mussten die Männer daran erinnern, dass es zu früh für Selbstzufriedenheit war. De Wets Truppen fügten der Rüstung der Briten, die nach Norden marschierten und dabei eine Spur der Verwüstung zurückließen, zwar ein paar Dellen zu, doch die Briten hatten immer noch die Oberhand im Freistaat. Die britische Strategie der verbrannten Erde – mit der sie Anwesen von Burghern wie de la Rey niederbrannten – verschärfte sich. Frauen, Kinder und Alte wurden in Internierungslager gebracht.

Die Bilder der toten Männer, die er in den vergangenen drei Schlachten gesehen hatte, standen de la Rey noch eindrucksvoll vor Augen, ebenso der Anblick der Männer, die das Massengrab aushoben. Und das erstarrte, kalkweiße Gesicht des kleinen Burenmädchens.

Verfolgt von dem, was er gesehen hatte, und von seiner eigenen Rolle beim Blutvergießen, begann de la Rey über die Möglichkeit der Desertion nachzudenken.

Der Zorn auf die britischen Unterdrücker war der Klebstoff, der de la Rey und seine Landsleute zusammenhielt, das Fass mit Mampoer, aus dem sie alle tranken. Das verband sie. Ansonsten hatten die Buren gemischte und unterschiedliche Vorfahren. Hauptsächlich stammten sie von Holländern ab, aber es gab auch französisch-hugenottisches Blut und etwas deutsches und italienisches. Einige besaßen sogar Gene, die sich vor den Göttern der Khoisan verneigten. In einigen Adern floss das Blut malaiischer Sklaven, und das sorgte dafür, dass einige die Lippen, die Nase und den Hintern Schwarzer Afrikaner besaßen, die sie so verachteten. Aber jetzt waren sie Afrikaaner. Europäer in Afrika. Das *weiße* Volk von Afrika, das sich gegen den britischen Kolonialismus und seine Ungerechtigkeit auflehnte. De la Rey fühlte sich zunehmend niedergeschlagen und sorgte sich, dass die anderen das mitbekämen. Während die Tage verstrichen, merkte er, dass seine Stimmung seine Kameraden allmählich beeinflusste, doch seine Verzweiflung wuchs weiter. Schließlich kam er zu dem Schluss, dass er die Moral seiner Landsleute nicht länger schwächen durfte – und der einzige Ausweg war die Desertion.

Eine Gelegenheit bot sich, als seine Kompanie ihr Lager an einem schlammigen Fluss aufschlug, wenige Tage nach dem Gefecht mit den Briten bei Reddersburg. Während seine Kameraden schliefen, schlich sich de la Rey fort, griff sich ein Pferd und floh. Er ritt in die Richtung, in der er den Osten und das Basutoland vermutete. Bei Tagesanbruch fand er ein Wäldchen mit einer Lichtung in der Mitte, wo er für den Rest des Tages unruhig schlief, während sein Pferd in der Nähe graste. Er konnte kaum glauben, wie sehr sich sein Leben fast über Nacht verändert hatte. Vom unschuldigen Burgher, dessen Erfahrung mit Blutvergießen auf das Töten von Kaninchen und Antilopen beschränkt gewesen war, hatte er sich zu einem gewandelt, der die Sprache der Gewalt fließend beherrschte. Er hatte Männer abgeschlachtet, die ihm persönlich nichts getan hatten. Und jetzt war er desertiert, obwohl er wusste, dass Desertion mit dem Tod bestraft werden konnte.

Bei Anbruch der Nacht setzte er seine Reise fort. Obwohl es dunkel war, ritt er vorsichtig durch bewaldetes Gelände und mied offene Flächen.

Er war bewaffnet mit seinem Krupp-Gewehr und hatte den Leinsack mit seinem wertvollsten Besitz bei sich, darunter eine Flasche Mampoer, etwas Proviant, eine Wasserflasche, Tabak, sein Skizzenbuch und einige leere Blätter Papier.

Bei Tagesanbruch versteckte er sich wieder im Busch. Er musste schließlich eingeschlafen sein, denn als er die Augen wieder öffnete, war die Nacht hereingebrochen. Zeit, weiterzuziehen. Steif stand er auf und ging dahin, wo er sein Pferd gelassen hatte. Es lag auf der Seite, tot. Er suchte es nach Verletzungen ab. Es gab keine, doch um das Maul herum war Schaum. Es musste an reiner Erschöpfung verendet sein. Er hatte das arme Tier zu Tode geritten. De la Rey brach neben ihm zusammen und schluchzte. Zwischen seinen bitteren Tränen sprach er mit dem Pferd, entschuldigte sich bei ihm, bat es aufzustehen, obwohl er wusste, dass das nicht möglich war. Er streichelte es, sang ihm etwas vor, erzählte ihm Geschichten, weinte, bis er – weil ihm die Kraft und die Entschlossenheit abhandengekommen waren – neben ihm einschlief.

KAPITEL 5

Das Nächste, was de la Rey spürte, war, dass er getragen wurde. Langsam kam er zu Sinnen. Er vernahm Stimmen. Seine Augen öffneten sich nach und nach. Dann fuhr er zusammen, weil ihm plötzlich einfiel, dass er Soldat war. Die Briten mussten ihn im Schlaf erwischt haben.

»Los my! Los my, jou moerskont rooinek!«, forderte de la Rey, in seiner Muttersprache schreiend, seine Peiniger auf, ihn loszulassen.

Zu seiner Überraschung und leichten Enttäuschung, hatten ihm die Briten nicht die Hände gefesselt. Wussten sie nicht, dass er ein de la Rey war? Eine Sippe, berühmt durch den König des Nordens, dessen Name im ganzen Land mit Ehrerbietung genannt wurde? Warum hatten sie ihm nicht die Hände gefesselt, als sie ihn gefangen genommen hatten?

»Ah, er ist wach«, sagte eine der Stimmen auf Sesotho. De la Rey runzelte die Stirn, als er die Sprache hörte. Das waren also gar keine Briten. Vielleicht Sesotho sprechende Spione? De la Rey hegte den Verdacht, dass die Briten jeden dazu bekamen, die schmutzige Arbeit für sie zu tun.

»Setzt ihn ab«, sagte eine andere Stimme. »Lasst ihn los, lasst ihn reden.«

Er schaute sich um. Einer von denen, die ihn gefangen genommen hatten, richtete ein Gewehr auf ihn; sein eigenes Gewehr, das geliebte Krupp, das ihm in der Vergangenheit so gute Dienste geleistet hatte. Einer der Männer trug auch seinen Proviantsack.

»Wer seid ihr?«, fragte er in seinem etwas rudimentären Sesotho. »Warum verratet ihr mich an die Briten? Ich habe gedacht, wir würden alle zusammenhalten, die *Natives* und die Buren gegen die Briten.«

Sie lachten ihn aus.

Einer ahmte ihn nach: »*Wir halten alle zusammen, die* Natives *und die Buren gegen die Briten.* Habt ihr das gehört, Brüder? Seit wann nennen uns die Buren Natives? Nennt ihr uns nicht sonst immer Kaffern, Heiden?«

Die Gruppe Männer war mit Speeren und Knüppeln bewaffnet. Der Anführer forderte einen der Männer auf, voranzugehen. Sie liefen los.

Der Anführer sagte: »Morena, wir beten und hoffen, dass du nicht wegzulaufen versuchst. Denn wenn du es tust, bleibt uns nichts anderes übrig, als dich zu erschießen. Mit deinem eigenen Gewehr.«

De la Rey schluckte hörbar.

Versteckt am Fuß eines Berges, war das kleine Dorf, bei dem sie schließlich ankamen, eins der wenigen, das der Aufmerksamkeit der Briten entgangen war. Viele andere Dörfer waren von den Briten abgefackelt, die Bewohner zusammengetrieben und in Internierungslager gebracht worden, ihr Vieh von der unersättlichen britischen Armee beschlagnahmt.

Als sie beim Dorf ankamen – eine Ansammlung von Gras- und Lehmhütten –, wies der Anführer einige Mädchen an, Trinkwasser, Essen und ein Bett für den Fremden zu besorgen. Der Anführer behielt de la Reys Sachen. Zwei Männer wurden eingeteilt, vor dem Eingang seiner Hütte rund um die Uhr Wache zu stehen. Man überließ de la Rey der Nachtruhe.

Am nächsten Tag wurde er zu einer Art Platz gerufen, wo er den Männern des Dorfes gegenübersaß. Die Befragung begann, geführt vom Chief.

»Ich bin Motaung, der Anführer der Bataung-Leute dieses Dorfes. Wie ich dir gestern gesagt habe, wissen wir, dass ein Krieg im Gange ist. Uns interessiert der Kampf überhaupt nicht. Aber wir wissen, dass arme Leute wie wir, die nichts mit den Kämpfen zu tun haben, von beiden Seiten bestraft werden. Wie man so schön sagt: Wenn zwei Elefanten kämpfen, leidet das Gras. Ich glaube, meine eigenen Kinder, die dort draußen für den *weißen* Mann gearbeitet haben, sind von diesem Krieg verschlungen worden, den wir nicht begreifen. Sie sind irgendwo in einem Internierungslager. Wenn sie überhaupt noch leben. Also, wir wollen keine Probleme mit dem *weißen* Mann. Weder mit den Buren noch mit den Briten. Wie du siehst, bin ich ein alter Mann, dessen Wunsch es ist, auf dem Sterbebett sein Dorf verschont von diesem *weißen* Wahnsinn zu sehen. Kannst du mir folgen, Morena?«

»Ja.«

»Also, weil wir keinen Ärger mit einer der kriegführenden Parteien wünschen, müssen wir dir ein paar Fragen stellen. Wir erwarten, dass du so ehrlich wie möglich bist. Verstehst du?«

»Ja.«

»Wer bist du?«

»Cornelius de la Rey ...«

»De la Rey? De la Rey?«, fragten die Männer einander.

Der Anführer Motaung hob die Hand, um sie zum Schweigen zu bringen, und fuhr mit der Befragung des Gefangenen fort. »Bist du verwandt mit dem berühmten General de la Rey?«

De la Rey lächelte. »Ich bin dem Mann nie begegnet, aber ich weiß von ihm. Man könnte sagen, dass wir verwandt sind, weil wir ja alle Buren sind ...«

»Warum bist du dann hier? Du solltest dort im Krieg sein.«

De la Rey seufzte. »Ich glaube, mir ist alle Bereitschaft verlorengegangen, die ich zum Kriegsgeschäft hatte ...«

»Ich bin enttäuscht!«, schrie ein Mann. »Du bist ein geborener Kämpfer, eine Kriegsmaschine, sieh dich doch an. Und du läufst vor dem Kampf davon wie ein Hund mit eingekniffenem Schwanz.«

»Und du besitzt ein so großes Gewehr«, schrie ein anderer.

»Stopp! Stopp!«, rief Ntate Motaung und hob die Hand, um die Ordnung wiederherzustellen. Er sprach mit strenger Stimme. »Wir sind keine Kinder. Und auch keine Frauen. Wenn ihr diesem Mann etwas zu sagen habt, sagt es durch mich. Achtet die übrigen hier Versammelten.«

Die beiden Männer, die die Regeln verletzt hatten, standen mit gesenkten Köpfen auf. »Oh, du Großer Löwe! Du, der du aufwuchsest, als wir nur Speichel im Mund unseres Vaters waren, vergib uns unser ungebührliches Benehmen.«

Ntate Motaung bedeutete ihnen, sich zu setzen. Er wandte sich an de la Rey. »Was kannst du noch zu deinen Gunsten vorbringen?«

»Was ich für mich vorbringen kann, ist: Ich bin kein Verräter. Ich werde niemals zu den Rooineks überlaufen.« Er spie aus. »Dieser Milner hat genug Blut meiner Leute vergossen. Einer muss ihn aufhalten. Aber ich weiß, dass ich nicht derjenige sein werde. Ich bin kein Kämpfer.«

»Wir prüfen nicht, ob du der Sache deiner Leute ergeben bist. Wir wollen nur herausfinden, ob du wirklich der bist, der du zu sein behauptest. Hegst du nicht etwa andere ruchlose Pläne, die unsere Gemeinschaft gefährden könnten?«

»Ich bin unbewaffnet, wie könnte ich euch also schaden?«

»Du kannst weglaufen und uns an deine Freunde verraten.«

»Ich weiß nicht mal, wo ich mich befinde, wie kann ich also fortlaufen? Ich habe keine Waffe, um zu jagen oder mich zu verteidigen. Ich würde vermutlich im Veld sterben.«

»Morena«, sagte Ntate Motaung abschließend, »wir müssen dich streng bewachen. Zu deiner Sicherheit und auch zu unserer.«

In den folgenden Tagen und Wochen waren die Dorfbewohner angenehm überrascht davon, dass de la Rey freundlich und offen war und nicht erpicht darauf zu sein schien, heimzukehren, was sie davon überzeugte, dass er weder ein Spion noch ein Soldat auf Erkundungsmission war. Die endlosen Fragen, mit denen er gelöchert wurde, schienen ihn genauso wenig zu stören wie das, was ihm zu essen oder zu trinken angeboten wurde. Er wollte offenbar einer der ihren sein. Wie sie wollte er in dieser Wildnis bleiben, die noch unberührt vom Krieg war. Einige der alten Männer, die die Sprache des *weißen* Mannes beherrschten, dachten, dass er nicht ganz richtig im Kopf sei – manchmal fing er an zu schreien, irgendetwas wegen Feuer und Gewehren. Dennoch waren sie beeindruckt von seinem Wissensdurst, seinem Eifer, ihre Sprache zu erlernen.

De la Rey seinerseits begann, sich im Dorf, auf Ntate Motaungs Land, zu Hause zu fühlen. Ntate Motaung war offensichtlich vermögend; sein Grundstück war fast ein eigenes Dorf. Es befanden sich viele Häuser darauf, denn er hatte viele Frauen. Die Kultur der Sotho sah vor, dass jede Ehefrau ein Haus für sich und ihre jüngeren Kinder bekam. Zusätzlich zu seinen vielen Frauen hatte Ntate Motaung im Laufe der Jahre einige von ihm Abhängige um sich versammelt – Verwandte, die vom Krieg vertrieben worden waren, mittellose Witwen von Verwandten, Diener und ihre Kinder, Enkel, deren Eltern im Krieg umgekommen oder in irgendeinem Internierungslager eingesperrt waren.

Und nun war noch de la Rey zu der vor Ntate Motaungs Tür angespülten Menge hinzugekommen. Alle nannten de la Rey Morena Rey – Morena war das hiesige Wort für »Herr« oder »Chef«. Die Leute im Dorf behandelten Fremde stets mit Respekt, wie auch anderswo in Subsahara-Afrika. Sie sorgten immer dafür, dass der Fremde vor ihnen zu essen bekam, denn sie glaubten dem Wort der Ahnen, das behauptete: »Der Magen eines Reisenden ist klein wie eine Vogelniere« – einen Reisenden mit Essen zu versorgen wird dich nicht verhungern lassen.

Ntate Motaung nahm de la Rey eines Tages beiseite und erklärte: »In dieser Gemeinschaft, mein lieber Morena Rey, möchten wir nicht, dass Männer mit wilden Bärten und Haarmatten, in denen Vögel oder Schlangen nisten könnten, herumlaufen. Du musst etwas für deine Körperpflege tun.«

Sofort errötete de la Rey, zur Belustigung des Chief.

Am darauffolgenden Morgen wurde de la Rey von einem Geräusch geweckt, das er lange nicht gehört hatte. Aber als es in seine Unterkunft drang, erkannte er es sofort. Das Geräusch kam von jemandem, der eine Klinge auf einem Wetzstein schärfte. Es ging ihm auf die Nerven. Als er die Tür seiner Hütte – eine sorgfältig aus Gras geflochtene Klappe – aufstieß, überraschte ihn, was er sah.

Vor seiner Hütte stand eines der Mädchen des großen Haushalts. Alles, was sie anhatte, war ein Rock aus Kuhhaut, nichts Ungewöhnliches, denn so hatten sich unverheiratete Mädchen zu kleiden. Für ihn war es jedoch ungewöhnlich, so dicht vor jemandem zu stehen, der in seiner Kultur als halb nackte junge Frau beschrieben worden wäre. Er versuchte wegzusehen, doch sein Blick wurde magisch angezogen von ihren spitzen Brüsten und dem flachen Bauch.

In ihrer Sprache sagte sie, zu schnell, als dass er sie hätte verstehen können: »Du kannst nicht fort, bevor ich mich um dich gekümmert habe.« Sie musste es langsam wiederholen. De la Rey, der auf der Farm seines Vaters mit Basotho aufgewachsen war, beherrschte die Sprache inzwischen recht gut, aber nicht so fließend wie seine Muttersprache.

Als ihm die Bedeutung ihrer Worte klar wurde, antwortete er auf Afrikaans: »Was soll das heißen, *um mich kümmern?*«

Sie sah ihn nur an. Er starrte zurück. Jetzt erst bemerkte er, dass sie eine scharfe Klinge in der Hand hielt. So überrascht hatte ihn ihr Anblick, dass er das Geräusch vergessen hatte, von dem er geweckt worden war. Sie erklärte: »Es ist sauber und funktioniert hervorragend. Ich habe es gerade gewetzt. Papa hat gesagt, du kannst nicht rausgehen, bevor ich dir nicht den Bart rasiert habe.«

»Was? Nein! Eine Frau kann mich nicht rasieren.«

»Ich bin keine Frau. Ich bin ein Mädchen. Es ist meine Aufgabe, dich zu rasieren, weil du hier keine Frau hast. Meine Mutter hat es mir beigebracht. Jedes Mal wenn sie Papas Bart rasiert, ruft sie mich, damit ich zusehe. Ich habe ihn unter Mutters Aufsicht rasiert – schon zwei Mal.«

»Ich bin nicht dein Papa. Ich bin auch nicht dein Verwandter.«

»Nun, solange du hierbleibst, bist du einer von uns.«

»Lass mich gehen, Mädchen.« Er machte einen Schritt nach vorn, doch es gab keine Möglichkeit, die Hütte zu verlassen, ohne ihren Körper zu berühren, sie wegzustoßen. Das würde er nicht tun. Wenn das nun eine Falle war? Er hatte gehört, dass diese Leute seltsame Gesetze hatten. In Gemeinschaften wie diesen konnte man zum Tode verurteilt werden, wenn man jemanden auf die falsche Weise *ansah*, hatte man ihm berichtet.

Jetzt merkte er, dass er dringend pinkeln musste, wie jeden Morgen. Aber dieses Mädchen stand unverrückt vor seinem Eingang.

»Ich muss mich erleichtern gehen.«

»Versprich mir, dass du zurückkommst, damit ich dich rasieren kann. Denn wenn du's nicht tust, bekomme ich Ärger mit meiner *mme*. Sie hat gesagt, ich muss deinen Bart rasieren. Heute.«

»Soll ich mich vor dir erleichtern?«

Die Hand vor den Mund haltend, kicherte sie und machte Platz. Er rannte zum Wald am Rand des Hofes. Ein paar Mädchen kamen zwischen den Bäumen hervor und lachten laut heraus.

Bei seiner Rückkehr wartete das Mädchen unter einem Baum. Sie hatte ein altes Emaillebecken mit Wasser bei sich. Daneben stand eine umgedrehte Trommel als Sitz für ihn, auf die sie ein Kissen gelegt hatte.

»Setz dich«, sagte sie streng. Eins der Mädchen von eben kam mit einem Bündel frischer grüner Zweige zu ihnen. Die gab sie dem Mädchen mit der Klinge und ging dann fort.

De la Rey setzte sich vorsichtig. Das Mädchen legte ihre Klinge auf ein Stück gegerbte Kuhhaut. Sie griff nach einer Handvoll Blätter und rieb sie kräftig gegeneinander. Von den zerdrückten Blättern tropfte etwas seifige Flüssigkeit in das Becken. Sie rührte sie in das Wasser ein und erzeugte etwas Schaum.

Ein anderes Mädchen brachte ein kleineres Becken mit Wasser. Sie stellte es vor das Mädchen mit der Klinge, die nun auf einer Schafhaut vor de la Rey kniete, sodass ihre Gesichter nur wenige Zentimeter voneinander entfernt waren. Ihr moschusartiger Geruch stieg ihm in die Nase.

Es platzte aus ihm heraus: »Wie schaffen es die Männer hier nur …«

»Wie schaffen die Männer was?«

Er wollte fragen: *Wie schaffen es die Männer hier nur, nicht erregt zu werden, wenn sie die Frauen und Mädchen barbusig herumlaufen sehen?* Doch er behielt den Gedanken für sich.

Das Mädchen schüttelte den Kopf. Sie schöpfte etwas Wasser und fing an, de la Reys Gesicht zu benetzen, sanft, darauf bedacht, seinen Schoß nicht nass zu machen.

Danach schöpfte sie eine Handvoll Schaum und rieb ihn in die dicken Haarbüschel in seinem Gesicht. Ihre Finger drangen durch das verfilzte Haar, erreichten die Haut, rieben und massierten sie geschickt. Er entspannte sich, schloss die Augen, mit dem Rücken an den Baum gelehnt. Sie arbeitete den Schaum immer weiter auf seinem Gesicht ein, bis er steife Spitzen bildete.

Dann stand sie auf, trat zwei Schritte zurück und verharrte dort, das Werk ihrer Hände bewundernd. Er öffnete die Augen, enttäuscht, dass das beruhigende Fingerspiel auf seinem Gesicht aufgehört hatte.

Sie wies ihn an: »Bleib sitzen. Ich komme wieder. Der Schaum muss einziehen. Sitz still.«

De la Rey runzelte die Stirn. Wer war er? Wo war er gelandet? Ließ sich so intim von einer der ihren berühren. Vielleicht bestrafte ihn Gott dafür, desertiert zu sein und seine Leute verraten zu haben, indem er ihn seinem Schicksal überließ, hilflos unter den Gottlosen.

Als die junge Frau kurz darauf zurückkam, fragte er sie nach ihrem Namen.

»Matshiliso. Alle nennen mich Tshili.«

»Wie alt bist du?«

»Fünfzehn.«

Er murmelte auf Afrikaans vor sich hin: »Ich hätte sie auf achtzehn oder sogar zwanzig geschätzt.«

»Und wie alt bist du?«

»Ich bin fünfundzwanzig.«

»Iyhoo!«, entfuhr es ihr. »So alt?«

De la Rey lachte kurz auf, war er doch noch nie zuvor alt genannt worden. »Gehst du zur Schule?«

»Hast du hier irgendwo eine Schule gesehen?«

»Aber du kannst zählen?«

»Ja. Ich kann bis hundert zählen. Kannst du bis hundert zählen?«

Natürlich konnte er bis hundert zählen, er konnte auch die Bibel lesen, zumindest einige Abschnitte, und zwar auf Holländisch. Er hatte gehört, dass es jetzt eine Bibel auf Afrikaans gebe, aber er hatte sie noch nicht zu sehen bekommen. Seine Mutter runzelte jedes Mal die Stirn, wenn jemand die Afrikaans-Bibel erwähnte. »*Ag*, nee, Afrikaans ist bloß eine neue Sprache. Ich bin mit Holländisch aufgewachsen. Jetzt wollen sie, dass wir Gottes Wort auf Afrikaans lesen. Ich weiß nicht, ob Gott schon Afrikaans gelernt hat. Ich bleibe bei meiner Bijbel.«

Als er aus seiner Träumerei erwachte, stellte er fest, dass sie ihm direkt in die Augen starrte.

»Was ist los?«, fragte er.

»Deine Augen.«

»Was ist mit ihnen?«

»Ich hatte ihre Farbe vorher nicht bemerkt ... Sie sind so ... grau. So wild.«

»Also gefallen sie dir?«

»Sie sehen wie Katzenaugen aus.«

»Das ist nicht nett.«

»In der Nacht, leuchten sie da wie Katzenaugen? Oder leuchten sie wie Löwenaugen?«

De la Rey entschied sich dafür, ihre Fragen zu ignorieren. Er konzentrierte sich stattdessen auf ihre Hüften und festen Beine.

Ohne Zeit zu verschwenden, griff sie nach der Klinge. »Wenn ich fertig mit dir bin, werden meine Brüder dich nicht mehr Makhupakatse nennen.«

»Was bedeutet denn Makhupakatse genau?«

Sie lachte laut auf. »Gefällt dir der Klang?«

»Makhupakatse. Makhupakatse.« De la Rey ließ die Laute über seine Zunge rollen. »Vielleicht. Was bedeutet es?«

»Es bedeutet: Mann, der eine Katze im Mund hat. Wegen deinem großen Schnurrbart.«

Er musste lachen.

»Sitz jetzt gerade. Beweg dich nicht, oder wir schneiden dich.« Dann murmelte sie in ihrer Muttersprache: »Katzenaugen.«

Er öffnete den Mund, um etwas zu sagen.

»Sch«, sagte sie sofort. Mit der Linken straffte sie den Bereich seiner linken Wange, wo sie die Klinge ansetzen würde, während die Rechte die Klinge über seine Haut zog. Er war angespannt, die Augen tränten ihm. Aber nach einigen Zügen entspannte er sich allmählich. Er lehnte sich zurück, die Augen fielen ihm zu, und bald war er eingeschlafen.

Die Klinge arbeitete: wapp-wapp. In der Ferne muhte eine Kuh. Die Klinge arbeitete: wapp-wapp. Ein Hahn krähte. Die Klinge arbeitete: wapp-wapp.

Tief im Traumland spannte de la Rey die Muskeln an. Matshiliso hielt inne, damit sie sein Gesicht nicht verletzte. Der böse Traum ging vorüber, und er entspannte sich wieder. Sie widmete sich wieder ihrer Aufgabe.

Etwas später, als ihre Cousinen und Freundinnen, die sie von ihrem Versteck aus beobachtetet hatten, schon längst das Interesse verloren hatten und wieder verschwunden waren, stand Matshiliso auf und bewunderte ihre Arbeit. Der Kontrast zwischen den gerade rasierten Partien und dem übrigen Gesicht faszinierte sie. Die frisch rasierten Partien waren sehr hell, während das übrige Gesicht dunkler, ledriger war.

Die Rasur hatte sein Aussehen weicher werden lassen. Aber die gewaltige Haarmähne verdarb alles, sie musste weichen. Aber sie hatte noch nie einen *Weißen* mit einem kahl rasierten Schädel gesehen. Bei den Mitgliedern ihrer eigenen Gemeinschaft wirkte das recht vorteilhaft – tatsächlich war das besonders bei jüngeren Männern beliebt. Dieser Mann hier war nicht zu alt dafür. Und er war nicht mal verheiratet, soweit sie wusste. Sie beschloss, den unansehnlich wilden Haarschopf zu entfernen.

Verstohlen begann sie sein Haar zu attackieren, unsicher, wie er reagieren würde. Doch sie fand, dass die kaum zu bändigenden schmutzigen Locken, die nach Holzrauch und Gott weiß was rochen und wahrscheinlich vor Läusen und anderen Tierchen wimmelten, ihre kunstvollen Bemühungen beeinträchtigten. Sie wollte uneingeschränkten Stolz auf ihre Arbeit empfinden und in der Lage sein, ihn ihren Schwestern und Freundinnen zu präsentieren, wenn er morgen zum Fluss hinunterging.

Als die lang herabhängende Mähne fort und das Haar kürzer war, aber grob und ungleichmäßig geschnitten, arbeitete sie Schaum in seine Kopfhaut. Er schnarchte friedlich vor sich hin, so sanft war sie. Dann fing die Klinge wieder an zu arbeiten: wapp-wapp. Sie summte ein Wiegenlied, ganz leise, während sie weiter mit der Klinge arbeitete: wapp-wapp-wapp. Pause. Summen. Wapp-wapp.

Als sie fertig war, stand sie auf, trat einen Schritt zurück und musterte das Resultat. Die Tatsache, dass er ohne die Haarlocken einfach wie einer aussah, den sie schon kannte, beeindruckte sie. Wenn sie noch etwas Ockerfarbe auf das Gesicht auftragen könnte, würde es wie ein normales Mosotho-Gesicht aussehen. Schade, dass sie die Nase nicht in den Griff bekommen konnte. Sie trat an ihn heran und berührte seine linke Wange, fuhr sanft darüber.

Seine Lider öffneten sich flatternd. Er setzte sich schnell auf, verwirrt, und berührte sein Gesicht. »Ah, ja, du hast meinen Bart abrasiert. Fühlt sich gut an.«

Lächelnd wich sie zurück und legte eine sichere Distanz zwischen sie. Er kräuselte die Nase. Dann flog seine Hand zum Mund, eine feminine Geste, die ihr ein Kichern entlockte. »O nein, o nein! Nein, nicht das. Mein Schnurrbart! Was hast du getan? Du hast gesagt, du würdest mir den Bart abrasieren, nicht den *Schnurrbart.* Nicht meinen *Schnurrbart.*«

Sie nahm das Wasserbecken hoch und wich noch weiter zurück. Er hielt inne, weil er ein Jucken auf dem Kopf spürte. Seine Hand fuhr zu einer juckenden Stelle. Dann befühlten beide Hände den Kopf. »My Here!«, fluchte er auf Afrikaans. »Himmelherrgott!« Dann kehrte er zu dem Sesotho zurück, das ihm zur Verfügung stand: »Was hast du getan? Was hast du getan, du Isebel, du Delila?«

Er stürmte auf sie zu. Sofort schüttete sie ihm das Wasser ins Gesicht und lachte dazu schallend. Blind durch die Seifenlauge, blieb er stehen und rieb sich das Gesicht mit beiden Händen. Wie eine Gazelle rannte sie jetzt im Zickzack. Kochend vor gerechter Empörung lief er ihr hinterher. Der Wind pfiff ihm in den Ohren und streichelte seine nackte Kopfhaut – ein ungewohntes und nicht allzu unangenehmes Gefühl. Während er hinter ihr herstolperte, schleuderte er ihr seine saftigsten Beleidigungen an den Kopf: »Konkubine von Dingane, du! Stinkende Katze von King George!« Er war wild entschlossen, sie zu packen. Sie verdiente eine ordentliche Tracht Prügel. Wie konnte er sich ohne Schnurrbart in der Öffentlichkeit sehen lassen?

Es gelang ihm einfach nicht, sie zu erwischen. Er, ein großer Mann, und sie, klein und flink. Aber sein Zorn trieb ihn weiter an. Dann blieb sein rechter Fuß am Stumpf eines vor langer Zeit gefällten Baums hängen. Er stolperte, stürzte beinah mit dem Gesicht voran, konnte sich jedoch in letzter Minute fangen.

»Ich hau dir die Hände ab, du Eselsbacke! Du Satansbraten!«

Sie rannte lachend im Zickzackkurs weiter, sodass ihm schwindlig wurde. Dann drehte sie sich neckisch um und warf ihm ihre liebste Beleidigung an den Kopf: »Marete a mmao!« – Die Hoden deiner Mutter!

Sie lief den Hang hinunter, wo der Fluss in der Ferne schimmerte. Keuchend und schnaubend meinte er, sie bald zu erreichen. Das letzte Mal hatte er sich auf diese Weise körperlich verausgabt, als eine Gruppe von ihnen – vier, fünf Männer des Burentrupps – auf dem Weg zum Lager von einem wütenden Büffel gejagt worden waren.

Eine Schar Jungen, die ihre Rinder vom Fluss herauftrieben, sahen, wie der Mann das Mädchen jagte, und riefen: »He, wer bist du? Warum jagst du hinter ihr her?«

Sie griffen zu ihren Schleudern und begannen ihn zu beschießen, doch jeder Schuss ging daneben.

Einer der Jungen erkannte ihn. »Hört auf mit Schießen, hört auf! Das ist der *weiße* Mann, der bei den Motaungs wohnt. Aber was ist mit ihm passiert? Er hat keine Haare mehr. Der Bart ist fort. He, Ralefahlana!« Die anderen Jungen nahmen den Ruf auf, eine populäre Beleidigung für einen kahlen Mann. »Ralefahlana, Ralefahlana, wer hat deine Haare gestohlen?«

Als de la Rey die Spöttelei hörte, sah er sich nach den Jungen um. In diesem Moment verlor er das Gleichgewicht. Er trat auf einen Stein, stürzte, rollte den Hang hinunter und landete mit einem schmerzhaften Aufprall zwischen Steinen am Flussufer. Mühsam und wie betäubt kam er wieder auf die Füße. Auf seiner linken Wange war Blut, wo ihn ein Stein oder scharfer Baumstumpf verletzt hatte. Er fuhr sich mit der Hand ins Gesicht und sah das Blut darauf. Als wollte er die Gedanken frei bekommen, schüttelte er den Kopf. Er blinzelte mehrmals und sah Matshiliso ängstlich am Ufer stehen.

Sie näherte sich ihm mit Entschuldigungen. »Morena Rey, tswarelo, tswarelo!«

Er lächelte sie an. »Ich weiß nicht, was in mich gefahren ist, mich wie ein Kind zu benehmen.«

»Komm, lass mich diese Wunde versorgen.«

»Keine Sorge, es ist nichts.«

Sie blickte ihn streng an. »Ich sagte: komm!«

Er gehorchte. Sie ließ ihn auf einem Stein nah am Wasser knien. Sie zog ihm das Hemd aus und warf es ins Gras, dann schöpfte sie etwas Wasser mit der Hand und wusch die verletzte Stelle. Zum Glück war die Wunde nicht tief, nur eine kleine Schürfwunde. »Ihr Leute habt dünne Haut. Sie blutet so schnell. Ich hatte gedacht, es wäre eine schlimme Wunde.«

Als sie die Wunde gesäubert hatte, fing sie an, ihm den kahlen Kopf zu waschen. Wie sie mit den Fingernägeln über die nackte Haut fuhr, empfand er als angenehm.

»Tsamayang, lona!«, rief Matshiliso den Hütejungen zu, die das Geschehen gespannt verfolgten, um sie zu verscheuchen.

Die Jungen rührten sich nicht von der Stelle. Sie stand auf und hob ein paar Steine auf, die sie mit großer Zielsicherheit auf sie schleuderte. Jeder Wurf ein Treffer. Die Jungen flohen Hals über Kopf.

»He, du, Kamogelo, komm her!«, forderte sie einen der Jungen auf.

»Aber du wirst mich mit einem Stein bewerfen!«

»Nein. Jetzt ist Frieden.« Sie ließ die Steine fallen. »Komm her. Ich muss etwas Wichtiges mit dir besprechen.«

Der Junge zögerte, kam aber dann den Hang heruntergelaufen.

Als er bei ihr ankam, sprach sie absichtlich schnell und in unverständlichem Sesotho, sodass de la Rey nichts verstand. Kamogelo riss die Augen auf. Dann lief er den Hang hinauf.

Matshiliso wandte sich an de la Rey. »Deine Sachen stinken. Zieh sie aus.«

»Was?«

»Ich habe gesagt, zieh deine Sachen aus, damit ich sie hier waschen kann.«

»Das werde ich nicht tun.«

»Dann gehst du nicht nach Hause.«

»Warum nicht?«

Sie nahm ein Steinchen von einem Haufen, den sie rasch zusammengetragen hatte, warf ihn nach ihm und traf ihn an der Brust. Es tat weh. »Wenn du deine Sachen nicht ausziehst, bewerfe ich dich, bis du blutest.«

»Was machst du da?«

»Zieh …«, sie warf ein Steinchen nach ihm und traf ihn an der Schulter, »deine …«, noch ein Steinchen, »Sachen …«, noch ein Steinchen, »aus.« Sie traf jedes Mal.

»Okay, okay, aber was soll ich anziehen, während du meine Sachen wäschst?«

»Meine Brüder bringen dir neue frische, schöne Kleidung.«

»Sie kennen meine Kleidergröße nicht. Ich bin ein großer Mann.«

»Es ist Kleidung für alle Größen, was sie bringen. Zieh jetzt deine Hosen aus.«

»Das kann ich vor dir nicht machen.«

»Gut, ich gucke weg.« Sie blickte in die entgegengesetzte Richtung, während er schnell seine Veldskoene und Hosen auszog.

Sie hörte es platschen, als er ins Wasser tauchte. Sie nahm seine Sachen, kniete sich auf den flachen Stein und fing an, sie zu waschen. Seit Kriegsbeginn war Seife rar geworden, doch ein gründliches Waschen nur mit Wasser bewirkte immer noch Wunder. Ihre Hände waren an das Waschen groben Stoffs gewöhnt. Seine Hosen waren steif, doch sie kam damit klar. Als das Wasser tief ins Gewebe eingedrungen war, stand sie auf, um die Hosen gegen den Stein zu schlagen, wie es ihr beigebracht worden war.

Schmutz und Staub von Monaten waren in dem klaren Wasser zu sehen, als sie sich bückte, um den letzten Schritt des Waschprozesses in Angriff zu nehmen. Sie hatte ihr Bestes getan und hob nun zufrieden das Hemd an ihre Nase. Es roch nach Wasser. Sie lächelte. Sie ging ein Stück flussaufwärts, wo es große Felsblöcke gab, auf denen die Frauen des Dorfes normalerweise ihre Sachen zum Trocknen ausbreiteten.

»Tshili!«, rief es. Sie drehte sich um und sah ihren Bruder. Mit einem spitzbübischen Glitzern in den Augen sagte er: »Hier ist die neue Kleidung für deinen Ehemann.«

»Du Mäuslein, ich kriege dich! Wer hat gesagt, dass er mein Ehemann ist?«, antwortete sie dem Wind. Ihr Bruder war im nahen Busch verschwunden.

Sie setzte sich und beobachtete de la Rey beim Schwimmen ein Stück weiter weg. Schließlich kam er auf sie zu gewatet. Als ihm das Wasser nur noch bis zur Taille reichte, rief er: »Geh weg dort, damit ich aus dem Wasser kommen und mich anziehen kann.«

»Warum soll ich hier nicht sitzen?«

»Ich bin nackt.«

»Na und?«

»Dummes Mädchen, ich möchte nicht, dass du mich ohne meine Kleidung siehst.«

»Warum nicht?«

»Ich sage es zum letzten Mal, geh bitte weg, damit ich aus dem Wasser kommen kann.«

»Gut, wenn du es willst.« Sie erhob sich und ging flussaufwärts. Als sie nicht mehr zu sehen war, kam er schnell aus dem Wasser und eilte dahin, wo sie die versprochene Kleidung gelassen hatte. Als er beim Bündel auf dem flachen Stein angekommen war, riss er die Augen auf. »Was ist das denn?« Er hob das Bündel hoch und sah, dass es ein Sack war. Viele der Männer im Dorf liefen in Sackleinen herum – sie nahmen einen normalen Mehl- oder Maissack, schnitten ein Loch für den Kopf hinein und zwei weitere Löcher für die Arme. Vielerorts im Freistaat fühlten sich ärmere

Schwarze in Sackleinen wohl. Lediglich die zum Christentum Bekehrten, die mit einer gewissen Schulbildung, trugen westliche Kleidung. Doch er, Cornelius de la Rey, würde sich nicht darauf einlassen, Sackleinen zu tragen. Er war nicht einer der ihren. Wütend schrie er: »Matshiliso!«, bevor ihm einfiel, dass er immer noch nackt war.

Er konnte Matshiliso hören. Sie sang ein traditionelles Lied. Sie war zwar noch nicht zu sehen, kam aber deutlich hörbar auf ihn zu. In Panik zog er den Sack an. Er kratzte auf der bloßen Haut.

Matshiliso kam, wie er jetzt sah, völlig nackt auf ihn zu und zog ihren Rock aus Kuhhaut mit der linken Hand hinter sich her.

Sie strahlte. »Dieser Sack wurde für dich gemacht. Ist er nicht schön? Ich habe mich immer gefragt, wie ein *Weißer* in Sackleinen aussehen würde. Du siehst wie ein Engel aus, von dem mir mein Großvater aus der Bibel vorgelesen hat.«

Er schaute weg und wurde rot. »Mädchen, verhülle bitte deine Nacktheit.«

»Warum? Ich liebe die Nachmittagsbrise auf der nackten Haut.«

Immer noch abgewandten Blicks wiederholte er: »Bitte zieh dich an. Was sollen die Leute sagen?«

»Deine Kleider sind dort drüben«, sagte sie. »Wir holen sie morgen, wenn sie trocken sind.«

Er zog seine Veldskoene an und ging den Hügel hinauf nach Hause. Als sie ihn endlich einholte, hatte sie ihren Rock wieder angezogen.

»Matshiliso, ich sag dir, du bist nicht ganz bei Trost. Aber egal, was bedeutet dein Name eigentlich?«, fragte er auf Afrikaans.

Sie sah ihn nur an. Er stellte die Frage in seinem unsicheren Sesotho: »Ich weiß, dass in der afrikanischen Gesellschaft der Name von jeder Person eine Geschichte erzählt. Was bedeutet dein Name, Matshiliso?«

»Mitgefühl.«

Er schüttelte den Kopf. Sie hatte ihn offensichtlich nicht verstanden. Er wiederholte langsam: »Ich habe gesagt, was bedeutet dein Name?«

»Er bedeutet Mitgefühl. Du musst wissen, wenn jemand stirbt, dann sprechen wir seiner Familie unser Mitgefühl aus. Macht ihr *Weißen* das nicht auch?«

»Allerdings. Aber willst du mir sagen, dass dich deine Eltern *Mitgefühl* genannt haben?«

»Ein wunderbarer Name, findest du nicht? Meine Großmutter hat ihn mir gegeben.«

Er probierte den Namen in seiner eigenen Sprache aus: meegevoel. Er kicherte bei dem Gedanken, dass eine Afrikaanse Mutter ihr Kind zum Essen rief: »Meegevoel, kom eet! Meegevoel!«

Als könnte sie seine Gedanken lesen, sagte sie: »Du darfst dein erstes Kind sehr gern Matshiliso nennen, dann kannst du dich immer an mich erinnern, an dieses verrückte Mosotho-Mädchen.«

Er sah sie an. Sie blieben stehen und starrten einander lange an. Er blickte als Erster weg. Sie nahm seine Hand, und sie gingen weiter in Richtung des Dorfes.

»Matshiliso?«

»Ja?«

»Wie heißt dieser Fluss?«

»Oh, du willst den Namen des Flusses wissen, damit du deine Flucht planen kannst?«

»Unsinn. Sag mir den Namen des Flusses.«

»Mohokare.«

De la Rey war überrascht, dass er so lange gebraucht hatte, herauszufinden, wo genau er sich befand. Mohokare war der Sesotho-Name des Caledon, er floss entlang der Grenze zwischen dem Freistaat und dem Basutoland.

»Mohokare«, sagte er leise vor sich hin.

KAPITEL 6

De la Rey brauchte eine Weile, bis er sich dem Rhythmus des Dorflebens angepasst hatte. Als Mitglied des Buren-Kommandotrupps war er daran gewöhnt, um vier Uhr in der Frühe aufzuwachen, für das Frühgebet unter der Leitung des Lagerkommandeurs. Dann absolvierten sie ihre Körperübungen, gefolgt von schneller Morgenwäsche. Die älteren Soldaten pflegten danach die Männer mit Geschichten aufzuheitern, in denen sie die Höhepunkte ihrer Karriere oder die Taten tapferer Soldaten früherer Zeiten heraufbeschworen, um alle bei Laune zu halten. Ein einfaches Frühstück, meist Brot mit Marmelade und Kaffee, geleitete die Männer in den neuen Tag, während die Sonne emporstieg. Wenn sie dann angenehm warm auf der Haut war, tauchten die Kundschafter am Horizont auf, die am Abend zuvor losgezogen waren, um Informationen über die Position und Bewegungen der Briten zu erlangen.

Jetzt, da er sich selbst in dieses Dorf versetzt hatte, wusste de la Rey nicht, was er mit sich anfangen sollte. Wenn die Dorfhähne ihren Weckruf für jedermann hören ließen, war er schon lange wach. Aber es gab für ihn keinen Grund, die Wärme seiner Schlafmatte zu verlassen. Um was zu tun? Er blieb also liegen, warf sich herum und lauschte auf die Geräusche des Morgens. Zunehmend galten seine ersten Gedanken jedoch Matshiliso.

Während er so eines Morgens auf seiner Matte lag, erinnerte er sich, wie er vor zwei Wochen eines Nachts zufällig auf sie gestoßen war. Sie saß auf einem Stein unten am Fluss und sang ein trauriges Lied, das Gesicht zum Himmel gekehrt. Der Gesang war fast ein Flüstern, doch ab und zu hob sie ihre Stimme mit plötzlicher Dringlichkeit, ehe sie wieder trauernd sinken ließ. Er hatte wie verzaubert dort gestanden, bevor er allmählich ein schlechtes Gewissen bekam und wegging. Am darauffolgenden Abend war er wieder zum Fluss gegangen. Wie das Schicksal es wollte, war sie da, auf genau demselben Stein. Als hätte sie seit der vergangenen Nacht dort gesessen. Wieder sang sie. Abrupt brach sie ab und drehte sich um. Es war zu spät für ihn, um sich zu verstecken.

»Morena Rey, warum störst du mich, wenn ich ganz für mich sein will? Schämst du dich nicht, die Gespräche anderer Menschen zu belauschen?«

»Ich ... ich hatte nicht die Absicht ... Gespräch? Aber ... du hast einfach die Sterne angesungen. Ah ...« Er verstummte und schaute hoch zum Himmel. »Ich verstehe, warum du so angetan von den Sternen bist. Sie sind schön.«

Sie erhob sich und ging langsam fort. Er folgte in sicherem Abstand und bat um Verzeihung. Die gewährte sie ihm, still vor sich hin lächelnd.

Am nächsten Abend trafen sie wie zufällig wieder beim Fluss zusammen. Doch dieses Mal redeten sie freundschaftlich miteinander. Matshiliso erklärte ihm, dies sei ihr intimer Moment mit den Eltern, die sie verloren hatte. »Sie sind dort oben«, sagte sie und zeigte hinauf. »Kannst du sie sehen?«

»Ja, ich kann sie sehen. Sie bewegen sich langsam aufeinander zu.«

»Du kannst sogar sehen, dass sie sich bewegen?«

»Ja.«

In den darauffolgenden Tagen trafen sie sich stets an derselben Stelle. Sie erzählten sich gegenseitig Geschichten. Sie lachten. Aber meist sang sie, bot ihr Lied den Sternen dar, und er hörte ihr zu.

Während er auf die Geräusche des frühen Morgens lauschte, dachte er, wie schön doch diese Momente waren, mit ihr an seiner Seite unter den Sternen, die zuschauten. Manchmal hielten sie sich bei den Händen; ein anderes Mal saß er auf dem Boden mit dem Rücken gegen den Stein, und sie legte ihm den Kopf in den Schoß.

Er fuhr langsam mit den Fingern durch ihr dickes Haar, während sie leise die Sterne da oben ansang. Wenn die Nachtluft zu kühl wurde, standen sie zögernd auf und gingen zurück zum Dorf.

De la Rey erhob sich von seiner Schlafmatte, streckte sich und gähnte. In der Ferne hörte er den Fluss mit ungetrübter Klarheit singen. Seine monotone Musik wurde vom Gesang der Vögel untermalt. Bald tauchten andere Geräusche überall im Dorf auf und wurden lauter, während das Tageslicht allmählich seine Herrschaft über das Land kundtat: Einige junge Männer pfiffen schrill, als wetteiferten sie miteinander, während andere Loblieder auf ihre Kühe sangen, die sie gleich melken würden. Schon bald würde eine seltsame Melodie die Luft beleben: *klo-klo-klo*. De la Rey erfuhr, dass diese Musik vom scharfen Milchstrahl aus dem Euter der gemolkenen Kuh herrührte, von den Milchströmen, die auf den Boden des hölzernen Eimers trafen. *Klo-klo-klo*, sang der Eimer.

Natürlich hatte de la Rey keine Ahnung, wie das Dorfleben vor dem Krieg gewesen war. Bei seiner Ankunft hatte er Menschen erlebt, die in Armut und Verzweiflung vereint waren. Doch bald genug wurden diese Eindrücke ersetzt durch solche der Fülle und des Wachstums. Das beeinflusste auch de la Rey, sodass er nun jeden Morgen mit einem Lächeln aufwachte, bereit, dem Tag und was er für ihn bereithielt ins Auge zu sehen. Er stand auf von seiner Schlafmatte, streckte sich und gähnte geräuschvoll. Dann nahm er seine Matte und die gegerbte Kuhhaut auf, die ihm als Decke diente. Er zog seinen Leinensack an, schlug Schlafmatte und Decke gegen die Wand seiner Hütte, rollte beide dann ordentlich zusammen und legte sie an der Wand ab. Ehe er seine Unterkunft für den Tag verließ, sah er sich seine letzte Zeichnung an, an der er am Abend zuvor gearbeitet hatte. Dann ging er nach draußen und atmete die frische, kühle Luft ein.

Die Mädchen, die das Korn stampften, machten eine Pause, wenn sie de la Rey sahen. Schüchtern grüßten sie ihn und bedeckten ihren Mund mit der Hand, während sie über ihn tratschten. Mittlerweile hatten die Hütejungen schon lange das Dorf verlassen und die Rinder auf die Weide gebracht. Ältere Frauen fegten den Hof oder speisten das Feuer der Dorfgemeinschaft mit Holz. Alte Männer gingen hinaus und sahen nach ihren Pferden, ritten manchmal zum Fluss, um sie zu tränken. Längere Strecken zu reiten war nicht mehr erlaubt, da die Gegend von kriegerischen Auseinandersetzungen heimgesucht war. Man bewegte sich besser nur im Umfeld des Dorfes, verborgen vor dem Rest des Landes durch den Berg und die Wälder, die einen natürlichen Schutzwall um die Siedlung bildeten.

Nachdem er höfliche Floskeln mit einigen Mädchen und den alten Frauen im Hof ausgetauscht hatte, lief de la Rey den Hang hinunter zum Fluss, wo er ein Bad im seichten Wasser nahm.

An diesem Morgen hatte er das Dorf bei Tagesanbruch verlassen. Er wusch sich gerade, als er einen Stich auf seinem entblößten Hintern spürte. Er drehte sich um und sah Matshiliso mit einer Gruppe Gleichaltriger. Sie lachten laut heraus, als er hinter den Felsbrocken nach seinem Sack tastete, verzweifelt bemüht, seine Nacktheit zu bedecken.

Matshiliso sagte: »Wie oft muss ich dir noch sagen, dass du deine dreckige Person nicht hier waschen sollst? Hier schöpfen wir unser Trinkwasser. Wenn du dich waschen möchtest, geh flussabwärts. Dorthin.« Sie deutete in die Ferne. Er murmelte eine Entschuldigung, zog seinen Sack über und ging den Hang hoch, zurück zum Dorf. Er hatte sich ja schon gewaschen.

Er entschied sich für eine Abkürzung durch dichten Busch. Dort traf er zufällig auf einen alten Mann, der neben einem Baum hockte und leise vor sich hin sang, während er sich erleichterte. De la Reys Hand fuhr instinktiv zur Nase, und er entschuldigte sich.

»Warum entschuldigst du dich, Morena Rey?«, fragte der Alte. »Hast du noch nie einen Mann seinen Darm entleeren sehen? Als

Soldat musst du dich doch gewiss vor anderen Männern hingehockt haben. Wie du weißt, Morena, ist der Tagesanbruch die perfekte Zeit, den Körper von den Unreinheiten des letzten Tages zu befreien. Du kannst nicht frühstücken, während dein Körper noch voll mit den Unreinheiten des vergangenen Tages ist. Hock dich doch zu mir.«

De la Rey faltete die Arme vor der Brust, damit seine Rechte nicht unwillkürlich zur Nase wanderte.

»Na los«, fuhr der Alte fort, »wir wollen unser Geschäft gemütlich verrichten, keine Eile, und uns ein wenig unterhalten. Leider habe ich meine Pfeife zu Hause vergessen, sonst würde ich sie jetzt anzünden, und wir würden sie zusammen genießen. Ja, junger Mann, nichts geht über das Entleeren des Darms in der Gegenwart eines Freundes. Deine Ausscheidungen riechen nicht besser als meine, ist es nicht so? Wir sind einander gleich, was diese stinkenden Angelegenheiten betrifft.«

Eine Aaskrähe ließ sich auf einem Baum nieder, nicht allzu weit entfernt von ihnen. De la Rey scheuchte sie fort.

Der Alte sprach weiter: »Ah, Morena Rey, wie unhöflich von mir. Ich glaube, ich habe mich dir noch nie vorgestellt. Ich weiß, dass du mich schon im Dorf gesehen hast, aber du weißt nicht mal, wer dieser alte Mann ist. Ich bin Mokhele. Ntate Motaung ist mein Cousin. Wir geben uns ein andermal gebührend die Hand ...« Er verstummte.

De la Rey grunzte zustimmend.

Mokhele schaute zu den Vögeln auf, die hoch oben in Formation dahinflogen, dann sprach er: »Scheint ein schöner Tag zu werden. Worauf wartest du, junger Mann? Hock dich dort drüben hin und befreie dich von den Unreinheiten des gestrigen Tags, bevor du frühstücken gehst.«

»Aber ich habe nicht das Bedürfnis ... es eilt nicht, meine ich.«

»Unsinn. Ein Mann ist nie ohne Scheiße in sich. Hock dich einfach dort drüben hin, und du wirst schon sehen. Jedenfalls ist dieser Busch hier die Gemeinschaftstoilette.«

»Warum benutzt du nicht eine der Grubenlatrinen? Sie sind überall im Dorf.«

»Ah, diese Dinger sind für Frauen. Männer entledigen sich ihres Dungs genau hier. Du kannst einfach nicht durch dieses Stück Land gehen, ohne etwas Dung darauf fallen zu lassen. Die Christen würden das unser heiliges Land nennen, oder so ähnlich, wo wir das fallen lassen, was unseren Boden zu nähren hilft.« Der Alte lachte über seinen eigenen Scherz. »Na los, hock dich hin, junger Mann.«

Widerwillig gehorchte de la Rey. Bevor er sich's versah, stöhnte er bei der lustvollen Mühe, einen Scheißhaufen herauszupressen.

»Siehst du? Ich hab's dir gesagt. Selbst dein Gesicht strahlt jetzt vor Erleichterung.«

De la Rey gestattete sich ein zustimmendes Lächeln. Er wusste nicht, was er sonst tun oder sagen sollte.

»Was höre ich da von dir und Matshiliso?«

De la Rey sah dem Alten in die Augen und sagte: »Was hast du denn gehört? Bitte kläre mich auf.«

Der Alte lachte kurz auf, schüttelte den Kopf und sagte dann: »Weißt du, in dieser Gegend haben sogar Bäume Ohren, Augen und Münder. Was du hinter jenen Moluoane-Bäumen tust, wird schließlich unsere Ohren erreichen.«

»Warum musst du immer in Rätseln sprechen? Kannst du nicht direkt zur Sache kommen?«

»Aaah! Die Schuldigen sind empfindlich.«

De la Rey ließ einen laut schallenden, derben Furz fahren.

»Das habe ich gehört«, sagte der Alte. »Du verhältst dich geringschätzig mir gegenüber, wenn du so arrogant furzt. Ich habe das laut und deutlich vernommen.«

De la Rey unterdrückte einen weiteren Furz und lief rot an.

Mokhele sagte: »Im ganzen Dorf wird schon darüber getratscht.

Warawarawara! Ja, einige interessante Wahrheiten werden freudig verbreitet. Das Dorf hat gesehen, wie du mit der Enkelin des Chief in den Wald geschlichen bist …«

»Was willst du …«

Mokhele unterbrach ihn mit erhobener Hand und fuhr fort. »Weißt du, Morena Rey, es ist die Enkelin des Chief, die du auf Abwege führst. Schon seit Langem ist sie für einen der Söhne des Dorfs bestimmt, und nun kommst du daher und stiehlst ihre Unschuld.«

»Aber das ist eine Lüge.«

»Es tut mir im Herzen weh, solche Skandalgeschichten wiederzugeben. Aber das Dorf kann sich nicht irren.«

»Darf ich dich bitten, allen, die dieses Gerücht verbreiten, auszurichten, dass ich Matshiliso nichts angetan habe? Außerdem kann ich keinen Verrat an deinen Leuten begehen, nach allem, was ihr für mich getan habt – ihr habt mir zu essen gegeben, habt mir Zuflucht gewährt …«

»Genau deshalb ist das Dorf von dir enttäuscht: Wir beschützen dich, ernähren dich, und du dankst es uns mit einem Haufen Scheiße.«

»Ich …«

»Ich lebe schon lang genug, um euresgleichen zu kennen. Deine Brüder fangen einen Krieg an. Feigheit überwältigt dich. Du gibst Fersengeld. Triffst auf hilflose Einheimische und übertölpelst sie dann. Jetzt spielst du hier den Retter. Den großen *weißen* Retter. Morgen wirst du die Herrschaft über unser Dorf beanspruchen. Noch ein Jantoni! *Gaat!*«

»Du verstehst nicht.«

»Wir hätten dich sofort, als wir auf dich gestoßen sind, töten sollen. Ich habe den anderen gesagt, dass du ein schlechtes Omen bist.«

Mokhele sammelte eine Handvoll frischer Blätter, um seinen Hintern abzuwischen, stand auf und benutzte Erde und ein paar Zweige, um seinen stinkenden Haufen zu bedecken.

Dann sagte er: »Das Feuer, das dich eines Tages verbrennen wird, ist dasselbe, das dich wärmt.«

»Warte«, rief de la Rey mit Panik in der Stimme. Der Alte verschwand aus dem Blickfeld.

Als er mit seinem Geschäft fertig war, stellte de la Rey schockiert fest, dass er keine Blätter zum Abwischen mitgebracht hatte. Es war ja nicht seine Absicht gewesen, sich hier zu erleichtern.

Er sah sich nach frischen Blättern um. Da waren keine. In gebückter Haltung watschelte er zu einem Baum und packte einen Zweig mit großen dunkelgrünen Blättern. Eine Handvoll davon pflückte er und benutzte sie, um seinen Hintern abzuwischen, vor Schmerz wimmernd, als er sich an ihnen schnitt.

Als Matshiliso hinter seine Hütte kam, um nach dem Frühstück seine leere Schüssel abzuholen, sah er zu ihr hoch. Er wollte sie fragen, ob sie die Gerüchte gehört habe, die über sie beide kursierten. Er wollte sie bitten, sich zu ihm zu setzen, damit er sich ihrer Gegenwart erfreuen konnte, wollte sie fragen, warum ihr Lächeln heller schien als die frühe Morgensonne und ihre Augen in ihm einen Durst weckten, von dem er nicht wusste, wie er ihn stillen sollte. Er wollte ihr sagen, dass er glaube, der Krieg würde bald enden und alles würde wieder normal werden und die Gesellschaft würde ein neues Kapitel aufschlagen. Und in diesem Kapitel würde ein neuer Verhaltenskodex für die Menschheit geschrieben stehen, nach dem es normal für ihn war, neben ihr zu sitzen, sogar ihre Hand zu halten, ohne dass seine oder ihre Leute den Anblick seltsam und ungebührlich finden würden. Er wollte ihr so viele Fragen stellen.

Doch sein Herz klopfte heftig vor Furcht, als ihm einfiel, dass seine Beziehung zu Matshiliso kein Geheimnis mehr war. So schwer es ihm fallen würde, sie zurückzulassen, war es doch vielleicht an der Zeit, das Dorf zu verlassen. Vielleicht war der Krieg ja vorbei. Er war inzwischen schon mindestens sechs Monate hier. Es gab sowieso nicht genug Nahrung für alle.

Nachdem Matshiliso weggegangen war, begab er sich auf eine ziemlich lange Wanderung. Mit seiner Tasche über der Schulter, seiner Keule in der einen Hand und seinem angespitzten Stock in der anderen schritt er entschlossen los. Seine Füße und Beine schnitten eine Schneise durch dichtes Unterholz.

KAPITEL 7

Als de la Rey an dem Flussabschnitt ankam, wo Frauen und Mädchen Wasser zum Trinken und Kochen schöpften, kniete er sich hin. Lange und ohne Hast trank er vom süßen, klaren Wasser. Als er seinen Durst gestillt hatte, stand er auf und rülpste. Er wanderte flussabwärts. Ein Fisch sprang aus dem Wasser und erschreckte ihn.

Er kam an der Stelle vorbei, wo die Dorfbewohner ihr tägliches Bad nahmen. Als er den Ort erreichte, wo die Jungen ihre Rinder tränkten, wurde die Sonne allmählich drückend heiß. Die Steine am Flussufer wimmelten vor Ratten, die sich am getrockneten Kuhdung gütlich taten. Stunden später stieß er auf ein kühles Wäldchen, wo er seine Tasche, die Keule und den Speer niederlegte. Er setzte sich auf den Boden, lehnte den Rücken an einen Baum und begann, seinen getrockneten Fisch zu essen.

Warum, so fragte er sich, brach er sein Abenteuer jetzt nicht einfach ab und kehrte zu seinen Leuten zurück? Stellte sich den Konsequenzen seiner Desertion. Plädierte auf vorübergehende Unzurechnungsfähigkeit. Er hoffte, man würde ihm vergeben – die Buren liebten den Namen de la Rey. Oder er könnte sich einfach den Briten ergeben – wenn er sie fand. Hatte der Chief die Gerüchte über ihn und Matshiliso gehört? Was hielt er davon? Irgendjemand hatte de la Rey mal erzählt, der Chief würde nicht zögern, einen Mann zu steinigen, der die Jungfräulichkeit seiner Tochter geraubt hatte. Vielleicht sollte er daher einfach die Flucht ergreifen.

»Verdammt, warum bin ich jetzt so?«, murmelte er vor sich hin. »Warum denke ich auch nur daran? Ist das Feigheit? Habe ich Tshili nicht gesagt, ich möchte sie eines Tages zur Frau nehmen? Komm schon, sei kein Feigling! Sei ein Mann!«

Er beschloss, weiter am Ufer entlangzuwandern und nachzudenken. Ihm war bewusst, dass er schon weit gelaufen war, unbewaffnet. Kein Gewehr. Was wäre, wenn …? Er verfolgte den Gedanken nicht weiter.

Als er seinen salzigen Trockenfisch aufgegessen hatte, hatte er Durst. Er bereute, dass er keine Kalebasse mit Sauermilch mitgenommen hatte. Er stand auf, bahnte sich den Weg durchs hohe Gras zum Wasser, dann blieb er stehen. Er hatte eine junge Steinantilope entdeckt. Sie trank, lediglich zehn Meter von dem Platz entfernt, wo er verborgen gesessen hatte. Instinktiv duckte er sich und griff nach Keule und Speer. Die Antilope hörte auf zu trinken. Nervös witterte sie. Da er vermutete, dass der Wind ungünstig stand und das Tier ihn wittern würde, verharrte er tief gebückt, aufs Äußerste angespannt. Mit der Rechten umklammerte er den Speer, mit der Linken die Keule. Die Antilope trank wieder. De la Rey sprang mit erhobenem Speer nach vorn.

Er machte einen Satz. Das Tier sprang hoch, als wäre es von einer Kugel getroffen. In seiner Panik und seiner Hast prallte es gegen einen Baum. De la Rey rammte den Speer in seine Flanke. Das Tier stieß einen Klagelaut aus, während es wieder lossprang. De la Rey erlegte es mit einem gezielten Keulenschlag auf den Kopf. Er kniete sich neben die Steinantilope und versicherte sich, dass sie tot war. Es war lange her, dass er ein Tier getötet hatte.

Er steckte Speer und Keule in seine tiefe Tasche, die er über die Schulter hängte. Dann packte er seine Beute bei den Vorderbeinen und warf sie sich über die andere Schulter. Ein kleinerer Mann hätte das tote Tier hinter sich herzerren müssen.

Er musste ungefähr eine Stunde gelaufen sein, als er am Himmel über sich Geier kreisen sah. Bald genug wären Hyänen und andere opportunistische Aasfresser da, dachte er. Er blieb kurz stehen und sah zu den Geiern hoch. Sollen sie doch kommen, ich zeige es ihnen. Dann schrie er: »Kommt! Ihr Mistviecher, ich habe keine

Angst vor euch! Kommt und spürt meinen Speer und meine Keule! Worauf wartet ihr? Kommt!«

Die Geier kreisten weiter über ihm, stürzten ab und zu herab zu ihm, nur um wieder in den Himmel aufzusteigen.

Er setzte seine Wanderung fort. Irgendwann ließ er dann seine Beute zu Boden gleiten und legte eine Atempause ein. Er nahm sich Zeit, um die Bewegungen der Geier zu prüfen. Allmählich dämmerte ihm, dass nicht er ihr Angriffsziel war. Sie waren an etwas anderem in der Nähe interessiert. Er folgte ihren Bewegungen mit den Augen. Langsam ließen sie sich in Spiralen zu Boden gleiten, bis sie sich niederließen, wo anscheinend ein kleines Dorf war. Nein, kaum ein Dorf – nur eine Gruppe zusammengedrängter Rundhütten. Alarmiert duckte er sich und versteckte sich im hohen Gras. Er durfte sich nicht zeigen. Wer lebte in dem Dorf? Was, wenn die Buren es erobert hatten und es als zeitweilige Basis nutzten? Von da, wo er auf dem Bauch lag, beobachtete er die Geier, als sie sich auf der freien Fläche in der Mitte der Ansiedlung niederließen. Sie begannen einen Krakeel – sie kreischten und attackierten einander. Er blieb liegen und ließ die Augen von links nach rechts wandern, in Erwartung, dass die Bewohner der Ansiedlung aus einer der Hütten auftauchen und die großen Vögel verscheuchen würden. Aber außer den Vögeln bewegte sich dort nichts. Nach etwa einer halben Stunde beschloss er, sich der Ansiedlung zu nähern.

Dann begriff er, worum die Vögel sich stritten – eine Leiche. Instinktiv wich er zurück und wollte den Schauplatz verlassen, so schnell ihn die Füße trugen. Doch er überlegte es sich anders. Zitternd stand er da. Dann stürmte er schreiend, so laut er konnte, vorwärts, seine Keule mit der Rechten umklammernd, bereit, zuzuschlagen. Von ihrem spätnachmittäglichen Festmahl aufgestört, stoben die Vögel mit wilden Flügelschlägen empor.

Befriedigt, dass er die Geier verscheucht hatte, lenkte de la Rey seine Aufmerksamkeit nun auf die Ansiedlung. »Ist hier jemand?«, rief er. Es kümmerte ihn nicht mehr, ob man ihn aus einem Versteck heraus beobachtete. Er rief wieder: »Hört ihr mich? Ist hier jemand?« Keine Antwort. Er schwitzte, war blind vor Tränen der Wut und Frustration. Sein Blick wanderte gegen seinen Willen wieder zum Leichnam. Wie es aussah, war es die Leiche einer älteren Frau. Der Magen war aufgerissen, die Därme quollen auf den staubigen Boden. Die Augen waren ausgehackt. Die vertrockneten Brüste waren in Fetzen gerupft. Neben der Leiche lag eine zerbrochene Kalebasse. Die alte Frau war vermutlich auf dem Weg zum Fluss gewesen, als sie zusammenbrach, wahrscheinlich vor Hunger und Durst.

Als sich de la Rey umwandte, stellte er fest, dass sich eine neue Schar Geier auf die Steinantilope niedergelassen hatte und sie heftig bearbeitete. Schreiend rannte er auf sie zu, seine Keule beschrieb wütende Kreise in der Luft. Die Geier nahmen sich Zeit damit, vom Kadaver aufzusteigen. Einer von ihnen – ein Monster mit einer Flügelspannweite von fast zwei Metern – stand herausfordernd auf der Antilope, und seine scharfen Augen drohten ihm. De la Rey zögerte, doch seine Wut siegte über seine Angst. Er stürmte vorwärts, seine Keule zerteilte die Luft mit Wucht. Der Vogel schlug lärmend mit den Flügeln und stürzte auf ihn zu, seine scharfen, blutigen Krallen zielten auf seinen Kopf. Er duckte sich weg und schlug dem Vogel auf die Schwinge. Der kreischte, als er in die Luft stieg. Dann verlor er das Gleichgewicht und plumpste zu Boden.

De la Rey hatte keine Zeit für ihn. Er zerrte seine Beute zur Tür einer der Hütten. Dann lief er von Hütte zu Hütte und schrie: »Ist hier jemand? Hallo!« Immer noch keine Antwort. Er rannte zur nächsten Hütte. Darin lagen zwei Leichen. Ältere Leute – ein Mann und eine Frau. Riesige Ratten, fast so groß wie kleine Kaninchen, fraßen sich an den Leichen satt. Wütend stieß er mit dem Fuß nach einer Ratte und schleuderte sie in die Luft. Keine Zeit, mit Befriedigung darauf zu lauschen, wie der Körper der Ratte gegen eine Wand krachte und explodierte. Blind vorwärtsstürmend, gelangte er zum Eingang einer weiteren Hütte. Dort hatten die Bewohner wohl ihr Getreide gelagert. Er sah sich um. Getreidekörbe lagen wild durcheinander herum, ganze Rattenscharen hielten Markttag auf dem Hüttenboden. Eine Fledermaus prallte blind gegen sein Gesicht. Entsetzt schrie er auf. Auf die Knie sinkend, übergab er sich heftig und mehrfach.

Er lief von Hütte zu Hütte. Kein Leben nirgendwo. Er musste fort von hier. Schnell, vor Einbruch der Dunkelheit. In der Mitte der Ansiedlung waren die Geier zurück, noch zahlreicher. Sie zu bekämpfen konnte er nicht wagen. Er packte seine Steinantilope und lief, so schnell er konnte, los. Der Kopf schmerzte ihm heftig, der Lärm in seinen Ohren schwoll an und übertönte das ohrenbetäubende Kreischen der Zikaden und die Rufe wilder Tiere, die sich auf die Nacht vorbereiteten.

Die Sonne war schon lange untergegangen, als er wieder im Dorf ankam. Er war schweißgetränkt. Er stank. Vor Angst. Vor Wut. Vor Tod.

Die Nachricht, dass Morena Rey eine Antilope erlegt hatte, verbreitete sich schnell. Die älteren Frauen überwachten die Zubereitung des Tieres, nachdem die Jungen, angeleitet von den älteren Männern, den Kadaver gehäutet und zerlegt hatten, sodass die Stücke in die Töpfe passten.

Während das Fleisch kochte, ging de la Rey zum Fluss, wo er ein langes, gründliches Bad nahm und sich mit einem Bimsstein abschrubbte, bis sein Körper fast blutete. Er trank so viel Wasser, dass ihm fast der Bauch platzte. Keuchend ging er zu einem dichten Gestrüpp ein paar Meter entfernt vom Fluss. Dort kniete er sich hin und steckte sich zwei Finger in den Mund, bis er sich übergab. Als er fast jeden Tropfen Wasser, jeden Bissen Nahrung wieder von sich gegeben hatte, ging er zurück zum Fluss. Er trank noch mehr Wasser, ehe er zurück ins Dorf trottete.

Er strebte auf seine Hütte zu, als eine Gestalt aus dem Schatten trat und ihm den Weg versperrte.

»Morena Rey«, sagte Matshiliso. »Es braut sich Streit in der Familie zusammen.«

»Worum geht es denn?«

»Es geht um dich. Oder vielmehr geht es um uns. Sie wollen, dass ich dich nicht mehr treffe.«

Er schwieg eine Weile. »Wenn es hier für mich nicht mehr sicher ist, dann gehe ich.«

»Ja, du musst gehen. Aber ich komme mit dir.«

»Nein, das geht nicht. Dort draußen ist es nicht sicher. Der Krieg ist noch nicht vorbei. Wenn ich allein unterwegs bin, sollte ich sicher sein. Ich kann mich verteidigen. Aber mit dir zusammen ...« Seine Stimme erstarb.

»Du verstehst nicht. Ich glaube, mit meinem Bauch stimmt etwas nicht ...« Sie machte eine Pause. »Nach dem, was wir das letzte Mal zusammen gemacht haben.«

»Du willst doch nicht etwa sagen ...«

»Ich habe meiner Großmutter von meinem Gefühl erzählt, und sie hat meinen Verdacht bestätigt und sofort eine schnelle Zusammenkunft der älteren Frauen veranlasst. Jetzt werden sie es den Ältesten des Dorfes erzählen.«

De la Rey nickte, sich mit der Situation abfindend. »Ich verstehe, wohin das führt. Aber ich bin sicher, dass sie mich mögen, und ich bin bereit zu verhandeln, dich zur rechtmäßigen Frau zu nehmen.«

»Das wird zu kompliziert und riskant. Wir müssen gehen«, drängte Matshiliso.

»Aber wie?«

»Ich habe ein Pferd gesattelt. Dein großes Gewehr steht bereit. Wir können gleich los. Wir müssen gehen.«

»Sollten wir nicht zuerst noch etwas länger darüber nachdenken?« De la Rey war nervös.

»Wenn du dich nicht entscheiden kannst, dann lasse ich dich zurück bei deinen geliebten Ältesten. Ich bin nicht bereit, irgendwelche Verhandlungen mit ihnen zu führen.«

Sie ging in die Nacht hinaus, wo de la Rey den Umriss eines Pferdes erkennen konnte. Er zuckte mit den Schultern und folgte ihr, bereit, das Dorfleben hinter sich zu lassen.

KAPITEL 8

Bei Anbruch des nächsten Tages entschied de la Rey, dass sie sich in einem Gehölz verbergen und ausruhen sollten. Als sie vom Pferd stiegen, entdeckte er voller Begeisterung, dass Mashiliso den Beutel mit seinen Zeichnungen nicht vergessen hatte. Sie hatte auch einen eigenen Beutel aus Ziegenhaut. Sie langte hinein und holte ein knöchellanges, fast weißes Kleid heraus. Als sie es ausbreitete, erklärte sie: »Das hat eine Frau in einer Kirche für mich gemacht. Jetzt werde ich es nicht anziehen. Ich hebe es auf für die Ankunft in deinem Zuhause. Damit sie sehen, dass ich zivilisiert bin. Ich habe sogar Schuhe!« Strahlend vor Stolz zeigte sie ihm die Schuhe. Sie waren alt und abgetragen, aber die Sohlen sahen solide aus.

»Du bist also gut auf die Reise vorbereitet«, sagte er lächelnd.

Sie fanden eine Lichtung in einem Gehölz und legten sich zum Schlafen auf eine Decke. Als sie schließlich aufwachten, brach gerade die Nacht herein.

»Keine Zeit zum Schlafen, Mann«, sagte sie mit Befehlsstimme. »Wir müssen weiter. Das Pferd wird unruhig.«

»Gut, lass mich nur schnell etwas machen. Setz dich auf den Stein dort drüben.«

»Wir haben keine Zeit für Spielereien.«

»Ich brauche nicht lange, Liebe meines Lebens. Ich muss diesen Moment festhalten. Setz dich einfach auf den Baumstumpf dort.«

Er ließ sich auf dem Boden nieder und lehnte den Rücken gegen den Stein. Ausgerüstet mit einem Stück Zeichenkohle und einem Bleistift, fing er dann an, seinen improvisierten Zeichenblock zu bearbeiten.

Er betrachtete das ovale Gesicht, eingerahmt von geflochtenen

Zöpfen. Die kräftigen, ausdrucksvollen Brauen bewachten durchdringende braune Augen. Zunächst wirkte ihr Blick glühend und herausfordernd, doch er wurde bald milder und bekam einen leicht flirtenden Ausdruck.

Seine Hand arbeitete fieberhaft und übertrug das, was er sah, auf das leere Blatt. Er betrachtete ihre hohen Wangenknochen, und vor seinem geistigen Auge verschmolz ihr Gesicht mit dem Schein der vielen Feuer, die sie entzündet hatte, um für ihre Großeltern zu kochen, für die gesamte Siedlung; mit den Feuern, an denen sie gesessen und sich die Geschichten des Dorfes angehört hatte; mit den Feuern, die sie zukünftig entzünden würde, um für ihn zu kochen, für ihre gemeinsamen Kinder, für seine liebe Mutter.

Er betrachtete ihren Nasenrücken, verletzlich, eine Nase, die weder zu schmal noch zu breit war. Die Nasenflügel waren nur ein wenig gebläht, nicht zornig, sondern etwas launisch. Und dann die Lippen. Dick, ohne fleischig zu sein. Leicht geöffnet, enthüllten sie weiße Zähne. Eine winzige Lücke zwischen den Schneidezähnen. Unter den Lippen ein scharf konturiertes Kinn. Der Kopf ruhte auf einem langen, zarten Hals. Gut sichtbare Schlüsselbeine. Eine Kette aus Schneckenhäusern.

Direkt unter der Kette tauchte das Auge in ein Tal. Zu beiden Seiten des Tals befanden sich feste, kleine Brüste, hellbraun mit dunklen Brustwarzen.

Er war atemlos, errötete, schwitzte, die Hände zitterten ihm. Er musste eine Pause machen, um nicht die ganze Zeichnung zu verderben. Er schloss die Augen und schüttelte den Kopf.

Seine calvinistische Gesinnung gewann die Oberhand: Er entschied sich dafür, den übrigen Körper in das fließende Gewand zu kleiden, das einige von den älteren Schwarzen Frauen trugen, diejenigen, die zum Christentum konvertiert waren. Doch anders als die Gewänder der älteren Frauen, die die Körperform verhüllten, schwebte ihm ein Kleid vor, das sich Matshilisos Körper anschmiegte, ihre Brüste hervorhob und ihre Hüften betonte. Und in Höhe ihrer Schenkel bauschte es sich glockenförmig.

Was sollte er mit ihren Armen und Händen machen? Er schloss die Augen. Er versuchte, sich an ihre letzte Unterhaltung zu erinnern. Ja, ihre Stimme kam zurück zu ihm: »Wenn der Krieg vorbei ist, werde ich aus diesem gottverlassenen Ort weggehen, direkt nach Bloemfontein. Oder sogar nach Johannesburg. Vor dem Krieg habe ich angefangen zu lernen, die Bibel zu lesen und auch zu schreiben. Die Kirche, wo sie uns lesen und schreiben beigebracht haben, ist zwei Dörfer weiter, doch sie wurde geschlossen, als die Kämpfe begannen. Der *weiße* Mann, der sie geleitet hat, ist fortgegangen. Er gehörte nicht zu den Buren und auch nicht zu den Briten. Er kam von irgendwo jenseits des Ozeans, aber er hat hier gelebt und spricht unsere Sprache. Ich hoffe, dass ich, wenn die Kämpfe vorbei sind, meinen Unterricht im Schneidern wiederaufnehmen kann, damit ich Kleider herstellen kann, auf die Städter stolz sein können ...« Sie zeigte ihm, was sie in den Händen hielt.

Ja! Er begann wieder schwungvoll zu zeichnen. Einen langen, anmutigen linken Arm, der in einer Hand endete, die eine Bibel hielt. Danach einen angewinkelten rechten Arm und dazu eine Hand mit einem schmalen Speer. Lächelnd hielt er inne. Und die Füße? Die Füße standen auf einem Felsbrocken, geschmückt mit einer Blumengirlande.

Er lehnte sich zurück und bewunderte ihre Gestalt. »Ah, mein Engel.« Dann bewegte sich seine Hand schnell, um direkt über ihren hübschen Zöpfen einen Heiligenschein hinzuzufügen. Er lächelte. Fertig.

Er faltete das Blatt sorgfältig zusammen und steckte es in seinen Beutel. Sie ritten weiter.

KAPITEL 9

Als sie über das ausgedehnte Grasland ritten, das von einem vollen Mond hell erleuchtet wurde, schwebte de la Rey auf den Flügeln der Ekstase. Keine Sorge plagte ihn. Er wusste zwar, dass der Krieg noch nicht vorbei war, doch die Briten waren schon weit im Norden und kämpften sich zu den Goldminen in Transvaal vor. Die einzigen Menschen, auf die er stoßen könnte, waren Leute wie er, Buren auf der Flucht. Oder Schwarze, die aus britischen Internierungslagern entkommen oder freigelassen worden waren, um heimzugehen und zu sterben.

Er würde bis zum letzten Blutstropfen kämpfen, um sich und seine Frau zu beschützen. Er konnte kaum fassen, welches Gefühl ihn durchströmte – das Hochgefühl der Heimkehr mit einem geliebten Menschenkind. Das war für ihn neu, das Gefühl des Stolzes und des restlosen Vertrauens in einen anderen Menschen. Sicher, es erschreckte ihn schon ein wenig, dass er eine Frau geschwängert hatte, dass er fähig war, ein Leben zu erschaffen. War er auch fähig, die nächste logische Herausforderung zu bewältigen – das kleine Menschenwesen großzuziehen und durch diese zunehmend komplizierte Welt zu leiten? Er würde auf der Familienfarm hart arbeiten müssen, um die Familie zu ernähren – seine Mutter und nun seine Frau und das Kind. Er hoffte auf einen Sohn. Nach einem verheerenden Krieg brauchte jede Familie hart arbeitende Söhne, die die Ärmel hochkrempelten, das Land pflügen und die von den Kriegswirren zerrissenen Gemeinden wieder aufbauen würden.

Als junger Mann, der die Welt nicht kannte, hatte er sein Zuhause verlassen; zurück kam er nun als Mann, der eine Welt gesehen hatte, von der viele seiner Freunde und Verwandten nicht mal träumen konnten. Als ängstlicher junger Mann hatte er sein Zuhause verlassen, einberufen, um in einem Krieg zu kämpfen, den er nicht verstand, zurück kam er nun als Überlebender, der eine Frau an seiner Seite hatte, eine Frau, für die er sein Leben geben würde. Er kam aus einer Gemeinschaft, in der Männer nie über Liebe sprachen. Aber mit Matshiliso empfand er anders. Er empfand es als möglich, den ungeschriebenen Gesetzen der Gemeinschaft zu trotzen und seine Liebe für diese Frau offen zu zeigen.

An der Grenze seines Heimatdorfes Kareefontein, nur vierzig Kilometer südwestlich von Bloemfontein, fanden sie Buschland, in dem de la Rey Matshiliso versteckte. Dann schlich er sich zur Farm seiner Eltern. Es war ein Wunder, dass die kleine Farm der de la Reys unzerstört geblieben war. Jeder wusste, dass Lord Kitchener, der Oberbefehlshaber der britischen Armee – oder für den gewöhnlichen Afrikaaner der Volksfeind Nummer eins –, erklärt hatte, dass jede Farm für die burischen Rebellen ein Spionagenest und Nachschublager sei. Die Farmen müssten daher zerstört werden. Die Frauen und alten *weißen* Männer, die auf den Farmen zurückgeblieben waren, während die jüngeren Männer sich den Rebellen anschlossen, hätten in die Internierungslager gebracht zu werden, die überall aus dem Boden geschossen waren.

Nachdem er festgestellt hatte, dass die Farm unversehrt war, stand er da und dachte darüber nach, ins Haus zu gehen und nachzusehen, ob seine Mutter da war, ob sie noch am Leben war. Aber es war gefährlich. Er musste zu Matshiliso zurück. Von ihrem Versteck aus würden sie beobachten, ob sich etwas auf der Farm regte, um zu entscheiden, ob es sicher war, ins Haus hineinzugehen. Falls das Haus wirklich noch seiner Mutter gehörte. Falls sie wirklich noch am Leben war. Mit großen Schritten ging er zurück zum Ort, an dem er Matshiliso zurückgelassen hatte.

»Mein Bokkie, wir werden heute Nacht im Busch schlafen«,

sagte de la Rey. »Wir wollen meine Mutter nicht mitten in der Nacht wecken.«

»Das ist vernünftig. Wir sollten sie nicht erschrecken«, sagte sie und lächelte bei sich, als sie sich den Schock auf dem Gesicht seiner Mutter beim Anblick ihres lang vermissten Sohns mit einem Schwarzen Mädchen am Arm vorstellte. »Aber bist du sicher, dass die Farm noch deiner Familie gehört? Vielleicht solltest du früh am Morgen hingehen und prüfen, ob es sicher ist, dass wir uns dort zeigen.«

De la Rey nickte. »Hast immer einen klugen Kopf auf den Schultern gehabt. Wir werden die Nacht hinter den Hügeln dort drüben verbringen, wo Gebüsch uns verbirgt.«

Früh am anderen Morgen kroch de la Rey aus dem Gebüsch und blickte, auf dem Bauch liegend, über das Tal unter ihm, um die Farm seiner Familie intensiv zu beobachten. Er hoffte, dass sich etwas auf ihrer und der benachbarten Farm regen würde. Doch es rührte sich nichts. Dort waren keine britischen Soldaten. Überhaupt keine Menschenseele.

Zwei Stunden hatte er so hinuntergespäht, da entdeckte er etwas. Mit heftig klopfendem Herzen strengte er seine Augen an, um eine männliche Gestalt zu identifizieren, die von der Scheune seiner Familie zum Haus ging. Das Herz schwoll ihm vor Freude, als er seinen Onkel Gawie erkannte. Er wollte hinunterstürmen und seinen Onkel begrüßen, doch er beschloss abzuwarten. Er sah, wie Onkel Gawie mit zwei Schwarzen redete. Offenbar gab er Anweisungen, als er auf die Scheune zeigte. Onkel Gawie verschwand im Hauptgebäude. Etwas später kam er wieder heraus und ging zu seinem eigenen Haus, ungefähr zweihundert Meter westlich vom Hauptgebäude. De la Rey wartete. Ein kühler Wind blies vertrocknete gelbe Grasbüschel in schnellen, wirren Wirbeln über das Veld, wo er lag. Ein einsamer Vogel sang seine frühmorgendliche Melodie. Nachdem weitere Zeit verstrichen war, in der nichts Beunruhigendes geschah, beschloss er, Matshiliso zu holen.

Gemeinsam ritten de la Rey und Matshiliso den Hügel hinunter zum Haus, so unauffällig wie möglich. Im Hof war niemand, als sie dort ankamen. Er band das Pferd bei der Scheune an, und sie gingen zum Hauptgebäude. Das Haus, das einen frischen Anstrich dringend nötig hatte, sah, abgesehen von einem durchhängenden Blechdach und der fehlenden Glasscheibe im vorderen Fenster, genauso aus, wie er es in Erinnerung hatte – ein unauffälliges rechteckiges Gebäude mit einer Veranda, die in die Voorkamer führte. Die Eingangstür stand weit offen. Sie gingen hinein, und er bat Matshiliso, sich auf einen Stuhl in der Küche zu setzen, während er weiterging zum Schlafzimmer seiner Mutter. Er wollte sie überraschen.

An der Tür räusperte er sich laut. »Darf ich eintreten?«

»Gawie ...?« Die Stimme seiner Mutter klang gereizt. »Was ist jetzt schon wieder? Was willst du?«

»Ich sagte, darf ich eintreten?«

»Nein, es ist doch nicht ...« Die Stimme versagte ihr. »Es ist doch nicht etwa mein Junge ...«

Augenblicklich war sie an der Tür, Tränen rannen ihr über die eingefallenen Wangen. Ihr zerfurchtes Gesicht schaute unter einer schwarzen Haube hervor. Ihre Augen, einst von einem durchdringenden Blau, hatten ihren Glanz verloren – sie waren jetzt matt und schauten wie Kakerlaken, die zu müde waren, um vor Fressfeinden zu fliehen, aus den Höhlen. Die über ihre Schultern drapierte große Decke wurde vor der Brust mit einer Sicherheitsnadel zusammengehalten. Ihre Stimme zitterte wie ihr ganzer Körper. »Oh, mein Junge, was haben sie dir angetan? Komm herein, komm herein, das ist schließlich das Schlafzimmer deiner Mutter. Komm herein und erzähle mir alles. Was für eine Überraschung!« Sie fing laut zu schluchzen an und vergrub ihren Kopf in den Falten seines großen Mantels. »Oh, sieh dich doch an. Wie du mich an deinen Papa erinnerst mit dem Bart.« Von Gefühlen überwältigt, umarmte sie ihn kräftig. Als der Schock der Überraschung sich legte, schaute sie zu ihm auf und sagte: »Du musst mir alles erzählen, mein Sohn.«

»Ma, ich muss dir Bilder von einigen der Männer zeigen, mit denen ich an vorderster Front gewesen bin.«

»Bilder?«, fragte sie, und aus ihren Augen sprach Misstrauen. »Was meinst du mit Bildern? Habt ihr jetzt diese Maschinen, die Bilder aufnehmen? Wo hast du das Geld her, um so ein Ding zu kaufen?«

»Nein, Ma. Ich glaube, Ma wird allmählich alt. Ma hat vergessen, dass ich der Künstler dieser Republik bin. Ich kann alles zeichnen, angefangen von der großen Kirche in der Stadt bis zur genauesten Wiedergabe von Präsident Paul Krugers Gesicht.«

»Oh, du sprichst von diesen Kritzeleien, mit denen du herumgespielt hast.«

»Das sind keine Kritzeleien, Ma. Das sind echte Bilder. Es ist Kunst.«

»Andere Männer waren also mit Kämpfen beschäftigt und du mit Gekritzel?«

»Wenn ich mich gründlich gewaschen habe, zeige ich dir die Bilder. Ich zeige dir das Gesicht unseres Kommandanten. Ich zeige dir das Gesicht seiner Frau. Ich zeige dir die Gesichter der Männer, mit denen ich gekämpft habe, zusammen mit ihren Gewehren und Besitztümern.«

»Da fällt mir ein, ich habe, nur einige Tage nachdem du in den Krieg gezogen bist, jede Menge dieser – hm, äh, Leinentücher – dieser Leinentücher gefunden, auf die dein Vater seine Bilder gemalt hat. Diese harten groben Leinentücher, Mann. Sie haben einen Namen ...«

»Leinwände?«

»Ja, ich habe einen ganzen Stoß davon gefunden. Und einige Ölfarben, die dein Papa hatte. Alle fest verschlossen, ungeöffnet. Ich weiß, dein Vater hat dich vom Malen abhalten wollen, hat gesagt, es würde dich zum Faulpelz machen, aber er selber hat gemalt wie ein Engel und trotzdem wie ein Sklave auf seiner eigenen Farm geschuftet.«

Sie lachten gemeinsam.

Sie sprach weiter: »Jedenfalls sind diese Leinwand-Dinger in einer Kiste irgendwo in der Scheune. Vielleicht willst du sie dir ja mal ansehen, wenn du dich ausgeruht und gewaschen hast. Vielleicht möchtest du deine Kritzeleien auf diese großen Leinwand-Dinger übertragen? Wer kennt sich in diesen Dingen aus?«

»Danke, Ma. Ich kann es gar nicht erwarten, wieder zu malen.«

Sie setzten sich auf das Bett, und sie umarmte ihn erneut. Ihre Schultern begannen zu beben, ihre Stimme hob sich, als sie wie ein Kind heulte. Schließlich fasste sie sich wieder. Leise sagte sie: »Fast hätte ich meinen einzigen Sohn an einen dummen Krieg verloren, den ich immer noch nicht verstehe. Ich weiß, dass sie unser Gold wollen, aber konnten sie denn nicht mit uns diskutieren oder verhandeln? Wir sind schließlich keine Heiden und Wilde. Wir sind vernünftig. Wir wissen, wie zivilisierte Leute zu diskutieren und zu verhandeln. Ach, wie ich die Briten hasse. Sie haben uns auf den Status von Kaffern degradiert. Uns wie Vieh zusammengetrieben und eingesperrt. Die Kaffern, die an Derartiges gewöhnt sind, müssen sich scheckig gelacht haben.«

»Ich bin froh, dass du nicht in einem Internierungslager gewesen bist. Du siehst gesund aus.« Er berührte ihre Wange. Ihre Haut fühlte sich kalt an und sah teigig weiß aus. »Du solltest mehr nach draußen gehen, auf der Veranda sitzen und die Sonne genießen.«

»Pff! Was gibt es da zu genießen? Gawie hat sich gut um mich gekümmert, muss ich sagen. Während der letzten paar Monate hat er hart gearbeitet und die Farm wieder auf Vordermann gebracht.«

»Er hat immer hart gearbeitet.«

»Ja, wir werden eine gute Ernte haben, dank ihm und diesen Kaffern. Es sind gute Kaffern. Die meisten anderen haben sich auf die Seite der Briten geschlagen, haben sich an die Rockschöße der Briten gehängt, sobald Bloemfontein in ihre schmutzigen Rooinek-Hände gefallen war. Aber Gawies Kaffern haben sich loyal verhalten, du wirst sie auf den Feldern hart arbeiten sehen.«

»Gut zu hören.«

»Aber etwas anderes macht mir Sorgen bei Gawie.«

»Was denn?«

»Er will nicht heiraten, sich niederlassen, eine Familie gründen wie jeder anständige Mann seines Alters.«

»Sei nicht so hart zu ihm, Ma. Wie kann er denn mitten in einem Krieg heiraten?«

»Der Krieg hindert ihn nicht daran, wie ein Verrückter hinter diesen Kaffernmädchen her zu sein. Ich glaube, eine ist jetzt von ihm schwanger. Was für eine Schande. Bald wird die ganze Gegend hier von Halbkaffern regiert werden.«

»Ma«, sagte er mit erhobener Stimme, »es wäre mir lieber, wenn du dieses Wort nicht mehr benutzen würdest.«

Sie schrak zurück. »Welches Wort? Kaffer? Was hat der Krieg aus dir gemacht?«

»Diese Leute sind anständig, Ma. Du hast mir eben gerade selbst erzählt, wie sie während des Krieges zu euch gehalten haben, trotz der Gefahr, von den Briten getötet zu werden. Das ist Treue, Ma.«

Beruhigend berührte er ihre Hände. Altersflecke bedeckten sie. Er sah ihr ins Gesicht. Auf den Wangen waren einige Äderchen geplatzt und hatten dunkelrote Netze gebildet.

»Wie soll ich denn deiner Meinung nach diese ... diese Mädchen nennen?«

»Es sind Einheimische, Ma, Einheimische.«

»Das war vor diesem Krieg. Dieser Krieg hat alles verändert. In diesem Krieg haben wir erlebt, dass uns Leute, die wir fälschlicherweise für Europäer hielten, uns wie Wilde behandelt haben, nicht wie Europäer. Jetzt weichen wir nicht zurück vor unserem neuen

Status. Wir nehmen ihn an. Wir sind Afrikaaner. Aber die Kaffern bleiben Kaffern. Sie sind gottlos. Sie haben keine Kultur. Was wissen sie über Diamanten? Was können sie mit Gold anfangen?«

»Wir hatten keine andere Wahl, als gegen die Briten zu kämpfen.«

Sie sah ihn voller Respekt an. »Du hast also wirklich gekämpft? Aber was habe ich da gehört, dass du dich den Briten angeschlossen hast?« Sie zögerte, dann fügte sie hastig hinzu: »*Ag*, erzähl mir nichts. Ich will es nicht wissen. Ich bin nur froh, dass du heil wieder zurück bist. Wo du jetzt wieder da bist, werde ich wohl öfter nach draußen gehen. Gestern bin ich rausgegangen und habe auf der Veranda gesessen. Und rate mal, was passiert ist!«

Er zuckte mit den Schultern.

»Ich sitze so da, und plötzlich taucht doch diese Antilope auf. Dort auf dem Hang, dort drüben. Sie steht einfach da und grast. Und mir fällt ein, dass ich lange kein Fleisch mehr gegessen habe. Und da ist Fleisch vor meiner Nase.«

Er lachte nervös.

»Ich stehe also auf, gehe ins Haus. Ich stelle mein Glück auf die Probe, *mos*. Ich weiß, wenn ich zurück bin, wird das Bokkie schon lange weg sein. Wie dem auch sei, ich hole das große Gewehr deines Vaters. Es ist immer gut geölt und geladen, seit der Krieg angefangen hat. Man muss vorbereitet sein. Immer. Ich komme auf die Veranda zurück, das Gewehr schussbereit. Das ist mein Glückstag. Der doofe Steenbok ist noch da. Ich ziele. Ich habe das Gefühl, er sieht mich verstohlen an. Aber er rührt sich nicht. Er muss sich denken: ›*Ag*, eine klapprige Alte wie die da kann mir nichts tun.‹ Ich senke das Gewehr. Das blöde Tier bewegt sich immer noch nicht. Jetzt nehme ich es persönlich – ich zürne dem Tier, weil es keine Angst vor mir hat. Ich ziele. Ich drücke ab. Volltreffer.«

»Gut gemacht, Ma.«

De la Rey half seiner Mutter beim Aufstehen, und Arm in Arm

verließen sie das Schlafzimmer. Als sie in die Küche kamen, zögerte die alte Frau beim Anblick der Schwarzen Frau, die an ihrem Küchentisch saß, angetan mit einem knöchellangen Kleid, auf dem Kopf ein Doek, wie es verheiratete afrikanische Frauen trugen. An den Füßen hatte sie schwarze flache Schuhe. Die ältere Frau starrte lange auf die Schuhe. Sie selbst war barfuß. Ihr einziges Paar Schuhe war für besondere Anlässe reserviert – Kirche oder Ähnliches. Ihr Blick wanderte zurück zur Kopfbedeckung der jüngeren Frau und blieb schließlich auf ihrem Gesicht hängen. Sie hatte die Augen niedergeschlagen, wie es bei afrikanischen Frauen in Gegenwart ihrer Ältesten oder gesellschaftlich höherstehenden Personen Tradition war.

De la Rey beeilte sich zu sprechen. »Ma, darf ich vorstellen …«

»Warum erlaubst du einer Dienstmagd, auf meinem Stuhl zu sitzen? Was hat dieser Krieg mit dir gemacht? Weißt du, wie lang dieser Stuhl schon in der Familie ist?«

»Aber Ma …«

»*Magtig!* Weißt du, dass meine Oma ihn meinem Pa vermacht hat? Und du erlaubst einem Kaffernmädchen, einfach so auf ihm zu sitzen?«

»Ich versuche gerade, dir …«

»Wer hat denn überhaupt gesagt, dass ich ein Hausmädchen brauche? Dieser Krieg hat mich ruiniert. Ich kann mir keine Dienstmagd leisten.«

»Du hörst mir nicht zu, Ma!«, brüllte er. »Diese Frau ist meine Ehefrau. Deshalb sind wir hier. Wir werden hier bei dir bleiben, bis ich wieder auf die Beine komme und eine eigene Farm gründen kann. Und wie du sehen kannst, ist sie schwanger.«

Das Gesicht seiner Mutter schwoll an wie ein Ochsenfrosch. Sie murmelte vor sich hin: »Nein, nein, nein.« Sie zog sich in ihr Schlafzimmer zurück und warf die Tür zu. Nach ungefähr zwanzig Minuten kam sie wieder heraus.

»Raus!«, zischte sie und richtete den Lauf ihres großen Gewehrs auf ihren Sohn. »Raus, fort von meiner Farm! Fort aus meinem Leben! Mit deiner Kaffernfrau! Raus!«

Sie drückte ab und traf ein Fenster.

»RAUS! Du hast mich verraten. Du bist nicht mein Sohn. Ich habe keinen Sohn mehr.«

KAPITEL 10

Nun irrten sie wieder über die weiten Ebenen des Freistaates, de la Rey und Matshiliso – sie ritten bei Nacht und schliefen am Tag. Erschöpft und hungrig sagte Matshiliso: »Wir könnten jederzeit zurück in mein Dorf.«

»Was?«

»Wenn das Baby da ist, haben sie keine andere Wahl, als uns wieder aufzunehmen. Du musst dann alle nötigen Strafen bezahlen, und wir können heiraten.« Dann fügte sie hinzu: »Das heißt, wenn du mich noch heiraten willst.«

»Natürlich werden wir heiraten. Aber um all diese Strafen zu bezahlen, brauche ich Geld. Daher sage ich, lass uns Arbeit auf den Farmen suchen, Geld verdienen und dann fortgehen.«

»Aber du weißt doch, dass kein Farmer, der bei Trost ist, uns als Paar aufnehmen wird.«

»Das weiß ich. Ich denke, wir haben bessere Aussichten, Arbeit in der Stadt zu finden. In Bloemfontein selbst. Bei den indischen Ladeninhabern.«

Sie schien darüber nachzudenken. »Glaubst du, sie sind bereit, uns aufzunehmen und sich damit in Schwierigkeiten zu bringen?«

»Du hörst mir nicht zu. Wir sind kein Paar. Das ist zumindest die Geschichte, die wir ihnen erzählen werden. Ich bin ein Überlebender des Kriegs. Ich bin zufällig auf dich, eine arme, schwangere Schwarze, gestoßen. Und als guter Christ konnte ich dich nicht einfach zurücklassen.«

»Vielleicht funktioniert das ja. Wie weit ist die Stadt von hier? Ich weiß überhaupt nicht mehr, wo wir sind.«

»Wir sollten losreiten. Bei Tagesanbruch sind wir dort.«

Jerry machte eine Pause, schenkte sich wieder Wein ein, lehnte sich zurück und erzählte weiter.

»De la Rey und Matshiliso finden eine Unterkunft bei einem indischen Ladeninhaber in der Stadt. Damals war es nicht ungewöhnlich, dass sogenannte arme *Weiße* für jüdische und indische Händler arbeiteten. Natürlich ist der Inder schlau genug, um ihre Lügen zu durchschauen. Er begreift, dass sie ein Paar sind. Aber er stellt ihnen separate Schlafplätze zur Verfügung. Nur für den Fall, dass Beamte herumschnüffeln kommen.

Sie hatten ein paar Monate für den Inder gearbeitet, als Matshiliso einen munteren Jungen zur Welt brachte. Sie nannten ihn Roelof de la Rey. Es gab eine Feier im Haus, aber sie war etwas geheim, weil der indische Händler und de la Rey selbst befürchteten, die Nachbarn könnten zu reden anfangen. Der indische Händler Mr Saloojee und seine Frau kamen in die ärmliche Hütte, in der das Baby mit der Hilfe einer Schwarzen Frau, die die Wäsche für die Saloojees machte, zur Welt gebracht worden war. Wieder riet man de la Rey davon ab, zu viel Zeit in der Hütte zuzubringen, bei seiner Verlobten und dem Kind.

Eines Tages bekam de la Rey ein kleines Darlehen von den Saloojees. Er wollte in die Stadt gehen und das Notwendige für das Baby kaufen – Arznei, Kleidung.«

Jerry nahm einen Schluck von seinem Wein und stand auf, um sich die Beine zu vertreten.

»Das stellte sich als der längste Besorgungsgang heraus, den es je gegeben hatte. Er kam nie zurück. Es vergingen zwei Wochen, ein Monat. Kein de la Rey. Die verzweifelte Matshiliso entschied, ihre Sachen zu packen und in ihr Dorf zurückzukehren.«

Jerry hielt inne und ordnete gewissenhaft seine Gedanken.

»Mrs Saloojee war aufgebracht. ›Was? Mit deinem kleinen Piccaninny? Du kannst nicht fort.‹ Also blieb Matshiliso. Und das, mein Freund«, sagte Jerry, »ist alles, was Pitsos Mutter ihm jemals über seinen Vater, Cornelius de la Rey, und die Umstände seiner Geburt erzählt hat.«

KAPITEL 11

Pitso musste etwa sechs gewesen sein, als er seine soziale Stellung zu verstehen begann. Das Gebäude, das er sein Zuhause nannte, war in der Nachbarschaft ziemlich beliebt. Es war schließlich Saloojees Gemischtwarenhandlung, wo man seine Lebensmittel kaufte. Es war auch ein Treffpunkt, wo Schwarze wie auch *Weiße* jeden Mittwoch ihre Post abholten. Das Gebäude hatte zwei Stockwerke. Im Erdgeschoss war das Geschäft, während das obere Stockwerk Mr Saloojee, seiner Frau und ihren vier Kindern als Schlafquartier diente.

Nachdem de la Rey fortgegangen war und Matshiliso sich entschlossen hatte zu bleiben, musste sich Saloojee schnell etwas einfallen lassen. Hinter dem Laden befand sich ein riesiger Lagerraum für zusätzliche Vorräte, den er zu einer Unterkunft für die junge Frau, die nun für ihn arbeitete, und ihren Sohn umfunktionierte. Und er verlagerte seine Waren in die beiden Hütten, in denen er vorher de la Rey und seine Familie – getrennt voneinander – untergebracht hatte.

Der Raum war trist und sogar tagsüber dunkel. In der Ecke befand sich ein Bett, außerdem gab es einen Tisch mit einem Stuhl und einen Koffer, in dem sie ihre Sachen aufbewahrten. Das war's. Matshiliso aß am Tisch, während Pitso lieber auf einem umgedrehten Fünf-Liter-Fass saß, das er aus dem Abfall gefischt hatte.

Mutter und Kind gewöhnten sich bald an diese triste Welt. Sie spiegelte ihr Leben dort draußen auf der Straße, wo sie wie in ewige Dunkelheit gehüllt gingen. Keiner nahm Notiz von ihnen. Keiner sprach mit ihnen. Sie wurden einzig und allein sichtbar, wenn eine Nachbarin etwas vermisste – ein Huhn, ein Wäschestück von der

Leine. Dann zeigte die Nachbarin mit dem Finger auf den Jungen: »Die stehlen immer, die Mischlinge. Nur darin sind sie gut.«

Inzwischen war Pitso in der dortigen Kirche getauft und auf Mrs Saloojees Rat in der neu eingerichteten Schule für *mixed-race* Kinder aufgenommen worden. Mrs Saloojee hatte Matshiliso sogar geraten, ihr Kind im Waisenhaus für *mixed-race* Kinder abzugeben, doch das hatte sie abgelehnt.

Obwohl der Junge auf den Namen Roelof de la Rey getauft worden war, wollte seine Mutter, dass er auch sein anderes kulturelles Erbe kannte und schätzte – das ihres eigenen Volkes. Deshalb hatte sie ihm den Namen Pitso gegeben. Sie bestärkte ihn darin, Motaung als seinen Familiennamen zu nennen, wenn er nicht in der Schule war.

»Roelof de la Rey ist dein Schul- und Kirchenname. Aber dein Name zu Hause ist Pitso Motaung«, schärfte Matshiliso ihrem Sohn ein.

Als Pitso drei wurde und Matshiliso dachte, sie habe genug Geld gespart, um heimzukehren und ihrem Volk ohne Angst gegenüberzutreten, machte sie sich auf die lange Reise zu ihrem Geburtsdorf. Per Anhalter fuhr sie auf dem Lastwagen eines Farmers mit, der ungefähr in die Richtung ihres Dorfes unterwegs war. Die Fahrt dauerte den ganzen Tag, stellte sich aber als vollkommene Zeitverschwendung heraus. Ihr Volk war aus der Heimat ihrer Vorfahren vertrieben worden. Tatsächlich war das gesamte Dorf vom Erdboden getilgt. An seiner Stelle befand sich jetzt eine offensichtlich überaus erfolgreiche Gemeinschaft britischer Farmer. Sie hatten sich die Fruchtbarkeit dieses Landes an den Ufern des Mohokare zunutze gemacht und es in die Kornkammer der Gegend verwandelt, wie sie später erfahren sollte. Sie pflanzten Mais an, Sonnenblumen und alle Arten Gemüse. Sie hielten Rinder, Schafe und Schweine und lieferten für die Fleischereien in Bloemfontein und anderen Kleinstädten Schlachttiere.

Als sie bei der Farm ankam, die der Straße am nächsten war, traf sie auf einen Wachmann.

»Mein Kind«, sagte der Wachmann, »im Moment haben wir keine freien Stellen.«

»Nein, Sir«, antwortete sie, »ich suche keine Arbeit, ich suche meine Leute. Aber die ganze Landschaft hat sich verändert. Ich weiß, dass hier mein Dorf gewesen ist, aber ich kann nichts wiedererkennen – keinen Baum, keinen Hügel ...«

»Oh, du gehörst zum Volk der Bataung, die über dieses Gebiet geherrscht haben? Traurigerweise wurde ihr Land kurz nach dem Krieg von der britischen Regierung übernommen, und sie wurden umgesiedelt.«

Sie erkundigte sich bei dem alten Mann, wohin ihre nächste Familie seiner Meinung nach geschickt worden war.

»Wer war das Oberhaupt deiner Familie?«

»Ntate Motaung war mein Großvater. Aber mein Onkel Disemba, der eine gewisse Zeit in einem der Internierungslager gewesen ist, war hier in der Gegend auch gut bekannt. Er konnte die Bibel lesen und den Leuten etwas beibringen. Dafür war er berühmt.«

Der Mann nickte. »Ah, ich erinnere mich sehr gut an Disemba. Bevor das Dorf zerstört wurde, hat er eine Schule gegründet. Ich habe gehört, dass er nach Bloemfontein gegangen ist, wo er wieder eine Schule leitet. Ich weiß nicht, wo genau in der Stadt. Aber wenn du dich an einen der Kirchenleute wendest, werden sie dir Genaueres sagen können. Er nennt sich jetzt Paul Ontong.«

»Was?«

»Er hat eine *mixed-race* Identität angenommen. Dieser Mann ist sehr schlau. Wenn ich eine viel hellere Hautfarbe und etwas gelernt hätte, würde ich mich auch als *mixed-race* ausgeben. Denn diejenigen überleben, die sich am besten anpassen, mein liebes Kind. Geh nun zurück und finde deinen Onkel.«

Das war nun Jahre her. Pitso war seitdem herangewachsen. In der Schule war er recht gut. Aber im Viertel, wo er wohnte, war sein Leben schwierig.

Die Schwarzen Frauen, die als Wäscherinnen für *weiße* Familien arbeiteten, hielten Pitso für ein schlechtes Omen – ein »Halbblut«, weder *weiß* noch Schwarz. Wie würden die Ahnen im Jenseits mit diesen menschlichen Fledermäusen sprechen? Ja, das waren diese *mixed-race* Leute – weder Vogel noch Maus. Fledermäuse. Unberechenbar. Sie sahen die Welt aus einem anderen Blickwinkel, verkehrt herum. Wenn Fledermäuse ausschwärmten, kam Unruhe in die Welt. Sie brachten Sorgen.

Für die Saloojees war Pitso das Kind einer Bediensteten und konnte deshalb nicht mit den Kindern vom Boss spielen. Für die *weißen* Familien, für die seine Mutter an den Wochenenden Kleider wusch, um ihr Einkommen aufzubessern, war er ein Mischlingsbengel, der einen schlechten Einfluss auf ihre Kinder haben könnte. Es war auch nicht hilfreich, dass Matshiliso selbst cholerisch war und mit vielen Frauen im Viertel auf Kriegsfuß stand.

»Sie ist doch eine wie wir, aber sie benimmt sich wie diese gemischtrassigen Leute, die immer habgierig sind«, pflegten ihre Kritikerinnen zu sagen. »Wozu braucht sie so viele Jobs? Es ist Habgier, wenn du mich fragst.«

Matshiliso verlor mit der Zeit die wenigen Freundinnen, die sie hier hatte, und zog sich zurück.

Pitso, aufmerksam und einfallsreich, hatte festgestellt, dass das Viertel vor Ratten wimmelte. Anfangs hatte er sich die Zeit damit vertrieben, diese Ratten zu jagen und Triumphschreie auszustoßen, wenn es ihm gelang, eine zu töten. Aber bald entschloss er sich, seine Beschäftigung mit Ratten auf eine neue Stufe zu heben. Da er nun einmal keine menschlichen Freunde hatte, warum nicht seine vierbeinigen Feinde zu Gefährten machen? Ganz langsam gewann er ihr Vertrauen. Wenn er sie hinter dem Koekemoer-Grundstück sah, wo seine Mutter an den Wochenenden arbeitete, näherte sich Pitso vorsichtig. Von den Ratten aufmerksam beobachtet, warf er behutsam und defensiv Futterbröckchen in ihre Richtung. Zunächst misstrauisch, erstarrten sie und beobachteten ihn, mit wachen Augen und aufgerichteten Schnurrhaaren und Ohren. Nach einer Weile knabberten sie an den Futterbröckchen. Dann suchte er sich einen großen Stein oder eine leere Büchse, auf die er sich setzte und sie seinerseits beobachtete.

Eines Samstagsnachmittags befand er sich wie gewöhnlich in der Gesellschaft seiner Rattenfreunde hinter dem Koekemoer'schen Anwesen, während seine Mutter irgendwo im Haus schuftete. Inzwischen tummelten sich die Ratten auf dem gesamten Terrain, kämpfend oder spielend, vor Wut oder Vergnügen quiekend. Er lächelte und kicherte fröhlich. Um die Aufregung noch zu steigern, warf er mehr Futter in den Kreis. Es gab Gequieke und heftiges Schwanzschlagen, als die pelzigen Wesen miteinander kämpften.

Plötzlich schrie eine Stimme: »Ratten! Ratten! Der *verdomde* Bastard züchtet Ratten in unserem Hinterhof!«

Es war Koekemoer selbst, der Herr des Hauses. Pitsos Mutter wurde ohne viel Federlesen entlassen, was wieder einmal eine Verringerung ihrer Einkünfte bedeutete.

Aber die Saloojees versorgten sie mit genug Arbeit. Als Pitso neun wurde, war es seiner Mutter endlich gelungen, ihren Onkel Disemba aufzuspüren, der sich jetzt Paul Ontong nannte und ein erfolgreicher Ladenbesitzer war, der sein Geschäft am Rand von Bloemfontein betrieb.

Zu ihrer Erleichterung war Ontong immer noch von ganzem Herzen ein Motaung. Er schlachtete Tiere getreu der Sotho-Tradition und erzog seine Kinder zu guten BaSotho-Kriegern, die Das System zu ihrem Vorteil nutzen sollten – selbst wenn das die einstweilige Erniedrigung bedeutete, ihr wahres Erbe zu verleugnen.

Natürlich verstand Pitso die ständigen Auseinandersetzungen zwischen seiner Mutter und seinem Onkel nicht. Obwohl er ihnen meist nicht folgen konnte, begriff er doch, worum es ging. Seine Mutter wollte, dass sie in ihr Dorf zurückkehrten, während sein Onkel sagte, sie sollten in Bloemfontein als Teil der *coloured* Gemeinde bleiben. Sie sprachen gut Afrikaans, jedenfalls die meisten von ihnen, und ihre Hautfarbe war hell genug, um als *coloured* zu gelten. Pitso sprach zwar Sotho, doch die Älteren benutzten manchmal eine viel komplexere Ausdrucksweise, die offenbar sogar Onkel Disembas eigene Kinder verwirrte, die etwas älter als Pitso waren. Seine Cousins waren während des Kriegs in einem der Internierungslager geboren worden.

So glücklich er auch darüber war, endlich seinen Onkel gefunden zu haben – Pitsos Welt sollte noch komplizierter werden.

KAPITEL 12

Als Pitso ungefähr zehn war, war er den nächtlichen Zurschaustellungen von Reue und Kummer durch seine Mutter ausgesetzt, grotesken Pantomimen, die sich seinem jungen Gemüt einprägten und ihn als Erwachsenen quälten. Wenn er später an eine verlorene Liebe dachte, fühlte er sich wieder in seine Kindheit versetzt.

Ihre Abende verliefen immer gleich. Nach dem Abendessen und einer kurzen Erzählstunde – besonders beliebt bei Pitso – verstummte seine Mutter urplötzlich. Dann fing sie an zu reden, zuerst in klagendem Ton: »Ich weiß, mein lieber Cornie, ich habe dich weggetrieben von mir, von uns. Aber, Cornie, du musst mir jetzt verzeihen.«

Ihr Monolog wurde lauter, wenn sie plötzlich auf die Knie fiel und den harten Lehmboden mit den Fäusten bearbeitete, bis die Knöchel rot waren. Ausnahmslos jede Nacht bestrafte sie sich für ihre Unverschämtheit und Dreistigkeit ihrem Mann gegenüber, ihre Anmaßung zu denken, der Mann, den sie liebte, könne sich seiner Mutter oder den Nachbarn gegenüber behaupten und sich zu seiner Liebe für Matshiliso und ihr gemeinsames Kind bekennen. Gott weiß, dass sie ihn zu vergessen und darüber hinwegzukommen versucht hatte. Doch wie wird man die Liebe wieder los? Wie löst man sich? Wie macht man die Tränen der Hoffnung ungeweint?

Es kam Matshiliso nie in den Sinn, dass ihre Ausbrüche von Reue und nie versiegenden Tränen und manchmal unverständlichem Gefluche ihrem jungen Sohn unaussprechliche Qualen bereiteten. Dass die allnächtlichen Aufführungen ihn wie mit einem Dolch durchbohrten – einem Dolch, den er am liebsten in die Person, die sein Vater war, gestoßen hätte, sollte er ihm eines Tages begegnen.

Diese langen Monologe, die er allnächtlich ertragen musste, die wieder und wieder die Flucht seines Vaters aus dem Familiennest beschworen, erinnerten ihn ständig daran, dass er keinen Vater hatte. Sie erinnerten ihn daran, vielleicht ungerechterweise, dass sein Vater ein Feigling gewesen war; er war vor der Verantwortung davongelaufen. Der Tag bot Pitso ein wenig Erholung von dieser Realität. Aber nachts wurde ihm die Botschaft dank der Zurschaustellungen seiner Mutter eingebläut, dass er keinen Vater hatte und deshalb ein Halbwesen war, wenn nicht gar ein völliger Niemand. Er hätte seine Mutter gern getröstet oder sie höflich gebeten, still zu sein, oder sie sogar angeschrien wegen ihres Egoismus und ihrer sinnlosen Aufopferung.

Selbst in diesem zarten Alter hatte er, dank der vielen allein verbrachten Stunden, begriffen, dass Gedanken passend eingekleidet werden mussten, bevor sie hinausgesandt wurden, um zu bewirken, was der Sprecher wollte. Er hatte viele Gedanken, die er seiner Mutter gern mitgeteilt hätte, aber er war nicht reif genug, die passenden Worte zu weben, in die er sie kleiden konnte.

Ihm fehlte auch die Leidenschaft, mit der seine Mutter das nächtliche Quantum von Selbstmitleid verkündete. Also saß er still da und dachte an etwas anderes, während sie tobte und weinte. Er dachte an seine Rattenfreunde, mit denen er endlos redete, ohne Angst.

Aus diesen Träumereien wurde er grob von seiner Mutter gerissen, die ihn wild an sich zog und sein Gesicht mit Küssen bedeckte. Es geschah ohne Ausnahme jede Nacht: Während ihr die Tränen über die Wangen liefen und ihr Körper mit frischem, warmem Schweiß von den kürzlichen Anstrengungen getränkt war, fing sie an, ihn überall zu küssen und dabei zu murmeln: »Cornie, mein lieber Cornie, dieser Junge wächst bald zu einem Mann heran. Genau wie du. Du solltest sehen, wie groß er ist. Er wird überall herumkommen, Cornie. Schon bald wird er sich um mich kümmern. Aber wir brauchen dich immer noch hier, Cornie, um diesen jungen Mann zu leiten. Wir brauchen dich hier, um uns zu führen, Cornie. Ich bin eine gemeine Kreatur, weil ich dich beleidigt habe. Nun spielt mein Kind mit Ratten, weil du nicht hier bist. Ich verdiene den Tod, Cornie.«

Dann schluchzte sie: »Cornie, du erinnerst dich doch an all das, was du in meinem Dorf getan hast. An die Jungen, denen du beigebracht hast, wie man jagt. An die Mädchen und Jungen, denen du beigebracht hast, auf unserem Grund und Boden Nahrungsmittel anzubauen. Komm zurück, Cornie.«

Zu guter Letzt, wenn jedes bisschen Energie aus ihrem Körper geschwunden war, kniete sie sich neben ihr Bett, las aus der Bibel und sprach ein Gebet. Sie betete mit ernster, fester Stimme, ohne die vorherige Rührseligkeit. Danach legten sie sich zum Schlafen nieder.

Doch dann änderte sich plötzlich alles: Seine Mutter wurde schwanger. In der Nachbarschaft wurde getuschelt, man zeigte mit dem Finger auf sie, wenn sie nicht hinsah. Wer war der Vater, wer war der Vater?

Als das Kind, ein Mädchen, schließlich geboren wurde, sah es indisch aus. Saloojee und seine Familie verließen sofort die Stadt, und Pitsos Mutter wurde an einen Ort für Geisteskranke gebracht. Nach nur drei Monaten unter den schrecklichen Zuständen in dieser Einrichtung starb Matshiliso. Bald danach wurden Pitso und seine jüngere Schwester an einen sicheren Ort für *Coloureds* gebracht, wo Pitso die Schule besucht hatte. Das Mädchen starb mit zwei Jahren an Tuberkulose. Der Tod seiner Schwester, des einzig verbliebenen Familienmitglieds, stürzte Pitso in einen Abgrund der Verzweiflung. Tagelang aß er nichts, und er hatte endlose Albträume, in denen seine Mutter immer jammerte und sich dafür entschuldigte, dass sie ihn ganz allein gelassen hatte, und ihn bat, stark zu sein.

Als Pitso zum Teenager herangewachsen war, hatte sich der Charakter von Bloemfontein und seiner Umgebung verändert. *Mixed-race* Leute wurden plötzlich sichtbar. Man brachte ihnen, wie ihm auch, das Lesen, Schreiben und handwerkliche Fertigkeiten bei. Man bildete sie zu Tischlern aus. Sie lernten die Schmiedekunst und halfen den Farmern vor Ort mit der Herstellung von Hufeisen und ähnlichen Dingen.

Das Zentrum, wo Pitso nun lebte, befand sich auf einem großen Grundstück. Die Bewohner hielten Vieh – Schweine, Rinder, Maultiere, Schafe und einige Pferde. Sie bauten auch ihre eigenen Nahrungsmittel an: Spinat, Kohl, Möhren, Kartoffeln, Sonnenblumen, alles. Von klein auf wurde den Kindern beigebracht, Kühe zu melken, Pferde zu striegeln, auf den Gemüsefeldern zu arbeiten. Pitso war keine große Hilfe auf den Gemüsefeldern, doch er musste mit anpacken; das war das Gesetz des Zentrums.

»Wenn ihr hier rausgeht, werdet ihr unabhängige, eigenständige Erwachsene sein«, sagte der Aufseher, ein Mann mit Namen Fouché, zu seinen Schützlingen. Er war *coloured*, hatte aber so helle Haut, dass manche ihn für einen *Weißen* hielten. Er genoss es, wenn Schwarze sich ihm gegenüber unterwürfig verhielten und ihn Baas nannten.

Eine der lebensrettenden Fähigkeiten, die den Jungen beigebracht wurden, war Schwimmen. Mr Fouché trainierte sie persönlich in einem Wasserreservoir, das zu Bewässerungszwecken angelegt worden war. Einige Lehrer äußerten Bedenken hinsichtlich der Sauberkeit des Wassers, doch Mr Fouché ignorierte sie und führte seine Schützlinge zum Reservoir, wo er sie tüchtig herannahm. Es ärgerte Pitso, dass er nie eins der Wettschwimmen gewann, die die Jungen unter sich organisierten. Stolz war er jedoch darauf, dass er am längsten schwimmen konnte. Alle waren sich einig, dass er eine starke Lunge habe.

Zusätzlich zur Arbeit auf den Feldern wurden die Kinder im

Zentrum angehalten, täglich die Bibel zu lesen. Einige der Kinder hassten die Bibel, aber nicht so Pitso. Er war mit ihr aufgewachsen. Er liebte die Geschichten. Sie führten einen an Orte, wo man nie gewesen war. Sie sagten einem, dass alles möglich war: Man konnte auf dem Wasser gehen. Man konnte Büsche sehen, die lichterloh brannten, ohne je von den Flammen verzehrt zu werden. Man konnte durch ein Nadelöhr gehen. Man konnte ein so großes Schiff bauen, dass jedes erdenkliche Tier der Erde hineinpasste. Es war ein großartiges Buch. Deshalb las er auch während seiner freien Zeit in der Bibel. Er wusste, andere Kinder würden ihn auslachen, wenn er ihnen das erzählte. Sie würden ihn für seltsam halten – sie fanden ihn ohnehin schon seltsam. Er hatte die hellste Hautfarbe im Zentrum, doch er sprach weiter Sesotho, gegen den Rat aller Älteren, die die Kinder ermutigten, sich von den einheimischen Sprachen fernzuhalten.

»Englisch und Afrikaans sind eure Zukunft«, sagten die Lehrer. »Hauptsächlich Englisch. Afrikanische Sprachen bringen euch nur in den Busch zurück. Und vergesst nicht: Wir sind etwas Besonderes.«

Von all den Aktivitäten im Zentrum war für Pitso die liebste, wenn sie Kirchenlieder zur Orgel sangen. Wann immer er Gelegenheit dazu hatte, klimperte Pitso selbst auf der Orgel herum. Weil er in seiner neuen Umgebung der Liebling aller war – alle *Coloureds* dort bewunderten seine Hautfarbe und seine eindrucksvolle Gestalt, die ganz nach seinem Vater kam –, hatte keiner etwas dagegen, dass er ständig auf der mit Ehrfurcht behandelten Orgel herumspielte. Tatsächlich ermunterten sie ihn, zu spielen und zu singen, was er mit Begeisterung tat. Bald wurde er der Assistent des Organisten, was bedeutete, dass Pitso während der Abwesenheit des älteren Mannes die Orgel spielte. Es war seine Aufgabe, sie blitzblank zu halten. Als das Centre for Coloured Children ein gebrauchtes Klavier erwarb, war Pitso selbstverständlich der Erste, der darauf spielte. Der Organist mochte dieses Instrument mit seinen komischen abgehackten Tönen und dem weniger hallenden Klang nicht, daher blieb es Pitso überlassen, anderen beizubringen, auf diesem neuen Instrument zu spielen. Bald hatten sich die Jugendlichen dort zu einer eindrucksvollen Singtruppe formiert. Wenn Pitso nicht auf der Orgel im Zentrum spielte, beschäftigte er sich mit dem Akkordeon, das ihm seine Mutter vor Jahren geschenkt hatte.

An den Wochenenden zog er eine kleine Zuhörerschar an, wenn er die lange Wanderung zum Haus seines Onkels am Rand von Bloemfontein unternahm, dabei auf seinem Akkordeon spielte und sang: *»Mangoane nthekele serantabole sethiba letsatsi … serantabole serantabole sethiba letsatsi.«*

KAPITEL 13

Wenige Monate nach der Ankunft des Klaviers wurde der Lehrkörper des Zentrums durch eine Frau ergänzt, die direkt aus Frankreich kam, Madame Clinquemeur. Sie war eingestellt worden, um Geschichte, Englisch, Latein und Musik zu unterrichten. Sie war zierlich, hatte lange blonde Haare und durchdringende blaue Augen hinter ihrer Brille. Madame Clinquemeur, die sowohl bei den Lehrkräften als auch bei den Schülern sofort beliebt war, fand besonderen Gefallen an Pitso. Lange nachdem die anderen Kinder die Chorprobe verlassen hatten, blieb Pitso im Klavierzimmer und übte. Auch Madame Clinquemeur blieb im Zimmer, damit sie sich ein Urteil darüber bilden konnte, wie viel die Schüler schon wussten. Sie glaubte, das durch Pitso in Erfahrung zu bringen, der offensichtlich der Botschafter der Schülerinnen und Schüler war.

Die Freundschaft zwischen den beiden dehnte sich bald über das Musikzimmer aus. Was Madame auch an dem groß gewachsenen Jungen gefiel, war seine Begabung für Sprachen. Sie war erst ein paar Monate beim Zentrum, doch sie bemerkte schon, dass Pitso schneller als alle anderen Französisch und Latein lernte.

Tagsüber konnte man die beiden unter einem Baum sitzen, Limonade trinken, sich unterhalten, einander necken und lachen sehen. Manchmal machten sie ausgedehnte Spaziergänge in den Sonnenblumenhainen am Rande des Schulgeländes. Wenn die Lehrerin so neben einem dahintrotteten Pitso lief, wirkte sie winzig. Andere Lehrer fingen an zu reden: Ein freundschaftlicher Umgang mit den Schülern war gut und schön, doch Madame Clinquemeur ging zu weit. Eine Lehrerin konnte und sollte ihren Schülern nicht erlauben, allzu vertraulich zu werden. Sie mussten wissen, wohin sie gehörten – es gab eine feine Grenze zwischen Vertraulichkeit und einem mangelnden Respekt für seine Lehrer. Falls diese Beschwerden Madame Clinquemeur überhaupt erreichten, beachtete sie sie jedenfalls nicht.

Aber für Pitso waren das vielleicht die glücklichsten Tage seines Lebens. So glücklich, wie er nur mit seiner Mutter gewesen war. Tatsächlich erinnerte ihn Madame Clinquemeur auf gewisse Weise an seine Mutter. Wenn sie nicht von Selbstmitleid verzehrt wurde, hatte Matshiliso ihn ebenfalls ermutigt, aus sich herauszugehen, seine Gedanken ohne Scheu frei zu äußern, laut zu träumen, ohne sich schuldig zu fühlen.

»Wenn Sie wieder nach Übersee zurückgehen, möchte ich mitkommen«, sagte er ihr eines Tages.

Sie lachte. »Aber warum?«

»Ich möchte ein Reisender sein, ich möchte auf Schiffen mitfahren, ich möchte neue Orte entdecken, mich ausführlich mit Fremden unterhalten, mit Ideen spielen, mit Dingen experimentieren.«

»Aber du brauchst mich nicht dafür. Du kannst dich gleich jetzt aufmachen und per Schiff nach Indien reisen, nach Amerika, nach Europa, ganz allein. Ich weiß, dass du in der Lage bist, dich um dich selbst zu kümmern.«

»Ich brauche Sie an meiner Seite, Madame. Ich möchte mit Ihnen die Welt erkunden.« Das hatte er eigentlich nicht sagen wollen. Er biss sich auf die Lippen, da er spürte, wie spannungsgeladen der Moment plötzlich war. Sie sagten beide kein Wort mehr.

Eines Abends waren sie wieder zusammen im Musikzimmer, sangen und spielten Klavier. Als sie eine Pause machten, sagte sie: »Weißt du, was ich an dir mag, Roelof?«

Fragend sah er sie an.

»Dass du vor nichts Angst hast. Du fürchtest dich nicht vor Arbeit. Du fürchtest dich nicht vor Herausforderungen. Du arbeitest hart auf dem Feld. Du warst der Erste, der sich an dieses Monster von Orgel herangetraut hat, und allmählich beginnst du, es zu zähmen. Du singst laut heraus, ohne Angst. Wie bist du nur so vielseitig geworden?«

»Ich weiß nicht, Madame Clinquemeur ...«

»Vielleicht weil das Blut von Abenteurern in deinen Adern fließt. Du hast französisches Blut.«

»Aber wie kann das sein? Ich bin Afrikaaner. Wenigstens ein Teil von mir ist Afrikaaner. Unsere Verbindung mit Europa kommt durch die Holländer, soviel ich weiß.«

»Siehst du? Du musst noch eine Menge lernen. Zuallererst stammst du, wie ich, von französischen Hugenotten ab, selbst wenn deine Leute schon seit ein paar Generationen hier sind. Ich? Ich bin unmittelbar nach dem Krieg direkt aus Frankreich gekommen.«

»Ja, Madame.«

»Aber lass dir von niemandem etwas anderes weismachen, du bist wie ich, gehörst zu den französischen Hugenotten, stets hart im Nehmen, stets zukunftsorientiert, stets tapfer.«

»Ja, Madame.«

»Du machst mich stolz.«

»Vielen Dank, Madame.«

»Komm, ich will dir etwas zeigen.«

Sie ließ ihn auf der Orgelbank Platz nehmen und legte seine Finger auf die Tasten. Dann bedeckte sie seine Hände mit den ihren und führte sie über die Tasten, und so spielten sie zusammen die ersten Takte von Händels *Halleluja.*

Pitso atmete schwer, nicht unbedingt weil er sich auf der Orgel so verausgabte, sondern weil die Brüste von Madame Clinquemeur gegen seine Schulterblätter drückten. Er beugte sich so weit vor wie möglich, um zu vermeiden, dass sie an seinem Rücken rieben.

»Ist das nicht wunderbar?«

»Ja«, krächzte er, »es ist schön.«

Ohne nachzudenken, drehte er sich zu ihr um, legte seine Hände um ihren Nacken und zog ihr Gesicht zu sich, bereit, sie zu küssen.

Sie fuhr zurück. »Was soll das?« Sie stieß ihn so kräftig weg, dass er von der Orgelbank fiel. Als er wieder hochkam, floh er aus dem Raum, und die Tür schwang heftig hinter ihm.

Was hatte er nur getan? Ganz sicher würde ihn seine Lehrerin anzeigen, und er würde streng bestraft werden. Oder man würde ihn von der Schule verweisen. Was sollte er dann tun? Er dachte daran, zum Haus seines Onkels zu laufen, überlegte es sich dann aber anders. Nachdem er ins Bett gekrochen war, lag er dort starr vor Angst und Schuldgefühlen. Er vergoss Tränen der Reue und schluchzte leise. Schließlich fiel er, erschöpft vor lauter Gefühlen, in einen traumlosen Schlaf.

Am darauffolgenden Tag erwartete er, dass man ihn ins Büro des Direktors riefe. Aber nichts geschah. Zur Mittagszeit saß er mit einer Gruppe von Freunden unter einem Baum, als er Madame Clinquemeur sich nähern sah. Er sprang auf und flüchtete wie ein Kaninchen. Während der nächsten zwei Tage tat er sein Bestes, um ihr auszuweichen, und ging nicht mehr zur Musikstunde. Aber eines Abends, als er zum Schlafsaal unterwegs war, tauchte sie aus dem Nichts auf.

»Hallo, Roelof.« Ehe er reagieren konnte, sagte sie: »Komm bitte mit.«

Er wollte weglaufen, besann sich aber und folgte ihr, als sie zum Musikzimmer ging.

Als sie dort ankamen, entzündete sie die Kerosinlampe. Sie wies ihn an, sich auf die Orgelbank zu setzen, und nahm dann ihm gegenüber auf einem Stuhl Platz.

»Roelof, ich habe nachgedacht über das, was neulich abends passiert ist. Und ich vermute, dass auch du Gelegenheit hattest, darüber nachzudenken, nicht wahr?«

»Ja, Madame, ich habe viel nachgedacht. Ich finde keine Worte, um mein aufrichtiges Bedauern auszudrücken. Ich weiß nicht, was in mich gefahren ist.«

»Es ist nicht deine Schuld, mein Junge. Ich sehe, dass du einsam bist. Jeder fühlt sich ab und zu einmal einsam. Aber du musst lernen deine Gefühle zu beherrschen, sonst bekommst du Ärger. Ich habe niemandem von dem Vorfall erzählt. Hauptsächlich, weil ich nicht erleben möchte, dass du Schiffbruch erleidest, nicht nach all dem, was du schon durchgemacht hast.«

Erleichterung durchströmte Roelof. »Ja, Madame ... Vielen Dank für Ihre Güte und Rücksichtnahme.«

»Wie schon gesagt, musst du lernen, dich zu beherrschen. Ich weiß, du bist ein junger Mann, und unkontrollierbare Triebe bringen dein Blut zum Kochen. Aber du bist eine Gefahr für dich selbst. Eines Tages wirst du der falschen Person das antun, was du mir angetan hast. Und du kannst dir vorstellen, was die Konsequenz sein wird.«

Pitso schauderte.

»Man wird dich von diesem schönen Ort verweisen, wo du eine echte Chance hast, etwas aus dir zu machen. Möchtest du das wirklich, dass du gezwungen bist, diesen Ort zu verlassen?«

»Nein, Madame.« Pitso zitterte jetzt und zwinkerte mehrmals, um nicht zu weinen. Er konnte doch nicht vor anderen weinen. Besonders nicht vor ihr.

Sie rückte mit ihrem Stuhl näher. »Du musst die Verantwortung für dein Leben übernehmen, deine Triebe kontrollieren.« Mit der rechten Hand berührte sie sanft sein Gesicht. Ihre Miene wurde weich. »Für dich spricht so viel, Roelof.«

Hinter dem süßen Duft, den sie immer an sich hatte, konnte er an ihr Schweiß riechen.

»Vielen Dank, dass Sie mir verzeihen, Madame, dass Sie mich nicht anzeigen ... Kann ich jetzt in den Schlafsaal zurück?«

Sie antwortete nicht, schien tief in Gedanken versunken, ihre

Miene drückte widerstreitende Gefühle aus. Dann rückte sie ihren Stuhl noch näher zur Orgelbank. Ihre Knie berührten sich. Sie beugte sich nach vorn. »Vielleicht kann ich dir helfen«, sagte sie.

Ihre Gesichter waren dicht beieinander. Sie löschte die Kerosinlampe. Pitso stockte der Atem, als der Raum in Dunkelheit versank. In seinem Kopf drehte sich alles. Sie zog ihn hoch und versuchte, ihre Lippen auf die seinen zu drücken, doch er war zu groß. Also ließ sie sich auf die Orgelbank fallen und drückte ihn recht grob auf die Knie. Nun presste sie ihre Lippen auf die seinen und schob ihm ihre Zunge in den Mund. Da sie auf keinen Widerstand traf, drang sie tiefer ein. Im Gegenzug schob er seine Zunge vor, zunächst unsicher. Doch seine Zunge wurde mutiger und entwickelte ein Eigenleben – sie begann mit der ihren zu spielen.

Dann umfasste sie seine Pobacken und fing an, sie zu kneten, spürte dort verspannte Muskeln. Sie löste seinen Gürtel. Er stand auf und ließ seine Hose fallen.

Er biss sich auf die Lippen im verzweifelten Versuch, nicht aufzuschreien, als sie seine Männlichkeit packte, als wäre sie ein Wurfspeer. Sie bewegte den Penis unsanft hin und her und fing an, an seinem Schaft zu ziehen, als wäre er ein widerspenstiges Unkraut, das aus dem Boden gerupft werden müsse. Er konnte ein Stöhnen nicht unterdrücken.

Sie schüttelte ihr Kleid ab und entledigte sich der Unterwäsche, glitt dann auf den mit Teppich ausgelegten Boden. Er war noch nie mit einer Frau zusammen gewesen, doch der Instinkt sagte ihm, was zu tun war. Er legte sich auf sie, und sie leitete ihn in sich. Als er schnell zu stoßen anfing, packte sie seine Hüften. »Nicht so schnell. Nimm dir Zeit.« Er gehorchte. Sie bewegten sich sanft, ihr Gemurmel und Gestöhn füllte den Raum.

Erschöpft fiel er in ihre Arme. Kurz darauf spürte er, wie seine Männlichkeit wieder hart wurde. Er tastete zwischen ihren Schenkeln.

»Jetzt sei nicht unersättlich.« Sie stand schnell auf und legte ihm ihre Finger auf die Lippen. »Denke daran: Beherrschung.«

»Entschuldigung ... Ich habe das noch nie gemacht.«

In der Dunkelheit bewegte sie sich dicht an ihm vorbei. Er hörte das Rascheln von Stoff, als sie sich wieder anzog und sich anschickte, den Raum zu verlassen.

»Roelof?«, sagte sie, als sie in den kühlen Abend hinaustraten.

»Madame?«

»Nenn mich bitte Christine, Roelof.«

»Dann nenne mich bitte Pitso.«

»Weißt du was, Pitso?«

»Ja, Christine?«

»Ich ... *Deus tecum*. Gott sei mit dir.«

Sie ging davon.

»Ich begleite dich nach Hause«, rief er ihr hinterher. Zu spät, sie war verschwunden, ein sich schnell bewegender Schatten in der Dunkelheit.

Ein leichter Regen setzte ein, eine willkommene Abkühlung für Pitsos Körper, noch erhitzt und von der Anstrengung schwitzend.

Als er sich kurz darauf in sein Bett legte, waren seine Gedanken ganz von Christine gefangen. Er stellte sich vor, wie er sie auf seine Reisen übers Meer mitnahm und sicherstellte, dass sie an seiner Seite war, komme, was wolle. Er lächelte im Dunkeln.

Dann murmelter er: *»Deus tecum«*, und fuhr langsam mit dem Zeigefinger über seine Oberlippe, unter seiner Nase, genoss den Geruch von Madame Clinquemeur. Christine. Süße Christine.

KAPITEL 14

Eine Woche später sprach Madame Clinquemeur Pitso an, als er nach einem langen Tag in der Schweißerei nach Hause trottete.

Ihr Gesicht war hochrot, die Ader in der Stirnmitte pulsierte sichtbar, ihre wohlgeformten Lippen verzogen sich schmollend. Er öffnete den Mund, um sie zu grüßen. Aber ehe er noch etwas sagen konnte, zerrte sie ihn hinter die Werkstatt und schlug ihm hart ins Gesicht. Tränen traten ihm in die Augen. Sie zerrte ihn weiter, bis sie mitten im Maisfeld waren. Der Mais war so hoch wie ein ausgewachsener Mann.

»Madame, was ... ich meine, Christine ...« Bevor er den Satz vollenden konnte, ohrfeigte sie ihn wieder hart. Sie war kleiner als er, ihr Kopf reichte ihm bis zur Schulter, aber ihre Ohrfeigen erinnerten an die Kraft eines Mannes. Es gab einen Grund für diese Schläge.

Er öffnete den Mund und wollte etwas sagen, doch sie schlug ihn auf den Mund. Er schmeckte Blut.

»Wie kannst du es wagen!« Die Worte waren Kugeln, die aus einem Gewehrlauf kamen. »Wie. Konntest. Du?«

»Was habe ich getan?«

Sie schlug ihn noch einmal, aber diesmal fehlte es ihrem Angriff an Kraft. »Ich habe alles riskiert ... Du hast mich angelogen.«

»Wovon redest du?« Er spuckte aus. Sein Speichel war rot von Blut.

»Warum schläfst du mit diesem Mädchen?«

»Welches Mädchen?«

»Fordere keine weitere Ohrfeige heraus. Du weißt schon, Saartjie. Ich habe gehört, wie sie den anderen Küchenmädchen erzählt hat, was ihr zwei getrieben habt. Sie sagt, ihr würdet bald heiraten. Alle hier reden über euch zwei. Wofür hältst du mich? So viel zu deiner Behauptung, du seist unerfahren. Was …«

»Aber ich bin nicht …«

Sie stieß ihn heftig vor die Brust, Tränen liefen ihr über die Wangen.

Er wollte sie packen, sie daran hindern, ihn erneut zu schlagen, dann kontrollierte er sich. Er suchte in ihrem Gesicht. Ihre Lippen zitterten. Er sah, dass sie voller Fragen war, dass sie eine Menge sagen wollte. Erschüttert stellte er fest, dass er dieser Frau wirklich etwas bedeutete. Er bedeutete ihr mehr, als ein Schüler seiner Lehrerin bedeuten sollte. Er bedeutete ihr mehr, als ein abenteuerlustiger Junge einer erwachsenen Frau bedeutete. Ihr Gesicht strahlte eine Zärtlichkeit aus, die ihm noch nie zuvor begegnet war. Sie wirkte traurig. Sie wirkte zornig. Sie wirkte wie eine, deren Vertrauen missbraucht worden war.

»Ich weiß wirklich nicht, wovon du redest«, sagte er. »Ich habe nie … Das ist nicht wahr.« Er schüttelte verwirrt den Kopf.

Nachgiebiger umarmte sie ihn und murmelte: »Roelof, ich meine, Pitso … ich … ich liebe dich.«

In den darauffolgenden Tagen stellte Pitso fest, dass, anders als in den vielen Büchern, die er gelesen hatte, ihn die Liebe zu Christine nicht wie ein Blitz getroffen hatte. Sie war heimlich in sein Herz gedrungen wie eine Krankheit. Dann hatte sie sich in seiner ganzen Existenz ausgebreitet, sodass er in jedem wachen Moment den lustvollen Schmerz dieser Krankheit mit jedem Schlag seines Herzens pochen fühlen konnte, einer Krankheit, von der er nicht geheilt werden wollte.

Er schrieb Gedichte für sie. Er spielte nach den Chorproben Musik für sie. Er führte sie in die Feinheiten der Sotho-Sprache ein. Sie revanchierte sich mit mehr Unterricht in Französisch. Sie ermunterte ihn, mehr über europäische Geschichte zu lesen, sich in religiöse Texte zu vertiefen. Seine Begabung für Französisch brachte sie dazu, das Tempo und die Komplexität ihres Sprachunterrichts zu steigern. Er lernte die Konjugationsformen, und sein schriftliches Ausdrucksvermögen wuchs. Dann arbeitete er daran, seinen Wortschatz zu erweitern.

An den Wochenenden war er ständig in ihren Räumen in den Unterkünften des Lehrpersonals. Um die anderen Lehrkräfte davon zu überzeugen, dass die Besuche von unschuldiger Natur waren, ließen sie die Tür stets weit offen. Tatsächlich saßen sie die meiste Zeit draußen auf der Veranda, und im Hintergrund spielte das Grammofon. Bei ihrer Ankunft war sie sehr beliebt gewesen bei allen, die das Grammofon sehen wollten, dieses neue Wunderding. Sie spielte ihre beschränkte Plattenkollektion auf dem Gerät, hauptsächlich Walzer- und Polkamelodien. Auch Pitso begeisterte sich für das Gerät und die Musik.

Eines Tages fragte er sie: »Warum hast du keine Aufnahmen von klassischer Musik aus Europa mitgebracht?«

»Oh, mein lieber Pitso, diese Aufnahmen sind schwer zu bekommen. Selbst wenn ich wüsste, wo ich sie kaufen kann, könnte ich sie mir wahrscheinlich nicht leisten. Das Grammofon selbst übersteigt meine finanziellen Möglichkeiten. Nur dank Grégoire bin ich stolze Besitzerin dieser Wundermaschine.«

»Wer ist dieser Grégoire? Dein Bruder?«

»Ein Freund«, sagte sie. Etwas Rot kroch auf ihre Wangen. »Ein lieber Freund in Paris.«

Die Musik spielte weiter, die beiden entspannten sich auf der Veranda und schlürften ihre Getränke.

Doch trotz all dieser öffentlichen Beteuerungen, dass nichts Unangemessenes an ihrer Beziehung sei, redeten die Leute dennoch. Meneer Fouché schnappte sich Pitso eines Tages. »Junger Mann, die Leute reden. Und mir gefällt nicht, was ich höre.«

»Was sagen sie denn, Meneer?«

»Halt dich einfach fern von der neuen Lehrerin. Ich weiß, du bist ein junger Mann, heißes Blut und all das, aber dir zuliebe halt dich fern von ihr. Halte dich an deine Leute, an deinesgleichen. Saartjie, die Köchin, ist verrückt nach dir …«

Pitso lachte laut heraus.

»Jetzt lachst du noch, aber morgen sieht es schon anders aus. Wenn das ernst wird und du an Madame wie-heißt-sie-doch-noch gebunden bist, verlasse Bloemfontein lieber. Geh nach Johannesburg, Kapstadt, in eine größere Stadt, wo du als *Weißer* leben kannst. Mach das. Hier in der Gegend weiß jeder, dass du *coloured* bist, und sie werden dich auch so behandeln. In Johannesburg kannst du ohne Weiteres als *Weißer* durchgehen. Du hast Glück, dass du auch noch hübsch bist.«

Christines Anklage, dass er mit Saartjie zusammen sei, ergab jetzt Sinn für Pitso. Wenn Saartjie ihn für sich haben wollte, dann hatte sie vielleicht die Gerüchte in die Welt gesetzt und sogar die Hilfe von Meneer Fouché in Anspruch genommen. Pitso entschloss sich, Saartjie zur Rede zu stellen.

KAPITEL 15

Es war gegen 19 Uhr an einem warmen Mittwoch. Pitso hatte von seinem Versteck aus aufmerksam die Tür zur Hauptküche beobachtet. In der Küche waren nur drei Frauen: Saartjie und ihre zwei älteren Kolleginnen. Dank seiner Erkundungen während der letzten acht Tage wusste er, dass Saartjie immer als Letzte ging. Obwohl er nie in der Küche gewesen war, konnte er sich vorstellen, wie die drei Frauen sich endlich zu ihrer Mahlzeit niederließen, nachdem sie Essen in die verschiedenen Abteilungen des Zentrums gebracht hatten.

Er konnte sich ausmalen, wie sie es sich bei einer heißen Tasse Kaffee nach der Mahlzeit gemütlich machten. Der Klatsch, der beim Kaffeeschlürfen ausgetauscht wurde, war sicher pikant. Immer wieder einmal drang das Gelächter von der Küche bis zu seinem Versteck – und er überlegte, was wohl über diesen oder jenen Mann oder über diesen oder jenen Boss gesagt wurde. Er hörte das abschließende Geklapper des Kaffeegeschirrs, das jemand einsammelte. Die Aufgabe, die letzten Tassen abzuwaschen, würde gewiss Saartjie zufallen, da sie die Jüngste war.

Er konnte sich vorstellen, wie die anderen Frauen ihre Schürzen ablegten und unsichtbare Brotkrumen und Fusseln von ihren Kleidern wischten, als sie sich für den Heimweg bereit machten. Während die zwei älteren Frauen sich verabschiedeten, konnte er sich Saartjie dabei vorstellen, wie sie einen letzten Kontrollgang machte – alle Fenster waren geschlossen, alle Teller, Töpfe und das Geschirr waren an ihrem Platz. Die Aufseherin, die immer als Erste am Morgen kam, war heikel in diesen Dingen.

Als er sich überzeugt hatte, dass die Frauen gegangen waren, kam er aus seinem Versteck heraus und ging auf die weit offene Küchentür zu.

Saartjie saß am Tisch und aß jetzt erst ihre Mahlzeit. Er zögerte. Bei seinem Anblick sprang sie erschrocken hoch.

»*Magtig!*«, schrie sie. »Willst du, dass ich einen Herzschlag kriege?«

»Entschuldigung.«

»Du musst dich immer bemerkbar machen. Schleich nicht herum wie ein Gespenst. *Magtig!*«

Hinter der Fassade der Erregung und des Ärgers glich ihr Gesicht jedoch dem einer Katze, die gerade einen Teller Sahne entdeckt hat.

»Sieht so aus, als wäre ich hier nicht willkommen, Saartjie?«

»Hängt davon ab, was du hier willst, Roeloffie.«

Der Zorn, den er in seinem Versteck genährt hatte, war verflogen. An seiner Stelle war da Bedauern, ein Schuldgefühl. Er hatte das arme Mädchen beim Essen gestört.

»Ich wollte mit dir über eine Sache sprechen, aber weil du noch isst ...«

»Sprich, ich höre zu.«

»Aber ...«

»Willst du nicht mit mir essen?«

»Ich habe schon gegessen.«

»Ein Mann deiner Größe sollte eine gute Mahlzeit nie ausschlagen. Besonders wenn sie von einer schönen Dame wie mir kommt.«

»Ich muss jetzt gehen, Saartjie. Was ich sagen wollte, kann warten.«

»Willst du, dass ich die Geduld verliere und dich anschreie?« Sie stand auf, die Hände zu Fäusten geballt.

Er setzte sich schnell auf einen Stuhl ihr gegenüber. Sie lächelte.

»Du hast Glück, dass es genug für uns zwei ist. Und es ist noch warm ...« Sie verstummte, als sie ihm geschäftig auftischte.

»Riecht gut. Was hast du da gekocht?«

»Bobotie.«

»Was ist Bobotie?«

»Komm, ich lass dich kosten.«

Sie nahm ein klein bisschen auf ihren Löffel und hielt ihn ihm hin. Er nahm ihr den Löffel aus der Hand und steckte ihn in den Mund. Langsam, genüsslich ließ er sich das Essen auf der Zunge zergehen.

»Hmm.« Er kaute, schluckte. »Süß, doch auch salzig. Ich schmecke Rosinen und auch seltsame Gewürze. Was ist das?«

Sie erklärte, wie man Bobotie zubereitete, und kehrte zum Tisch zurück mit einem dampfenden Teller voll Reis und Bobotie. Er griff nach einem Löffel und langte kräftig zu, während sie mit Befriedigung zusah. Dann verschränkte sie die Arme und sagte: »Du hast dich von deinen Leuten abgewandt. Du läufst *weißen* Frauen hinterher und schmachtest sie an, die kein echtes Interesse an dir haben.«

»Du hast keine Ahnung.«

»Und du?«

»Was ich weiß, geht dich nichts an.«

»Du hast es mit einer erwachsenen Frau zu tun. Nicht mit einem Kind. Sicher hat sie ihr eigenes Päckchen zu tragen, hat ihre eigenen Geheimnisse, ihren wunden Punkt. Wie wir anderen auch.«

»Mich interessieren die wunden Punkte anderer Menschen nicht.«

»Und ich höre, du nennst dich selbst mit diesem heidnischen afrikanischen Namen. Du musst Frieden schließen mit der Tatsache, dass du weder *weiß* noch Schwarz bist. Du bist *coloured*. Die Afrikaner verachten uns, sie benutzen Schimpfwörter für dich.«

»Du sagst jetzt besser nichts mehr.«

»Gewisse Wahrheiten müssen ausgesprochen werden. Und, nur für den Fall, dass du es nicht weißt: Ich habe keine Angst vor dir. Also sage ich es dir geradeheraus: Du hast dich verirrt, du bist durcheinander, du brauchst Hilfe. Ich glaube, du brauchst jemanden, der sich um dich kümmert. Jemanden, der dir hilft, mit deinen Dämonen fertigzuwerden, mit der Ablehnung deines wahren Selbst.«

»Und du bist diese Person?«

»Was habe ich die ganze Zeit gesagt?«

»Und was gibt dir das Recht, überall bösartige Gerüchte über …«

»Das sind keine Gerüchte, Roelof. Was ich gesagt habe, ist die Wahrheit: Wir zwei lieben uns, aber einer von uns beiden ist noch blind für die eindeutigen Zeichen der Zeit. Eines Tages wirst du aufwachen aus deiner Dummheit und merken, dass du mich liebst, Roelof de la Rey. Du liebst Sara Beauchamp.«

Er trank seinen Kaffee aus und schüttelte den Kopf. »Komm, ich begleite dich nach Hause. Aber hör auf mit diesen Wahnvorstellungen über mich.«

Als Pitso am nächsten Tag Christine in der Schule traf, konnte er ihr nicht in die Augen sehen. Obwohl zwischen ihm und Saartjie nichts gewesen war, fühlte er sich dennoch schuldig, als wäre er Christine untreu gewesen, nur weil er mit einer anderen Frau gesprochen hatte. Er fühlte sich nackt. Ihm war, als könnte sie ihn durchschauen, als wäre er ein Betrüger, ein Hochstapler. Wenn sie sich ihm in den folgenden Tagen näherte, blieb er unverbindlich, ausweichend und schränkte nach und nach ihre Intimitäten ein.

Christine ließ sich nicht beirren und lud ihn zu einer Dinnerparty in ihr neues Haus ein, das sie gekauft hatte, ohne ihm ein Wort zu sagen. Der Abend würde alles ändern, aber das ahnte Pitso noch nicht.

KAPITEL 16

»Das ist mein neues Zuhause«, sagte Christine, als sie Pitso an dem Ort begrüßte, an den sie ihn bestellt hatte. Es war ein elegantes Haus in einiger Entfernung von der Schule.

»Es ist hübsch«, sagte Pitso verwirrt. Er wusste, dass sie in ihr eigenes Haus gezogen war, fort von den Quartieren des Lehrpersonals, aber als er sie fragte, warum, zuckte sie nur mit den Schultern und murmelte etwas von ihrer Unabhängigkeit. Er durfte sich nicht beschweren, war es doch seine Idee gewesen, die Anzahl seiner Besuche auf ihrem Zimmer herunterzufahren.

Pitso war sorgfältig gekleidet, er trug eine lange graue Hose mit passenden Hosenträgern, ein frisch gebügeltes weißes Hemd und schwarze, auf Hochglanz polierte Schuhe. Er war sauber rasiert, und er hatte eine dunkelgraue Mütze auf dem Kopf. Um die Schläfen und im Nacken zeigte sich lockiges Haar.

Gäste, die auf Gartenstühlen unter einem Jakarandabaum saßen, drehten sich nach Pitso um, als er mit Christine den Weg zum Haus heraufkam.

Als Christine vor ihm im Haus verschwand, rief ein Mann: »He, Boy, hol mir bitte ein leeres Glas!«

Einen Moment lang erstarrte Pitso, verdutzt. Dann wurde ihm klar: Er ging offensichtlich fehl in der Annahme, dass er als Gast eingeladen war.

»Ja, Baas«, sagte er. »Kommt gleich.« Er ging um das Haus herum zum Hintereingang und fand drei Bedienstete in der Küche vor. Die drei *coloured* Frauen sahen ihn mürrisch an. Er grüßte sie auf Afrikaans, bat sie um ein leeres Glas und vergaß nicht zu erwähnen, dass es für den *weißen* Baas draußen war. Es wurde ihm auf einem Tablett gereicht, und er brachte es hinaus zu dem Mann und hielt es ihm lächelnd hin.

Dann ging er zurück ins Haus, wobei er wieder den Dienstboteneingang benutzte. Nachdem er jahrelang gegen das herrschende System aufbegehrt hatte, beugte er sich schließlich den gesellschaftlichen Gepflogenheiten. Er wusste nicht, was er sonst machen sollte; Christine hatte ihn hergebeten, in ihr Haus. Vielleicht war das nur ein Versuch von ihr, ihn außerhalb der Schulzeit zu sehen. Er stand im großen Vorratsraum und sprach mit den Bediensteten. Sie kamen aus Kimberley und sprachen ein Afrikaans, das ihm seltsam erschien.

Christine kam in Begleitung eines *weißen* Mannes in den Vorratsraum. »Ah, hier steckst du«, sagte sie zu Pitso. Der Mann neben ihr trug eine Schürze, seine Ärmel waren hochgekrempelt, die Hände glänzten vor Fett. Er war ziemlich klein und hatte dichtes dunkles Haar. Seine Augen strahlten Freundlichkeit aus.

Christine wandte sich an den Mann und sagte: »Schatz, das ist Roelof …«

»Ah, der berühmte Roelof! Meine Hände sind leider nicht sauber; ich bereite mein Fleisch lieber selbst zu, weil viele nicht wissen, wie man es richtig würzt.« Er zwinkerte Christine jovial zu. »Ich kann dir also jetzt nicht die Hand geben.«

»Betrachten Sie es als geschehen«, sagte Pitso gut gelaunt. Doch er war verwirrt. Wer war dieser Mann, und warum nannte ihn Christine »Schatz«? Vielleicht war das nur die feine französische Art.

»Komm mit«, sagte der Mann und deutete in Richtung der Küche.

Als Pitso ihm folgte, fiel ihm auf, dass Christine aufgeregt wirkte, während ihre Blicke zwischen den beiden Männern, mit denen sie ging, hin und her schossen. Sie schien etwas sagen zu wollen und öffnete den Mund. »Eh, Schatz …«

Aber die Aufmerksamkeit des Mannes war auf Roelof gerichtet. »Ich glaube, du kannst einen Sturm herbeisingen«, sagte er. Er sprach perfekt Englisch, wenn auch mit Akzent. »Und ich habe gehört, dass du besser Akkordeon spielen kannst als ein Franzose. Das werden wir ja sehen. Wenn wir gegessen haben, müssen wir die Glaubwürdigkeit dieser Behauptung überprüfen. Übrigens nennen sie mich daheim in der Bretagne Napoleon, wegen meiner Körpergröße. Und du, wie nennen sie dich, was ist dein Spitzname?«

»Manche nennen mich den Löwen. Das ist eigentlich kein Spitzname, sondern ein Ruhmesname, abgeleitet von meinem Familiennamen.«

Sie gingen nach draußen, wo Kohlen auf einem offenen Herd glühten. Pitso trug ein Tablett mit Fleisch, wie ihm aufgetragen wurde. Napoleon nahm nun Fleischstücke vom Tablett und legte sie auf den Grill.

Während das Fleisch brutzelte, fuhr Pitso fort: »Aber der Name de la Rey hat nichts mit Löwen zu tun. Mein wirklicher Familienname ist Motaung, die Löwenmenschen.« Stolz erzählte ihm Pitso die Geschichte.

Als das Essen fertig war, wurden die Gäste eingeladen, an dem schön gedeckten Wohnzimmertisch Platz zu nehmen. Es gab viel guten Wein. Die drei Bediensteten, die Pitso im Haus angetroffen hatte, hielten sich jetzt im Hintergrund auf, entfernten leere Teller, wenn nötig, und brachten Krüge mit Wasser.

Pitso, dem von Napoleon ein voller Teller gereicht worden war, wusste nicht, wo er sitzen sollte. Er fand dann einen kleinen Tisch draußen an der Seite des Hauses, verborgen vor den Blicken der Gäste. Er setzte sich und fing an zu essen. Die Bediensteten nickten ihm im Vorbeigehen zu, wirkten aber immer noch unsicher in seiner Gegenwart, also ließen sie ihn allein bei seiner Mahlzeit. Er war mit seinem Essen beschäftigt, als Napoleon mit zwei Gläsern und einer Flasche Wein auftauchte. »Ah, hier bist du also. Hör mal, ich komme aus Frankreich. Daheim machen wir das nicht so, wir verstecken nicht manche unserer Gäste. Es tut mir leid ...« Er schüttelte den Kopf und wirkte tatsächlich aufgebracht.

»Das verstehe ich, Sir. Vielen Dank für das Essen«, sagte Pitso.

Napoleon setzte sich neben ihn und schenkte Wein in die beiden Gläser. »Nun, Roelof, ich habe so viel von dir gehört. Christine sagt, du ...«

»Ah, da sind Sie!« Ein Mann kam um die Ecke. »Monsieur, Sie verstecken sich vor Ihren Gästen.« Als sein Blick auf Pitso fiel, fuhr er zurück und sagte: »Aber das ist doch der Mischlingsjunge!«

Mit vor Zorn funkelnden Augen sagte der Franzose zu dem Mann: »Das ist ein vollkommen barbarisches Verhalten, das ich zu bekämpfen gewillt bin. Ich fordere Sie auf, sich bei meinem Freund zu entschuldigen. Auf der Stelle. Oder dieses Haus zu verlassen.«

Der Mann sah den Franzosen an, dann Pitso. Er drehte sich um und ging. Als er bei der Tür zum Wohnzimmer ankam, schrie er über seine Schulter: »Sie führen Ihre französischen Sitten nicht hier ein! Sie werden unsere Kaffern und Hottentotten nicht verderben! Bestimmt nicht!«

Eine ungemütliche Stille breitete sich am Tisch aus. Bald tuschelten die Gäste untereinander lebhaft. Christine erhob sich, um eine neue Platte auf dem Grammofon abzuspielen, aber die Stimmung war verdorben.

Einer nach dem anderen brachen die Leute auf, obwohl noch Berge an Essen und reichlich Bier- und Weinflaschen vorhanden waren.

»Monsieur, meine Anwesenheit hier hat Ihre Party völlig ruiniert«, sagte Pitso. »Ich hätte nicht kommen sollen. Die Anwesenheit eines französischen Besuchers wird die Einstellung dieser Stadt nicht ändern.«

»Unfug. Ich sollte dankbar sein für deine Anwesenheit. Sie hat mir geholfen, den Ton anzugeben und eine Botschaft an diese Leute zu senden.«

Christine kam zu ihnen.

»Ah, hier bist du, Roelof. Hat mein Mann sich gut um dich gekümmert?« Obwohl Christine lässig zu wirken versuchte, war sie sichtlich besorgt. Röte war in ihre Wangen gestiegen. »Er kann so redselig sein, dass es manchmal schwer ist, eine Unterhaltung mit ihm zu führen. Grégoire, du redest wirklich unablässig.« Christine legte Napoleon eine Hand auf die Schulter.

Pitso erstarrte. Sein Mund wurde trocken. Grégoire! Der »Freund«, der ihr das Grammofon geschickt hatte. Wortlos sah er Christine an. Grégoire bemerkte die plötzlich veränderte Miene seines neuen Freundes nicht und redete einfach weiter. »Ich habe einen besonders guten Likör, den ich mit meinem Freund Roelof hier teilen möchte. Entschuldigt mich«, sagte er.

Sobald Grégoire ihnen den Rücken gekehrt hatte, flüsterte Pitso Christine zu: »Warum hast du mir das nicht gesagt?«

»Ich wollte es dir sagen. Aber das ändert nichts. Ich liebe dich immer noch ...«

»Du kannst nicht mich *und* ihn lieben. Das ist unmöglich.« Sein Herz befahl ihm, zu schreien und zu betteln. Aber sein Geist erstickte diesen Gedanken. »Du bist gierig, egoistisch. Du hast mir vorgeworfen, mich mit Saartjie zu treffen, dabei hast du einen anderen Mann, den du liebst.«

»Aber, Roelof, du hast doch gewusst, dass ich verheiratet bin. Ich bin schließlich *Madame* Clinquemeur.«

»Ja, das stimmt, aber du hast den Eindruck erweckt, dass dein Mann vielleicht weit weg ist und deshalb keine Rolle spielt. Oder dass du hierhergekommen bist, um Abstand von ihm zu gewinnen, um ein neues Leben anzufangen.«

Christines Kopf sank in ihre Hände. »Es war falsch von mir, mich überhaupt mit dir einzulassen. Du warst ein einsamer, verletzlicher junger Mann, und ich war auch einsam. Mein Mann war weit weg, und er sollte noch ein weiteres Jahr wegbleiben. Aber er hat seine

Meinung geändert und sich entschieden, früher zu kommen. Es tut mir leid. Ich hätte es nie zulassen sollen, dass wir in diese unangenehme Lage geraten.«

»Warum hast du mich überhaupt hierhergebeten? Warum hast du mich in dein Haus eingeladen?«

»Roelof, es tut mir so leid. Ich habe dich eingeladen, weil ich mich schuldig fühlte. Vermutlich wollte ich, dass du von Grégoire erfährst ... Ich wollte dir zeigen, dass er ein guter Mann ist, dass wir aufhören müssen mit dem, was zwischen uns ist. Weil es gefährlich ist. Ich habe meinen Mann betrogen, und ich habe dich verletzt. Ich habe mich euch beiden gegenüber abscheulich benommen, Roelof.«

Pitsos Lippen zitterten. Er traute sich nicht, irgendetwas zu sagen, deshalb schwieg er. Er sah, wie Fliegen eine Party auf dem Tisch feierten. Sie summten über Essensresten, während andere herumflitzten, bis sie sich in Weinpfützen ertränkten.

»Christine ... So kannst du das nicht einfach beenden. Ich möchte, dass du ihm von uns erzählst. Gleich jetzt. Wenn du es nicht tust, tue ich es.«

»Nein, bitte, Pitso! Es steht zu viel auf dem Spiel.« Ihre Stimme und ihre Augen flehten. »Ich weiß, dass ich dich verletzt habe, aber tu das bitte nicht!« Christine stand auf und goss sich mit zitternden Händen etwas Wein ein. Sie nahm einen Schluck, während Pitso blind in sein eigenes halbleeres Glas starrte.

»Mein lieber Roelof«, rief Grégoire, als er wieder aus dem Haus kam, »mein lieber Roelof, ärgere dich nicht länger über diese Barbaren. Du bist nicht schuld daran, dass die Party ein solches unglückliches Ende gefunden hat. Wir wollen trinken und uns amüsieren.«

Musik erklang wieder, und der Alkohol floss. Doch Pitso bekam von alldem nur wenig mit. Er hatte sich in einen Winkel seiner selbst zurückgezogen, in dem er als Kind Zuflucht gesucht hatte, wenn seine Mutter verzweifelt weinte und zu seinem abwesenden

Vater sprach, während Pitso vergebens nach tröstenden Worten suchte, nach Worten, die den Gedanken, die auf ihn einstürzten und ihn zu ersticken drohten, Sinn verliehen.

KAPITEL 17

Zu Pitsos sechzehntem Geburtstag gab sein Onkel Disemba, der sich Paul Ontong nannte, eine große Party für ihn. Aus diesem Anlass schlachtete der Mann drei Schafe. Von fern und nah kamen die Leute, um dieses wichtige Ereignis zu feiern. Die Party fing am Freitagabend an und dauerte bis Sonntag. Am letzten Tag bat man Pitso, eine Rede zu halten, deren Worte seine Verwandten wertschätzen und mit nach Hause nehmen würden. Er sprach wortgewandt und dankte seinem Onkel dafür, dass er die Familie nach dem Krieg zusammengehalten, ein Geschäft eröffnet und Familienmitgliedern Ausbildungsmöglichkeiten geschaffen hatte. Dann überraschte er viele, als er erklärte, er sei nicht länger Roelof Jacobus de la Rey. Er war ganz offiziell zu Pitso Motaung geworden.

»Wenn ihr mich jemals *coloured* oder einen Mischling nennen solltet, dann stopfe ich euch das Maul. Ich bin Pitso, der Sohn von Motaung. Das brüllende Löwenjunge des Bataung-Volkes.«

Obwohl viele jubelten und lachten, waren etliche seiner Verwandten mit geglättetem Haar und künstlich aufgehelltem Teint peinlich berührt von dem jungen Mann, der öffentlich seinem *mixed-race* Erbe abschwor und damit den Status verleugnete, den sie anstrebten. Viele dieser Verwandten waren viel dunkler als Pitso. Doch im Gegensatz zu ihm weigerten sie sich, Sotho zu sprechen. Afrikaans sei ihre erste Sprache, erklärten sie jedem, der es wissen wollte, und auch einigen, die es nicht wissen wollten. Viele waren der Meinung, Pitsos hellhäutiges gutes Aussehen und seine überdurchschnittliche Bildung seien an ihn verschwendet.

Daher machte Pitsos Rede einige seiner Verwandten sehr zornig, während andere sie nur als Äußerungen eines betrunkenen Jugendlichen abtaten. Nach der Enttäuschung wegen Christine hatte Pitso große Mengen Alkohol konsumiert – häufig und in aller Öffentlichkeit. Seinen Verlust betrauernd, lief er wie ein Schlafwandler herum. Er stieß mit Dingen zusammen. Er sah den Menschen nicht in die Augen. Immer blickte er in die Ferne, als hoffte er, dass die Liebe, die er verloren hatte, sich plötzlich am Horizont zeigen würde. Als würde die wirkliche Christine, nicht die, die ihn betrogen hatte, auf ihn zugelaufen kommen.

Als es später am Tag an der Zeit war, Pitso in das Centre for Coloured Children zurückzubringen, war er nirgends zu finden. Er war irgendwann nach seiner Rede einfach verschwunden. Selbst am Tag darauf sah ihn keiner. Man schickte einen Boten zum Zentrum, um zu erkunden, ob er vielleicht selbstständig dorthin zurückgekehrt war. Der Bote hatte kein Glück.

Man fand Pitso vier Wochen später auf der Farm eines entfernten Verwandten. Es war einer der Verwandten, die sich nicht an dieser Farce einer Umwandlung der *race*, die sein Onkel Paul Ontong befürwortete, beteiligen wollte.

Gegen seinen Willen wurde Pitso zum Zentrum zurückgeschleift. Er war nicht mehr derselbe – er stritt sich endlos mit seinen Lehrerinnen und Lehrern sowie seinen Klassenkameraden herum. Christine ging er aus dem Weg und spann sich in einen Kokon aus Missmut und Reserviertheit ein. Wenn er nicht auf seinem Akkordeon oder auf der Orgel des Zentrums spielte, vergrub er seine Nase in irgendeinem Buch; englische Texte, alte niederländische Texte und jüngere in Afrikaans. Er versuchte sich sogar an einigen lateinischen Texten.

Obwohl er sich sehr bemühte, nicht an Christine zu denken, gingen ihm die Werke nicht aus dem Sinn, die sie empfohlen hatte. Er stürzte sich auf sie, als würde er gegen Christine selbst kämpfen, um ihr zu zeigen, dass er diese Texte nicht nur verstehen, sondern sie sich auch für seine eigenen Zwecke aneignen konnte. Er las Kommentare zu Jean-Jacques Rousseau, Platon und Sokrates und wandte ihre Gedanken auf die Situation in Südafrika an – er stellte sich vor, was diese Denker über das Rechtswesen in seinem Geburtsland gesagt haben würden. Er las über den transatlantischen Sklavenhandel, und sein Blut kochte vor gerechter Empörung. Wieder und wieder las er die Geschichte von Equiano, dem berühmten Sklaven. Er liebte Equianos Geschichte mehr als jede andere Biografie, die er bisher gelesen hatte.

An einem Wochenende besuchte Pitso wieder seinen Onkel Paul Ontong. Es war ihm wirklich ernst damit, eine neue Geburtsurkunde mit dem Namen Pitso Motaung zu erwerben, und er dachte, sein Verwandter könne ihm dabei behilflich sein.

»Onkel, ich werde meine alte Geburtsurkunde nicht wegwerfen«, versicherte er dem älteren Mann. »Versprochen. Ich möchte einfach nur auch eine afrikanische Geburtsurkunde haben. Man kann nie wissen, was die Zukunft bringt.«

Paul meinte sich in dem jungen Mann wiederzuerkennen: eine Person mit Weitblick, eine Person mit einer Vision, eine Person mit einer Mission. Er beschloss, dem jungen Mann den Gefallen zu tun. Während der folgenden Tage ließ er einige Beziehungen spielen, und Pitso erhielt daraufhin eine neue Geburtsurkunde. Auf Wunsch des jungen Mannes war das Alter auf der Urkunde um drei Jahre heraufgesetzt worden. Pitso konnte seinem Onkel gar nicht genug danken; er war nun ganz offiziell Pitso Motaung. Wie einfach es doch war, die andere Identität abzuschütteln, Roelof de la Rey, eine, die ihm weder Halt noch ein Gefühl der Vollständigkeit verlieh.

In seiner Freizeit holte er auch die Skizzen seines Vaters aus dem Krieg hervor. Manchmal betrachtete er sie nur, bis ihm Tränen in die Augen traten, manchmal begann er auf seinem Skizzenblock zu kopieren, was er vor sich sah, und versuchte, die Malweise seines Vaters nachzuahmen. Zeichnen wurde bald zur Leidenschaft.

Er zeichnete Dinge, die er in der Realität nie gesehen hatte: Busse und Züge, die er nur aus Büchern kannte. Er zauberte Soldaten herbei, die auf dem Bauch lagen, das Gewehr selbstbewusst über der Schulter, die Mündung in die Ferne gerichtet. Er ließ eine Gruppe Zulukämpfer, bewaffnet mit Wurfspießen und Schilden, lebendig werden. Staubwolken wirbelten um ihre Füße, als sie auf einem öffentlichen Platz tanzten. Er malte große leuchtende Blumen; auf einer Anhöhe Wache stehende Aloen; zerfurchte Gesichter alter Frauen, traditionelle afrikanische Pfeifen rauchend, deren Rauchfahnen sich emporkräuselten; Szenen mit Männern, die unter Bäumen saßen und Bier aus riesigen Kalebassen tranken, Frauen, die in der Mitte des Hofes tanzten, und Hunden, die um Knochen in der Nähe der trinkenden Männer kämpften.

Er zeichnete ein Selbstbildnis als Akkordeonspieler; eine Frau, die wie seine Mutter aussah und auf einem Pferd ritt. Unaufhörlich, voller Energie zeichnete er. Am Ende dieser Sitzungen prüfte er meist lange, was er geschaffen hatte. Er sprach mit den gezeichneten Charakteren: »Was tust du denn da? Sag mir, was du gerade denkst. Hast du Pläne für morgen?« Er lachte dann über seine vergebliche Fragerei, zerriss die Zeichnung und warf die Schnipsel in den Abfall.

Beim Stöbern in den Hinterlassenschaften seines Vaters stieß er auf eine Skizze, die eine afrikanische Frau zeigte, eine strahlende Erscheinung in einem fließenden Gewand, mit einer Bibel in der einen und einem Speer in der anderen Hand. Er riss die Augen auf, als er darin seine Mutter erkannte. Die Lippen zitterten ihm, und er fing wie verrückt zu lachen an. Dann rief er: »*Mme waka! Mme waka!* – Meine Mutter, meine Mutter!« Tränen flossen in Strömen. Er drückte die Skizze an seine Brust, wiegte sich und weinte bitterlich. »*Mme waka! Okae mme waka? Okae?* – Meine Mutter. Wo ist meine Mutter? Wo?«

Bald darauf wurde es sein Ritual, den Tag damit zu beginnen, dass er die Zeichnung betrachtete und mit den Fingern langsam über ihre Linien fuhr.

Als 1914 in Europa der Krieg ausbrach, verfolgte Pitso das Geschehen in den Zeitungen, die in der Bücherei vorhanden waren. Die waren eigentlich für das Lehrpersonal bestimmt, aber es gab keine Vorschriften, die Schüler daran hinderten, am Zeitungslesepult Platz zu nehmen. Außerdem waren die Zeitungen meist veraltet, was bedeutete, dass die Lehrerinnen und Lehrer des Zentrums wenig Wert auf ihren Inhalt legten. Aber für einen jungen, wissbegierigen Geist war immer spannend, was in Europa geschah, auch wenn man nicht daran beteiligt war.

Als der Krieg ins zweite Jahr ging, schwand vor Ort das Interesse an ihm. Der Krieg hatte sich festgefahren. Keiner gewann. Pitso wusste, dass die Südafrikanische Union als Teil des Britischen Empire Männer nach Europa geschickt hatte – meist *weiße* Männer. Was Sinn ergab, da es ja ein Krieg des *weißen* Mannes war: der deutsche Kaiser und seine Freunde auf der einen Seite, Großbritannien, Frankreich und ihre Freunde auf der anderen. Was Pitso faszinierte, war, dass einige Schwarze Männer seines Landes auch dort drüben kämpften. Was brachte es ihnen, auf der Seite eines Empire zu kämpfen, das ihnen ihr Land weggenommen hatte, ein Empire, das vor nicht allzu langer Zeit ihre Farmen niedergebrannt und ihre Familien in Internierungslager gesteckt hatte?

Pitso war da schon ein groß gewachsener Mann, von kräftigem Körperbau, ähnlich dem seines Vaters. Seine Gesichtsfarbe war wie Vanille und Schokolade zusammengerührt, dazu kam ein dichter schwarzer Lockenschopf. Die scharfe Nase eines *Weißen* kontrastierte mit seinen dicken Lippen. Aber er konnte immer noch glatt für einen *Weißen* durchgehen. Das hatte ihm seine Mutter damals stets gesagt: »Du bist der Sohn eines *Weißen* – sei stolz darauf. Du bist kein einfacher Kaffer wie deine Mutter; du wirst eine gute

Bildung erhalten und sein wie ein *Weißer,* oder besser noch als er, weil du auch die Gene eines Motaung trägst, und wir sind ein stolzes Volk. Wir können auf unsere eigene Weise listig sein, lass dir das gesagt sein. Wir können den *weißen* Mann austricksen. Wir sind die Bataung, die Kinder des Löwen.«

Sie waren verwirrend, diese geteilten Loyalitäten. Dann bot ihm ein Ereignis 1916 eine Gelegenheit, sich dieser Teilung direkt zu stellen.

KAPITEL 18

Die Gemeindehalle in der Innenstadt von Bloemfontein war, soweit Pitso sich erinnern konnte, immer den *Weißen* vorbehalten geblieben. Als einzige Schwarze hatte er Reinemachefrauen in das Gebäude hineingehen gesehen. Pitso fand, das Gebäude sehe wie eine Kirche aus, die noch während des Baus in etwas anderes verwandelt worden war. Etwas Ähnliches hatte er nie gesehen – höchstens die Kirche, in der sich die *Weißen* versammelten.

Die Halle war ein riesiges rechteckiges Gebäude mit einem hohen, spitzen Dach und vielen Fenstern an den Seiten. Bei den wenigen Gelegenheiten, zu denen er daran vorbeigegangen war, hatte er Scharen von Männern mit harten Gesichtern und zornigen Schnurrbärten gesehen, die draußen standen, sich erregt unterhielten und mit Händen gestikulierten, die sich instinktiv zu ungeduldigen Fäusten ballten. Diese Männer hatten ihm ein so ungutes Gefühl vermittelt, dass er beschloss, möglichst nicht mehr an diesem Gebäude vorbeizugehen, auch wenn er deswegen längere und anstrengendere Routen nehmen musste. Im Verlauf der Jahre hatte er bemerkt, dass seine Erscheinung stets starke Emotionen bei *Weißen* auslöste. Sie starrten ihn immer zornig an. Viele Schwarze hielten ihn für *weiß* und benahmen sich in seiner Gegenwart entsprechend. Der Respekt, den er von Schwarzen erhielt, brachte die *Weißen* nur noch mehr auf die Palme. Das glaubte Pitso jedenfalls. Und darum mied er Plätze, an denen sich *Weiße* versammelten, wenn er konnte.

Doch während der letzten vierzehn Tage hatte der Ausrufer, der seine Botschaft die Straßen hinauf und hinunter und bis tief in die

Dörfer vor der Stadt hinein geschrien hatte, alle Schwarzen Männer eingeladen, sich in der Stadthalle zu versammeln. Eine äußerst wichtige Bekanntmachung sollte an diesem sonnigen Samstagmorgen erfolgen. Alle wehrtauglichen Schwarzen Männer sollten erscheinen. Die *weißen* Farmer, die die Mehrzahl der Schwarzen Männer in der Gegend beschäftigten, hatten ihre Angestellten ermuntert hinzugehen.

Als Pitso ankam, liefen vor dem Gebäude Hunderte Schwarzer Männer herum. Nervös mit seinem Hut spielend, stand er neben einem Kreis von Männern und stieß geistesabwesend Steine mit dem Fuß weg, während er mit einem Auge die Szene ringsum beobachtete. Er hatte Kakishorts an, ein schwarzes, kurzärmliges Hemd, einen schwarzen Hut, geschmückt mit einer gelben Feder, und ein Paar seiner Schulschuhe samt Kniestrümpfen. Das war schließlich eine wichtige Zusammenkunft, wie auch seine Lehrer betont hatten. Er sah die neidischen Blicke der meisten anderen Männer. Viele davon waren in Sackleinen gekleidet. Diejenigen, die Shorts und Hemden anhatten, waren ohne Schuhe. Aber sie alle wirkten sauber und gepflegt und zeigten so deutlich ihren Respekt für die Zusammenkunft, die gleich beginnen sollte. Es wurde Pitso bald klar, dass die anderen Männer genauso nervös waren wie er. Sie sprachen gedämpft, wie man es auf einem Friedhof machen würde, bemüht, ihre Stimmen nicht über eine gewisse Lautstärke zu heben.

Als ihm jemand auf die Schulter tippte, fuhr er herum. Ein nervöses Grinsen zeigte sich auf seinem Gesicht, als sein Blick auf Tlali fiel, einen kürzlich gewonnenen Freund.

»Hast du hier in der Gegend viele Feinde?«, fragte Tlali lachend. »Du hättest dich sehen sollen, wie du zusammengezuckt bist, als du meine Hand auf der Schulter gespürt hast.«

»Mein Freund, du darfst niemanden von hinten antippen, oder du verlierst eines Tages deine Zähne.«

Sie gaben sich die Hand und lachten, dann senkten sie die Stimmen, als sie die missbilligenden Blicke der anderen bemerkten.

»Du willst also auch in den Krieg der *Weißen* in Europa ziehen?«, fragte Tlali, ohne Zeit zu verschwenden.

»*Ag*, mein Freund, ich will nur hören, was sie zu sagen haben. Kann nicht schaden, an einer Versammlung teilzunehmen. Wie steht's mit dir, bist du bereit, zum Militär zu gehen?«

»Kommt drauf an.« Tlali zuckte mit den Schultern. »Sie versprechen gutes Geld. Man wird nicht jünger, deshalb muss man daran denken, seinen eigenen Kraal mit eigenem Vieh zu füllen.«

»Stimmt. Man kann nicht immer der Sohn seines Vaters bleiben. Man muss sich eine Frau nehmen.«

»Und die sind nicht billig zu haben, diese Frauen. Kein Vater, der auf sich hält, gibt seine Tochter an einen Mann, der nicht mal einen Hund besitzt.«

»Du ...«

Das laute, nicht zu verwechselnde Signal eines Horns zerriss die Luft und unterbrach abrupt die in Grüppchen geführten müßigen Gespräche der Männer. Als das Signal verebbte, legte sich eine nervöse Stille über die versammelten Männer. Erwartungsvoll blickten sie zum Eingang der Halle, wo ein großer *Weißer* in britischer Militäruniform stand, flankiert von zwei Schwarzen in der Kakiuniform und mit den großen Hüten, die vor einigen Jahren von Buren-Kommandotrupps getragen worden waren.

»O ihr großen Krieger von Mangaung, ihr Söhne der Bataung, ihr Söhne der Batsoeneng, ihr Söhne der roten Erde Afrikas, ihr wunderbaren tapferen Bafokeng, ich grüße euch.«

Verblüfft schauten die Männer einander an, konnten kaum glauben, was sie gerade gesehen und gehört hatten. Der *Weiße* in Soldatenuniform hatte sie gerade in ihrer eigenen Sprache gegrüßt und ihre Ahnen gepriesen. Als ihnen das klar wurde, brüllten sie vor Stolz, pfiffen und heulten euphorisch, klatschten in die Hände, schrien sich erregt zu: »Hast du gehört, wie der Mann aus Europa unseren Vätern Respekt erwies?«

Eine Stimme erhob sich, diesmal von einem der Schwarzen, die den *weißen* Soldaten einrahmten: »Der große Kapitän aus Übersee kann euch tapferen Männern seine Geschichte nicht hier draußen in der Sonne erzählen. Bitte kommt herein in die Halle, setzt euch auf die sauberen, bequemen Bänke und hört, was der große Soldat euch zu sagen hat, ihr großen Söhne von Mangaung! Es ist eine wunderbare Geschichte. Kommt bitte herein, meine Brüder.«

Als alle sich drinnen niedergelassen hatten, standen etliche Chiefs und örtliche Führer auf, um von der Notwendigkeit zu sprechen, dass sich Einheimische am Krieg beteiligten. Das Ganze lief einfach darauf hinaus, dass der Krieg in Europa in einer Sackgasse steckte. Daher rief der König von England seine Untertanen auf, sich zu melden und zu dienen. Die Krone musste, zusammen mit ihren Alliierten, den bösen deutschen Kaiser besiegen.

Ein britischer Sieg dort drüben in Europa würde einen Sieg für alle Betroffenen bedeuten, für alle Männer, die hier versammelt waren, und ihre Familien. Nach dem Krieg würde die Krone den Schwarzen Mann in der Union mit Wohlwollen betrachten. Es würde Arbeit für alle geben. Der Schwarze Mann würde wieder stolz einherschreiten. Außerdem würde die Krone allen Rekruten einen Sold von drei Pfund monatlich zahlen. Das war mehr als großzügig, wenn man bedachte, dass der durchschnittliche Minenarbeiter nur fünfzig Pence monatlich verdiente. Einige Männer nickten bei Erwähnung der Summe begeistert. Andere blieben zurückhaltend.

Am späteren Nachmittag war für die Zuhörer Gelegenheit, Fragen zu stellen. Ein Mann erhob sich, der offensichtlich mit *Weißen* in größeren Städten zu tun gehabt hatte, wie aus seiner Art zu sprechen zu schließen war – er redete den Kapitän direkt an und schaute ihm in die Augen. Er sprach auf Sesotho mit einigen beigemischten englischen Wörtern. »Schön und gut, dass wir aufgefordert werden, nach Europa zu gehen und zu kämpfen. Und ja, der Sold ist verlockend. Aber was genau werden wir dort drüben machen, wenn man bedenkt, dass viele von uns noch nie ein Gewehr bedient und schon gar nicht in einem ausländischen Krieg in einem fremden Land gekämpft haben? Wie ordnen wir uns da ein? Angesichts des Drucks, unter dem die Krone steht, wie wollt ihr uns auf das, was dort drüben geschieht, vorbereiten? Hören Sie, die meisten von uns hier sind Farmarbeiter – einige haben als Hilfsarbeiter in den Minen gearbeitet, andere sind ganz offensichtlich Rotzlöffel, die noch Vieh hüten. Wie sollen wir da in einem Krieg in einem fremden Land kämpfen, wenn man unsere fehlende militärische Ausbildung und den Mangel an Erfahrung berücksichtigt?«

Der Kapitän erhob sich und ging auf die Anliegen des Mannes ein, doch seine Stimme hatte den früheren enthusiastischen Ton verloren. »Meine lieben Krieger, wir schicken euch nicht nach Übersee, damit ihr dort sterbt. Ihr werdet sicher sein. Ihr werdet geschützt sein. Ihr werdet nicht an der Front kämpfen. Ihr werdet dort Unterstützung leisten, für die kämpfenden Männer Dienste verrichten ...«

»Seht ihr!« Der Mann, der die Fragen gestellt hatte, stand wieder. »Ich hab's euch gesagt, Männer. Ich habe euch gesagt, ihr sollt vorsichtig sein. Wir werden dort hingeschickt, um für die *weißen* Soldaten zu kochen, um für sie Holz zu hacken, Wasser für ihre Lager heranzuschleppen, ihnen sogar den Hintern abzuwischen!«

Obwohl die Versammlung im Chaos endete, wurde mehrfach eine Botschaft ausgerufen, dass die, die sich noch anwerben lassen wollten, am nächsten Tag zur Halle kommen sollten.

»Ich versteh dich einfach nicht, Bruder«, sagte Pitsos Freund Tlali Mokwena, als sie sich aufgeregt auf Sotho unterhielten, während sie aus einem Rekrutierungsbüro kamen, das ein paar Tage nach der Zusammenkunft in der Halle in Bloemfontein eingerichtet worden war. »Für dich läuft doch alles. Du bist gebildet, dein Onkel hat überall seine Hände im Spiel. Du beherrscht ein Handwerk, Mann. Du kannst Schränke herstellen, du kannst Dinge aus Eisen reparieren. Und vor allem könntest du, wenn du willst, in diesem Land wie ein *Weißer* behandelt werden. Warum willst du dich den Gefahren eines Kriegs aussetzen? Dieser Krieg ist für arme, ungebildete *Natives* wie mich. Nicht für halb*weiße* Jungen wie dich.«

»Das nächste Mal, wenn du mich Halbblut nennst, Bruder, kriegst du das zu spüren«, sagte Pitso und zeigte seinem Freund die geballte Faust.

»Jetzt mach mal halblang, Mann. Gott schenkt dir eine gute Hautfarbe und Herkunft, und du spuckst Ihm ins Gesicht.«

Pitsos Faust traf auf Tlalis Nase, die sofort zu bluten anfing.

Männer, die aus dem Rekrutierungsbüro kamen, schritten ein und sagten: »Junge Männer, spart euch euren Zorn und eure Kraft für den richtigen Kampf dort drüben im Land des *weißen* Mannes auf. Bewahrt euch eure Wut.«

Pitso und Tlali schämten sich für das, was sie gerade direkt unter den Augen von Nachbarn getan hatten, die bestimmt bald über sie lachen würden: *Diese Jungen, die noch nicht trocken hinter den Ohren sind, glauben, sie könnten den Krieg des großen* weißen *Mannes in Übersee kämpfen, wo sie sich noch nicht mal selbst zügeln können.*

KAPITEL 19

Am 28. Dezember 1916 befanden sich Pitso, Tlali und viele andere Männer aus Bloemfontein und Umgebung auf dem Bahnhof, bereit für ihre Reise nach Kapstadt. Es gab viel Aufregung und viele Tränen, als Frauen und Freundinnen ihre Geliebten zum hundertsten Mal umarmten. Pitso hielt sich abseits und warf nur hin und wieder ein Wort in den um ihn brandenden Wortschwall. Dann sah er aus den Augenwinkeln eine bekannte Gestalt. Da stand Christine und sah ihn an. Sie kam langsam auf ihn zu, und er bemerkte, dass sie weinte.

Die Gespräche verstummten. Man starrte auf die *weiße* Frau, die sich Pitso näherte, sichtlich erschüttert.

Sie sagte: »Warum tust du das? Es tut mir leid, wenn ich dich verletzt habe, aber geh bitte nicht. Ich flehe dich an. Es ist doch nicht einmal dein Krieg.«

Obwohl Christine immer noch an der Schule unterrichtete, hatte Pitso keinen Musikunterricht mehr bei ihr genommen. Wenn sie sich auf dem Schulgelände begegnet waren, war ihr Verhalten angespannt und steif gewesen. Jetzt, hier auf dem Bahnhof, wusste er nicht, was er sagen oder tun sollte. Deshalb sah er sie nur an. Als er sich schließlich zum Gehen wandte, packte sie ihn beim Hemdkragen und küsste ihn leidenschaftlich auf den Mund. Dann ließ sie ihn los und sagte mit Tränen in den Augen: »Was auch immer mit dir dort drüben geschieht, denke immer daran: Ich liebe dich, und es tut mir leid, wenn ich dich verletzt habe ... mit den Worten von Horaz: *Dulce et decorum est pro patria mori.*« Sie drehte sich auf dem Absatz um und ging schnell davon. Er sah ihr nach, bis sie hinter der Hecke verschwand, die das Gelände der Eisenbahngesellschaft vom übrigen öffentlichen Raum trennte.

Pitso kehrte langsam zu seinen Gefährten zurück. Er machte sich nicht die Mühe, sich die Tränen aus den Augen zu wischen, doch keiner der Männer sagte ein Wort. Der Zug ruckelte in den Bahnhof, spie dicken schwarzen Rauch aus und zischte wie tausend zornige Vipern. Eine festliche Stimmung lag in der Luft, als die Menschen einstiegen und ihre Sachen im Zug verstauten. Noch mehr Tränen wurden vergossen, als Frauen dem abfahrenden Zug hinterherwinkten. Andere produzierten das für afrikanische Frauen typische Geheul, mit dem sie Krieger verabschiedeten, die in den Kampf zogen. Pitso sah Saartjie vom Bahnsteig aus winken. Er schaute weg.

Es befanden sich schon Männer aus anderen Städten im Zug. Sie kamen aus Pretoria, Johannesburg, Springs, Ficksburg und aus ein paar Orten, von denen Pitso nie gehört hatte. Sie genossen ihre Kameradschaft, genossen die Gesellschaft anderer Rekruten wie sie selbst – jung, aufgeregt, verängstigt, unsicher, was vor ihnen lag, doch der Sache ergeben, den bösen deutschen Kaiser – oder wie sie ihn nannten: Mkize – zu bekämpfen.

Die Rekruten kamen von überall aus dem Land, aus allen Sprachgemeinschaften, aus Transvaal, aus Basutoland und Bechuanaland. Später würden noch andere aus Natal, Pondoland und der Kap-Provinz zu ihnen stoßen. Sie sprachen isiZulu, isiXhosa, isiNdebele, isiSwazi, Tshivenda, Sepedi, Setswana, Xitsonga. Es gab die glattzüngigen Großstadtpinkel aus Johannesburg und Umgebung; gebildete, intellektuelle Absolventen des Lovedale College; Stammesoberhäupter aus Zululand und Pondoland; Farmarbeiter aus den ländlichen Gebieten, die ihr Leben lang auf den Feldern der *Weißen* für einen Hungerlohn geschuftet hatten, Menschen, die noch nie vorher einen Zug gesehen hatten, geschweige denn mit einem gefahren waren; Geistliche, die ihr Gewissen und eine Suche nach Gerechtigkeit auf Erden dazu brachten, sich den Truppen der Krone anzuschließen; zornige junge Männer wie Pitso, die den Krieg als ihren Weg zu Rettung und Selbstbefreiung ansahen.

»Auf die Gefahr hin, wieder eins auf die Nase zu bekommen, warum genau willst du in den Kampf ziehen?«, fragte Tlali, während der Zug sich dahinschleppte.

»Es ist gutes Geld.«

»Ich weiß, dass es gutes Geld ist, aber bei dir scheint mehr im Spiel als Geld.«

»Mein Vater ist der Grund, warum ich kämpfen will.«

»Du sprichst in Rätseln. Du hast mir doch erzählt, dass dein Vater verschwunden ist, als du noch ein Piccaninny warst. Du hast mal gesagt, dass du ihn hasst ...«

»Hass ist ein starkes Wort. Ich muss zornig gewesen sein, als ich das gesagt habe. Es ist nur so, dass ich ihn so sehr liebe, dass ich ihn hasse. Ich hasse ihn dafür, dass er nicht da war, als ich ihn als Kind gebraucht habe, um mich zu führen, mich anzuleiten. Ich verstehe diesen Krieg nicht, aber ich spüre, dass ich kämpfen muss. Ich weiß, er hat im Burenkrieg gekämpft, doch nicht bis Kriegsende. Er ist davongelaufen.«

»Vielleicht tust du ihm unrecht. Du weißt nicht, was damals passiert ist.«

»Ich weiß nur, dass ich nicht sein will wie er. Ich will nicht vor der Verantwortung davonlaufen; ich will vor nichts davonlaufen. Dieser Krieg ist eine Chance, aus dem Schatten meines Vaters zu treten und mich als Mann zu beweisen.«

Tlali befühlte seine Halskette aus Knöchelchen – Pitso vermutete, sie stammten von einem Affen. Die Kette hatte Tlalis Vater als Amulett für ihn gemacht, um ihn vor bösen Mächten zu schützen. Das Mittelstück der Kette war eine Gallenblase von irgendeinem Tier.

»Das Ding stinkt«, sagte Pitso.

»Das wirst du in Europa nicht mehr sagen. Wenn Mkize kommt,

brauche ich bloß diese Kette zu berühren, und seine Kugeln werden mir nichts anhaben. Und du, wie wirst du dich schützen?«

»Ich werde beten.«

»Aha. Und die Kugeln werden von deiner Bibel abprallen.«

»Tlali, ich weiß, wir werden keine Gewehre bekommen, wenn wir dort ankommen, das haben sie gesagt ...«

»Mmh, aber ich werde alles versuchen, ein Gewehr zu kriegen. Selbst wenn ich es stehlen muss.«

Pitso lachte. »Wir sind noch nicht mal von zu Hause weg, und du denkst schon daran, das Gesetz des *weißen* Mannes zu brechen.«

Immer wieder verebbten die lauten Gespräche, und alle lauschten auf die Klicketiklack-klicketiklack-Musik des Zuges.

Während sie durchs Land fuhren, begannen sich die Rekruten im Zug dem Rest der südafrikanischen Bevölkerung überlegen zu fühlen. Sie waren die Auserwählten, die Gesalbten, die Unangreifbaren. Sie waren die, die etwas ändern konnten.

Wenn der Zug langsam in einen Bahnhof einfuhr, strömten sie auf den Bahnsteig hinaus und nahmen von den Ständen neben den Gleisen, was sie wollten: Obst, Essen, Zigaretten. Die Standbesitzer waren zu schockiert, um zu protestieren.

Zurück im Zug, teilten die Männer die Beute. Mitten in dem Chaos bemerkte Pitso eine Gruppe Männer, die still beieinandersaßen.

»Wer sind diese Männer? Wo kommen sie her? Sind sie krank?«, fragte er.

»Es sind Pondos«, antwortete einer. »Sie sind zusammen mit ihrem Oberhaupt hier. Selbst wenn der ein Rekrut wie alle anderen ist, müssen sie ihm gehorchen. Sie dürfen sich vor ihm nicht schlecht benehmen. So lautet das Protokoll.«

Pitso wollte etwas über abergläubische, rückständige Menschen zu seinem Freund sagen, doch ihm fiel plötzlich ein, dass Tlali an Talismane glaubte, die Kugeln zu Wasser werden ließen.

Andererseits hatte Pitso auch einigen Respekt vor dem Pondo-Chief, der – wie einige prominente Gestalten der Schwarzen Gesellschaft – glaubte, wenn sie den Kampf gegen die Deutschen anführten, würden sie den Respekt der Briten gewinnen. Dass bei ihrer Rückkehr aus dem Krieg ihre Loyalität der Krone gegenüber belohnt werden würde.

Immer wieder einmal zog sich Pitso in seinen Kokon zurück. Gedanken an Christine überfielen ihn. Ach, Christine. Liebe, süße Christine. Die Erinnerung an sie drückte ihn nieder, stürzte ihn in einen Abgrund der Verzweiflung und Depression. So musste sich seine Mutter beim Verschwinden seines Vaters gefühlt haben. Nur dass Christine nicht einfach von ihm weggegangen war – sie hatte ihn mit dem Hammer des Betrugs mitten auf die Stirn getroffen.

Als der Zug im Bahnhof von Worcester einfuhr, fanden die Rekruten einen Stand voller Weintrauben. Sie stürzten sich auf das Füllhorn vom Kap und richteten ein Chaos an. Einige zerrten die Kisten sogar in den Zug. Aber die Ausschweifungen endeten, als der Zug schließlich in Kapstadt ankam. Dann begann die Wirklichkeit in ihr Bewusstsein zu dringen.

»Heiliger Modimo!«, rief Tlali. »Ist das wirklich das, wofür ich es halte?«

»Jawohl«, sagte Pitso. »Das, mein Freund, ist das Meer. Wir werden den kommenden Monat, oder auch zwei, darauf schwimmen, ohne je Land zu sehen. Falls wir es jemals wiedersehen.« Auch Pitso hatte das Meer vorher noch nie gesehen. Aber er las, und die Kraft des geschriebenen Wortes bewirkte, dass der Anblick des Meeres nur bestätigte, was er schon wusste, was er schon gerochen hatte, worin er schon eingetaucht war.

Die Rekruten reckten die Hälse, um diese gewaltige, endlose Wasserfläche besser sehen zu können. Obwohl sie Geschichten über diesen größten aller Flüsse gehört hatten, hatten sie sich nicht vorstellen können, wie er im wirklichen Leben aussah. Für viele von ihnen war das eine neue Erfahrung, nicht allerdings für die, die in Zululand und Pondoland beheimatet waren, direkt an der Küste.

Sobald sie aus dem Zug gestiegen waren, trafen sie auf eine Gruppe *weißer* Offiziere, die sie zu wartenden Lastwagen führten. Vom Bahnhof aus fuhren die Lastwagen entlang der Küste, offensichtlich, um den Rekruten etwas von Kapstadt zu zeigen.

Pitso blähte seine Nüstern und sog begierig die Luft ein. Das Meer brachte den subtilen Geruch von Träumen, Hoffnungen und Ambitionen mit sich, die den *weißen* Mann vom Land seiner Geburt an die Küsten Afrikas getrieben hatte. Das Meer roch auch nach zerstörten Träumen und Niederlagen. Es roch nach Tod, nach Enttäuschung. Aber es brachte immer noch den verführerischen Duft der Hoffnung mit sich – Hoffnung, dass die Reise, zu der er und seine Kameraden sich bald einschiffen würden, sich lohnen würde.

Sie fuhren über eine Stunde herum und kamen schließlich an einen »Rosebank Showgrounds« genannten Ort, wo sie bis zu ihrem endgültigen Aufbruch nach Europa stationiert sein würden. Dort sollten die Rekruten von Militärärzten untersucht, geimpft und dann auf ihre körperliche Stärke hin getestet werden.

Als die Männer auf dem Gelände ankamen, wurden ihnen neue Sachen ausgehändigt. Die Uniformen waren aus dunkelblauem Wollstoff, wie er auch von der Polizei getragen wurde. Jeder Rekrut bekam ein Paar robuste Stiefel, zwei Paar Socken, einen Militärmantel, zwei Hemden, zwei Unterhemden, vier Decken, ein Handtuch, einen Gürtel, einen Hut oder eine Mütze, ein Paar Hosenträger. Diese Uniformen waren etwas ganz Neues für die Männer, von denen viele vor ihrer Rekrutierung nie Schuhe oder Hosen getragen hatten. Zu Hause in den ländlichen Gegenden kleideten sie sich traditionell in Tierhäute oder schlicht in alte Säcke mit Löchern für Arme und Kopf.

Dennoch waren unter ihnen erfahrene Krieger, die viele Kämpfe gegen den *weißen* Mann ausgefochten hatten und die sich gegen einen Feind zu behaupten wussten. Sie waren Experten im Kampf mit Speeren und Keulen, dazu wussten einige von ihnen mit Feuerwaffen und Dynamit umzugehen. Die Herausforderung bestand jedoch darin, die traditionelle afrikanische Art des Kämpfens abzulegen. Jenseits der Ozeane erwartete sie eine völlig neue Welt.

»Angetreten!«, begrüßte sie ein *Weißer* mit mächtiger Stimme, sobald die Lastwagen sie bei den Rosebank Showgrounds ausgespien hatten. »Angetreten!«

KAPITEL 20

Bei ihrer Ankunft wurden die Rekruten aufgeteilt in Bataillone zu je zweitausend Mann, die aus vier gleich großen Kompanien bestanden. Schlafplätze waren für die Männer in Zelten vorbereitet worden. In jedem Zelt schliefen zehn bis fünfzehn Leute.

Die Ausbildung begann. Jeden Tag wurden die Männer gedrillt und instruiert, wie sie unter Beschuss reagieren sollten, obwohl sie in Europa keine Waffen führen würden.

Das Verhältnis zwischen den *weißen* Soldaten und den Schwarzen Rekruten war angespannt. Viele der verantwortlichen *weißen* Offiziere regten sich über diese Schwarzen Rekruten mächtig auf, die sie für Vollidioten hielten.

»Sie kapieren ums Verrecken nicht mal, wie man in Reih und Glied marschiert«, hörte man einen *weißen* Soldaten sich beschweren.

Die Rekruten verstanden die einfachsten Äußerungen auf Englisch nicht. Wie sollte die *weiße* Armee mit diesen Leuten in Europa arbeiten, fragten sich die Offiziere.

Die Schwarzen Rekruten begriffen nicht, warum sie in Reih und Glied marschieren sollten. Nach ihrer Tradition marschierte man nicht, wenn man in den Krieg zog. Man sprang schreiend herum, sang, so laut man konnte, schwenkte seinen Speer und schlug damit auf den Schild aus Rindsleder. Das dramatische Singen und Schreien und Schlagen aufs Schild sollte dem Feind einen Mordsschrecken einjagen. Nicht dieses seelenlose links-rechts, links-rechts, vorwärts marsch, links-rechts, links-rechts, vorwärts marsch. Nicht mal Rinder liefen so.

Auf dem Trainingsgelände gab es eines Tages eine seltsame Szene während eines sogenannten Trage-Tests. Um sicherzustellen, dass sie körperlich fit genug waren für die Aufgaben, die sie in Übersee erwarteten, wo sie große Warenladungen von Schiffen und Zügen transportieren mussten, verlangte man von den Männern, hundert Pfund schwere Sandsäcke über eine Distanz von hundert Metern zu tragen. Jeder musste für diese Übung dieses Gewicht schultern und zügig die geforderte Strecke laufen.

Als Mjongeni – der Pondo-Chief mit den ergebenen Untertanen – an der Reihe war, den Sack zu schultern, wollten seine Untertanen nichts davon wissen.

»Unser Oberhaupt darf so etwas nicht tragen. Er ist kein gewöhnlicher Mann. Bitte demütigt ihn nicht, entwürdigt uns nicht«, bat einer seiner Untertanen. »Ich biete mich an, seinen Arbeitsanteil zu übernehmen.«

Der *weiße* Offizier fragte den Dolmetscher, was der Mann gesagt hatte. Der Dolmetscher, ein in Lovedale ausgebildeter Xhosa-Muttersprachler, übersetzte ohne Umschweife.

Wütend, mit reichlich Spucke, zischte der *weiße* Offizier: »Sag diesem Affen, dass es hier nicht einfach darum geht, einen Sack von A nach B zu tragen. Sag ihm, wir prüfen die Stärke jedes Mannes – Häuptling oder nicht –, um festzustellen, ob sie für die Überfahrt taugen. Wir können keine kränklichen, lästigen Scheißkerle mitnehmen. Es geht in den Krieg, nicht zu einem verdammten Picknick. Sag dem Strohkopf das!«

Der Absolvent von Lovedale, der, wie die meisten gebildeten Schwarzen, die von den Briten ernannten Chiefs – ungebildete, polygame Heiden! – zutiefst verachtete, zwirbelte sorgfältig seinen Schnurrbart, wie es wichtige, gebildete Leute taten, und sagte dem Mann: »*Uthi umlungu, hamb'onya. Akunankosi apha. Sonke singamadoda. Siyafana, sinamasende. Inkosi leyo yakho mayithathe langxowa iyibeke phaya phesheya kwebala xa ifuna ukuhamba nathi iye phesheya kwelwandle. Utsho umlungu.* – Der *weiße* Mann sagt: Verpiss dich. Hier gibt's keinen Häuptling. Wir sind alle Männer, wir haben hier alle Eier. Wir sind gleich. Euer Häuptling muss diesen Sack schultern und wie jeder andere über das Gelände tragen, wenn er mit uns die Reise nach Übersee antreten will. Das sagt der *weiße* Mann.«

Es gab Gekicher von denen, die den Wortwechsel mitgehört hatten. Die Pondos waren verärgert, dass der *Weiße* ihren Chief auf diese Weise beleidigt hatte. Sie schworen sich, sie würden ein Teetrinken ihres Chief mit dem englischen König arrangieren, damit dieser Vorfall entsprechend behandelt werden konnte. Natürlich war es ein Hirngespinst. Ein solches Treffen würde nie stattfinden. Am Ende erledigte der Chief die lästige Aufgabe wie alle anderen.

Die ranghöheren *weißen* Offiziere hatten ursprünglich erwogen, die Männer aus unterschiedlichen Sprachgruppen zu trennen. Aber nach Vorkommnissen wie diesem wurde beschlossen, sie zu vermischen, damit Stammesoberhäupter nicht darauf zählen konnten, dass ihre Untertanen die Arbeit für sie übernahmen. Das würde sich später als vorteilhaft für sowohl die Verantwortlichen als auch die Männer selbst erweisen – sie begannen einander zu vertrauen und zu respektieren, trotz der ehemaligen Vorurteile. Dieses gegenseitige Vertrauen bewirkte, dass sie ernsthafter und schneller zusammenarbeiteten. Während der Pausen erzählten sie sich gegenseitig von ihren verschiedenen Traditionen und entdeckten dabei, dass sie sich nicht allzu sehr voneinander unterschieden. Bemerkenswert war, dass Zulu-Muttersprachler Sothos ihre Sprache beibrachten und umgekehrt.

Während der letzten Tage im Depot in Kapstadt leistete Pitso, obwohl er selbst Rekrut war, Überstunden, um seinen Kameraden die Worte des *weißen* Mannes zu übersetzen. Er hatte das Glück, dass er Afrikaans, die Sprache seines Vaters, beherrschte, die bei den *Weißen* in Bloemfontein weit verbreitet war. Er beherrschte auch die Sprache seiner Mutter, Sesotho, dazu makelloses Englisch, was er natürlich im Centre for Coloured Children gelernt hatte.

Seine Sprachmittlerdienste blieben nicht unbemerkt.

»Junge, woher kommst du?«, fragte Captain Portsmouth, der nach einer besonders anstrengenden Übung an ihn herantrat.

In Habachtstellung, wie es ihm beigebracht worden war, erzählte Pitso knapp von seiner Ausbildung. Er blickte dem Offizier nie in die Augen, erinnerte sich aber, dass der Mann sich von den übrigen Offizieren unterschied, weil er hinkte, vielleicht wegen einer in einem lang vergessenen Krieg erlittenen Verwundung. Kopf und Gesicht waren sauber rasiert, abgesehen von einem winzigen braunen Schnurrbart, der auf seiner Oberlippe ruhte wie eine fette Raupe.

»Du sprichst so gut Englisch«, sagte der Offizier schließlich, beeindruckt von Pitsos Geschichte. »Aber ich habe dich gestern auch fließend Sesotho sprechen hören. Was bist du, ein Mischling?«

Im Namen von König Moshoeshoe, was sagte da das Bleichgesicht zu ihm? Pitsos Miene verdüsterte sich, seine Handflächen wurden feucht, die Lippen zuckten. Wenn dieser Mann kein Offizier gewesen wäre, dann hätte er sofort die Faust des jungen Mannes zu spüren bekommen.

»Na, hat es dir die Sprache verschlagen?«

»Sir, ich bin ein Mosotho, Sir.«

»Mit diesem Aussehen, mit diesen Haaren? Tu dir einen Gefallen, Junge. Weise dich als *coloured* aus, und du bekommst eine deinem Status angemessene Behandlung und wirst in ein Truppenkontingent für *Coloureds* versetzt.«

»Ich verstehe Sie, Sir. Aber ich bin immer noch ein Mosotho, wie aus meinen Papieren hervorgeht.«

»Ah, du bist also ein stolzer Mosotho? Wer ist der Begründer des Basothovolks? Wir hieß die Festung des Basothovolks?«

»Das weiß ich nicht, Sir.«

»Möchtest du es erfahren?«

»Wozu, Sir? Das Königreich Basotho ist so gut wie tot, was hätte es also für einen Sinn, die Vergangenheit zu erforschen? Das würde mich nur traurig machen, nicht wahr, Sir?«

Captain Portsmouth fuhr fort: »Nach dem, was ich vor mir sehe, schließe ich, dass du dich selbst nicht kennst.«

»Mein Vater ist *weiß*, meine Mutter Schwarz, Sir. Doch ich bin ein Mensch. Eingeordnet als Mosotho, Sir. Entschuldigung, Sir, mein Vater *war weiß*. Er lebt nicht mehr.«

Nach einer Weile sagte Captain Portsmouth: »Wir unterhalten uns ein andermal weiter, junger Mann. Mir gefällt deine Standhaftigkeit. Aber wichtiger noch, ich möchte, dass du mir Sesotho beibringst. Ich war vor einigen Jahren in Basutoland stationiert. Ich begann, die Sprache zu lernen, habe sie aber nicht mehr benutzt, als ich die Gegend verlassen habe. Du weißt ja, wie das ist; wenn man eine Sprache nicht mehr oft genug benutzt, verlernt man sie. Ich muss meine Beherrschung der Umgangssprache verbessern, wenn ich euch Kameraden auf eurer Reise nach Europa behilflich sein will. Denke aber daran, du bist gerade Angehöriger der Armee geworden, nicht eines Debattierklubs.«

Der Offizier machte auf dem Absatz kehrt und ging weg. Obwohl er hinkte, drückte sein Gang Stolz und Entschlossenheit aus. Pitso fragte sich, ob sein Vater, der Soldat, der er einst im Burenkrieg gewesen war, mit einer solchen Entschlossenheit einhergeschritten war.

KAPITEL 21

»Pitso«, fing Tlali an, als sie ihr erstes Abendessen in Kapstadt zu sich nahmen, »sag mir, dass ich nicht gestorben und im Jenseits, im Land meiner Ahnen, aufgewacht bin.«

»Worauf willst du hinaus?«

»Das Essen. Das Essen der *Weißen* auf meinem Teller. Kein Maisbrei und Kohl, kein bitterer Spinat. Schau dir das an! Die *weiße* Frau, die es mir aufgetan hat, nannte es Rindfleischeintopf.«

»Komm schon, Mann, halt die Klappe und iss.«

»Nein, Mann! Ich halt nicht die Klappe. Die Tatsache, dass ich so gut esse, ist ein Zeichen für das Gute, was noch kommen soll. Wer hätte wohl gedacht, dass das Kind eines einfachen afrikanischen Kräutersammlers das Essen des *weißen* Mannes bekommen würde, serviert auf dem Teller eines *Weißen*?«

Einige der in der Nähe sitzenden Männer dachten vielleicht dasselbe. Sie kamen alle aus armen Verhältnissen.

»Ich glaube, wenn das so weitergeht, könnte mein Gesicht, wenn ich das Land jenseits des Ozeans erreiche, weiß geworden sein.«

Die anderen brüllten vor Lachen.

Was das Essen noch köstlicher mache, sagte Tlali, war, dass es ihnen von *weißen* Damen ausgeteilt worden sei. Er wünschte, sein Vater hätte hier sein können, um Zeuge dieses Schauspiels zu werden. Mit einem Lächeln, so warm wie der morgendliche Sonnenschein, hatte die Dame, die das Essen ausgeteilt hatte, eine große Portion Fleisch auf seinen Teller getan. Er wollte gerade zur nächsten Dame weiterrücken, die Gemüse austeilte, als die erste Dame ihn, mit den Händen gestikulierend, fragte, ob er mehr wolle. Selbstverständlich wollte er mehr. Wer hätte das Angebot einer *weißen* Dame ablehnen können? Also häufte die *weiße* Dame mehr und mehr auf seinen Teller, bis er dem Berg glich, der ihr Trainingsgelände überragte, der berühmte Tafelberg.

Als die Mahlzeit beendet war, kam eine wichtig aussehende Dame zu ihnen. Sie wurde ihnen als Frau des Gouverneurs der Kap-Provinz vorgestellt. Die Männer schauten sich an und fragten sich, was ein »Gouverneur« sei. Durch einen Dolmetscher wünschte ihnen die Frau des Gouverneurs alles Gute für ihre Reise. Sie versprach feierlich, sie in ihre Gebete einzuschließen.

Die Rekruten wurden dann aufgefordert, sich neben der Frau des Gouverneurs aufzustellen. Ein Foto wurde gemacht. Alles geschah zu schnell für Tlali, um es sofort zu begreifen.

Nach dem Abendessen, als sie in ihre Schlafquartiere zurückmarschierten, war Tlali immer noch in seinem Element, erzählte Geschichten und gab sich Tagträumen hin über ihr Leben in Europa.

»Jetzt, wo ich meine erste *Weißer*-Mann-Mahlzeit gegessen habe«, sagte Tlali, »bin ich kurz davor, mir eine *weiße* Braut zu besorgen, glaube ich.«

»Warum solltest du eine *weiße* Braut brauchen?«, fragte einer.

»Mann, wir gehen nach Europa! Dort drüben gibt es keine Schwarzen Frauen. Außerdem, warum sollte ich nach einer Schwarzen Frau in Europa Ausschau halten, wenn es so viele davon hier zu Hause gibt? Dieser Krieg bedeutet für uns die Freiheit, auf Erkundungstour zu gehen, Mann.«

»Freiheit«, stimmte ein Mann zu.

Tlali fuhr fort: »Ich stelle mir gerade meine *weiße* Braut vor. Vielleicht mit solchen Hüften, breit genug fürs Austragen unserer Kinder. Stellt euch die Kinder vor. Stattlich, mit einem Honigteint und weichem Lockenhaar.« Er sah, wie Pitsos Hände sich zu Fäusten ballten und verstummte auf der Stelle.

Einer argumentierte: »Ich weiß, man hat uns gesagt, wir dürfen *weiße* Frauen dort drüben nicht anfassen. Aber was ist, wenn die Frauen uns wollen?«

»Genau«, sagte ein anderer.

»Ich hoffe nur«, meinte Pitso, »dass Tlali uns dort drüben in Europa nicht in Verlegenheit bringt.«

»Was willst du damit sagen, dass ich euch in Verlegenheit bringe?«

»Sag diesen Männern, dass du nie mit einer Frau geschlafen hast«, sagte Pitso zu seinem Freund und hoffte, ihn damit zum Schweigen zu bringen.

Die Männer lachten und klopften sich gegenseitig auf den Rücken, trennten sich und begaben sich jeder ins eigene Bett.

»Nun, meine Herren, denkt, während ihr die Augen schließt, an die *weißen* Bräute, die in Übersee auf uns warten«, sagte Pitso lachend.

Während Pitso zu seinem Bett ging, dachte er, was für einen wunderbaren, sorglosen Freund er doch in Tlali hatte. Sie waren sich zum ersten Mal vor einer Teestube in Bloemfontein begegnet. Dort, am Fenster nur für Schwarze, hatte Tlali angestanden und darauf gewartet, dass er an der Reihe war. Die Schlange war lang, da die Schwarze, die sie bediente, sich Zeit ließ. Pitso schloss sich ihnen bald an und begrüßte die in der Schlange Warteten in ihrer Muttersprache Sesotho. Dann sagte er: »Leute vom Volk meiner Mutter, warum stehen wir vor diesem Fenster an, in dieser Hitze, wenn wir in den Laden hineingehen und anständig bedient werden könnten? Wir könnten uns drinnen hinsetzen und unsere Getränke auf den Stühlen dort drüben genießen.«

Darauf war es zunächst still, bis einer sagte: »Das Innere der Teestube ist für *Weiße* reserviert.«

»Quatsch! Eine Tasse Tee ist eine Tasse Tee, ob man sie aus diesem Fenster serviert oder dort drinnen. Ich gehe jetzt da rein und bestelle eine Tasse Kaffee.«

Köpfe drehten sich und Leute sahen ihn an. Ein Mann sagte: »Vielleicht bedienen sie dich, weil du helle Haut hast …«

Pitso ging hinein, setzte sich und bestellte eine Tasse Kaffee bei einer Schwarzen, die eine Theke mit einem schmutzigen Lappen abwischte.

Überrascht vom Auftauchen eines nicht*weißen* Gesichts im Teeraum, stotterte die Frau und wandte sich an einen *Weißen,* der hinter der Theke saß und einen Comic las. Sie fragte: »Baas, kann ich ihn hier bedienen?«

Der *Weiße* blickte auf von seinem Comic und rückte seine Brille zurecht. Er lief rot an und knurrte: »He, du, *fokof.* Er ist nicht *weiß.* Er spricht die Kaffernsprache. Ich kenne ihn, er macht immer Ärger. Glaubt, er wäre *weiß.*«

»Ich gehe hier nicht fort, bis ich bedient werde«, sagte Pitso ruhig.

Jetzt fingen die Schwarzen am Fenster an, ihn zu beschimpfen: »He, du blöder Mischlingsarsch. Warum machst du immer Ärger? Weißt du denn nicht, dass der Baas hier uns alle nicht mehr bedienen wird?«

»Lass unseren *Weißen* in Ruhe, du arrogantes gelbes Stück Scheiße, und spiel dich nicht auf!«

»Der Sohn einer Schwarzen Hure, die mit einem feigen *weißen* Irren geschlafen hat, denkt, er weiß alles besser.«

Ein Mann hob die Hand und bat die mit ihm Anstehenden, sich zu beruhigen. »Vielleicht hat der junge Mann gar nicht so unrecht. Der Laden ist leer, und wir stehen hier draußen in der Sonne. Lasst uns reingehen. Wir sind doch hier die Stammkunden, *weiße* Kunden kommen kaum her.«

Die Frau, die die Tische abwischte, lächelte und zwinkerte dem Mann zu, der das gesagt hatte. Aber der Rest der Menschen in der Schlange schickte sich zum Gehen an. Einer der Männer sagte: »Der Baas wird die Polizei rufen, und wir bekommen wegen deiner dummen Eitelkeit Ärger. Warum findest du dich nicht mit der Tatsache ab, dass du nicht *weiß* bist, du blödes Stück Kuhdung?«

Pitso brüllte: »Blöde Hunde, ihr alle. Ihr seid eine Beleidigung für alle Schwarzen, für alle Menschen.«

Zur Erleichterung Tlalis, der immer noch anstand und Angst hatte, dass die Polizei kommen und alle zusammenschlagen würde, war Pitso hinausgestürmt.

Ein paar Wochen danach war Tlali wieder auf den jungen Unruhestifter getroffen. Tlali war von seinem Vater zur Schule für *coloured* Kinder geschickt worden, um jemanden zu finden, der ihm einen Brief, den er erhalten hatte, vorlesen konnte. Keiner der Leute in Tlalis Dorf oder den benachbarten Dörfern konnte ihn lesen, da er auf Englisch geschrieben war. Er hatte den Eindruck gemacht, als könne er wichtig sein, und Tlalis Vater – stets misstrauisch gegenüber *Weißen* – zögerte, einen *Weißen* in der Stadt aufzusuchen, um sich den Brief vorlesen zu lassen. Er befürchtete nämlich, sein Inhalt könnte von gerissenen Personen ausgenutzt werden. Der Kräutersammler dachte sich, die Christen, die am Centre for Coloured Children arbeiteten, seien eine bessere Wahl.

Als Tlali dort ankam, war er schockiert, vom *mixed-race* Frechdachs begrüßt zu werden, der vor ein paar Wochen eine Szene bei der Teestube gemacht hatte. Was ihn schockierte, war, dass der hier offenbar die Aufsicht hatte. Er unterrichtete Jüngere, Mädchen und Jungen, in einer Sprache, die Tlali für Englisch hielt. Der Junge erkannte Tlali sofort und grüßte ihn mit einem warmen Lächeln. Auf Sesotho sagte er: »Ich hoffe, dich hat nicht der *weiße* Mann geschickt, um mich zu verhaften. Ich erinnere mich dunkel, dass du und deine Freunde meinen Auftritt damals nicht gut aufgenommen habt. Ich heiße übrigens Pitso.«

Tlali stellte sich vor und erklärte dann ausführlich die Bitte seines Vaters.

»Darf ich den Brief sehen?«

Er reichte ihm den Brief. Tlali bemerkte, dass dieser junge Mann namens Pitso beim Lesen des Briefs nicht die Lippen bewegte. Er musste hochgebildet sein, dachte Tlali. Nur *Weiße* lasen Briefe oder die Zeitung, ohne die Lippen zu bewegen.

Pitso erklärte dann, dass der Brief von einem *weißen* Mann aus Johannesburg kam, einem Mr Whitlock, einem früheren Arbeitgeber von Tlalis Onkel Piet. Piet war im vergangenen Monat gestorben. Da Mr Whitlock dessen Verwandte bis vor Kurzem nicht ausfindig machen konnte, hatte er beschlossen, Piet selbst in Johannesburg zu bestatten. In dem Brief bat Mr Whitlock die Familie, ihm mitzuteilen, wie er Piets letzte Monatslöhne und seinen privaten Besitz an seine Frau oder Mitglieder der weiteren Familie schicken könne. Die Familie könne entscheiden, was sie damit anfangen wollte, da Piet ein treuer und zuverlässiger Diener gewesen sei.

Aufgeregt riss Tlali Pitso den Brief aus der Hand. Er war drauf und dran, aus der Tür zu rennen, als der Letztere ihn aufhielt. »Sag deinem Vater, wenn er meine Englischkenntnisse braucht, um auf diesen Brief zu antworten, bin ich dazu jederzeit bereit.«

In der Tat hatte Tlalis Familie Pitso in ihren großen Haushalt eingeladen und ihm zugeschaut, als er bequem auf einer Bank saß und den Brief schrieb. Sie waren voller Staunen, mit welcher Leichtigkeit er ein leeres Blatt Papier mit den »Fliegen des *weißen* Mannes« schwärzte, wie sie die Buchstaben des Alphabets nannten.

Etliche Wochen später war ein Telegramm eingetroffen, das Tlalis Vater einlud, nach Johannesburg zu kommen, um das Geld und die persönlichen Dinge seines Bruders abzuholen. Seitdem war »unser hellhäutiger Junge«, wie Tlalis Vater ihn nannte, stets ein willkommener Gast bei allen traditionellen Familienfesten und -zusammenkünften gewesen. Man betrachtete ihn als Glücksbringer. Als Zeichen der Anerkennung hatte Tlalis Vater Pitso ein Pferd, ein Hengstfohlen, geschenkt, das sie nach Pitsos Sippennamen »Löwe« nannten.

Während der folgenden Wochen hatte es Tlali Vergnügen bereitet, seinem Freund das Reiten beizubringen. Pitso brachte die unvermeidlichen Stürze von seinem Reittier hinter sich und stellte sich bald als kompetenter Reiter heraus. Man konnte die beiden dabei beobachten, wie sie die grasbedeckten Anhöhen hinaufgaloppierten oder die Täler des freien Landes hinunterjagten. Sie ritten zum Fluss, wo sie ihre Pferde wuschen, gemeinsam schwammen, Beeren pflückten. Wenn sie nicht ritten, versuchte Pitso, seinem Freund grundlegende Techniken der Holzbearbeitung beizubringen, wie sie ihm im Centre for Coloured Children vermittelt worden waren.

Weil Tlalis Vater Jäger war, besaß er zwei alte Schrotflinten und ein Luftgewehr. Dank seines Vaters war Tlali ein guter Schütze, und Pitso war froh, als sein Freund ihm das Schießen beibrachte. Sie gingen auf die Jagd nach Klein- und Großwild. Damals gab es noch weite Landstriche, die keinem gehörten, wo normale Leute jagen konnten. Es war erstaunlich, wie friedlich es hier auf dem Land nach dem Krieg wieder geworden war.

Tlali und Pitso hatten ab und zu ihre Schwierigkeiten miteinander, wie das bei heißblütigen jungen Männern üblich war, doch sie liebten und respektierten sich wie Blutsverwandte. Tlali, der nie eine Schule besucht hatte, bemühte sich sehr, Pitsos Gedankenwelt zu verstehen. Sein Freund hatte ihm ein wenig Lesen und Schreiben in seiner Muttersprache Sesotho beigebracht, aber das befähigte ihn nicht, voll und ganz zu verstehen, was in Pitsos Kopf vor sich ging.

Im Depot in Kapstadt, wo ihre Ausbildung begonnen hatte, beobachtete Tlali neidisch, wie Pitso ein offenbar freundschaftliches Gespräch mit dem *weißen* Offizier führte. Sie lächelten, schüttelten den Kopf, gestikulierten, wie es enge Freunde tun würden. Man stelle sich einen jungen Schwarzen vor, der sich zwanglos mit einem *weißen* Armeeoffizier unterhält!

»Eines Tages werde ich sein wie du«, sagte Tlali zu seinem Freund. »Eines Tages werde ich die Bibel auf Englisch lesen können und all diese schönen englischen Choräle singen, die du mir beigebracht hast. Und ich werde diese Choräle meiner schönen *weißen* Braut in Europa vorsingen.«

KAPITEL 22

Es war ein strahlender Tag, die Sonne massierte mit ihren warmen Fingern die Gesichter der Männer vom Fünften Bataillon, während sie in Habachtstellung in voller Uniform vor dem Depot in Kapstadt stillstanden. Es war der 16. Januar 1917. Vom Meer her wehte eine kühle Morgenbrise. Eine Gruppe Möwen schwebte über dem Wasser und schoss hin und wieder hinunter, um sich über einen Nahrungsbrocken zu streiten. Unterwegs zum Kai gab es kaum Unterhaltungen zwischen den Männern, die mit ihrem Seesack beladen waren. Die Ausgelassenheit, die ihren Aufbruch aus ihren Städten und Dörfern gekennzeichnet hatte, das laute Chaos, das sie im Zug nach Kapstadt verursacht hatten, das Singen aus voller Kehle, das viele ihrer Aktivitäten im Depot begleitet hatte, die deftigen Späße während der Mittagspausen – all das lag jetzt hinter ihnen. Die fröhlichen Anzüglichkeiten waren einer ernsten Ergebenheit in die Realität, die vor ihnen lag und sie jenseits des Ozeans erwartete, gewichen.

Jeder hatte gute Gründe, sich zu fragen, ob er nun zum letzten Mal das Land seiner Geburt sah, denn er könnte im Kampf sterben, oder das gierige Meer könnte ihn verschlingen.

Viele der Männer hatten vor ihrer Abreise ein Tier geschlachtet – eine Kuh, eine Ziege, ein Schaf oder selbst ein Huhn –, um ihre Ahnen milde zu stimmen. Wenn er vom Blut eines frisch geschlachteten Tiers getrunken habe, würde der Reisende von den Ahnen beschützt werden, so glaubte man. Sie würden an seiner Seite sein und als unsichtbarer Schild gegen alle möglichen Gefahren dienen. Einige hatten auch bei der Abschiedszeremonie Haufen des Impepho-Krauts verbrannt. Die Impepho-Pflanze galt als heilig, und viele Menschen legten Wert darauf, eine Handvoll davon zu verbrennen, bevor sie lange Reisen antraten. Da nun die Reise unmittelbar bevorstand, waren die lang unterdrückten Ängste der Männer wiederbelebt worden. Dem Meer musste man sich mit Furcht und Respekt nähern. Es hatte viele Geheimnisse in seinem Bauch. Es war ein von Ungeheuern, die kein Mensch je gesehen hatte, bewohntes Reich. Eine Welt, heimgesucht von den Seelen der in diesen heimtückischen Wassern Ertrunkenen oder der Seeleute, deren Schiffe spurlos verschwunden waren.

Das war für Pitso der letzte Augenblick, bevor er dem Land seiner Geburt Lebewohl sagte. Er biss immer wieder die Zähne fest zusammen, versuchte nervös, sich mit dem abzufinden, was geschah, mit der Entscheidung, die er getroffen hatte. Es gab jetzt kein Zurück mehr.

Es war nicht oft geschehen, dass Pitso an seine Mutter gedacht oder sie betrauert hatte. Jetzt aber tat er es. Verlockende Bilder von Christine, der süßen Christine, tauchten auch vor ihm auf. Doch er schob sie beiseite und konzentrierte sich auf seine Mutter. Er dachte an seine kleine Schwester, die er nur so kurz erlebt hatte. Wo war sie? War sie irgendwo im Himmel und wachte über ihn? Wo war sein Vater? Ob er überhaupt an die Familie dachte, die er zurückgelassen hatte? Was war mit ihm geschehen? Ob er überhaupt noch lebte?

Pitso fragte sich, ob er überhaupt an diesen Krieg glaubte. Seine Freunde hatten ihn ausgelacht und gesagt, er würde von feigen *Weißen* bewusst manipuliert, die ihre eigenen Kriege selbst ausfechten könnten, aber immer nach dunkleren Menschen suchten, die sie als Kanonenfutter missbrauchen konnten. Vielleicht hatten seine Freunde recht. Wie könnte er aus dem Krieg Nutzen ziehen, vorausgesetzt, er käme lebend zurück? Wenn er sterben würde, wäre das für eine gute Sache gewesen?

Jemand fing an zu singen:

Ayanqikaza ayesaba amagwala,
athi kungcono sibuyele emuva.
Die Feiglinge werden unruhig
und sagen, vielleicht sollten wir lieber umkehren.

Als langsames Summen einer Handvoll Männer fing es an, ganz bestimmt Zulus, denn das war ein berühmtes Zulu-Kriegslied. Der Gesang wurde lauter und schneller, als mehr Männer einfielen. Jene, die nicht Zulu sprachen und daher die Worte nicht kannten, tauchten zunächst die Zehen in diesen unerprobten Musikstrom. Und dann waren sie knöcheltief drinnen. Es dauerte nicht lang, und sie wurden mitgerissen von der dahindonnernden Welle des Gesangs, den sie begeistert aufgriffen:

... qiniselani nani maqhawe,
sekuseduze lapho siya khona
... seid standhaft, o ihr Helden,
denn unser Ziel ist nah.

Der Gesang stieg auf; er sank herab und erhob sich; er entfachte die Emotionen der Männer, entriss sie ihren Selbstzweifeln, trug sie hinauf zur Gewissheit. Der Gesang grollte und brüllte vor wiedergefundener Begeisterung, voll Mut und Hoffnung – es war eine freudige Feier neu erworbener Kameradschaft.

Ayanqikaza, ayesaba amagwala
Athi kungcono sibuyele emuva.
Qiniselani nani maqhawe,
Sekuseduze lapho siya khona.

Einige der Rekruten verabscheuten insgeheim die Tatsache, dass die Zulus, obwohl in der Minderheit, die lautesten waren, ihre

Meinung immer anderen aufdrängten und stets die Gelegenheit ergriffen, die Führung zu übernehmen. Pitso hatte gelesen, dass in den letzten Tagen der Rekrutierungskampagne das Land der Zulus nur 1500 Mann zu den 25 000 Mann beigetragen hatte, die sich für das Arbeitskontingent gemeldet hatten. Die endgültige Aufschlüsselung nach Territorium war folgende: Kap-Provinz – 7000; Transvaal – 13000; Oranje-Freistaat – 800; Bechuanaland – 600; Basutoland – 1500; Swaziland – 100.

Pitso fragte sich, warum die Zulu-Nation, traditionsgemäß ein kriegerisches Volk und zahlenmäßig die größte Sprachgruppe der Südafrikanischen Union, nicht bereitwilliger dem Ruf zu den Waffen gefolgt war. Schließlich liebten die Zulus den Kampf um des Kampfes willen, das behauptete man jedenfalls. Vielleicht resultierte das Zögern der Zulus, am Krieg teilzunehmen, aus der noch frischen Erinnerung an ihre Demütigung durch die Briten in der Schlacht von Rorke's Drift 1879, die das mächtige Königreich der Zulus endgültig vernichtet hatte.

Als Folge dieser Schlacht wurden riesige Gebiete, die ursprünglich zum Reich der Zulus gehörten, von den siegreichen Briten übernommen und an Schwarze Chiefs verteilt, die vom britischen Empire ernannt wurden, damit sie das schändliche Mandat der Kolonialisten ausführten. Einige Gebiete fielen an *weiße* Beamte, offizielle Vertreter der britischen Krone. Es würde für die Kinder von Mageba lange dauern, sich von dieser Demütigung zu erholen, wenn überhaupt, geschweige denn, sie zu vergessen. Es waren stolze Menschen, diese Zulus. Als sie 1906 erneut versuchten, sich zu erheben, war die unselige Bhambatha-Rebellion niedergeschlagen worden, ehe sie richtig in Fahrt kam. Mit den Anführern des Aufstands verfuhr man brutal. Bhambatha kaMancinza Zondi, Herz und Hirn der Revolte, wurde brutal ermordet, und die siegreichen Briten schlugen ihm den Kopf ab und präsentierten ihn skeptischen Gefolgsleuten, die nicht glauben wollten, dass der große Krieger sich den Kolonialherren ergeben hatte. Unter diesen Bedingungen hatten sogar die Zulus, die während der Zeit von König Cetshwayo, vor der entscheidenden Schlacht von Rorke's Drift, zum Christentum übergetreten waren, zwiespältige Gefühle für die Briten. Sie hatten sich nicht erholt von dem Schock angesichts der Gewalt, die von den Stellvertretern des British Empire gegenüber ihren Zulu-Brüdern ausgeübt worden war.

Doch die Zulus, die dem Ruf gefolgt und sich den britischen Truppen in ihrem Kampf gegen die Deutschen angeschlossen hatten, hatten das mit Stolz und Würde getan. Sie hatten geschworen, bis zum Tode für ihren Glauben an die gerechte Sache des Kriegs gegen die Deutschen zu kämpfen, selbst wenn das bedeutete, durch die Hände ihrer Zulu-Brüder zu sterben, die sie mit Gewalt davon abhalten wollten, sich am Krieg zu beteiligen. In ihrem Herzen hegten sie auch die Hoffnung, dass die Briten sie am Kriegsende belohnen würden, indem sie den Status ihres Königs neu überdachten. Sie konnten es gar nicht erwarten, sich wieder im vollen Glanz ihres Monarchen zu sonnen, wenn seine Macht von den Briten vollständig wiederhergestellt sein würde. Der Krieg in Europa bedeutete für sie Hoffnung auf Rettung und Erlösung. Wie ein Sprichwort der Zulu sagt: »*ithemba kalibulali* – Hoffnung hat noch keinen umgebracht.«

Die Feiglinge werden unruhig
Und sagen, vielleicht sollten wir lieber umkehren.
Seid standhaft, o ihr Krieger,
Denn unser Ziel ist nah.

Als sie schließlich beim Schiff ankamen, mit dem sie reisen würden, waren die Männer atemlos vor Freude und beeindruckt von seiner Größe. Auf beiden Seiten des Schiffs prangte sein Name in kühnen Lettern: *SS Mendi.*

Bei ihrer Einschiffung trugen einige Männer ramponierte Taschen und Koffer mit ihren privaten Kleidungsstücken. Andere führten kleine, dekorative Rindslederschilde und Kampfstöcke mit sich. Ein Mann hatte eine Ziehharmonika dabei. Ein Offizier rief die Namen auf. Jeder Mann stieg die Gangway hinauf, wenn sein Name über den windigen Pier gerufen wurde: »Geelbooi Dinoka! William Ditshepo! Saucepan Maake, Whisky Mahlaba ...«

Es ging langsam voran, da viele der Männer noch nie auf einem Schiff gewesen waren. Es herrschte Gelächter und nervöses Herumgealbere – »Wird dieses Ding nicht mitten im Wasser auseinanderfallen?« und »Warum haben wir uns diesen *weißen* Hexenmeistern und ihren Spielchen ausgeliefert?«

Als die Männer dann an Bord waren, stiegen sie in den Frachtraum hinunter, der zum Truppendeck umfunktioniert worden war. Die *weißen* Anführer wurden zu Kabinen mittschiffs gebracht, wo Platz für sechzig Mann war. Sanitäter und Dolmetscher wurden in der Nähe der Krankenstation untergebracht, die sich in der zweiten Klasse achtern befand.

Als die letzten Vorräte verladen wurden – Nahrungsmittel, Kohle, Kleidung und so weiter –, breitete sich ein Gerücht unter den Schwarzen Rekruten aus.

»Der *weiße* Mann hatte eine Tonne Gold in das Schiff geladen«, behauptete einer verschwörerisch.

»Warum?«, fragte stirnrunzelnd ein anderer.

»Wenn wir den Krieg verlieren, können wir das Gold einfach an die siegreichen Deutschen übergeben, uns entschuldigen, und dann lassen sie uns heimfahren«, erklärte der Erste, stolz, mehr zu wissen als seine Kameraden.

»Die seltsamen Sitten des *weißen* Mannes. Was aber, wenn wir den Krieg gewinnen?«

»Vielleicht wird dann der *weiße* Mann das Gold zerstückeln, und wir bekommen alle ein Teil davon.«

»Was zum Teufel soll ich mit einem Stück Gold anfangen?«

»Es verkaufen und Geld dafür kriegen oder daraus Geld herstellen lassen. Heutzutage braucht man Geld. Rinder sind nicht genug. Man braucht Geld, um seine Steuern zu bezahlen. Ach, es gibt jetzt so viele Arten von Steuern. Hüttensteuer, Hundesteuer, Kopfsteuer. Das Gold wird uns zu Geld verhelfen. So werden die *Weißen* reich.«

»Ist dieses Gold nicht so schwer, dass unser Schiff deshalb untergehen kann?«

»Überlass das dem *weißen* Mann, Sohn. Er hat schon eine Menge Reichtümer aus den Eingeweiden unseres Landes geholt und es in seine Heimat geschickt. Und seine Schiffe sind nie gesunken. Vielleicht sind ja manche gesunken, doch die meisten haben sicher ihr Ziel erreicht.«

Die Geschichten um das Gold machten unaufhörlich die Runde.

Tatsächlich bestätigten Zeitungsberichte aus jener Zeit, dass, bevor die *Mendi* in See stach, Goldbarren im Wert von fünf Millionen Pfund verladen worden waren. Der Krieg kostete die britische Krone viel Geld, und aufgrund der außergewöhnlichen Situation bedeutete die Schifffahrt in internationalen Gewässern ein hohes Risiko. Deutsche U-Boote und bewaffnete Kreuzer waren in alle sieben Meere gesandt worden. Sie griffen alliierte Handelsschiffe an, um zu verhindern, dass ihre Truppen in Europa mit Nachschub versorgt wurden. Nicht einmal Passagierdampfer waren vor den Deutschen sicher. Unter diesen Umständen musste die *Mendi* im Konvoi mit der *Kenilworth Castle* fahren, die auch südafrikanische Truppen und Gold an Bord hatte. Die anderen Schiffe im Konvoi waren der Orient-Liner *Orsova*, der White-Star-Liner *Medic*, die *Berrima* und die *Port Lyttelton*, die alle australische Truppen beförderten.

Einige der Soldaten, die an Deck standen und zum langsam entschwindenden Koloss des Tafelbergs und zum Festland schauten, die sie möglicherweise zum letzten Mal sahen, weinten.

»Schaut euch das an«, sagte Tlali zu einer Gruppe Männer. »Das Land wird immer kleiner. Bald existiert es nicht mehr. Ist das nicht ein Wunder?«

Zum Glück war das Wetter den Passagieren der *Mendi* und dem übrigen Konvoi gnädig. Sie hatten eine sanfte Fahrt, und nachdem sie das Land ihrer Geburt hatten verschwinden sehen, wendeten sie sich den Aufgaben zu, die ihnen aufgetragen waren.

Der Kommandant der *Mendi* war Captain Henry Arthur Yardley, ein hochgewachsener, schlaksiger Mann, der gern lächelte, mit sauber gestutztem Bart. Seitlich aus seinem Mund hing stets eine teure Pfeife wie ein permanentes Anhängsel. Captain Yardley war ein altgedienter Seemann, der seit 1901 eine Reihe von Schiffen geführt hatte. An Bord war eine neunundachtzigköpfige Mannschaft, einschließlich des Kapitäns und der Offiziere, die meisten davon Briten. Das South African Native Labour Contingent setzte sich zusammen aus fünf *weißen* Offizieren, siebzehn Unteroffizieren und achthundertundzwei Schwarzen Soldaten. Es gab auch einige wenige militärische Passagiere; Offiziere, die nach einer Verwundung oder einem Urlaub nach Europa zurückkehrten.

Schon bald – in der Tat erstaunlich schnell – übernahmen die Männer die Routine des Lebens auf einem Truppentransporter. Sie säuberten die Truppendecks und legten ihre Ausrüstung zur Inspektion aus. Man hatte sie ermuntert, tagsüber so viel Zeit wie möglich an Deck zu verbringen. Pitso nutzte seine körperliche Größe und Stärke und bewarb sich um Arbeit als Heizer im Maschinenraum. Er kam zu einer Gruppe starker, gut gebauter Männer dort unten und erkannte in einem von ihnen Ngqavini wieder, den Zulu sprechenden Mann, der stets der Vorsänger für sie gewesen war.

Ngqavini glotzte Pitso an, als der zum ersten Mal in den Maschinenraum kam, sich eine Schaufel griff und tat, was die anderen Männer taten – Kohle in den Kessel schaufeln.

»*Hheyi, msushwana ndini ufunani la*?«, sagte Ngqavini. He, du kleiner Sotho-Junge, was machst du hier? »Glaubst du, das ist der Hinterhofgarten deiner Mutter? Hier wirst du Steine scheißen. Jesu-Maria-Josefa! Wir brauchen Männer, keine Mädchen in Hosen!«

Pitso ignorierte den Zulu und schaufelte weiter Kohle. Das Gleiche geschah am nächsten Tag, doch Pitso schuftete weiter dort unten im Schiffsbauch. Ngqavinis Sticheleien und Beleidigungen prallten von seinen breiten Schultern ab. Dort unten zu arbeiten verschaffte ihm die Abgeschiedenheit, die er brauchte, die kostbare Gelegenheit, mit seinen Gedanken allein zu sein.

Am fünften Tag seines Diensts im Kesselraum spürte Pitso plötzlich, wie das Schiff zitterte und wild schaukelte – zum ersten Mal, seit sie den Hafen verlassen hatten. Das machte ihm Angst.

Um sich zu beruhigen, fing er an zu singen:

Wenn Frieden, wie ein Fluss, meinen Weg begleitet,
Wenn Kümmernisse wie Meereswogen heranrollen,
Was auch mein Los sei, du hast mich gelehrt:
Es steht gut, es steht gut um meine Seele.
Wenn Satan auch wütet, wenn Prüfungen kommen,
So will ich doch versichert und getrost sein,
Dass Christus meinen hilflosen Zustand gesehen
Und sein Blut für meine Seele vergossen hat …

Ngqavini, mit offenem Mund, in den Augen einen Funken der Überraschung, der Neugier, der Freude, knurrte: »He, du bist also Christ?«

Pitso sang weiter und ignorierte den anderen Mann.

»Msushwana, hörst du mich? Bist du Christ?«

Verärgert hörte Pitso auf zu singen und fragte: »Und was ist, wenn ich Christ bin?«

»Ich bin durch Geburt Christ, aber es gab Anfechtungen …«

Eine Weile starrten sie einander wortlos an.

Ngqavini wollte dann plötzlich nicht mehr mit ihm reden. Er nahm seine Schaufel auf und schrie: »An die Arbeit, *msushwana,* Jesu-Maria-Josefa! Wir sind zum Arbeiten hier, nicht zum Perepereza mit dem Mund wie die Weiber.«

Stirnrunzelnd nahm Pitso seine Schaufel auf und ging wieder an die Arbeit. Er stimmte ein neues Lied an.

Eine Stunde später wurde Pitso in seinem Arbeitsrhythmus unterbrochen, als er Ngqavini schreien hörte: »Was zum Teufel suchst du hier?«

Pitso, der sich inzwischen an Ngqavinis Ausbrüche gewöhnt hatte, die meist überflüssig waren, beschloss, den Mann zu ignorieren. Er schaufelte weiter Kohle in den Kessel.

»Raus hier, Mann. Wir haben hier schon genug Basothos. Verschwinde!«

Es reicht, dachte Pitso und ließ die Schaufel fallen. Dann bemerkte er, dass Ngqavini zu Tlali sprach, der in den Maschinenraum gekommen war. Ngqavini ging mit geballten Fäusten wie ein rußiger Teufel auf Tlali los. »Raus hier! Nicht noch mehr Basotho-Mädchen. Raus!«

Als Antwort verpasste Tlali Ngqavinis linker Wange einen rechten Haken. Ein schwächerer Mann wäre umgefallen wie ein Sack Kartoffeln, doch Ngqavini war ein erprobter Straßenkämpfer, der in den blutgetränkten Goldminenstraflagern von Johannesburg Zeit verbüßt hatte. Er schüttelte nur den Kopf und versetzte Tlali einen mächtigen Hieb auf den Kiefer. Tlali prallte rückwärts gegen den heißen Kessel. Vor Schmerz schreiend, wich er vom glühend heißen Metall zurück.

Pitso konnte da nicht einfach tatenlos zuschauen. Er duckte sich und schoss vorwärts in der Absicht, Ngqavini den Kopf in den Bauch zu rammen, doch sein Gegner sprang zur Seite, und Pitso krachte zu Boden. Er rappelte sich auf, um wieder anzugreifen, als er sah, wie Ngqavini mit einem Messer auf ihn zustürzte.

Gerade noch rechtzeitig versetzte der Schwarze Sergeant, der die Aufsicht über den Maschinenraum hatte, Ngqavinis Schläfe eine mächtige Rechte. Ein Knall hallte durch den Raum, als der Straßenkämpfer auf die Knie stürzte und sein Messer klirrend auf den Boden fiel.

Drei Schwarze Wachen, bewaffnet mit Knüppeln, kamen heruntergestürzt.

»Wir sind kaum eine Woche unterwegs, und schon blamiert ihr uns vor den *weißen* Offizieren«, sagte einer von ihnen.

Ngqavini, Pitso und Tlali wurden nach oben geführt. Die Untersuchung nahm dann ungefähr fünf Minuten in Anspruch: Wer hatte wem was angetan, ja, besten Dank auch, ihr seid alle drei schuldig. Das Urteil? Zwanzig Hiebe mit der Sjambok und vier Tage Haft für Pitso und Ngqavini. Tlalis Verbrennungen retteten ihn vor der Haft; er musste nach seinen fünfzig Hieben in die Krankenstation gebracht werden.

Captain Portsmouth hörte vom Kampf und kam in die Offiziersmesse, als die drei Gefangenen gerade ihre Hosen auszogen. Pitso sah einen Augenblick zu ihm hoch und senkte dann beschämt den Blick. Nach der Auspeitschung, die ihren Rücken und Hintern fette blutende Striemen verpassten, wurden Ngqavini und Pitso hinuntergeführt und in den dunklen, fensterlosen Kerker verfrachtet, wo sie die nächsten vier Tage verbringen mussten.

KAPITEL 23

Nach Pitsos grober Schätzung maß der Kerker, in den er und Ngqavini unten im Schiffsbauch geworfen worden waren, drei mal drei Meter. Die Decke war so niedrig, dass sie kaum aufrecht stehen konnten. Weil es so eng dort war, mussten sie die meiste Zeit auf ihren Kokosmatratzen sitzend oder liegend und in die Dunkelheit starrend verbringen. So finster war es, dass sie kaum die Hand vor Augen sahen. Das geringe Licht, das zu ihnen drang, sickerte durch einen Luftschlitz oben in der Zellentür. In der Zelle befand sich ein Aborteimer, den sie beide benutzen mussten. Neben dem Eimer lag ein reichlicher Vorrat an Zeitungen, aber nicht zu Lektürezwecken. Und daneben standen eine Schüssel mit Wasser, in der sie sich die Hände waschen konnten, und ein Eimer mit Wasser, aus dem sie trinken konnten.

Nach einigen Stunden in der kleinen Zelle bekam Ngqavini plötzlich schrecklichen Durchfall. Pitso fluchte unablässig, und Ngqavini lachte meckernd, während er schiss. Er hatte sein Geschäft kaum beendet, als die Tür aufging. Eine Wache kam herein. Er bringe ihr Essen, verkündete er, wobei er sich bemühte, nicht zu atmen. Für jeden sechs dicke Scheiben Brot, bestrichen mit Marmelade, und eine Gallone Mahewu, ein dickflüssiges und sehr süßes Getränk, hergestellt aus Maismehl.

»Geht achtsam mit diesem Essen um, Gentlemen, denn eure nächste Mahlzeit bekommt ihr erst morgen früh.«

»Wie spät ist es jetzt?«, fragte Pitso.

»Es ist zwei Uhr nachmittags.«

»Wie lange sind wir jetzt schon hier?«

»Ungefähr zwei, drei Stunden.«

Mit diesen Worten zog der Wachmann die Tür hinter sich zu und verriegelte sie.

Sie waren also erst drei Stunden hier, doch es fühlte sich wie ein ganzer Tag an. Jetzt war Pitso mit dem Eimer dran. Ngqavini brüllte vor Lachen, als Pitso im Dunkeln stöhnte.

Beide Männer entschieden sich, das Essen für später aufzusparen. Es war dort unten so heiß, dass sie sich bis auf die Hosen ausgezogen hatten. Die durch den Schlitz über der Tür hereindringende Luft reichte gerade so, um sie am Leben zu erhalten. Abgesehen von ihren Atemgeräuschen und dem Klopfen ihrer Herzen war es still. Die Fahrt war ruhig, nur gelegentliche Stöße erinnerten sie daran, dass sie nicht im Mutterleib waren, sondern über einem Abgrund schwebten, dessen Tiefe sie sich nicht einmal vorstellen konnten. Aber Pitsos Fantasie spielte verrückt: Was wäre, wenn das Schiff mit einem anderen zusammenstoßen und sinken würde? Wer würde an sie denken? Was wäre, wenn der Boden, auf dem sie lagen, plötzlich nachgeben würde, ohne dass die Leute oben es merkten? Was wäre, wenn ein Meeresungeheuer, dessen Augen durch die Schiffswände sehen konnten, sie genau jetzt beobachtete und abwartete, ehe es ein Loch in den Schiffsboden bohrte und sie beide zu seiner Abendmahlzeit holte?

Pitso musste eingeschlafen sein, denn als er sich auf seiner Matratze aufsetzte, war da ein seltsames Geräusch in der Zelle. Er strengte die Augen an in der Hoffnung, etwas zu sehen, irgendetwas, aber es war zwecklos – es war genauso dunkel wie vor dem Einschlafen. Doch das Geräusch blieb. Er lauschte.

»Ich wusste, dass du aufwachen würdest«, sagte eine Stimme im Dunkeln. »Mit leerem Magen kann man nicht schlafen.«

Ach, es war sein Zellenkumpel, der aß. Pitso verzog das Gesicht, angewidert von der Vorstellung, an einem derart stinkenden Ort zu essen.

»Isst du nun, oder was? Wenn du nicht essen willst, gib Bescheid.

Ich kümmere mich um deinen Anteil. Es ist unchristlich, Essen umkommen zu lassen. Das hat mir meine Mutter beigebracht. Essen darf man nicht umkommen lassen, das bringen sie dir im Knast bei.«

Jislaaik, dachte Pitso, ich habe einen Mordsdurst. Er streckte die Hand nach seiner Gallone Mahewu aus, packte sie und hob sie zum Mund.

»Langsam mit diesem Trank. Schluck für Schluck. Sonst kriegst du Durchfall.«

Pitso dachte über die verschiedenen Schattierungen der Dunkelheit nach, die er wahrnahm – dunkel, düster, tintig, indigoblau –, bis er schließlich wieder in einen traumlosen Schlaf fiel.

Als er aufwachte, war er schwach vor Hunger. Er tastete auf seiner Zellenseite herum nach seinem Essen. Er fand den Teller, doch er war leer.

»Du hast mein Brot gegessen!«, rief er. »Du hast mein Brot gestohlen!«

»Ich dachte, du wolltest es nicht«, sagte Ngqavini beiläufig und rülpste.

Mit geballten Fäusten warf sich Pitso ungefähr in die Richtung, aus der Ngqavinis Stimme kam. Doch der wich instinktiv aus und boxte Pitso in den Bauch.

Pitso krümmte sich, blinzelte vor Wut, duckte sich und lauschte angestrengt, um die Richtung festzustellen, aus der Ngqavinis Keuchen kam.

Ngqavini kicherte und sagte: »Kannst du meine Faust sehen, Freundchen?« Dann boxte er seinen Zellenkumpel wieder in den Bauch.

Pitso torkelte. Als er wieder fest auf den Füßen stand, warf er sich vorwärts und hieb blindlings drauflos. Ngqavini stieß ihn lachend weg. »Denk dran, Freundchen, ich hab immer noch das Messer. Soll ich es jetzt einsetzen?«

Pitso stieß eine Faust in die Dunkelheit. Sie traf zufällig Ngqavinis linke Schläfe. Ngqavini platzierte eine Unmenge Treffer in Pitsos Gesicht, bis sie beide erschöpft zusammenbrachen.

Am Tag ihrer Entlassung sagte Ngqavini dem Sergeant, der die Tür für sie aufschloss, dass Pitso ihn fast mit einem Messer umgebracht hätte.

»Er hat ein Messer?«, fragte der Wachmann ungläubig.

»Ja, Sir. Ich konnte es ihm entwinden. *Coloureds* und Messer sind gute Kumpel.«

»Verdammter Buschmann«, grollte der Sergeant. »Ich verurteile dich zu einem zusätzlichen Tag in dieser Zelle für das Führen eines Messers.«

»Das ist nicht mein Messer. Es gehört ihm«, protestierte Pitso.

»Lügner!«, schrie Ngqavini.

Der Wachmann boxte Pitso in den Bauch, stieß ihn in die Zelle zurück und verriegelte sie.

Ngqavini lachte und rief Pitso etwas auf Afrikaans zu, eine Sprache, von der er glaubte, der Zulu sprechende Wachmann würde sie nicht verstehen: »Willkommen in meiner Welt, Dummkopf!«

KAPITEL 24

Eines Morgens, als Portsmouth auf einem Stuhl in der Krankenstation döste, wurde er von einem durchdringenden Schrei geweckt. Als er dorthin kam, wo der Lärm herrührte, hatte sich eine Gruppe Sanitäter um zwei benachbarte Betten versammelt. Aufgeregt flüsterten sie miteinander. Portsmouth trat näher und entdeckte zwei leblose Männer in den Betten.

»Oh verflucht!«, rief der Sanitätsunteroffizier, als er die Toten sah. Beim näheren Hinsehen runzelte er die Stirn. »Schauen Sie sich die Gesichter an; so schwarz und spröde. Was könnte die Ursache sein? Es sieht aus wie eine ansteckende Krankheit.«

»Keine Zeit, Ursachenforschung zu betreiben«, sagte Portsmouth. »Wir müssen die Leichen loswerden, oder die ganze Schiffsbesatzung wird angesteckt.«

Einer lief los, um den Geistlichen und Captain Yardley zu holen.

Kurz darauf kamen der Kapitän und Reverend Isaac Wauchope Dyobha herein. Reverend Dyobha, groß gewachsen und von majestätischer Haltung, war ein Mann, der Macht und Charisma ausstrahlte. Wenn er daherkam, machten ihm alle, einschließlich der *weißen* Offiziere, Platz.

»Ich bin sofort gekommen, als ich Ihren Ruf empfing, Captain«, sagte Reverend Dyobha.

»Wir brauchen Sie, als Mann der Kirche, um für die beiden Männer ein Gebet zu sprechen.« Yardley verstummte.

»Können wir nicht warten, bis wir den nächsten Hafen erreicht haben, damit sie ein ordentliches Begräbnis erhalten?«, fragte der Reverend.

»Leider können wir nicht länger warten. Ich will nicht, dass mein Schiff verseucht wird«, sagte Yardley.

Der Kirchenmann nickte ernst. Captain Portsmouth schloss sich aus freien Stücken Reverend Dyobha an, als er eine Grabrede für die Gefallenen hielt. Ngqavini und Tlali, die sich der kleinen Gruppe angeschlossen hatten, stimmten ein Lied an:

Go tell it on the mountain, over the hills and everywhere ...

Die anderen fielen ein. Als das Lied zu Ende war, stieß Ngqavini einen Zulu-Kriegsruf aus: *»Uyadela wen'osulapho!«* Oh, wie sehr wünschte ich, an deiner Stelle zu sein!

»Was geschieht nun mit den Leichnamen?«, fragte Tlali leise, als die Männer die Krankenstation verließen.

Ngqavini erklärte: »Der Reverend und die Sanitäter werden die Leichen über Bord werfen.«

Tlali war schockiert. »Diese Männer bekommen kein richtiges Grab? Du willst mir sagen, dass ihre Körper von den Seeungeheuern gefressen werden? Ach, ihr Geist wird niemals Frieden finden und ewig durch die Meere wandern.«

Als sie sich zerstreuten, stieß Ngqavini mit Pitso zusammen. Die beiden sahen sich an, dann spuckte Ngqavini vor Pitso auf den Boden.

Portsmouth packte ihn am Kragen und sagte: »Soldat! Entferne deinen Speichel vom Boden.«

»Entschuldigen Sie, Captain, ich gehe einen Lappen holen.«

»Mit deiner Zunge, Soldat. Auf die Knie! Sofort! Leck es mit der Zunge auf, nimm es dahin zurück, wo es hingehört.«

Ngqavini kniete sich hin. Drei *weiße* Offiziere, die gerade vorbeikamen – Offiziere, die schon immer der Meinung gewesen waren, dass Captain Portsmouth zu milde zu den Kaffern war, immer freundlich mit ihnen plauderte –, grinsten zustimmend.

»So ist's recht, Captain. Weisen Sie sie in die Schranken«, sagte einer von ihnen, der das rote Gesicht eines gewohnheitsmäßigen Trinkers hatte.

Captain Portsmouth ignorierte die Bemerkung und hinkte die Stufen hinunter zu seiner Kajüte, um sich ein wenig auszuruhen. Doch er fand keinen Frieden, weil er darüber nachdachte, wie Pitso und Ngqavini miteinander umgingen. Also ging er an Deck, wo die meisten Männer sich sonnten. Einige unterhielten sich aufgeregt, andere starrten schweigend in die Ferne, vielleicht erschüttert von den kürzlichen Todesfällen. Da entdeckten sie eine Schule Delfine, die munter dort draußen schwammen.

»Ist das ein Hai?«, rief jemand.

»Nein, es ist ein Wal. Mein Gott, er wird unser Schiff umkippen!«

Die Männer lachten, weil sie sahen, dass der Wal zu weit weg war, um ihnen gefährlich zu werden.

»He, du!«, rief Captain Portsmouth Tlali zu, der sofort zu ihm herlief. »Wo ist dein Freund?«

»Unten im Maschinenraum, Sir.«

»Und der andere Mann, Ngavuvu, oder wie er heißt? Der laute Zulu?«

»Oh, das muss Ngqavini sein. Er ist auch dort unten im Maschinenraum, Sir.«

»Hol sie jetzt gleich hierher. Zwei Männer sollen sie im Maschinenraum ersetzen. Ich will die beiden hier oben haben. Sofort!«

Tlali salutierte und verschwand die Treppe hinunter, stolz in seiner Uniform marschierend, die er fleckenlos sauber hielt. Captain Portsmouth schritt auf und ab, tief in Gedanken versunken.

Kurz darauf standen Ngqavini und Pitso vor ihm. Er starrte sie an. »Ihr verdorbenen Kerle seid voll schlechtem Blut. Wir müssen das abzapfen, bevor ihr alle auf dem Schiff ansteckt.«

Er wählte sechs Männer aus und befahl ihnen, ihm nach unten zu folgen. Die vier *weißen* Offiziere, die rauchend und scherzend auf dem Deck gestanden hatten, hielten inne und beobachteten die Szene, da Captain Portsmouths Verhalten etwas so Dringliches hatte.

Als der Captain nach unten verschwand, gefolgt von verwirrten Schwarzen, beschlossen die Offiziere, mit einigem Abstand zu folgen, um zu sehen, was geschah. Als die Männer in der Messe ankamen, befahl ihnen Captain Portsmouth, die Tische und Stühle beiseitezuräumen. Sie gehorchten, und er hinkte fort zu seiner Kajüte. Als er zurückkam, hatte er zwei Paar Boxhandschuhe dabei.

»Männer! Wir beginnen heute mit einem Boxwettkampf«, sagte er. »Zu Beginn rufe ich Pitso und 'Gavini auf, euch Männern zu zeigen, wie das geht.«

Pitso und Ngqavini tauschten verwunderte Blicke.

Captain Portsmouth warf die Boxhandschuhe in der Mitte der improvisierten Arena auf den Boden. Er schritt zu Ngqavini, packte ihn beim Kragen und sagte: »Heb die Handschuhe auf. Zieh sie an. Worauf wartest du? Wir müssen mit deiner Wut fertigwerden.«

Ngqavini zog sein Hemd aus und holte sich die Handschuhe. Ungeschickt zwang er die Hände in diese gepolsterten, übergroßen Dinger. Er hätte lieber mit bloßen Fäusten gekämpft.

Pitso machte den Oberkörper frei, hob seine Handschuhe auf und zog sie mühsam an, auch er hatte es noch nie mit Boxhandschuhen zu tun gehabt.

Erregtes Gemurmel erhob sich in der versammelten Menge. Reverend Dyobha kam mit strahlendem Gesicht hereingeschritten. Als jüngerer Mann hatte er sich, bevor er zum Priesterseminar ging, als Boxer versucht.

»Ausgezeichneter Schachzug, Portsmouth«, sagte einer der *weißen* Offiziere. »Ich frage mich, warum wir nicht eher darauf gekommen sind.«

»Ich habe die Boxhandschuhe in Durban gekauft, weil ich mir dachte, dass wir vielleicht ein Boxtraining anfangen müssten, um uns die langen Stunden der Überfahrt zu vertreiben. Jetzt ist es so weit«, erklärte Captain Portsmouth. »Ich war selbst mal ein eifriger Boxer auf der Militärakademie in England. Bum-bum, bum-bum, bäng! Ja, ich liebe den Sport.«

Er begab sich zur Mitte der improvisierten Arena, packte Pitso und Ngqavini beide bei der Hand und sagte: »Hört jetzt gut zu, Kumpel. Kein Klammern, kein Beißen, kein Treten, kein Schlag unter die Gürtellinie. Das Ertönen der Glocke zeigt Anfang und Ende jeder Runde an. Verstanden?«

»Ja, Sir«, sagten sie unisono und bereiteten sich auf den Kampf vor.

Captain Portsmouth trat zurück, nahm einen Emailleteller zur Hand, an den er mit einem Löffel schlug. Die Gladiatoren begannen umeinander herumzutänzeln. Pitso landete einen wuchtigen linken Haken auf Ngqavinis rechter Schläfe.

Ngqavini schrie: »Jesu-Maria-Josefa!«

Er glitt nach links, und als Pitso näherkam und auf den linken einen rechten Haken folgen lassen wollte, kauerte sich Ngqavini blitzschnell hin. Pitsos Rechte schoss über seinen Kopf. Ngqavini sprang wieder hoch und bombardierte Pitsos Gesicht mit einem Hagel von Schlägen, zur Begeisterung der Menge.

Portsmouth schlug an den Emailleteller. Die Kämpfer hielten inne.

Es gab Pfiffe und Schreie, als sich die Männer in ihre »Ecken« zurückzogen. Tlali hatte die Rolle von Pitsos Trainer übernommen. »Pitso, du kämpfst mit dem Herzen. Du bist wütend. Hol tief Luft und achte auf die Schultern und Fäuste des Mannes, nicht auf seine Augen. Wenn du ihm in die Augen siehst, wirst du wütend, aber wenn du seine Schultern und Arme beobachtest, weißt du, welchen Schlag er als Nächstes ausführen wird.«

Die Glocke ertönte. Pitso schoss wie eine Patronenkugel in die Arena, nur aufgehalten von Ngqavinis linkem Haken, der ihn auf der rechten Wange erwischte. Ngqavini ließ einen Uppercut gegen das Kinn folgen. Pitso sackte zusammen und fiel auf die Bretter. Der Kampf war vorbei.

Der Boxkampf zwischen Pitso und Ngqavini bezeichnete den Beginn einer sehr beliebten wöchentlichen Tradition. Und die Boxkämpfe wiederum bahnten den Weg für andere Freizeitaktivitäten. Reverend Dyobha trat eines Tages an Captain Portsmouth heran und dankte ihm dafür, dass er mit der Einführung der Boxwettkämpfe etwas so Nützliches vollbracht habe. »Mit dem Boxen kümmern Sie sich um die physischen Bedürfnisse unserer Männer. Doch der Mensch ist ein komplexeres Wesen. Ich kümmere mich um die spirituellen Bedürfnisse dieser jungen Männer. Wäre es aber nicht gut, mit Alphabetisierungskursen für diese Männer anzufangen? Viele von ihnen können nicht einmal ihren Namen schreiben, geschweige denn die Bibel lesen.«

Kurz darauf begannen Lese- und Schreibkurse für die Männer sowohl in Englisch als auch in ihren Muttersprachen. Das hielt alle beschäftigt, angefangen von den Offizieren bis zu den Besatzungsmitgliedern, deren Schichten neu eingeteilt werden mussten, um ihnen Zeit zum Besuch der Kurse zu verschaffen.

Im Allgemeinen spielten die Offiziere Bridge. Wenn Captain Portsmouth nicht mit Alphabetisierungskursen oder Boxkämpfen beschäftigt war, erholte er sich beim Klavierspielen. Er spielte meist Walzer, besonders die von Johann Strauss (Sohn) – *An der schönen blauen Donau*, *Morgenblätter*, *Kaiser-Walzer*. Die anderen Offiziere sagten dann lachend: »Die verdammten Krauts haben den Krieg angefangen, und Sie spielen ihre Musik!«

»Strauss war Österreicher, kein Deutscher«, antwortete er dann.

»Noch schlimmer«, gaben sie zurück. »Erzherzog Franz Ferdinand, ein Österreicher, hat den Krieg angefangen, weil er sich ermorden ließ. Und seine Cousins in Deutschland nahmen das übel. Deshalb stecken wir jetzt alle in der Scheiße. Einige unserer Männer werden vermutlich in dieser blauen Donau ertrinken, die Sie so eifrig feiern.«

Wenn sie nicht gerade Captain Portsmouth hänselten, boxten auch die Offiziere – aber nur mit Gegnern ihres Ranges. Kein Offizier wollte von einem der »Boys« gedemütigt werden, obwohl sie das nicht zugaben. Sie begründeten das einfach mit ihrem Rang, der ihnen nicht erlaube, sich mit einfachen Mitgliedern des Arbeitskontingents gemein zu machen. Die »Boys« lachten sich scheckig, wenn sie den Offizieren zusahen, fetten Männern, die sich behäbig in der Boxarena bewegten, ohne Gefühl für Rhythmus und Timing. Captain Portsmouth und Reverend Dyobha hatten den Männern beigebracht, dass Boxen, wie Tanzen, Rhythmus erfordere. Ein typischer Kampf klang so: Tipp-tipp, bum! Tipp-tipp, bum. Bum-bum-bum, bäng!

In einem seiner guten Momente führte Ngqavini, unterstützt von vier Männern seines Volks, einen typischen Zulu-Kriegstanz vor, was allen gefiel. Captain Portsmouth war erstaunt, dass einige Tanzfiguren und der Rhythmus eines typischen Boxkampfs so viel Ähnlichkeit hatten: Man springt zweimal vorwärts und tritt dann einen Schritt zurück. Man macht eine Bewegung nach rechts, greift dreimal mit der vorgestreckten Linken an und tritt zwei Schritt zurück. Man macht eine Pause. Dann fängt das Ganze von vorn an.

Eines Abends, nach einem der Offizierskämpfe, schloss sich Captain Portsmouth den anderen für einen Drink an.

»Das Boxen hat offenbar die Moral unserer Männer gehoben«, bemerkte ein Offizier.

»Natürlich, Boxen ist gut für sie«, meinte ein anderer. »Diese Braunen sind nämlich nur darin gut – in körperlichen Betätigungen. Die größeren Dinge im Leben beherrschen sie nicht – zivilisierte Führung, industrielle Innovation. Es war lächerlich, auch nur vorzuschlagen, dass sie mit uns an der Front kämpfen sollten. Sie wissen nichts über den Krieg, den richtigen Krieg.«

»Ja, sie sind gut in diesem Affentanz. Sie wollen Blut fließen sehen, sie wollen den Nächstbesten leiden sehen«, sagte der Offizier mit dem roten Gesicht, dessen Name Haig war. »Sie weichen vor allem zurück, was Geist erfordert, was eine echte Strategie braucht, ist es nicht so?«

»Was die Strategie angeht«, fiel Captain Portsmouth ein, »so primitiv sie auch in ihren Methoden sind, denken Sie nicht, wir könnten das eine oder andere über Kampfstrategie von ihnen lernen?«

Alle Augen richteten sich auf ihn.

»Wie haben wir denn die Schlacht bei Isandlwana verloren? Sie haben uns nur durch Strategie geschlagen. Wir hatten die technischen Mittel, wir hatten die internationale Erfahrung. Doch wir hielten an unserer Strategie fest. Mein Vater hat mir ganz ausführlich erzählt, was dort passiert ist ... ich habe das nicht aus Büchern. Sie nutzten die Stierhorn-Strategie. Simpel, doch sehr effektiv.«

Die Stierhorn- oder Büffelhorn-Formation war ein lang erprobtes militärisches Manöver, bei dem die Armee den Feind von vorn, auf beiden Flanken und von hinten angriff. Die »Hörner« – die Abteilungen auf der rechten und der linken Flanke – kreisten den Feind ein und nagelten ihn fest, bevor die »Brust«, oder die mittlere Hauptstreitmacht, vorstürmte, um den Gnadenstoß auszuführen.

»Wer ist denn Ihr Vater?«, fragte Offizier Haig und zerrte an seinem feuerroten Bart.

»Sir William Portsmouth.«

»Donnerwetter! *Der* Portsmouth?«, fragte ein anderer Offizier. »Ich habe gedacht, Ihr Name wäre Plymouth. Also *Ports*mouth. Jeder Soldat, der etwas taugt, hat von ihm gehört. Wie konnte uns das entgehen? Wir fanden, Sie geben ein komisches Bild ab als Soldat. Jetzt wissen wir, dass Sie der Sohn von Old Bull Face sind. Aber ich habe nur Gutes über den Mann gehört. Und wir wissen alle, dass der Sieg der Zulu bei Isandlwana nur glücklicher Zufall war.«

Portsmouth sagte: »Ich würde mein letztes Pfund verwetten –

die europäischen Armeen werden schon bald die Stierhorn-Strategie anwenden.«

»Egal, was Sie sagen«, blieb Offizier Haig bei seiner Meinung, »diese Afrikaner, von denen Sie sprechen, sind für die moderne Kriegführung nicht bereit. Es ist gut, dass man ihnen in Europa keine Gewehre geben wird.«

KAPITEL 25

»Land in Sicht! Land! Ich kann das Land des *weißen* Mannes am Horizont sehen!«, rief eines frühen Morgens jemand vom Oberdeck. Bald war das Deck überfüllt. Mit frohen Augen entdeckte die Mannschaft einen Flecken Land und Vegetation in der Ferne. Ein Schwarm unbekannter Vögel schwebte genau über ihnen, ab und zu schossen sie hinunter und streiften mit den Flügeln die Wasseroberfläche.

Während sie noch ganz aufgeregt dastanden, wurde das Schiff von einer Riesenwelle emporgehoben. Kalte, salzige Gischt spritzte hoch auf und benetzte die Gesichter. Einige Männer schrien auf, andere fielen aufs Deck.

Drohend bäumte sich eine weitere mächtige Wasserwand direkt vor ihnen auf. Wieder wurde das Schiff emporgehoben und krachte dann in ein Wellental. Noch mehr Schreie und hastige Gebete wurden in die Morgenluft geschleudert.

Nach einer Weile beruhigte sich das Meer wieder. Es erhob sich eine leichte Brise und streichelte die Haut der seemüden Männer. Nach einer langen, angespannten Stille fanden sie ihre Stimme wieder. Sie tauchten wie aus einer Trance auf, wischten sich salzige Gespinste aus den Augen und lauschten dem Wind, der von den Geheimnissen des Landes erzählte, dem sie sich näherten.

»Wir haben es geschafft. Sobald wir den Fuß auf festen Boden setzen, kriegen wir einen Drink oder zwei«, sagte ein Mann aufgeregt.

Sie fingen an zu singen, zu tanzen und zu jubeln. Für die aufgeregten Passagiere bewegte sich das Schiff zu langsam. Sie konnten es nicht erwarten, eine Handvoll Sand hochzunehmen und langsam durch die Finger rieseln zu lassen. Sie wollten den Krabben Gesellschaft leisten, die den Strand hinauf und hinab liefen, frisches Wasser aus einem Hahn oder einem nahen Fluss trinken. Die Umrisse von Frauenkörpern, wenigstens mit den Augen, liebkosen – die Beine, die Schenkel, die flachen Bäuche, die vorspringenden Brüste. Ach, Land!

»Aber der Kapitän hat doch gesagt, die Überfahrt würde über einen Monat dauern.«

»Offenbar sind wir schneller vorangekommen.«

Das aufgeregte Stimmengewirr erstarb schließlich, als Captain Yardley an Deck kam, um zu verkünden, dass sie sich jetzt einem Land namens Nigeria näherten. Die Männer lauschten aufmerksam, ohne ihn zu unterbrechen.

Sobald er wieder verschwunden war, brach erneut aufgeregtes Stimmengewirr los.

»Gehört dieses Nigeria zum Land des *weißen* Mannes?«, fragte einer.

»Nein, Nigeria ist in Afrika«, sagte Pitso.

»Aber als wir von zu Hause fort sind, sind wir übers Meer gefahren. Warum sind wir nach Afrika heimgekehrt? Hat sich der *weiße* Mann verirrt?«

»Nein, Bruder, das ist Westafrika. Es befindet sich auf der *anderen Seite* unseres eigenen Kontinents«, erklärte Pitso geduldig. Viele dieser Männer kamen schließlich direkt vom Dorf – keine Bildung, kein Kontakt mit der Welt außerhalb ihrer eigenen Dörfer und der Dörfer ihrer Feinde. Selbst diejenigen von ihnen, die in den Minen gearbeitet hatten, hatten keine klare Vorstellung von der Größe des afrikanischen Kontinents. »Wir müssen anlegen, damit wir frische Vorräte aufnehmen können – Wasser, Lebensmittel und …«

»Na, da wären wir doch besser mit dem Zug nach Nigeria gefahren. Dort hätten wir dann an Bord des Schiffs gehen können, das uns direkt zum Land des *weißen* Mannes bringt. Das hätte uns all die Tage und Stunden auf dem Schiff erspart, meinst du nicht? Der Zug ist schneller als das Schiff. Außerdem wird man im Zug nicht seekrank. Die beiden Männer wären im Zug nicht gestorben. Das Meer bedeutet Unheil. Es wird von den Geistern der Männer heimgesucht, die gestorben sind, als ihre Schiffe sanken – Männer, die nie ein ordentliches Begräbnis hatten, Männer, deren Geist bis ans Ende der Zeit keine Ruhe finden wird.«

Pitso gab auf.

Erregte Wortwechsel und Beschwerden schwirrten durchs Schiff.

Zur Mittagszeit brannte die Äquatorsonne gnadenlos auf sie herab. Schweißgebadet hatten sich die Männer ausgezogen bis auf die Hosen. Ruhelos bewegten sie sich an Deck und wirkten wie gestrandete Robben.

Am späten Nachmittag erreichte die *Mendi* Lagos, im Verbund mit der *Orsova*, der *Medic*, der *Berrima* und der *Port Lyttelton*. Es gab ein gefährliches Gedränge, als die Männer um Plätze für einen besseren Blick auf die vor ihnen liegende Stadt kämpften. Sie mussten zur Ordnung gerufen werden. Die Männer, die regelmäßig Probealarm geübt hatten, wussten, wie sie sich aufstellen mussten, bevor sie von Bord gehen konnten.

Die achthundert Schwarzen Soldaten standen in voller Pracht ihrer Uniformen still, als sie von den Offizieren inspiziert wurden, bevor sie geordnet die Gangway hinuntermarschierten. Als sie dann festen Boden unter den Füßen hatten, wurden sie durchgezählt und in kleinere Gruppen aufgeteilt. Ein *weißer* Offizier übernahm jeweils das Kommando. Im Hafen empfing Sir Frederick Lugard, der Generalgouverneur des Protektorats Nigeria, die Männer und sprach zu ihnen.

Nach seiner Ansprache verschwand Sir Frederick mit seiner Entourage. Das südafrikanische Kontingent ließ nach dem Abgang des Generalgouverneurs eine respektvolle Spanne Zeit verstreichen, bevor sie von den Offizieren zur Besichtigung der Sehenswürdigkeiten in die Stadt geführt wurden. Die Modernität von Lagos beeindruckte die Männer mächtig, auch dass Schwarze wie sie selbst westlich gekleidet waren und wochentags Schuhe trugen. Zuhause waren Anzüge und Schlipse nur etwas für reiche, gebildete Schwarze. Und selbst dann würde der Indigene sich nur zu besonderen Anlässen so kleiden: besondere Kirchgänge, vornehme Hochzeiten und dergleichen.

»Eines Tages wird unser Land auch so sein«, sagte Ngqavini. »Eines Tages werden Schwarze wie wir wochentags in Anzügen und mit Schlips herumlaufen, am helllichten Tag.«

»Schaut euch das an!«, rief einer. Die Köpfe fuhren herum. Die Männer erblickten eine Hochzeitsgesellschaft, gekleidet in weiße Kleider und Gehröcke. Und die Braut kam in einem schicken Pferdewagen angefahren – wie es reiche *Weiße* zu Hause in Südafrika tun würden. Aber bitte schön, nicht irgendwelche *Weiße*, sondern nur die *reichen*. Pitso, der Geschichten über gebildete Schwarze in Nigeria, die wie *Weiße* lebten, nicht so ganz geglaubt hatte, war beeindruckt. Hier bestätigte sich nun der Wert des Lesens. Was sich seinen Augen darbot, erschien nicht völlig neu – es bestätigte nur, was er schon wusste.

Während die Männer herumliefen und die Sehenswürdigkeiten bestaunten, wurden sie wiederum von den Einheimischen bestaunt und bejubelt, die aus den lokalen Zeitungen von einer Abteilung Schwarzer Soldaten gehört hatten, die auf der Durchreise nach Europa waren, um den deutschen Kaiser zu bekämpfen.

Nach dem kurzen Stadtrundgang führten die Offiziere die Mannschaft zurück zum Hafen. Dort stellten die Soldaten sich für ein frühes Abendbrot an, das sie auf Bänken einnahmen, während der Seewind sie nach einem drückend heißen Tag kühlte.

Inzwischen waren Pitso, Ngqavini und Tlali Freunde geworden – aber erst, nachdem Tlali die anderen beiden aufgefordert hatte, sich zu überwinden und ihre Streitereien zu beenden. »Unsere Reise wird sicher sehr lang dauern«, hatte Tlali gesagt, »und wir brauchen einander. Also, Gentlemen, überwindet euren Stolz. Und erweist euch zumindest etwas Respekt.« Pitso und Ngqavini hatten einige Zeit gebraucht, bis sie sich auch nur grüßten, wenn sie einander auf Deck oder im Maschinenraum begegneten. Doch weil Tlali nicht lockerließ, gaben sie sich schließlich die Hand. Und mit der Zeit fingen sie an, einander zuzuhören und über die Scherze des anderen zu lachen, was ihnen nicht leichtfiel, denn beide Männer waren stolz und eigensinnig.

Als sie jetzt nebeneinandersaßen und ihre Mahlzeit genossen, sagte Ngqavini: »Meine Freunde, seht ihr, was ich sehe?« Die beiden folgten seinem Blick, der auf die zwei Bänke gerichtet war, auf denen Chief Simjongile von den amaPondo und seine Untertanen saßen. Alle aßen, bis auf einen jungen Mann. Sein Essen stand vor ihm, doch es blieb unberührt. Es war deutlich zu sehen, dass er Hunger hatte, so wie er das Essen ansah und das Wasser hinunterschluckte, das ihm im Mund zusammenlief.

Tlali erklärte: »Oh, dieser junge Mann isst immer ganz zuletzt. Manchmal nehmen sie ihm sein Essen weg und geben es dem Chief, wenn dessen Magen noch nicht voll ist. Sollten wir uns darüber Gedanken machen? Vielleicht ist das so ein Pondo- oder Xhosa-Ding, das wir anderen nicht verstehen.«

Stirnrunzelnd sagte Pitso: »Wir müssen diesem Unfug ein Ende bereiten.«

Ngqavini stellte seinen Teller hin und ging auf die Bank des Chief zu. Pitso stand auf und zerrte ihn zurück. »Nicht vor den Offizieren. Lass uns den richtigen Zeitpunkt abwarten. Lasst uns aber zuerst herausfinden, worum es eigentlich geht.«

Erstaunt beobachteten sie, wie der junge Mann seinen Teller nahm und ihn dem Chief reichte. Dieser machte sich über seine zweite Portion her. Als er den Teller halb leer gegessen hatte, ließ er ihn fallen. Der junge Mann fiel darüber her wie ein halb verhungerter Köter. Als er den Teller leer gegessen hatte, verschlang er noch, was die anderen Männer im Pondo-Kreis übriggelassen hatten.

»Das kotzt mich an«, zischte Pitso.

»Warum? Was ist falsch daran?«, fragte Tlali. »Er ist der Chief, und er kann mit seinen Untertanen machen, was er will.«

»Du kapierst es einfach nicht«, sagte Ngqavini.

»Was kapiere ich nicht? Der Mann ist das Oberhaupt, er kann machen, was er will. Genauso wie der *weiße* Mann in unserem Leben: Er kann machen, was er will, weil er die Macht hat.«

Ngqavini und Pitso tauschten Blicke. Es leuchtete ein, was Tlali sagte, aber ...

Den Soldaten wurde befohlen, aufzuräumen und sich zur Rückkehr aufs Schiff bereit zu machen.

Vorräte an Kohle und Lebensmitteln, darunter auch Kokosnüsse, wurden verladen. Einer der Offiziere rief die Namen auf: »Paraffin Makilitshi, Majuta Makoba, Transvaal Masilo, Picennin Matlala, Thousand Matupu, Albert Nkomempunga Mbata ...«

Zwei Tage danach waren sie in Sierra Leone. Diesmal verließen die Soldaten den Hafen nicht. Einige Männer der Besatzung halfen dabei, die Goldfracht im Wert von fünf Millionen Pfund auf die *HMS Cornwall* zu laden, die zum Konvoi mit Ziel Großbritannien gehörte. Insgesamt lag die *Mendi* drei Tage in Sierra Leone vor Anker, und die gesamte Mannschaft führte während dieser Zeit Übungen an den Rettungsbooten auf Deck aus. Captain Yardley, der wie immer die Sicherheit der Männer im Blick hatte, befahl, die Boote zu Wasser zu lassen, wo sie als dicht und seetauglich befunden wurden. Zusätzlich warf man noch ein paar Flöße ins Wasser und stellte fest, dass sie ordnungsgemäß schwammen.

Die *Mendi* hatte sieben Rettungsboote, die insgesamt 298 Personen fassen konnten. Sie führte auch 46 Rettungsflöße mit sich, die ringsum mit Rettungsseilen ausgerüstet waren. Sie waren dazu da, dass sich ungefähr zwanzig Menschen daran klammern und über Wasser halten konnten. Die Flöße bestanden aus luftdichten Kupfertanks in einem Holzgerüst, ungefähr sechs Fuß im Quadrat, mit einer Gesamtkapazität von etwa 920 Personen. Darüber hinaus war die *Mendi* mit 15 Rettungsbojen rings um die Reling und insgesamt 1319 Rettungsgürteln ausgestattet. Alle Soldaten hatten ihre Rettungsgürtel ständig mit sich zu führen, und die Schwarzen nutzten sie nachts meist als Kissen.

Nachdem alle Übungen durchgeführt und die neuen Vorräte verladen worden waren, verließ die *Mendi* Sierra Leone. Während die Soldaten an Deck standen und den Einheimischen zuwinkten, nutzte Ngqavini die Gelegenheit, sich neben den jungen Mann zu schleichen, dessen Essen vom Pondo-Chief verspeist worden war.

»Wie heißt du?«

»Milkota. Milkota Nyawuza«, antwortete der junge Mann und wich dabei Ngqavinis Blick aus.

»Kann ich unter vier Augen mit dir reden?«

»Das ist unmöglich.«

»Wieso?«

»Mein Chief wird es nicht erlauben.«

»Entspann dich, ich bringe dich nicht in Schwierigkeiten. Wir werden diskret sein. Wenn du morgen Vormittag deine Aufgaben beim Reinemachen erledigt hast, komm runter in den Maschinenraum.«

»Aber ich habe Angst.«

»Hör zu«, grollte Ngqavini. »Ich muss mit dir reden, selbst wenn das bedeuten würde, deinen Chief zu verprügeln. Morgen Vormittag, im Maschinenraum.«

KAPITEL 26

Beim Anblick Milkotas hätte man glauben können, er versuche krampfhaft, eine Schwarze Version von Charlie Chaplin zu verkörpern. Seine Größe und sein ruckhafter, unsicherer Gang erinnerten an den Komiker, ebenso sein Schnurrbart. Ganz abgesehen von seiner Fähigkeit, den Hals beinah um hundertachtzig Grad zu drehen, um über seine Schulter zu blicken – was er viel tat, weil er so ein Nervenbündel war. Wenn man zufällig plötzlich neben ihm auftauchte, erschrak er zu Tode. Seine Stimme klang piepsig und zänkisch. Und er konnte, ebenfalls wie Chaplin, eine melancholische Gestalt abgeben – sein Gesichtsausdruck war immer bedrückt, als würde er gleich in Tränen ausbrechen.

Als er an jenem Morgen in den Maschinenraum hinunterstieg, um Ngqavini zu treffen, schrie er erschrocken auf, als zwei Ratten geräuschvoll auf der Treppe kopulierten. Es war eine schwierige Entscheidung für ihn gewesen, entweder Ngqavini zu treffen und so den Zorn seines Chief und des übrigen Clans auf sich zu ziehen oder Ngqavini zu trotzen und damit zu riskieren, von ihm zusammengeschlagen zu werden.

»Du wirkst, als hättest du gerade ein Gespenst gesehen«, sagte Ngqavini zur Begrüßung. »Reiß dich zusammen. Hier, trink etwas.« Milkota nahm einen Krug Mahewu mit beiden Händen entgegen. Er setzte ihn ab, wischte sich mit dem Handrücken über den Mund und hockte sich umständlich auf den Boden. Er trank geräuschvoll, schlürfend wie ein hungriger Hund. Ngqavini, Pitso und Tlali sahen teilnahmsvoll zu.

»Dein bösartiger Chief hungert dich aus, so viel ist sicher, Junge«, sagte Pitso über den Maschinenlärm hinweg.

»Männer«, rief Ngqavini. »Ich denke, hier ist es zu laut. Lasst uns an Deck gehen und uns ein paar Minuten unterhalten. Ich besorge ein paar Jungs, die uns hier unten im Maschinenraum ersetzen.«

»Aber Bruder Ngqavini, bei allem Respekt«, sagte Milkota, »man darf uns nicht zusammen sehen. Dem Chief wird das nicht gefallen.«

»Dem Chief wird das nicht gefallen, dem Chief wird das nicht gefallen«, äffte Pitso ihn nach. »Was ist los mit dir? Bist du sein Eigentum? Er ist nicht Gott. Während du auf diesem Schiff bist, ist dein Gott der König von England oder der Kapitän dieses Schiffs.«

»Aber«, sagte Ngqavini ruhig, »auch ich könnte dein Gott sein. Ich habe schon Menschen besessen – ich war für ihre Seelen verantwortlich. Ich weiß nicht, warum ich es nicht wieder tun sollte. Jedenfalls werde ich mich ein für alle Mal mit deinem Chief befassen. Wenn es sein muss, heute.«

Alle drei sahen ihn scharf an.

»Lasst uns hochgehen und ein wenig Sonne tanken«, sagte Ngqavini munter, ohne die strengen Blicke seiner Kameraden zu beachten.

Das Deck war in das strahlende Gold des Morgens getaucht, die Sonne ging gerade auf. Einige Männer machten Übungen und streckten die Glieder, andere saßen da und genossen ihren morgendlichen Mahewu. Sie besprachen dabei immer noch, was sie in Nigeria gesehen hatten.

Milkota entdeckte seinen Chief und dessen Gefolgsleute in einem entfernten Winkel. Sein Blick traf sich mit dem eines der Handlanger des Chiefs, der daraufhin etwas zu den Männern in seiner Runde sagte. Sie alle sahen nun zu dem jungen Mann herüber.

»He«, schrie Pitso die Pondo-Männer an. »Wisst ihr nicht, was sich gehört? Warum grüßt ihr nicht, bevor ihr tratscht?«

Einer der Pondo-Männer kam mit geballten Fäusten hastig auf ihn zu. Pitso entschloss sich, ihn auf halbem Weg zu treffen.

»Der Chief befiehlt diesen Jungen zu sich«, sagte der Mann.

Tlali fand schließlich die Sprache wieder. »Sag deinem Chief, wir reden gerade mit dem Jungen.«

Der Mann zog sich in den Winkel seiner Stammesleute zurück und flüsterte dem Chief etwas ins Ohr. Der schaute finster drein und spuckte einen braunen Speichelbatzen auf den Boden.

»Also«, sagte Ngqavini, »warum gibst du deinen Essensanteil an den Chief? Schau dich doch an. Du bist jetzt schon nur noch Haut und Knochen.«

»Gentlemen, von jetzt an bin ich euch auf Gedeih und Verderb ausgeliefert«, antwortete Milkota. »Mein Chief wird mich nicht nur offiziell verstoßen, sondern seine Männer werden alles daransetzen, mir das Leben schwer zu machen oder mich sogar zu töten. Es sind gnadenlose Dreckskerle, ich kenne sie.«

»Du hast die Frage nicht beantwortet«, sagte Pitso. »Warum lässt du dir von ihnen dein Essen wegnehmen?«

»Ich verdiene es nicht, meinen Anteil zu essen, bis der Chief zufrieden und satt ist. Ich bin nämlich kein vollständiger Mann. Deshalb muss ich alles tun, um den Chief zufriedenzustellen, um dafür Abbitte zu leisten, dass ich kein vollständiger, richtiger Mann bin.«

»Was zum Teufel meinst du damit, dass du kein vollständiger Mann bist?«, fragte Ngqavini. »Ich sehe nicht, dass du Brüste hast. Du hast einen Schnurrbart. Rede vernünftig, Mann, bevor ich die Geduld verliere.«

»Gentlemen, was ich sagen will, ist, dass du in unserer Pondo- und Xhosa-Tradition kein Mann sein kannst, bevor du beim Berg gewesen bist, wo du beschnitten und in die heiligen Geheimnisse unserer Kultur eingeweiht wirst ...«

Pitso sprang hoch und packte ihn beim Kragen. »Nennst du mich also eine Frau? Nennst du uns alle Frauen, nur weil wir nicht deine blöde, rückständige, abergläubische Busch-Beschneidung mitgemacht haben?«

Alle an Deck glotzten her in Erwartung eines Kampfes. Man konnte sich immer darauf verlassen, dass Ngqavini und Pitso einige Unterhaltung boten.

»Nein, Gentlemen, habt Geduld mit mir«, wimmerte Milkota. »Ich verstehe ja, dass Zulus und einige andere ethnische Gruppen schon vor langer Zeit diese Beschneidungspraxis abgeschafft haben. Aber wir in der größeren Xhosa-Gemeinschaft benutzen sie noch als ein Mittel der Bindung an unsere Kultur. Wir glauben, dass ein Mann ein Bündnis mit seinen Göttern eingehen muss, indem er zum Berg geht, um beschnitten zu werden. Ich wollte gerade zu meiner Beschneidung aufbrechen, als ich von dem Aufruf hörte, sich den Truppen des Königs anzuschließen. Ich musste daher eine schwere Entscheidung treffen. Wie sollte ich mich beweisen – dadurch, dass ich in den Busch ging, wo ich beschnitten und zum echten Mann werden würde, oder dadurch, dass ich in Europa gegen die Männer des Kaisers kämpfen würde? Das habe ich meinem Chief zu erklären versucht, aber er will davon nichts hören. Er sagt, ich kann nicht zusammen mit Männern kämpfen, weil ich kein Mann bin. Ich muss all diese Entwürdigungen und Beleidigungen erdulden, einfach weil ich kein Mann bin.« Er hielt inne. »Begreift ihr denn nicht, Gentlemen, ich bin schmutzig. Ich bin es nicht wert, in eurer Gesellschaft zu sein. Ich muss noch gereinigt und in die Reihen echter Männer aufgenommen werden. Ich werde nur Tränen, Kummer und Zähneknirschen auf dieses Schiff bringen. Ich hätte daheimbleiben sollen, bis ich bereit bin.«

Tlali ergriff das Wort. »Aber wie wissen sie, dass du nicht beschnitten bist? Läufst du herum und zeigst deine Waffe vor?«

»Nein, sie müssen meinen Penis nicht sehen, um zu wissen, dass ich nicht beschnitten bin. Sie haben ihre Mittel, das herauszufinden. Die geheime Buschgesellschaft hat ihre eigene Sprache.«

Pitso stürmte aus ihrer Mitte davon. Als er im Winkel ankam, wo der Chief auf einer umgedrehten Blechdose saß, sagte er: »Ihr

Scheißkerle sagt, wir wären keine Männer, nur weil wir nicht im Busch gewesen sind, um an unseren Schwänzen herumpfuschen zu lassen? Wisst ihr was? Ich fordere dich, verehrter Chief, zu einem Boxkampf heraus.«

Der Sprecher sprang auf die Füße und schrie: »So kannst du nicht mit meinem Chief reden, du Halbblut-Scheißer!«

Genau da erschien Offizier Haig auf der Bildfläche. Er sah sich um und brüllte: »Was soll dieser Lärm?«

Ngqavini sprach in einem Mischmasch aus Zulu und Englisch, wie es in den Minen üblich war. »Mein Chef, der Chief der Pondos hat seinen glühenden Wunsch geäußert, den Halbblutjungen zu schlachten und seine Leber zum Frühstück zu verspeisen.«

»Ist das so? Nun, wir sollten das in einem Boxkampf klären. Ich habe euch Jungs lange nicht boxen sehen«, sagte Offizier Haig. Er verkündete mit lauter Stimme: »Heute Abend unterhalten uns der Pondo-Chief und der Halbblutjunge, was?«

»Ja!«, sagten die Männer im Chor.

Als Captain Portsmouth davon erfuhr, entschied er, dass ein Kampf zwischen dem Pondo-Chief und Ngqavini sinnvoller sei, und verkündete, dass er in der nächsten Woche stattfinden werde. Beide Männer waren populär und eigensinnig. Wie jeder wusste, war Ngqavini ein abgebrühter Krimineller aus der Johannesburger Unterwelt, ein Mann, der andere Männer getötet haben sollte, wie man sich zuflüsterte. Das würde ein Kampf werden, um alle Kämpfe zu beenden.

Während der nächsten Tage verbrachte Milkota mehr Zeit mit Ngqavinis Gruppe. Er aß bei Ngqavini, half ihm, sein Bett zu machen, und saß auf dem Bett des Zulu-Mannes, bis die Lichter gelöscht waren. Natürlich löste das bei einigen Gekicher aus. Bald machten Geschichten die Runde: »He, hast du schon gehört? Dieser Pondo-Junge ist Ngqavinis Frau.«

»O ja, ich hab's gehört, wenn die Lichter aus sind, schleicht er auf Zehenspitzen aus seiner Abteilung und schlüpft heimlich in Ngqavinis Bett.«

»Ja, dieser Ngqavini hat sich all diese schmutzigen Angewohnheiten im Gefängnis angeeignet.«

»Sie werden den Zorn unserer Ahnen über uns bringen.«

»Wir wollen sie über Bord werfen.«

»Wir wollen es den *weißen* Offizieren sagen.«

»Die *weißen* Offiziere wird es nicht kümmern. Sie machen es auch. Es gehört zu ihrer Kultur.«

»Jemand muss den Koch dazu bringen, ihr Essen zu vergiften.«

»Ich komme diesem verrückten Zulu nicht zu nahe.«

Die Gerüchte nahmen Milkota schwer mit, doch er sagte Ngqavini nichts davon. Eines Tages sahen Pitso und Ngqavini Milkota in einer Ecke auf dem Deck kauern. Er hatte ihnen den Rücken zugekehrt und war mit etwas beschäftigt, was sie nicht sehen konnten. Als sie die Hälse reckten, bemerkten sie, dass er mit einem Sperling spielte, den er mit Brotkrumen fütterte.

»Dieser kleine Kerl hat mich begleitet, seit wir von Kapstadt losgefahren sind«, sagte Milkota, als die beiden Männer zu ihm in seine Ecke traten. »Er ist mein Talisman. Jedes Mal wenn ich an Deck komme, taucht er plötzlich auf. Ich weiß nicht, wo er schläft, aber er ist immer da, wenn ich ihn brauche. Immer begierig auf Brot. Ich habe einen kleinen Behälter mit Wasser für ihn, damit er daraus trinken kann.« Er zeigte ihnen eine in einem Winkel versteckte leere Sardinenbüchse voller Wasser. Der Sperling tschilpte munter, als würde er sich mit ihm unterhalten.

Die beiden Männer sahen sich an und warteten. Milkota nahm sich Zeit beim Füttern des Vogels. Sie entschieden sich, ihn in Ruhe zu lassen.

Schließlich war der Abend des Kampfes gekommen. Ngqavini trat barfuß in seiner üblichen Kampfausrüstung in den Ring – mit kurzer Schlafanzughose und Boxhandschuhen. Der Chief hatte sich entschieden, mit Unterhemd und langen Hosen, aufgerollt bis zu den Knien, zu erscheinen, um ein – seinem Status angemessenes – Mindestmaß an Respektabilität zu wahren.

Offizier Haig, der Schiedsrichter, stellte die Kämpfer einander förmlich vor und erinnerte sie an die Regeln: kein Klammern, kein Beißen, kein Treten, keine Schläge unter die Gürtellinie und so weiter.

Und los ging es. Ngqavini begann damit, im Ring herumzutänzeln und Jabs in Richtung des Chief auszuführen. Der blieb wie angewurzelt stehen, nur sein Oberkörper bewegte sich hierhin und dahin, als er Ngqavinis Jabs mühelos auswich. Ngqavini verstand die Kampftaktik des Chief nicht, weil er nicht die übliche Kampfposition einnahm. Mjongeni stand mit leicht gespreizten Füßen und wie Büffelhörner hoch erhobenen Armen da und ließ den ganzen Körper ungedeckt. Das löste Heiterkeit bei den Stadtbewohnern aus, die riefen: »He, der Chief denkt, das ist ein Stockkampf! Chief, nimm eine richtige Kampfposition ein, sonst wird Ngqavini deinen ungeschützten Bauch und dein Gesicht mit Schlägen eindecken!«

Und genau das versuchte Ngqavini, der sich tief duckte und das Gesicht des Chief mit Uppercuts traktieren wollte. Ungerührt wich Mjongeni mit dem Oberkörper Ngqavinis schneller Schlagfolge aus.

Die Menge jubelte dem Chief zu.

Ngqavini, der feststellte, dass der Chief allzu wendig mit Hals und Kopf war, beschloss, sich auf die Körpermitte des Mannes zu konzentrieren. Man kann einen Gegner damit ermüden, dass man seine Mitte mit Schlägen malträtiert. Doch als sich Ngqavini niederduckte und einen linken Haken gegen die Taillengegend des Chief setzte, war er sich nicht bewusst, dass er seinen Kopf ungedeckt der rechten Faust des Gegners überließ, die seine linke Schläfe traf. Wumm-wumm! Vom Doppelschlag überrascht, taumelte Ngqavini nach rechts, außer Reichweite des Gegners. Zu spät. Mjongeni fing ihn mit einem linken Haken gegen den Hals ab.

Die Menge jubelte dem Chief erneut zu.

Als erprobter Straßenkämpfer hatte Ngqavini Gegner jeglicher Couleur und Routine erlebt, doch der Chief war für seinen Geschmack zu unkonventionell. Diese Büffelhörner machten ihn wahnsinnig. Dann hatte Ngqavini plötzlich einen Einfall: Er übernahm die Kampfposition seines Gegners. Die Menge äußerte brüllend ihre Zustimmung, als er die Arme wie die Hörner eines Büffels hoch in die Luft hob und sofort dem Gesicht des Chief zwei Schläge verpasste.

Ihn anlächelnd, tänzelte Mjongeni von ihm weg und nahm die konventionelle Linkshänderposition ein, mit dem rechten Fuß nach vorn und mit der Rechten Jabs austeilend, die gewaltig genug waren, um einen Bananenbaum umzuhauen. Ngqavini, der schon früher mit Linkshändern gekämpft hatte, war froh darüber, dass der Chief auf seinen Trick hereingefallen war. Blitzschnell ließ er einen Hagel an Schlägen auf seinen Gegner niederprasseln. Doch der Letztere war ein geschickter Kämpfer, der Schläge zu parieren, sich wegzuducken und weiter gefährliche Hiebe auszuteilen wusste.

Der Chief nahm wieder seine Büffelhorn-Position ein, die Füße fest auf dem Boden, mit dem Oberkörper hin und her pendelnd wie eine Kobra beim Flötenton eines Schlangenbeschwörers.

Jubelchöre für den Chief.

Der Gong ertönte. Ngqavinis Körper war schweißgetränkt, und aus seinem linken Nasenloch lief ein Blutrinnsal.

»Ngqavini«, sagte Pitso, der sein Betreuer war, »du achtest nicht genug auf deine Deckung. Lass dich nicht provozieren. Halt dich einfach zurück. Provoziere ihn, den ersten Angriff zu starten, und nagle ihn dann fest. Diese Büffelhörner sind Show. Sie funktionieren nur, wenn er im Verteidigungsmodus ist. Er kann mit dieser Taktik nicht angreifen.«

»Regeln«, schrie Ngqavini verärgert. »Es muss doch Regeln geben. Wo steckt Captain Portsmouth? Ich glaube, es ist gegen die

Regeln und Vorschriften, die Arme so zu heben. Wir kämpfen hier nicht mit Stöcken.«

»Ich habe Captain Portsmouth schon gefragt, *mfan'omdala*«, entgegnete Pitso unumwunden. »Er sagt, diese Position ist nicht zu beanstanden. Halt dich an das, was du kannst.«

Milkota stand zitternd in der Nähe. Er sagte: »Mein großer Bruder Ngqavini, du darfst den Chief nicht gewinnen lassen. Ausgeschlossen. Oder ich bin tot. Bitte, gewinn diesen Kampf für mich.«

Pitso wischte das aus der Nase seines Freundes tröpfelnde Blut weg und gab ihm einen Schluck Wasser zu trinken.

Der Gong ertönte wieder.

»Wo ist deine Decke, mein Junge?«, sagte der Chief leise, als er sich Ngqavini näherte. »Du wirst sie jetzt brauchen. Ich werde dich in einen sehr langen und friedlichen Schlaf versetzen.«

»Behalt diesen Scheiß für dich, du Heide«, knurrte Ngqavini und griff an wie ein wütender Bulle. Aber Boxhiebe zur Körpermitte des älteren Mannes wurden leicht, fast mühelos abgewehrt.

Chief Mojengeni bewegte nun spielerisch seinen Oberkörper und stampfte mit den Füßen auf den Boden wie ein Xhosa-Krieger, der auf einer Hochzeit tanzt. Die Männer des Chief stimmten ein populäres traditionelles Lied an, das zu den Bewegungen ihres Anführers passte. Davon beflügelt, holte er zum finalen Schlag aus. Er verpasste Ngqavinis Gesicht eine Links-rechts-links-links-Kombination, die Rotz und Tränen aus Ngqavinis Nase und Augen schießen ließ.

Ngqavinis Körper krachte auf den Holzboden. Der Schiedsrichter fing zu zählen an. Bei zehn hatte sich Ngqavini immer noch nicht erholt. Portsmouth goss ihm einen Krug kalten Wassers ins Gesicht, wodurch der Kämpfer zitternd und blinzelnd zum Leben erwachte. Man half ihm auf die Füße, und er taumelte aufs Deck, auf der Suche nach frischer Luft.

Die Unterstützer des Chief sangen aus voller Kehle. Einer von ihnen näherte sich Ngqavini und seinen Leuten und sagte: »Das machen Pondos mit Männern, die mit Jungen schlafen. Verdammte Teufel!«

Tlali stürzte sich auf den Mann und boxte ihn in den Bauch. Pitso beeilte sich, den Kampf zu beenden. »Ihr Jungs wollt doch nicht in diesem Kerker da unten landen.«

Pitso und Tlali führten Ngqavini aus dem Gewühl, und alle zogen sich auf das Deck weiter oben zurück. Dort angekommen, holte sich der besiegte Boxer ein umgedrehtes Fass, auf dem er sich schwer niederließ und kein Wort sagte. Einige Männer sammelten sich um ihn. Jemand gab ihm einen Krug mit Mahewu. Gierig stürzte er die dickflüssige, süße Flüssigkeit hinunter und starrte lange und unverwandt den orangefarbenen Sonnenuntergang in der Ferne an.

»Ich glaube, diese *Weißen* haben sich jetzt wirklich verirrt«, sagte er nach einer Weile. »Wann haben wir zuletzt Land gesehen?«

»Man hat mir erzählt, dass eine Art von Frieden über einen kommt, wenn man stirbt«, sagte einer der Männer. »Es scheint einen dann nichts mehr mit der Welt zu verbinden. So fühle ich mich jetzt gerade – ich spüre es in den Knochen, dass ich sterben werde. Ich werde sterben, bevor wir unser Ziel erreichen. Ich weiß nicht, wie ich sterben werde. Vielleicht wird einer von euch mich im Schlaf umbringen. Ich weiß nur, dass ich sterben werde. Und nichts kann das jetzt noch ändern.«

»Sprich nicht so, Mann«, sagte Tlali. »Gentlemen, wir sind beinah am Ende unserer Reise, und wir hatten eine so herrliche und friedliche Fahrt. Ab jetzt kann es nur besser werden.«

Milkota stand bei den Männern, und sein Sperling aß Brotkrumen aus seiner Hand. Milkota murmelte vor sich hin: »Iss, mein Junge, das könnte deine letzte Mahlzeit sein.«

Tlali sagte: »Ngqavini, unser Ansehen ist ruiniert. Wir brauchen eine Revanche, bevor wir das Land des *weißen* Mannes erreichen.«

»Das ist die richtige Einstellung, mein Junge«, sagte Ngqavini. »Ngqavini hat *immer* das letzte Wort.«

Die Männer wurden bald vom Anblick einer Schule Delfine abgelenkt, die im Wasser spielte.

Plötzlich schrie einer: »He, du, Junge, was machst du?«

Alle folgten dem Blick des überraschten Sprechers. Milkota war über die Reling geflankt und hing gefährlich über dem Wasser. Er schrie: »*Ndiyindoda!* Ich bin ein Mann. *Ndiyindoda!* Ich bin ein Mann!« Und er ließ sich in die aufgewühlte See fallen.

KAPITEL 27

Tage danach verkündete der Kapitän, dass sie gleich den Ärmelkanal erreichen würden.

»Dort ist die See rau, Gentlemen«, fuhr er fort. »Es kann ein wenig ungemütlich werden. Macht euch darauf gefasst. Ich will niemanden auf dem Oberdeck sehen. Es ist zu gefährlich. Und denkt daran, jederzeit eure Rettungsgürtel zu tragen. *Jederzeit!*«

Die Männer nahmen die Ansage mit einer Mischung aus Erregung und Beklommenheit entgegen, gingen aber wie gewohnt ihren Aufgaben nach. Kurz darauf setzte ein leichter Regen ein. Ein fernes Donnergrollen war zu hören. Schwache Blitze durchschnitten kreuz und quer den sich verdunkelnden Himmel. Innerhalb von Minuten waren die Blitze mächtiger geworden und erhellten die scharfen Regennadeln, die herabprasselten.

Eine gigantische Welle bäumte sich direkt vor dem Schiff auf. Es wurde mit kreischenden Schiffsschrauben in die Luft gehoben. Und dann fiel das Schiff in ein tiefes Tal, ein Donnerkrachen dröhnte ringsum. Von einigen der Männer kamen ohrbetäubende Schreie.

Ngqavini brüllte: »Jesu-Maria-Josefa, *kuyafiwa namuhla!*« *Wir sterben heute*!

Pitso stürzte zu Boden und übergab sich. Tlali war bald an seiner Seite und versuchte, seinem Freund zu helfen. Tlali befingerte seinen Talisman, die aus Affenknochen gemachte Halskette, und sang und murmelte dabei vor sich hin. Weitere Männer begannen sich wie Pitso zu übergeben. Andere hockten in Ecken und schrien erschreckt auf, als der Himmel von tanzenden Blitzen durchzuckt wurde und Gott wütend hustete.

Nun trat ein Moment der Ruhe ein, in dem das Schiff zuversichtlich voranfuhr. Die Männer fingen an, wieder normal zu atmen, und wischten sich den Schweiß aus dem Gesicht. Dann schrien die auf der Steuerbordseite auf, als ein Wasserberg auf diese Seite des Schiffs herunterkrachte und es wieder taumeln ließ. Einige Rettungsboote wurden so wild geschüttelt, dass sie sich von den Davits losrissen.

Als sich die Männer gerade wieder zu fassen begannen und die Wasserwand hinter ihnen war, schlugen eine Reihe wütender Wellen von fast allen Seiten auf das Schiff ein.

Pitso kroch über den Boden. Er erreichte die Treppe und rutschte sie hinunter bis zum Klo. Dort drinnen übergab er sich weiter, bis sein Magen völlig leer war. Doch es würgte ihn weiter. Es fühlte sich an, als wollten die Eingeweide aus dem Mund heraus. Die Ohren dröhnten ihm, gemartert vom krachenden, brüllenden Donner. Er kam wieder auf die Füße, stützte sich an der Wand ab, während das Schiff weiter schwankte, doch bald darauf verspürte er einen starken Drang, sich hinzusetzen. Der rebellierende Inhalt seines Darms schoss nur so heraus. Schwindlig und desorientiert langte er nach dem Klopapier, wischte sich ab und stand auf, ohne zu spülen. Er wollte so schnell wie möglich heraus aus diesem Klo. Wenn für ihn die Zeit gekommen war zu sterben, dann zusammen mit seinen Freunden. Wie betrunken taumelte er vorwärts und versuchte mit aller Macht, die Treppe zu erreichen.

Der Sturm donnerte ihnen entgegen, die zornigen Hufe Tausender Büffel.

Plötzlich wurde das Schiff wieder in die Luft gehoben. Dort schwebte es eine Weile, bevor es die Nase hinunter in ein steiles Wellental senkte. Pitso fiel auf die Knie und schlug mit dem Kopf gegen das Treppengeländer. Tränen stiegen ihm in die Augen. Er blieb eine Weile sitzen, um zu Atem zu kommen. Er fing an, die letzten Worte vor sich hin zu murmeln, die Christine zu ihm auf dem Bahnhof gesagt hatte: *»Dulce et decorum est pro patria mori,* *dulce et decorum est pro patria mori.«* Ja, es ist süß und gut, für sein Vaterland zu sterben. Er wusste, dass er gleich sterben würde, und musste seinen Frieden damit machen.

Taumelnd und ab und zu auf die Knie fallend, schaffte es Pitso schließlich in den Frachtraum, wo die anderen Männer hockten und laut beteten.

»Dulce et decorum est pro patria mori.« Es gab jetzt kein Zurück mehr.

Ein lauter Donnerschlag übertönte plötzlich den Lärm, der ohnehin schon im Bauch des Schiffs herrschte. Die Lichter erloschen, pechschwarze Finsternis herrschte nun. Noch mehr Schreie.

»Dulce et decorum est pro patria mori.«

Das Schiff stürzte in ein weiteres Wellental, auf allen Seiten umgeben von drohenden Wasserbergen. Als es wieder auftauchte, schienen neue Blitze das Schiff in tausend Stücke zu spalten. Dieser Eindruck verschwand bald darauf, als die *Mendi* sich auf einer relativ ruhigen Wasserfläche wiederfand und wie ein aus einem Albtraum erwachender Mensch keuchte.

Doch dann erhob sich eine riesige, wütende Wasserfaust an Backbord und rammte das Schiff mit solch gewaltiger Kraft, dass es sich wie verrückt querlegte, bevor es sich wieder aufrichtete.

Die Schiffsmotoren dröhnten lauter als gewöhnlich. Die Männer starrten still in die Finsternis. Eins nach dem anderen gingen die Lichter flackernd wieder an. Jemand stieß den Kriegsschrei der Zulu aus: *»Hebe! Usuthu! Hebe! Usuthu!«* Und er wurde von mehr Stimmen aufgenommen: *»Hebe! Usuthu!«*

Nun begannen Sanitäter herumzugehen und sich um Seekranke zu kümmern, von denen es viele gab. Sie verabreichten ihnen löffelweise Zucker und ließen sie Wasser trinken. Schließlich hörten das Erbrechen und Stöhnen auf.

Die Männer fingen wieder an zu singen und zu rufen. Der Albtraum des Sturms lag nun hinter ihnen.

KAPITEL 28

Jemand schrie: »Land in Sicht! Land in Sicht!«, und die meisten Männer kletterten aufs Oberdeck. Sie mussten die Augen anstrengen, um den verschwommenen Streifen Land zu sehen, dem sie sich näherten. Alles war in Nebel gehüllt.

Nach dem furchtbaren Sturm waren die Männer erleichtert, dass sie kurz davor waren, wieder Gottes Erdboden zu betreten. Ngqavini fing an, den Männern ein schlichtes Kriegslied beizubringen, das ihnen helfen würde, ruhig und konzentriert zu bleiben.

Ngqavini: »*Uph'uMkhize?*« Wo ist der Kaiser?
Soldaten: »*Usebhoshi!*« Er ist auf dem Klo!
Ngqavini: »*Wenzani?*« Was macht er da?
Soldaten: »*Uxov'amadede!*« Er knetet Teig aus seiner Kacke!
Ngqavini: »*Uzowenzani?*« Was macht er mit dieser Kacke?
Soldaten: »*Uzowadla!*« Er wird sie essen!
»*Uzowenzani!*«
»*Uzowadla!*«
»*Uzowenzani umhlathi kanina?*«
»*Uzowadla!*«
»*Uzowenzani umgodoyi?*«
»*Uzowadla!*«

Captain Portsmouth, der an Deck gekommen war, lachte herzhaft über den Zulu-Krieger, der seine Kameraden mit dem Geist des Zorns und des Kriegs erfüllte. Sie waren kurz vor der Landung in Europa. Die Energie musste auf hohem Niveau bleiben. Die Männer mussten wachsam und bereit sein. Die Armee hatte Männer wie

Ngqavini als Offiziere nötig, dachte Captain Portsmouth, Männer, die führen und ermutigen konnten. Er hatte vor, ihn für eine gehobene Position vorzuschlagen, wenn sie erst einmal in Frankreich waren.

Bald kamen weitere *weiße* Offiziere an Deck. Zum ersten Mal seit geraumer Zeit gab es ein Kameradschaftsgefühl zwischen den Soldaten und ihren Offizieren. Einige der Offiziere – von denen alle wenigstens eine afrikanische Sprache fließend sprachen – unterhielten sich so freundschaftlich mit den Soldaten, dass diese schockiert waren. Das sollten dieselben Offiziere sein, die die ganze Zeit über so distanziert bis feindselig gewirkt hatten? Vielleicht dämmerte es ihnen endlich, dass die feindlichen Kugeln nicht zwischen *Weißen* und Schwarzen unterscheiden würden, zwischen Offizieren und einfachen Soldaten.

Es war später Nachmittag, als das Schiff Plymouth erreichte, gefolgt von den anderen Schiffen im Konvoi. Einige der Passagiere der *Mendi* – pensionierte Offiziere, die eine Überfahrt ergattert hatten – humpelten vom Schiff, erleichtert, endlich wieder festen Boden unter den Füßen zu haben. Die Soldaten waren enttäuscht, als ihnen gesagt wurde, dass sie den Hafen nicht verlassen sollten. Es wurde ihnen lediglich gestattet, von Bord zu gehen und sich unter strenger Aufsicht auf dem Kai die Füße zu vertreten.

Reverend Dyobha bat den Aufsicht führenden Offizier um einen Moment mit den Soldaten. Er forderte alle auf, die Augen zu schließen und sich hinzuknien. Sie sprachen ein kurzes Gebet, dankten dem Herrn, dass das Schiff sicher in England, dem Land des Königs, angekommen war. Jetzt lag die letzte Strecke vor ihnen – der endgültige Bestimmungsort, Frankreich.

Ngqavini fing an zu singen: *»Oh, what a friend we have in Jesus ...«*

Am späten Nachmittag führte Captain Yardley die letzte Truppeninspektion durch. Die Männer bewegten sich wie Geister und befolgten die Befehle ihrer Offiziere, als sei das die letzte Probe für die Aufgabe, die in Frankreich vor ihnen lag. Dann verließ die *Mendi* den Hafen von Plymouth, eskortiert von der *HMS Brisk*, einem Zerstörer, da der Ärmelkanal vor U-Booten wimmelte. Es herrschte trübes Wetter mit leichtem Nebel, doch die See war ruhig. Um 17.30 Uhr war es vollkommen dunkel.

Die Männer sangen und unterhielten sich jetzt, sie malten sich schon aus, wie sie nach dem Krieg als dekorierte Helden heimkehrten. Die Stimmung war aufgekratzt.

»Dieser Mkhize-Schuft muss sich bei den Engländern nach Isandlwana erkundigen …«, sagte Ngqavini.

»Das ist die richtige Haltung, Boys«, sagte Offizier Haig, der unbemerkt in der Nähe gesessen hatte. »Wir werden Fritz heimleuchten.«

»*Hhawu*«, meinte einer. »Offizier Haig, ich dachte, wir kämpfen gegen die Deutschen. Wer ist dieser Fritz?«

»Das sind dieselben Leute, Boys. Fritz ist ein anderer Name für die Deutschen.«

»Ach so«, sagten die Männer unisono. »Dann werden wir diesem Fritz heimleuchten.«

Captain Yardley, der wusste, dass diese Gewässer viel befahren und tückisch waren, ging kein Risiko ein. Er hatte einen Mann im Krähennest und zwei Männer ganz vorn auf dem Vorderdeck als Wachen postiert. Etliche Soldaten waren ringsum an strategischen Positionen verteilt, und ein Steuermannsmaat stand bei den Offizieren auf der Brücke. Etwa um halb acht wurden die Öllampen an den Seiten und am Heck angezündet – sie verwendeten Öllampen, weil Yardley glaubte, sie seien im Nebel besser zu sehen als elektrische Lichter.

Doch die Offiziere verwünschten weiter die zunehmend schlechte Sicht. Einer der Männer, mit Namen Hertslet, hatte von

22 Uhr an Dienst gehabt. Später würde er berichten, »wie verrückt es sich anfühlte, um Mitternacht die Runde bei den wachhabenden Männern zu machen, während das Schiff im kabbeligen Wasser des Ärmelkanals stampfte und schwankte, der ganze Himmel dunkel war und der Nebel die Sicht weiter einschränkte, die Schiffssirene im Minutentakt heulte, dass man jedes Mal zusammenzuckte, und die Wachen an jeder strategischen Position auf Deck ›Wer da?‹ riefen und die Losung entgegennahmen«.

Ngqavini, Pitso, Tlali und eine Handvoll anderer Männer waren für die Nachtschicht im Maschinenraum eingeteilt. Um halb fünf wurden sie zu Bett geschickt. Sie hatten es damit nicht eilig. Als sie die Treppe hinaufstiegen, vernahmen sie keine Stimmen; abgesehen vom Maschinenlärm und dem gegen die Schiffswände klatschenden Wasser herrschte Stille. Da wussten sie, dass alle außer den Wachen schliefen. Die Offiziere und Unteroffiziere in ihren Kabinen mittschiffs; die Mannschaft in ihrem Quartier vorn; die Schwarzen Soldaten in den Truppendecks. Die meisten waren voll bekleidet, hatten sich gegen die beißende Kälte zugedeckt und benutzten ihre Rettungsgürtel als Kissen.

Pitso und seine Gefährten wurden, immer noch auf der Treppe, plötzlich durch einen lauten, kanonenschussähnlichen Knall erschreckt.

»Wooo-haaaa!«, schrie Ngqavini. »Mkhize, wir sind im Anmarsch! Unsere Kanonen werden so donnern, wenn wir dich erreichen.«

»Du ziegenfickender Teufel! Du kriegst es mit uns zu tun!«, brüllte Tlali.

Die drei hatten das Beben gespürt, das mit dem Krach einherging, aber sie hatten es für eine gewaltige Welle gehalten, oder was es sonst in englischen Gewässern gab. Das war doch nichts, verglichen mit dem Sturm, der sie bei der Einfahrt in den Ärmelkanal erwischt hatte.

Als sie jedoch an Deck kamen, fanden sie sich mitten im Chaos wieder. Männer schrien, heulten, rannten in Panik durcheinander.

»Beruhigt euch, ihr Feiglinge!«, schrie Ngqavini. »Das ist doch ruhige Fahrt im Vergleich zum Sturm gestern!«

»Absolut«, stimmte Pitso zu.

Dann vernahmen die drei Männer etwas, was wie das endlose Heulen der Sirene des Schiffs klang. Ihre bisherige Gelassenheit wich allmählich. Aber sie begriffen immer noch nicht, was gerade geschah. Das Schiff lag jetzt wieder ruhig, anders als damals, als sie den denkwürdigen Sturm erlebt hatten.

Sie sahen Männer in voller Montur auf das Oberdeck hasten, gegen die Anweisungen des Kapitäns, der ihnen ausdrücklich befohlen hatte, *nicht* aufs Oberdeck zu gehen, wenn die See unruhig wurde.

Pitso, Ngqavini und Tlali kam es vor, als erwachten sie aus einem Traum. Nichts ergab einen Sinn. Die Entsetzensschreie, die ihnen entgegengellten, als sie die Treppe hinaufstiegen, kamen nun von überall.

»Ich denke, wir sollten herausfinden, was hier eigentlich los ist«, sagte Tlali.

»Du kriegst wohl auch kalte Füße?«, spottete Pitso.

»Diese Affen sind Feiglinge«, sagte Ngqavini. »Stellt euch vor, wie sie sich anstellen, wenn wir schließlich an der Front sind und die Bomben fallen.«

Zwei Männer kamen an ihnen vorbeigelaufen. Tlali rief sie an: »Wo ist denn die Party, Freunde? Warum rennt ihr so?«

»Hältst du das für ’nen verdammten Witz?«, schrie einer, als er, zwei Stufen auf einmal nehmend, zum Deck hoch stürmte.

»Wir sind mit einem anderen Schiff zusammengestoßen!«, schrie ein anderer. »Wir sinken!«

Erst da nahm Pitso die ungewöhnliche Bewegung des Schiffs wahr. Er konnte nicht stillstehen. Das Schiff schaukelte hierhin und dahin; er musste sich irgendwo festhalten. Aber das war immer noch nichts, verglichen mit dem ersten Sturm. So hatte er sich das Sinken eines Schiffs nicht vorgestellt.

Die drei gelangten schließlich aufs Oberdeck, wo sie mit dem Chaos und dem Geschrei konfrontiert wurden, das gegen das unablässige Heulen der Sirene ankämpfte. Männer stießen einander weg und boxten sich den Weg frei. Keine Zeit für gutes Benehmen und Anstand. Der Überlebenskampf hatte begonnen. Überleben um jeden Preis.

Pitso drehte sich um und rannte zu seinem Schlafplatz im Truppendeck hinunter, um so viel wie möglich von seinen Sachen zu holen – alles, was er in seine Taschen stecken konnte, nur für alle Fälle. Aber vor allem um seinen Soldatenmantel zu holen, weil er sich Sorgen wegen der Kälte auf dem Oberdeck machte.

Bald war er wieder ganz oben und hatte den Rettungsgürtel angelegt. Er sah Männer im eiskalten Wasser, die dort zitterten und wild um sich schlugen. Schreiend. Fluchend. Aus irgendeinem Grund glaubte er immer noch nicht, dass sie ernsthaft in Gefahr waren. Vom Kapitän war nichts zu hören gewesen. Es musste ein falscher Alarm sein.

Sein Gehirn begann fieberhaft zu arbeiten, sein Herz zu rasen. Das wilde Durcheinander wurde schlimmer. Zeit, ins Wasser zu springen. *Nein. Warte.* Er wandte sich um. Dort an Deck standen Männer in Reih und Glied und warteten offensichtlich auf Befehle.

Verhalte dich richtig. Du warst noch nie in so einer Lage. Warte auf Befehle. Du bist schließlich ein Soldat. Der Kapitän hat noch nichts gesagt. Warte also.

Das Schiff krängte, das stimmte. Aber wenn das nun vorüberging? Das würde die Entscheidung des Kapitäns erklären, keine Ansage zu machen. Anders als bei diesem entsetzlichen Sturm flog das Schiff nicht in die Luft. Keine Wasserschluchten umzingelten sie. Falscher Alarm. So musste es sein.

Also blieb er stehen, blickte sich um. Kein Offizier war zu sehen.

»Brüder, was ist los?«, fragte er.

Keine Antwort kam von den in Reih und Glied stehenden Männern.

Dann sah er einen *Weißen*, einen Offizier, am anderen Ende an der Reling lehnen. Er wirkte entspannt. Pitso lief zu ihm.

Pitso salutierte und schrie, so laut er konnte: »Sir, die Männer warten auf Befehle. Was sollen wir tun?«

Keine Antwort vom Offizier. Als wäre er ganz allein auf der Welt, schien er das Geschehen um sich herum nicht wahrzunehmen, die Blase, in der er sich befand, nicht zu durchdringen. Als wäre er hypnotisiert von einer Macht, die außer Sichtweite war. Pitso fragte sich, ob er unter Schock stand.

Pitso rannte zu Mitgliedern seiner Kompanie, die gerade dabei waren, eins der Rettungsboote loszubinden, die an der Seite des Schiffs hingen. Er wollte ihnen sagen, sie sollten das lassen, sie benähmen sich wie Feiglinge, sie übertrieben. Dann sah er Tlali, der in Tränen aufgelöst war und schrie: »Pitso, mein lieber Freund, wir werden hier sterben. Aber einer von uns darf nicht sterben …«

»Halt den Mund, Dummkopf!«

Ein Schrei in der Ferne. Das anhaltende Heulen von Sirenen. Immer noch kein Wort vom Kapitän.

Tlali schrie noch immer: »Aber wenn ich sterben muss, dann sterbe ich. Ich sterbe für mein Land, für den König!«

Ngqavini rannte zu dem *Weißen*, der Pitso nicht beachtet hatte, und rief: »Sir, wir brauchen Anweisungen! Jesu-Maria-Josefa, wir warten auf Befehle!«

Der *weiße* Offizier ging ein paar Stufen hinunter und in eine Kajüte. Dann drang der nicht misszuverstehende Knall eines Pistolenschusses aus dem Innern der Kajüte. Ngqavini erstarrte, Schweißperlen standen ihm auf der Stirn.

»Nein, nein!«, rief Pitso.

Das Schiff krängte. Einige *weiße* Offiziere rannten zu den gefluteten Frachträumen. Dort waren Männer eingeschlossen. Erstickte Schreie. Einige waren so schockiert, dass sie sich nicht bewegen, nicht einmal um Hilfe rufen konnten. Sie standen einfach da. Schrien hilflos. Klammerten sich an alles, was sich als Halt anbot. Viele konnten nicht schwimmen, eine Tatsache, die in Kapstadt beim Training ans Licht gekommen war. Sie schienen auch kein Vertrauen in die Rettungsgürtel zu haben, die sie schon trugen. Erstarrt standen sie da. Einige von ihnen mussten getreten oder geboxt werden, um sie aus der Trance des Schocks und der Angst zu holen, damit sie irgendetwas zu ihrer Rettung unternahmen.

Pitso schrie: »Wo ist Portsmouth?«

»Komm schon, Mann«, brüllte Tlali, »rette dich selber!«

»Ich muss wissen, dass er in Sicherheit ist!«

Pitso entschied, dass es keinen Zweck hatte, darauf zu warten, dass der Kapitän Anweisung gab, das Schiff zu verlassen.

Er sprintete zu den Offizierskajüten. Doch als er die Treppe hinunterlief, schwappte Wasser um seine Füße. Die Kajüten standen schon unter Wasser. Fluchend floh er zurück aufs Deck.

Er stieß heftig mit Ngqavini zusammen, der schrie: »Ich gehe runter zum Gefängnis. Dort sind Menschen eingeschlossen.«

»Zu spät! Dort steht alles unter Wasser!«

Ngqavini rannte zum Frachtraum, wo sich der Kerker befand. Er stürzte sich in die Finsternis und verschwand.

»Portsmouth!«, schrie Pitso. »Captain Portsmouth!« Wie ein Besessener rannte er hoch und runter und prallte mit Menschen zusammen. »Portsmouuuth!«

Jemand stieß Pitso aus dem Weg und streckte ihn zu Boden.

Er raffte sich auf. Im Frachtraum war es finster. Er versuchte, sich zurechtzufinden. Man kämpfte im Dunkeln darum, die Boote zu Wasser zu lassen. Pitso fiel es schwer, einen klaren Gedanken zu fassen, wegen der Schreie, dem Heulen der Sirene, dem Stoßen und Schieben.

Er bahnte sich mit Gewalt den Weg durch eine Menschenmenge, half dann dabei, das Boot Nr. 3 zu Wasser zu lassen. Während er damit beschäftigt war, sah er, wie eine Gruppe Männer das Boot Nr. 4 herabließ. Als das Boot das Wasser erreichte, sprang eine volle Besatzung Männer hinein. Als Pitso gerade dachte, das Boot bleibe stabil, sprangen noch mehr Männer auf die schon im Boot befindlichen. Das Boot kenterte. Brüllend und fluchend kämpften die Männer darum, an der Wasseroberfläche zu bleiben.

Das Boot Nr. 6 wurde zu Wasser gelassen, doch sein Boden brach, als es aufs Wasser prallte. Einige Männer mussten dabei bewusstlos geschlagen worden sein. Noch mehr Geschrei.

»Er beißt mich!«, schrie einer.

Nachdem man mit den Booten fertig war, bemühte man sich darum, die 46 Flöße aufs Wasser zu bringen, von denen jedes zwanzig Mann fassen konnte.

Pitso hatte dabei geholfen, die Männer in die Boote unten zu schieben. Nun wollte er kontrollieren, ob alle seine Kameraden sicher vom Vorderdeck herunter waren. Auf dem Weg sah Pitso, dass die Männer dort immer noch in Reih und Glied standen. Er sah Reverend Dyobha, den großen Mann, der die anderen überragte, auch dort stillstehen.

Pitso brüllte in allen Hauptsprachen des Schiffs: »Reverend! *Mfundisi! Moruti!* Wir müssen auf die Flöße! Sind Sie verrückt geworden, so dazustehen? Jesus ist nicht hier. Rettet euch! Geben Sie die Männer frei! Das Schiff sinkt!«

Mit seiner donnernden Predigerstimme rief Reverend Dyobha: »Seid ruhig und gefasst, meine Landsleute, denn nun geschieht genau das, wozu ihr hergekommen seid ...«

Jemand brüllte, jemand schrie, jemand heulte.

»Ihr werdet sterben ... aber dazu seid ihr hergekommen ... Brüder, wir tanzen den Tanz des Todes.«

Die Musik der Sirene war schrill und laut.

»Ich, ein Xhosa, sage euch, ihr seid meine Brüder. Swazis, Pondos, Basutos, wir sterben als Brüder. Wir sind die Söhne Afrikas. Lasst euer Kriegsgeschrei hören, Brüder, denn obschon sie dafür gesorgt haben, dass wir unsere Assegais im Kraal zurückgelassen haben, sind unsere Stimmen noch in uns ...«

Über dem Getöse waren zwei Kanonenschüsse zu hören.

»Wir tanzen den Tanz des Todes, wir tanzen den Tanz des Todes, wir tanzen den Tanz des Todes, *nasi isporho! Hamba sporho!*«

Pitso lief zu Reverend Dyobha, versuchte ihn fortzuziehen, weil er hoffte, dass dies die Trance unterbrechen würde, in der sich die Männer befanden. Aber Reverend Dyobha, ein großer Mann, stieß Pitso einfach weg. Pitso fiel zu Boden und schürfte sich dabei die Wange an einem Pfosten auf.

Der Reverend schloss sich dann den übrigen Männern an, als die ihre Schuhe auszogen. Immer noch in Trance, begannen sie, mit den Füßen über den Boden zu schlurfen, wie sie es beim Begräbnis eines Königs oder Chief getan hätten. *Schschimm! Schschimm!*

»Ihr werdet sterben ... aber dazu seid ihr hergekommen ... Brüder, wir tanzen den Tanz des Todes. *Asikoyiki sporho ndini! Hamba!*«

Wie eine gut trainierte Tänzertruppe hoben sie den rechten Fuß hoch. Im donnernden Gleichklang stampften sie damit auf den Boden – buum! –, gleichzeitig ertönte ihr erstickter Schrei: *»Aji!«*

Sie tanzten den Tanz des Todes. Sie heulten nicht, sie gerieten nicht in Panik, sie schrien nicht beim Herannahen des Todes. In Afrika feiern die Menschen, sogar in Zeiten des Todes. Der Tod wird zum Schauspiel, ein Moment der Auflehnung, der Auflehnung gegen den Tod selbst. Sie starren dem Tod ins Angesicht und fordern ihn zum Duell. Komm und hol mich, Tod. Ich habe keine Angst vor dir.

»Brüder, wir tanzen den Tanz des Todes. Wir werden sterben.«

Sie hoben den linken Fuß hoch. Im Gleichklang donnerten ihre Füße auf die Bretter, gleichzeitig ertönte laut ihr Ruf: *»Aji!«*

»*Aji! Aji! Aji!* Brüder, wir tanzen den Tanz des Todes. Wir sind bereit zu sterben.«

Sie stöhnten und wiederholten die Worte des Reverend: »Brüder, wir tanzen den Tanz des Todes. Wir tanzen den Tanz des Todes, wir haben keine Wahl, wir müssen sterben …«

Ihre Füße trommelten unisono einen Zapfenstreich aufs Deck, wurden mit jeder Sekunde, jeder Minute schneller.

»Wir tanzen den Tanz des Todes!« Das war der widerhallende Schrei der Selbstlosigkeit, von Männern, die den Tod herausforderten, von Männern, die sich in ihr Schicksal fügten, von Männern, die die Kriegsidee auf eine andere Ebene hoben. Ihr Tanz war ihr Kampf, das Schiffsdeck ihr letztes Schlachtfeld. Sie gingen nicht kampflos unter. Sie würden den Tod durch ihren Tanz bekämpfen.

Buum-buum! Aji-aji!

Pitso versuchte, den wahnsinnigen Tanz des Todes zu unterbrechen, indem er den Reverend anschrie: »*Mfundisi,* Sie sind verrückt! Sie sind besessen!«, bevor er aufgab und weglief.

Buum-buum! Aji-aji!

Von anderswo auf dem Schiff kam ein lauter Ruf: »Alle von Bord … in die Boote … das Schiff sinkt!« Das musste Captain Yardley sein, der für das Schiff Verantwortliche. Warum hatte er so lange abgewartet?

Auf dem Deck stehend, bemerkte Pitso, dass in ungefähr fünfzehn bis zwanzig Metern Entfernung von der Steuerbordseite eins der Boote lag, mit einem Seil am Schiff befestigt. Mit einer freudigen Aufwallung stellte er fest, dass sein Freund Tlali und Portsmouth unter den schon im Boot sitzenden Männern waren.

Irgendjemand ließ aus einem der Rettungsboote einen hellen Lichtstrahl aufs Wasser fallen, um denen, die das Boot schwimmend zu erreichen versuchten, den Weg zu weisen. Ein anderer band das Boot los, in dem Tlali und Portsmouth saßen. Es bewegte sich langsam fort. Das Meer war plötzlich eine brodelnde Masse, die

Rettungsboote wurden von der heftigen Dünung emporgehoben. Das Schiff sank schnell. Die noch an Bord Befindlichen rutschten über die Bretter, als sie zur Reling rannten.

Pitso schrie, als er ins Wasser sprang. Es war eiskalt. Er wurde von Panik erfasst, als er tief unter die Wellen geriet und nicht wusste, ob er wieder auftauchen würde. Doch der Rettungsgürtel sorgte für Auftrieb, und er kam schnell wieder an die Oberfläche. Nun setzte bei ihm ein so kräftiges Zähneklappern ein, dass er glaubte, sie würden brechen. Durch die salzverkrusteten Augen konnte er fast nichts sehen, als er wild im Wasser um sich schlug. Mit seinen starken Armen teilte er die Wasseroberfläche, als er, so schnell er konnte, in die ungefähre Richtung der Rettungsboote schwamm. Noch nie hatte er eine solche Kälte gespürt – und das war auch seine erste Begegnung mit dem Meer; nie zuvor hatte er mit einem so starken, wilden Gewässer gekämpft. Als sich sein Körper an die Kälte gewöhnte, sah er dann auch andere Männer mit den Wellen kämpfen und schreien. Andere hatten sich ihrem Schicksal ergeben. Sie sangen entmutigt; andere beteten.

Pitsos Hände und die Füße in den Stiefeln waren völlig taub. Doch er kämpfte sich voran. Die Brust brannte ihm, das Herz schlug wild. Obwohl er so kräftig und fit war, spürte er, wie Erschöpfung seine Arme feindselig zu lähmen begann. Sein Soldatenmantel, der ihn vor der harschen Kälte auf dem Oberdeck geschützt hatte, zog ihn hinunter, raubte ihm die letzten Reste an Energie. Er kämpfte verzweifelt darum, den Kopf oben zu halten, und Wasser schwappte ihm in den Mund.

Zuerst dachte er, er müsse den Mantel loswerden. Doch wie? Sein Rettungsgürtel war darüber festgezurrt. Er konnte nicht klar denken. Kälte und Erschöpfung vereint übermannten ihn allmählich. Er schloss Frieden mit der Tatsache, dass er seine ewige Ruhe finden würde. Er spürte keine Angst mehr, war einfach einverstanden mit den Gegebenheiten. Er fiel in die Arme einer starken, tröstlichen Stille, einer Ruhe, die allen Lärm ausschloss, der die morgendliche Luft erfüllt hatte.

Er konnte sich sehen, wie er lächelte und die Worte formte: *»Dulce et decorum est pro patria mori.«* Wie süß war es, dass er in der Tat für sein Vaterland starb. Wenigstens starb er unterwegs zu den Schützengräben des Kriegs – anders als sein Vater, der vor der Schlacht weggelaufen war, vor der Verantwortung, vor der Vaterschaft, vor der Rolle als Ernährer.

»Dulce et decorum …«

Seine Reise war zu Ende.

Oh, du Gott der Liebe, des Friedens und der Gnade – diese Worte kamen ihm in den Sinn. *Meine Reise ist zu Ende. Ich bin jetzt über alles Leiden hinaus. Doch ich gehe unter als Soldat, kämpfend, einen anderen Kampf kämpfend …*

Schmerz explodierte in seinem Kopf, als jemand ihn trat und ihn aus seinem wässrigen Bett aufschreckte. Entsetzt stellte er fest, dass er sich unter Wasser befand. Noch am Leben! Er trat wild um sich. Eine neue und machtvolle Energie brodelte in seinen Armen, die nun energisch arbeiteten und die schweren Wassermassen aus seinem Weg schoben, bis er endlich auftauchte. In gewaltigen, hungrigen Zügen sog er die kalte Luft ein.

Er war nun wieder wach und hungrig nach Leben, wenn auch desorientiert. Wasser tretend sah er sich um und versuchte sich zurechtzufinden. Die wogenden Wasser waren erfüllt vom Lärm schreiender Männer und ohrenbetäubender Schiffspfeifen und Sirenen. Durch den Nebel machte er eins der Rettungsboote aus. Es war weit weg. Es blieb ihm nichts anderes übrig, als dorthin zu schwimmen. Während er sich so durch das widerspenstige Wasser kämpfte, erhaschte er einen flüchtigen Blick auf eine Gestalt, die direkt vor ihm schwamm. Sein Herz sang vor Erleichterung und Freude bei der Feststellung, dass die Gestalt auf einen vagen Fleck im Wasser zuschwamm, einen Fleck, der beim Näherkommen die

Form eines Floßes annahm. In diesem Moment tauchten plötzlich zahlreiche Köpfe überall um ihn herum auf, und alle schwammen auf das Floß zu. Viele waren ihm weit voraus. Aber das spornte ihn nur an, noch schneller zu schwimmen.

Schockiert sah er, dass ein Mann, der zuerst dort angekommen war, die Männer mit Fußtritten zurück ins Meer stieß, als sie auf das Floß zu klettern versuchten. Einen nach dem anderen stieß er fort. Durch die Dunkelheit glaubte er den lockigen Haarschopf zu erkennen. Konnte das sein? Nein, bestimmt nicht. Er blinzelte mit den müden, vom Salzwasser angegriffenen Augen und versuchte, etwas zu erkennen. Er sah nur verschwommen, die Arme waren ihm schwer vor Erschöpfung.

Beim Näherkommen sah er, wie zwei Männer Fußtritte ins Gesicht abbekamen, als sie auf das Rettungsfloß zu kriechen versuchten. Er blinzelte wieder. Ja, er war es. Wie konnte ein ausgebildeter und erfahrener Soldat wie er so tief sinken? Dieses kleine Floß konnte mühelos zwanzig Menschen aufnehmen. Als der Strahl einer starken Taschenlampe von einem der Boote aus das Gesicht des Mannes streifte, wurden Pitsos Befürchtungen bestätigt. Er dachte daran, weiter zu schwimmen und dem Schurken entgegenzutreten, doch ihm wurde klar, dass er in seinem erschöpften Zustand keine Chance hatte, mit dem Mann fertigzuwerden. Er musste sich anders orientieren. Das Herz klopfte ihm vor Wut, als er sich schwimmend zum größeren Boot aufmachte. Dabei musste er ab und zu Menschen aus seiner Bahn stoßen – solche, die sich aufgegeben hatten, die einfach dahintrieben und keinen Versuch machten, zu paddeln oder zu schwimmen.

Als er nah am Boot war, sah Pitso dank des Lichtstrahls, den jemand in seine Richtung lenkte, eine Gestalt, die ihm bekannt vorkam. Es stellte sich heraus, dass es einer der Gefolgsleute des Pondo-Chief war. Dann sah er neben dem Mann eine weitere Gestalt im Wasser schaukeln und erkannte Mjongeni selbst. Pitso rief ihm zu: »*Nkosi, uphila njani na?* – Chief, wie geht's?« Er antwortete: »*Akukabiko nto.* – Es geht so.« Pitso rief dem Chief und seinem Gefolgsmann Aufmunterndes zu, als er schließlich das Boot erreichte.

Einige Männer zogen Pitso ins Boot. Er zitterte vor Erschöpfung, gemischt mit Erleichterung, und übergab sich. Als er wieder zu Atem gekommen war, schloss er sich den Männern an, die andere aus dem Wasser retteten und ihnen ins Boot halfen. Dann sah er den Pondo-Chief. Der Mann war steif, still und sehr schwer, als sie ihn an Bord zerrten. Wasser lief ihm aus dem Mund, als man ihn auf den Boden des Bootes legte. Er atmete nicht. Sie schoben ihn in einen Winkel, wickelten ihn in Decken, aber es war zu spät. Er war tot.

Einer der Männer, ein Mitglied der Schiffsmannschaft, rief: »Wir müssen so weit wie möglich vom Schiff wegrudern. Na los ...«

»Wir können nicht weg!«, schrie Pitso. »Da sind noch Männer, die unsere Hilfe brauchen.«

Das Besatzungsmitglied, unterstützt von etlichen seiner erfahreneren Kameraden, begann die Wasseroberfläche mit den Rudern zu teilen, entschlossen, eine möglichst große Distanz zwischen sich und das sinkende Schiff zu bringen.

Zornig über ihre Feigheit und Herzlosigkeit, stand Pitso auf und hielt Ausschau nach der *Mendi.* Aus einem der Boote wurde noch ein Lichtstrahl über das Wasser geschickt, um den in Rettungsgürteln Treibenden zu zeigen, dass sie nicht allein waren – und in diesem Licht entdeckte Pitso das Schiff.

In genau diesem Moment wurde die *Mendi* hochgehoben – zumindest schien der Bug hochzuschießen –, bevor sie in einen tiefen Schlund taumelte. Ein mächtiges saugendes Geräusch hallte durch die Dunkelheit. Dann erfasste eine starke Strömung die Fläche, auf der die Boote und Flöße auf und nieder hüpften. Der sich daraufhin bildende Strudel riss ein Boot und mehrere Flöße in die Tiefe.

Das löste eine Woge neuerlicher Schreie aus. Das Boot, in dem Pitso stand, schwankte heftig. Erschöpft glitt Pitso selbst in die Bewusstlosigkeit.

Während die Stunden langsam verstrichen, wurden viele der Männer von den Flößen in die Boote gerettet, die von der *Brisk*, dem Geleitschiff der *Mendi*, zu Wasser gelassen worden waren, später unterstützt von der *Sandsend*. Auch diese Schiffe mussten bei ihrer verzweifelten Mission, die Schiffbrüchigen zu retten, in dem dunklen, nebligen Gewässer vorsichtig manövrieren, um nicht einen weiteren Unfall zu verursachen.

Als die Boote Dieppe in Frankreich erreichten, wurden Pitso, Tlali und andere erschöpfte Überlebende so schnell wie möglich ins Krankenhaus gebracht. Pitso erfuhr, dass sein Freund Captain Portsmouth schon in einem der französischen Krankenhäuser aufgenommen worden war. Als dann allmählich Berichte über das Geschehen hereinkamen, wurde offenbar, dass von der Mannschaft von ursprünglich neunundachtzig Mann einunddreißig vermisst wurden, so wie zwei von vier Offizieren des South African Native Labour Contingent und sieben von siebzehn Unteroffizieren. Von insgesamt achthundertundzwei Schwarzen Soldaten an Bord überlebten nur einhundertfünfundneunzig.

KAPITEL 29

Pitso war vorher noch nie in einem Krankenhaus gewesen. Während er erwartet hatte, ein Krankenhaus sei ein Ort der Hoffnung und des Trostes, stellte sich heraus, dass das Krankenhaus von Dieppe eher einem Schlag ins Gesicht glich. Immer noch entsetzt über das Geschrei und Kreischen, das Gestöhn und Gegurgel, das ihn begrüßt hatte, als er hineingerollt wurde, umgab ihn schon bald der süßlich-faule Geruch von Krankheit und Tod. Er erinnerte ihn an den Gestank eines toten Hundes, der ein paar Tage neben einer Landstraße gelegen hatte, dann aufgesammelt und in einen Eimer mit Desinfektionsmittel getaucht und wieder rausgeholt worden war, um in der Sonne zu trocknen.

An seinem zweiten Tag im Krankenhaus lieferten sie einen Soldaten ein, dem von einer Mine die Beine abgerissen worden waren. Der Mann war in Rouen stationiert gewesen. Obwohl sie Waffenbrüder waren und auf derselben Seite kämpften, tröstete Pitso die Tatsache, dass der Mann Brite und kein Südafrikaner war. Das war ein Gedankenspiel, das er während seines gesamten Aufenthalts im Krankenhaus praktizierte. Immer wenn sie eine Leiche oder einen schwer verletzten Soldaten brachten, seufzte er erleichtert auf, wenn er erfuhr, dass der Tote oder Verletzte Brite oder Australier war oder aus einer anderen Kolonie stammte. Solange es kein Südafrikaner war, war es gut. Das bedeutete, er hoffte, dass Südafrikaner nicht in Gefahr waren. Diese Gedanken verschafften ihm Schuldgefühle, und er kam sich feige vor. Schließlich waren sie nicht Tausende von Meilen aus Afrika hergekommen, um sich in Krankenhausstationen zu verstecken.

Bei seiner Einlieferung hatte er hohes Fieber gehabt. Im Laufe der seither vergangenen drei Tage war es gesunken. Nur sein Bein hielt ihn ans Krankenbett gefesselt. Beim aufgeregten Kampf um einen Platz im Rettungsboot nach dem Untergang der *Mendi* hatte er sich einen Knöchel gebrochen und eine Kniescheibe ausgerenkt. Seine Verletzungen hatte er erst entdeckt, als er einen Tag nach dem Schiffbruch wieder zu Bewusstsein kam. Obwohl er nicht laufen konnte, konnte er es nicht erwarten, ins Feldlager geschickt zu werden, um zu sehen, zu welchem Zweck er nach Europa gekommen war. Er schuldete es seinem Land. Er schuldete es seinen gefallenen Kameraden.

Erträglich wurde sein Krankenhausaufenthalt durch die Schwestern. Er fand, dass sie, anders als die *weißen* Frauen daheim, nicht von oben herab mit ihm redeten. In ihren Stimmen oder in ihrem Umgang mit ihm war keine Abscheu, kein Misstrauen zu spüren. Der daheim von Christine erhaltene Französischunterricht kam ihm zugute. Natürlich war er mit seinem Französisch aus der Übung, und sein Wortschatz war beschränkt, doch er verstand, was die Schwestern sagten. Manchmal konnte er auch selbstbewusst mit einem vollständigen Satz antworten. Die Krankenschwestern hoben dann beeindruckt die Augenbrauen und ihr Lächeln war voll menschlicher Wärme.

Dank dieser Krankenschwestern konnte er nach und nach die Geschichte des Schiffsbruchs zusammensetzen, die bis dahin eine zufällige Ansammlung von Bildern, Geräuschen und Schreien in seiner Erinnerung war. Durch die Schwestern erfuhr er, dass die *SS Mendi* mit einem großen Frachtdampfer, der *SS Darro*, zusammengestoßen war, der von Frankreich nach Liverpool unterwegs gewesen war. Die *Darro* hatte das kleinere Schiff in dem an diesem Morgen herrschenden dichten Nebel übersehen und war mit dem Truppentransporter zusammengestoßen. Die Krankenschwestern hatten diese Information aus den Zeitungsberichten, die des Weiteren bekannt gaben, dass es eine amtliche Untersuchung des

Unfalls geben würde. Obwohl Pitso eigentlich nicht an diesen entsetzlichen Morgen erinnert werden wollte, musste er doch unbedingt die ganze Geschichte erfahren. Der Gerechtigkeit musste Genüge getan werden, obwohl das seine Freunde und Kameraden nicht zurückbringen würde. Sie waren für immer dahin.

Er war glücklich, diese wohlwollenden Krankenschwestern als Freundinnen zu haben. Es gab allerdings ein Haar in der Suppe: die *weißen* Offiziere, die immer auf der Station herumlungerten, wenn Behandlungen anstanden. Die offizielle Vorschrift, die ihnen schon vor ihrer Abreise aus Kapstadt eingebläut worden war, legte fest, dass Schwarze Soldaten in Europa nicht mit *weißen* Frauen fraternisieren durften. Um die Einhaltung der Vorschriften zu garantieren, mussten immer *weiße* Soldaten anwesend sein, wenn ein Schwarzer Soldat von einer *weißen* Schwester behandelt wurde. Der Soldat musste nicht einmal Offizier sein, wenn er nur *weiß* war. Pitso kannte keinen der Männer. Er nahm an, dass die *weißen* Offiziere von der *Mendi* schon in die verschiedenen Militärlager verteilt worden waren.

Bald merkte Pitso, dass er eine Zuneigung besonders zu einer der Krankenschwestern entwickelte. Sie hatte sich als Marie-Thérèse Soundso vorgestellt.

»Sie haben so schöne Haare«, sagte Pitso eines Tages, voller Bewunderung für ihr rotblondes Haar, das sie zu einem Knoten gebunden hatte. Ihre Augenbrauen fuhren in die Höhe, dann errötete sie heftig.

Der anwesende *weiße* Soldat, der Pitsos Bemerkung nicht mitbekommen hatte, sah ihr errötetes Gesicht und lächelte, weil er glaubte, es sei seinetwegen.

»Ich merke schon, wie ich mich erhole, in der Gesellschaft einer solchen Schönheit«, fuhr Pitso leise fort.

»Sie sprechen so gut Französisch«, sagte die Krankenschwester großzügig und senkte dabei ebenfalls die Stimme. »Sie können mir nicht erzählen, dass Sie die Sprache erst hier gelernt haben.«

»Ach, das ist eine lange Geschichte, meine Verehrteste. Vielleicht kann ich sie Ihnen eines Tages erzählen.«

Die Schwester führte ihre Aufgabe zu Ende und eilte dann fort. Bei ihrem nächsten Besuch gab sie ihm heimlich ein paar Weintrauben, als der *weiße* Offizier nicht hinsah. Als sie ihm beim darauffolgenden Mal ein Päckchen Cashewnüsse zusteckte, revanchierte er sich mit einer Bleistiftzeichnung, die eine Frau in Schwesterntracht darstellte, die einen Blumenstrauß von einem neben einem Bett knieenden Mann entgegennahm. Schwester Marie-Thérèse sah verstohlen auf das Blatt Papier mit der Zeichnung, warf Pitso einen schnellen Blick zu und ging rasch aus der Krankenstation.

Als er sie das nächste Mal sah, kam sie in Begleitung von zwei *weißen* Männern in Uniform. Der eine war der übliche durchschnittliche Unteroffizier, der damit betraut war, die Besuche der Krankenschwestern bei den Schwarzen Soldaten zu überwachen. Der andere hatte die Streifen eines Captain auf seiner Uniform. Die Männer auf der Station, die stehen konnten, taten es und salutierten.

Pitso schwenkte seine Beine hastig über den Bettrand, stand unsicher da und salutierte.

Einen Augenblick war es still, als die beiden Männer sich musterten, bevor lautes Gelächter aus Portsmouths Mund hervorbrach. »Donnerwetter! Der Schelm ist wirklich hier! Ich hatte geglaubt, du wärst in Rouen. Ich bin sicher, irgendjemand hat behauptet, man hätte dich nach Rouen geschickt.«

»*Jislaaik*, Captain, ich hatte geglaubt, Sie wären tot.« Pitso betrachtete Portsmouth, sein kurz geschnittenes Haar, sein sauber rasiertes Gesicht. Die anderen Männer auf der Station starrten fassungslos auf diesen emotionalen Wortwechsel zwischen dem *weißen* Captain und dem *coloured* Rekruten. »Jedes Mal wenn ich nach Ihnen gefragt habe, wusste keiner, von wem ich spreche. Langsam befürchtete ich das Schlimmste. Man sieht fast jeden Tag Leichen von der Front und ist dankbar dafür, dass man lebt.«

»Das stimmt. Wir werden alle mit Mitgliedern der vor uns angekommenen Bataillone verwechselt. Setzen Sie sich, Soldat, Ihr Bein da muss heilen, damit wir Sie so schnell wie möglich dorthin schicken können. Einige Männer sind in ›Mendicourt‹, Hebreuve, Olhain …«

»Diese Namen sagen mir nichts. Wo sind Sie stationiert, Sir?«

Der *weiße* Unteroffizier, der Portsmouth begleitete, reagierte auf den Wortwechsel wie einer, der ein schnelles Tennisspiel beobachtet.

Portsmouth sprach ihn an: »Corporal, würden Sie uns bitte allein lassen? Ah, braver Kerl.«

Der Soldat salutierte und verschwand.

Portsmouth wandte sich wieder zu Pitso und sagte auf Sotho: »Ich bin in Arques-la-Bataille stationiert, nur ein paar Meilen nordöstlich von hier. Wenn sie dich entlassen, wirst du zu einigen Kameraden von der *Mendi* auf dem Stützpunkt drüben in Arques gehen. Wir arbeiten in Steinbrüchen.«

»Das hört sich wunderbar an, Sir. Einfach wunderbar. Nicht dass ich vorher schon mal in einem Steinbruch gearbeitet hätte. Aber es hört sich wunderbar an, dass ich von bekannten Gesichtern umgeben sein werde. Ihr Sotho ist übrigens immer noch tadellos.«

Die Krankenschwester, die den Wortwechsel mit wachsender Belustigung verfolgt hatte, fragte Portsmouth: »Marokkanisch oder algerisch?«

»Non, mademoiselle«, antwortete Portsmouth. *»D'Afrique. Afrique du Sud.«*

Kaum hatte Portsmouth die Krankenstation verlassen, da versammelten sich einige der anderen Patienten um Pitsos Bett. »Es stimmt also? Du kommst von dem Schiff, das untergegangen ist?«

Er erzählte seine Geschichte Soldaten aus dem ganzen Britischen Empire, bis er heiser war. Da der Krieg jetzt in einer Sackgasse steckte, wurde der Untergang des Schiffs zur aufregenden Ablenkung und fand viel Interesse nicht nur bei den direkt am Krieg Beteiligten, sondern bei einfachen Leuten in verschiedenen Ländern. Die Zeitungen, besonders die in Großbritannien und im übrigen Empire, berichteten endlos über die *Mendi.*

Obwohl er weit weg von der Front war, wurde Pitso doch Zeuge der Kriegsschrecken. Eines Tages brachte man einen jungen Mann, dessen gesamter Körper mit Binden umwickelt war, sodass er wie eine Mumie aussah. Sein Gesicht hatte einen kranken Gelbton, und Eiter sickerte aus den Augen. Pitso erfuhr später, dass der junge Mann ein Opfer von Senfgas geworden war.

Als die Schwester den bandagierten Mann an Pitsos Bett vorbeischob, schaute Pitso weg.

»Warum töten sie ihn nicht einfach?«, sagte Pitso leise zu Schwester Marie-Thérèse, die seinen Knöchel massierte.

»Er wird leben. Ich habe viele wie ihn gesehen.«

Am Tag darauf brachten sie einen Mann, der einen Arm verloren hatte. Er war Südafrikaner. Und Schwarz. Pitso interessierte sich sofort für ihn. Als die Schwestern mit seiner Versorgung fertig waren, humpelte Pitso hinüber an sein Bett. Der Mann stand unter irgendeiner Droge, was ihn munter und gesprächig machte. Er schien sich des fehlenden Arms nicht bewusst zu sein.

»Ich komme von einem Stützpunkt in Dieppe«, sagte der Mann, nachdem Pitso sich vorgestellt hatte. Er war mit dem Dritten Bataillon nach Frankreich gekommen, ein Jahr vor dem Untergang der *Mendi.* Er hörte sich an wie einer der »Lovedale Boys«, der gebildeten Xhosas, die in dem berühmten College desselben Namens studiert hatten. »Ich weiß nicht, wie viele Meilen Dieppe von hier entfernt ist …«

»Du bist im Krankenhaus von Dieppe, mein Freund.«

»Wie kann das sein? Ich habe doch offenbar eine Reise über

Hunderte von Meilen während der letzten beiden Tage gemacht. Bist du sicher, dass wir in Dieppe sind?«

»So sicher, wie Mkhize Gast an unserem Abendmahltisch ist.«

Der Mann lachte, und Tränen traten ihm in die Augen. Dann fing er an zu schluchzen und nach seiner Mutter zu rufen.

»Halt's Maul, verdammt noch mal, du Neger!«, schrie einer, der laut den Krankenschwestern Australier war, aus der hintersten Ecke der Station. »Warum gehst du nicht nach Hause und hütest deine Rinder, du feiges Arschloch!«

Pitsos neuer Freund versuchte mühsam, sich aufzusetzen, und sah in die Richtung, aus der die Stimme kam, doch Pitso beruhigte ihn.

»Ich heiße übrigens Joseph Vundla«, sagte der Mann. Er sprach mit ruhiger Stimme, als hätte er sich nicht kurz zuvor die Augen ausgeweint. »Vom Kap.« Vundla zeigte auf den Stumpf, wo sein Arm gewesen war. »Erst gestern haben wir Bäume am Waldrand gefällt. Dort gibt es Kiefern und Gummibäume. Und wir sehen, wie britische Jungs zu ihren Schützengräben rennen. Unser Captain brüllt Befehle, brüllt, dass auch wir rennen sollen.«

Ein langer Hustenanfall unterbrach Vundla. Als der vorbei war, fuhr Vundla mit seiner Geschichte fort. Er wechselte nun zu Englisch und sprach, so laut er konnte, damit auch andere seine Tapferkeit bewundern konnten. »Unser Offizier brüllt also Befehle, sagt, wir müssen rennen. Das ist ein komischer Krieg. Die britischen Jungs sind bewaffnet, weil sie *weiß* sind, und wir sind unbewaffnet, weil wir sind, was wir sind. Aber Mkhize und seine Leute scheren sich nicht drum. Sie schießen auf alles, was sich bewegt. Du kannst nicht sagen: ›He, Mkhize, ich bin Schwarz und unbewaffnet.‹ Mkhize schießt auf alles, was sich bewegt. Gewehrfeuer ringsum. Wir rennen los. Aber Lieutenant Gardner ändert seine Meinung. Er hat offenbar mitbekommen, dass wir zu weit weg von den Schützengräben sind. Also sagt der schnell denkende Lieutenant: ›Legt euch flach hin, und wenn ihr unten seid, bewegt euch verdammt noch mal nicht!‹

Aber da ist dieser Kerl. Aus Swaziland. Das hat er uns jedenfalls gesagt. Heißt Seven. Oder Eleven? Na, jedenfalls ist er ein großer Kerl mit dem Körperbau und der Haltung eines geborenen Soldaten. Doch es stellt sich bald heraus, dass Seven oder Eleven feige bis ins Mark ist. Er hat offenbar Lieutenant Gardners Befehl, uns nicht zu rühren, nicht gehört. Dieser Kerl, er rennt und schreit: ›*We mammmme! We mammmme! Siyafa! Siyafa namuhla!* – Mama, Mama, wir sterben, wir sterben heute.‹ Ein anderer Kerl mit Namen Majola, vom Kap, resolut mit dazu passenden großen Fäusten, verpasst dem Swazi einen mächtigen Kinnhaken. Nur so konnten wir das schreiende Stück Scheiße davon abhalten, unsere Position zu verraten. Der Ziegenficker fällt um wie ein Sack Kartoffeln.

Dann fallen die Bomben. Ba-ba-ba-ba! Geschützfeuer. Wumm-wumm-wumm! Mkhize wirft diese Bomben ab. Unsere Leute – die Briten und die anderen Alliierten – feuern pausenlos auf die deutschen Flugzeuge. Ba-ba-ba-ba! Das klingt gut, Mann. Ich wünschte, ich könnte den Leuten daheim in meinem Dorf vorführen, wie das klingt. Damit sie sich vorstellen können, wie sich ein europäischer Krieg anhört. Ba-ba-ba-ba! Unsere Jungs schießen wie verrückt. Ich wünschte mir so sehr, dass ich selbst ein großes Gewehr hätte, damit ich auch schießen könnte.«

Vundla bekam wieder einen heftigen Hustenanfall. Er hob die Hand, um seinen Zuhörern zu versichern, dass seine Geschichte noch nicht zu Ende war.

Er nahm den Faden wieder auf. »Na, die Flugzeuge weichen unserem Beschuss aus. Sie verschwinden, nur um kurz darauf wiederzukommen. Jetzt sind es nur noch drei. Sie kommen im Sturzflug herunter, dicht über die Baumwipfel. Habt ihr die Kiefern und Gummibäume oben im Norden gesehen? Dort. Einer unserer Jungs eröffnet wieder das Feuer. Er trifft eins der Flugzeuge. Wrumm! Es dreht und überschlägt sich in der Luft – wrumm-wrumm-wrumm! –, ehe es schließlich zu Boden kracht. Als wir zum Wrack laufen, finden wir drei Männer. Aber zwei sind tot. Einer lebt noch. Er redet, lacht uns höhnisch aus. Die Basotho-Kerle in unserer Gruppe wollen den deutschen Schweinehund umbringen. Ich hätte ihn eigenhändig erdrosseln können. So wütend war ich. Der Scheißkerl und seine Freunde haben geschafft, dass ich mir in die Hose gemacht habe. Kein Lebender hat es geschafft, dass ich mir in die Hose gemacht habe.«

Der gesamte Raum bebte vor Gelächter.

Vundla fuhr fort: »Ich wollte, dass dieser Fritz stirbt. Aber Captain Geddes sagt Nein, wir wollen ihn verschonen. Wir wollen aus ihm so viel Informationen rausholen, wie wir können. Das macht Sinn. Sosehr wir Fritz auch hassen, er hat Informationen, die wir brauchen. Jedenfalls wird der Gefangene dann ins Krankenhaus gebracht. In genau dieses Krankenhaus hier. Das Krankenhaus von Dieppe. Bei seiner Befragung hat er offenbar unseren Leuten erzählt, dass sie die Anweisung hatten, Dieppe vom Erdboden zu tilgen. Warum? Weil in Dieppe die lästigen Schwarzen stationiert sind. Die Schwarzen kümmern sich sehr schnell um den Nachschub in den Häfen, um den Nachschub, der dem fast komatösen Körper der alliierten Streitkräfte ein wenig neues Leben eingehaucht hat. Also, mein Bruder, das ist es, was wir Schwarzen hier tun. So haben wir den Fortgang dieses Kriegs verändert. Aber die Schurken wollen uns immer noch nicht bewaffnen.«

Aus einigen Bereichen des Raums kam Schnauben. Pitso sprach noch eine Weile mit Vundla, über den Angriff, bei dem er seinen Arm verloren hatte. Gern hörte er sich die Geschichten des eifrigen Erzählers an, bis der wegdöste und zu schnarchen anfing.

Wochen danach, bei seiner Entlassung aus dem Krankenhaus, hatte sich Pitso schließlich mit der Tatsache abgefunden, dass dieser Krieg keinen Unterschied machte: Ob du Brite warst oder

Inder, ob *weißer* Südafrikaner oder unbewaffneter Schwarzer Angehöriger der Hilfstruppen aus irgendeiner der Kolonien, solange du auf der Seite der Alliierten standest, stecktest du in der Scheiße. Mkhize war hinter dir her. Pitso schauderte bei dem Gedanken.

KAPITEL 30

Nach den tristen, überbelegten Krankenhausräumen war Pitso froh, die kühle, frische Luft der Küste zu atmen. Im Westen konnte er hinter einem Nebelschleier das Meer sehen. Und im Osten fiel das Land stetig ab bis zum schweren dunklen Himmel. Alles war von Schnee bedeckt – die verkümmerten, traurigen Bäume, das flache, offene Land. Es war deprimierend und erzeugte ein leichtes Frösteln bei ihm, obwohl er in mehrere Schichten Kleidung gewickelt war – lange Unterhosen, dicke Armeeuniform, ein Soldatenmantel, Schneestiefel, Unterhemd, dickes Hemd, Windjacke, Handschuhe, ein Schal, den er zur Maske umfunktioniert hatte, die sein ganzes Gesicht bedeckte und nur einen Ausguck für seine Augen frei ließ. Auf dem Kopf saß eine dicke Wollmütze mit Ohrenschützern.

Ein Offizier mit einem merkwürdigen britischen Akzent nahm ihn auf dem Pferd mit zu einer warmen Hütte in einem Lager in Arques-la-Bataille, das sich ungefähr zehn Meilen von ihrem jetzigen Standort befand, wie ihm erklärt wurde.

Der Offizier sagte: »Du solltest lernen, dich angemessen für dieses Wetter zu kleiden, Sohn. Das hier ist nicht Afrika. Du frierst dir sonst die Eier ab.«

Pitso grunzte nur.

Das Pferd hatte es schwer, seine Hufe versanken im hohen Schnee. Immer wieder mussten sie eine Pause machen, damit das arme Tier zu Atem kam. Pitsos dicker Mantel fühlte sich allmählich immer dünner an. Seine Zähne fingen an zu klappern. Der Offizier schien nicht in Eile zu sein.

»Wenn wir ins Lager kommen, werden sie dir beibringen, wie du dich richtig anziehst und dich trotzdem bewegen und nützlich machen kannst. Im Moment siehst du aus wie eine Mumie. Das kann nicht sehr bequem sein, oder? So angezogen, kannst du kein nützlicher Soldat sein.«

Das Pferd trottete weiter. »Im Lager gibt es heiße Duschen, Junge. Hast du dich überhaupt schon mal geduscht?« Schweigen. »Ich glaube nicht. Es gibt dort Wasser aus dem Wasserhahn. Gibt es Wasserhähne in Afrika?« Schweigen. »Ich glaube nicht. Im Lager gibt es Sturmlaternen.«

Pitso schloss die Augen. Er wurde aus seinem Schlummer geweckt, als der Mann wieder sprach. »Aber was es im Lager nicht gibt, sind Krankenschwestern. Dort gibt es keine *weißen* Krankenschwestern für dich. Ich glaube, eine Schwester hat dort im Krankenhaus mehr für dich getan, als nur dein Bein zu massieren, du Schwerenöter.« Pitso warf einen ängstlichen Blick auf den Rücken des Offiziers, dessen Lachen über das weite, offene Land schallte. »Neuigkeiten verbreiten sich schnell, Junge. Wir wissen, ihr geiles Volk aus Afrika verliert keine Zeit, stimmt's? Und hör dir das an, für euch gibt's beheizte Hütten. Ihr müsst nicht draußen in der Arschkälte Holz sammeln. Jedenfalls nicht gleich.«

Pitso zog es vor, nichts zu sagen. Hauptsächlich, weil er dem Kerl ausgeliefert war, aber auch weil es so kalt war, dass er befürchtete, die Zähne würden ihm erfrieren, wenn er den Mund aufmachte. Er schauderte bei dem Gedanken an etliche Patienten, die er im Krankenhaus gesehen hatte – Opfer von Frostbeulen, Fußbrand und Erfrierungen. Eine Menge Amputationen waren dort durchgeführt worden.

Er lenkte seine Gedanken auf das warme, angenehme Klima seiner Heimat. Ihm lief das Wasser im Mund zusammen beim Gedanken an Biltong. Wann würden die Franzosen endlich Biltong entdecken – den salzigen Muntermacher, nach dem es einen gesunden Körper selbstverständlich verlangte? Oh, Biltong. Und die vermissten Mangos. Mangos, die nach Sonne schmeckten. Heimat. Er sah afrikanische Frauen vor sich, die zu zweit und zu dritt in aller Ruhe einen gewundenen Pfad entlangschlenderten. Wasserkrüge auf dem Kopf balancierend, die Arme über der üppigen Brust verschränkt, sich in den Hüften wiegend. Ihre Zungen tanzten beim Geschichtenerzählen, und hin und wieder blieben die Frauen stehen, um sich ins Gesicht zu sehen. Dann sprang freudiges Gelächter von ihren Lippen und verbreitete sich bis hinunter in die tiefsten Täler.

»Soldat«, die Stimme schreckte Pitso aus seiner afrikanischen Träumerei, »da ist dein neues Zuhause.«

Das Lager war eine ausgedehnte Siedlung von Holzhütten, die prima in ein südafrikanisches Dorf gepasst hätten, wie Pitso meinte. Sie passierten das Tor, das bewacht war, banden das Pferd an einen verkrüppelten Baum und gingen auf eine der Hütten zu. Der *weiße* Offizier schaute in ein Notizbuch und wandte sich einer anderen Hütte zu. Sobald sie sie betraten, schlug Pitso die Wärme drinnen so heftig entgegen, dass ihm die Augen tränten. Er wickelte sein Gesicht aus dem Schal. Die Ohren kribbelten ihm. Die tauben Lippen erwachten. Verwirrt durch den plötzlichen Temperaturwechsel, fingen sie an zu zittern. In den Achseln juckte es. Die Krankenhausgerüche, an die er sich gewöhnt hatte, wurden ersetzt durch willkommene bäuerliche Aromen – Tabak, schaler Alkohol, Pferdedung und Holzrauch.

Die geschätzt zwanzig Männer, die Karten gespielt und herumgelungert hatten, sprangen beim Auftauchen des Offiziers an der Seite von Pitso auf.

»Rührt euch«, sagte der Offizier. »Also, Jungs, hier haben wir ein neues Mitglied. Ihm wurde ein Bett irgendwo in diesem Raum zugeteilt. Begrüßt ihn freundschaftlich.« Er salutierte und ging ab.

Die meisten Männer wandten sich wieder ihrem Kartenspiel zu oder womit sie sonst beschäftigt gewesen waren. Doch einige sahen Pitso erwartungsvoll an, nicht unähnlich den Insassen eines Gefängnisses, die einen Neuankömmling taxierten.

Einer kicherte. »Was der für eine Nase hat, der Neue.«

»Wie ein Habicht, stimmt's?«, fiel sein Kumpel ein.

Pitso kümmerte sich nicht um diese Bemerkungen. Er schob seine leichte Verärgerung beiseite und grüßte die Männer mit einem warmen, doch scheuen »Good afternoon«.

Die Männer begannen nun, in Zulu miteinander zu sprechen. Einer von ihnen schrie: »*Ha, labelungu! Basilethela esinye isilwanyana futhi!* – Diese *Weißen*! Sie haben uns noch so einen gebracht! Warum spricht er Englisch mit uns?«

»Weil er keine afrikanische Sprache spricht. Seht ihr nicht, dass er nicht wie unsereins ist? Schaut euch seine Haare an, seine Augen«, erwiderte ein anderer.

»Ich dachte, die Mischlinge haben ihr eigenes Bataillon. Warum ist der hier bei uns?«

»Habt ihr mitbekommen, dass meist die Lager der *Weißen*, der Mischlinge und Nicht-Ngunis von Mkhizes Angriffen betroffen sind?«

»Wo du es jetzt erwähnst, wir Zulus und Xhosas sind bisher unverletzt geblieben. Aber warum ist das so, mein Bruder?«

»Das ist so, weil wir noch zu den afrikanischen Göttern beten. Bevor wir hierhergekommen sind, haben meine Leute ein Tier geschlachtet, um meine Ahnen zu bitten, auf meiner Reise ins Land des *weißen* Mannes bei mir zu sein.«

»Wie bei mir. Die anderen, die *Weißen*, die Mischlinge, haben nun aber vergessen, dass das Rebhuhn, mag es noch so lange in den Zweigen des Umganu hausen, niemals das Nest im Unterholz vergisst, wo es geschlüpft ist.«

»Wie wahr. Sie haben ihre Wurzeln vergessen«, sagte der Erste. »Nun haben uns diese *Weißen*, die das Sagen haben, den hier geschickt, der unserer Abteilung Unglück bringen wird. Mein Freund, kannst du ihm sagen, dass wir ihn nicht hier haben wollen? Du weißt doch, ich kann kein Englisch. Hol jemand, der Englisch spricht, damit der ihm das gleich sagt, bevor er sich noch hinsetzt.«

Pitso, der in der Nähe des Eingangs stand, hatte eine Vorahnung: Er würde diese Burschen mögen, sie waren ehrlich, breiteten alles vor ihm aus und tuschelten nicht hinter seinem Rücken. Aber zunächst musste er sich um etwas kümmern.

Sich an seine Zulu-Stunden mit Portsmouth und seinem verstorbenen Freund Ngqavini erinnernd, sagte Pitso: »*Bafowethu, nakhuluma ngami ngikhona! Kanti ngiyini kinina? Ngiwumsuzo?* – Brüder, ihr sprecht über mich, als wäre ich nicht anwesend. Was bin ich für euch? Bin ich ein Furz?«

Sie unterbrachen ihr Kartenspiel. Ein Mann stand auf. »Wer bist du, dass du so mit uns sprichst?«

»Ich bin Pitso Motaung, der Nachkomme eines Löwen, der über die staubigen Ebenen des Freistaats brüllt«, sagte er in einem Mischmasch von Zulu und Sotho. »Ich bin der Stein, den die Bauleute verworfen haben.«

Der Mann stieß Pitso zurück. Pitso versetzte ihm einen Boxhieb, der ihn sofort zu Boden schickte.

»He, ihr beiden!«, bellte eine heisere Stimme von irgendwo aus dem Raum. »Das hier ist nicht das Gefängnis, ihr missratenen Hurensöhne! Wir sind hier Soldaten. Wir sind vereint. Vergesst eure Vergangenheit und konzentriert euch auf das, was vor euch liegt.«

Der Besitzer der Stimme näherte sich Pitso. Es war ein dunkler Mann, fast so groß wie Pitso selbst. Die anderen Männer standen plötzlich stramm.

»Rührt euch!« Die Soldaten entspannten sich. Als der Mann direkt vor Pitso stand, sprach er auf Afrikaans zu ihm. »Wo kommst du her, Soldat?«

»Wer will das wissen?«, antwortete Pitso. Die anderen kicherten.

»Sergeant Major Madosini, King William's Town, Kap-Provinz. Inhaber des Junior Certificate, Lovedale College.«

Pitso war überrascht, versuchte das aber zu verbergen, indem er so laut wie möglich brüllte: »Corporal Pitso Motaung, Mohokare, Freistaat, Inhaber des Klasse-Sechs-Zeugnisses, Centre for Coloured Children, Sir.« Er salutierte.

»Dein Bett ist dort drüben in der Ecke. Alle deine Sachen befinden sich dort, ordentlich gekennzeichnet.« Er wechselte zu Englisch, vermischt mit etwas Sotho. »Deine Vorführung physischer Leistungsfähigkeit war beeindruckend, obschon etwas übertrieben. Ich glaube, du hast dem Mann den Kiefer gebrochen. Wie erklären wir das den vorgesetzten *weißen* Offizieren? Ich bin nur ein untergeordneter Schwarzer Sergeant, wie erklären wir diesen Vorfall?«

»Ich weiß es nicht, Sir. Ich habe nicht angefangen, Sie sind mein Zeuge, Sir.«

»Das war eine rhetorische Frage, Soldat. Weißt du, was eine rhetorische Frage ist?«

»Das ist, wenn jemand eine Frage stellt, auf die er keine Antwort erwartet.«

»Ah, der Mann ist gebildet.« Er klopfte ihm auf die Schulter. Dann wandte er sich an die anderen Männer. »Soldaten! Wir haben noch einen gebildeten Mann unter uns. Was haben wir hier?«

»Einen gebildeten Mann, Sir!«

»Also, die Etiketten auf deinen Sachen lauten PITSO MOTAUNG, aber der Mann, der vor mir steht, sieht mehr wie ein van der Merwe oder so aus.«

»Ich bin ein Produkt dieser lang anhaltenden Eroberungskriege, Sir.«

»Er hat obendrein noch einen Sinn für Humor. Soldaten! Der Mann hat was?«

»Einen Sinn für Humor, Sir!«

»Also, Soldat Motaung, fühl dich wie zu Hause. Wir haben gerade Freizeit. Wir werden morgen früh um sechs wieder Dienst haben. Sieht so aus, als wärst du gerade aus dem Krankenhaus gekommen – ist das richtig?«

»Richtig, Sir.«

»Da du direkt aus dem Krankenhaus kommst, weißt du vielleicht nicht Bescheid über die Rationen, die täglichen Nahrungsmittelrationen?«

»Nein, Sir, aber ich weiß, das Essen hier kann nicht schlechter sein als das, was sie im Krankenhaus verabreichen, Sir.«

Einige Männer lachten.

»Ich war nie im Krankenhaus, also weiß ich nichts darüber, Corporal. Jedenfalls entsprechen unsere Tagesrationen den geltenden Vorschriften: ein Pfund gefrorenes Fleisch oder neun Unzen Konservenfleisch. Ein Pfund Maismehl, ein Pfund Brot, eine Unze Kaffee, eine Unze Zucker, eine halbe Unze Salz, acht Unzen frisches Gemüse, zwei Unzen englischer Tabak pro Woche, drei Unzen südafrikanischer Tabak pro Woche, eine Schachtel Streichhölzer pro Woche. Noch Fragen, Corporal?«

»Ja, Sir. Was ist mit Alkohol, Sir?«

Mehr Männer lachten.

»Ah, ja, wir dürfen unser Sorghum-Bier brauen. Aber die Stärke und Menge wird streng überwacht von den Kommandanten. Schade, dass du dein *weißes* Blut abgelehnt hast, sonst würdest du Brandy trinken wie die *weißen* Offiziere und ihre *mixed-race* Cousins.«

Sogar Pitso fiel in das Gelächter ein.

Offizier Madosini fuhr fort: »Das Wetter soll sich allmählich verbessern, doch ich sehe keine Verbesserung. Aus welchem Bataillon kommst du übrigens? Wann genau bist du in Frankreich angekommen?«

»Fünftes Bataillon, Sir.«

»Fünftes Bataillon, Fünftes Bataillon«, sagte der Sergeant Major und befingerte seinen Schnurrbart. »Fünftes Bataillon.« Er stand plötzlich stramm. »*Thixo wamazulu!* Du bist doch nicht etwa einer der Überlebenden von der *Mendi?*«

»Doch, einer von denen, Sir.«

Bei der Erwähnung der *Mendi* setzten sich alle auf. Der Raum war plötzlich ein brodelnder Kessel aufgeregter Stimmen. »Was hat er über die *Mendi* gesagt?«

»Dass er ein Überlebender von der *Mendi* ist.«

»Ich werd nicht wieder!«

»Ruhe!«, schrie der Sergeant Major. »Der Mann ist erschöpft, total erschöpft. Er muss sich hinlegen und ausruhen. Aber, Corporal Motaung, hättest du was dagegen, uns deine Geschichte zu erzählen?«

Pitso grinste gnädig. »Sie werden diese Geschichte noch Ihren Enkeln erzählen, wenn Sie lang genug leben …«

KAPITEL 31

Der Frühling kam. Die Landschaft, lange unter dicken Schneedecken begraben, erwachte aus ihrem Schlummer. Bäume reckten ihre triumphierenden Fäuste in die warme Luft. Bäche fingen an zu gurgeln. Vögel – Drosseln und Amseln und andere verschiedenfarbige Arten – füllten die Luft mit Gesang. Sie flatterten zwischen den Kastanien und den Ulmen und Kiefern herum. Bienen summten von einer bunten Blume zur nächsten.

In den verschiedenen Lagern herrschte eine fast festliche Stimmung. Nur die fernen Detonationen erinnerten die Soldaten daran, dass sie sich immer noch im Krieg befanden, dass sie weit weg von den geliebten Menschen waren. Das Auftauchen eines Sanitätswagens unterwegs zum Krankenhaus sorgte ebenfalls dafür, die Männer zu ernüchtern – es erinnerte sie daran, dass das Todesspiel noch lange nicht vorbei war.

Pitso gehörte zu den Männern, die eines Tages angewiesen wurden, sich in Schale zu werfen und hinten in einen großen Lastwagen zu steigen. Sie würden in die Stadt fahren, eine Stadt namens Rouen, um das schöne Wetter auszunutzen. Der Lastwagen gehörte zu einem Konvoi von fünf Fahrzeugen, die jedes dreißig Mann transportierten. Zwei große Fässer mit Mahewu waren auf die Fahrzeuge verladen worden. Für viele sollte das der erste Ausflug in eine französische Stadt sein.

Als der Lastwagen losfuhr, sangen und tanzten die Männer hinten im Laderaum. Auch Pitso war aufgeregt und verschlang die vorübergleitende Landschaft mit den Augen. Da er aus dem Freistaat kam, der überwiegend aus dürren Ebenen bestand, begeisterten ihn die sanften Hügel und breiten Täler Frankreichs, die

Landschaft reich an Bäumen, deren Blätter so grün waren, dass sie ihn an Spinat erinnerten. Die Täler und Ebenen entlang der Landstraße waren mit Sorgfalt kultiviert. Ab und zu zeigte sich die elegante Fassade eines alten Châteaus und kündete von einer längst vergangenen Zeit. In jedem Weiler, durch den sie kamen, waren die Straßen gesäumt von Menschen, die ihnen begeistert zuwinkten.

Die Lastwagen wurden langsamer, und es wurde plötzlich ganz still, als sie in eine Kleinstadt einfuhren, deren auffallendstes Wahrzeichen ein zerstörter Kirchturm war. Eine Statue der Madonna mit dem Jesuskind überragte die Turmruine. Man erzählte ihnen, dass die teilweise beschädigte Figur von hiesigen Ingenieuren vor dem Absturz gerettet worden war. Die Stadtbewohnerinnen und -bewohner schienen sich sehr für die Soldaten zu interessieren, die wiederum von der Kirchenruine fasziniert waren. Der Konvoi fuhr weiter.

Als sie schließlich in Rouen ankamen, wurden sie dort von Menschen umringt. Frauen warfen ihnen Blumen zu und sangen. Die Kinder fassten die Soldaten an. Es war klar, dass sie nie zuvor Schwarze Männer gesehen hatten. Viele wollten ihre Haare befühlen. Die Männer erwiesen ihnen den Gefallen, beugten den Kopf und ließen die Kinder ihre Haare berühren.

Die Männer, die sich mit Tabak versorgen wollten, bekamen dafür die Erlaubnis. Die Soldaten liefen dann herum, um die Atmosphäre einer französischen Stadt aufzunehmen. Bald hatten die Soldaten die gesamte Hauptstraße eingenommen. Die *weißen* Offiziere ließen sich in den verschiedenen Cafés entlang der Straße nieder. Es kam eine Anweisung, die Fässer mit Mahewu von den Lastwagen herunterzuholen und auf dem Bürgersteig aufzustellen. Man befahl den Männern, sich für ihre Ration Mahewu anzustellen, während die Offiziere ihr Bier und ihren Wein in den Cafés tranken.

Ein Einheimischer kam verärgert auf die Straße und sprudelte auf Französisch heraus: »Was zum Teufel ist hier los? Warum trinken diese Männer aus Schweinetrögen, während die anderen auf bequemen Stühlen sitzen, auf den Terrassen unserer Cafés? Was ist hier los, wo kommt ihr her?«

Die *weißen* Offiziere grinsten dämlich, da keiner von ihnen Französisch sprach. Pitso ergriff die Gelegenheit. Er sagte auf Französisch zu dem Mann: »Monsieur, wir kommen aus der Südafrikanischen Union. Bei uns zu Hause machen wir das so. Leute Ihrer Hautfarbe dürfen sich nicht mit *les Noirs* mischen.«

»Was? Sagen Sie Ihren Offizieren, sie sollen aus unserer Stadt verschwinden. Sie sind hier nicht willkommen.«

Inzwischen hatten sich Menschen versammelt und beobachteten die Szene.

Ein Offizier, der gesehen hatte, wie Pitso mit dem Mann sprach, sagte: »Corporal, Sie kennen die Vorschriften: Nur unter der Aufsicht eines Offiziers ist es euch Leuten gestattet, mit Einheimischen zu sprechen.«

»Sir, mit allem Respekt, Sir, aber dem Mann musste dringend geholfen werden. Der Mann versucht, uns Prostituierte zu verkaufen, aber ich habe ihm gesagt, wir sind Soldaten aus Afrika, und wir sind bei allen kriegsbeteiligten Nationen hoch geachtet. Wir schlafen nicht mit Syphilitikerinnen. Deshalb hat er sich sehr aufgeregt und gesagt, wir müssten seine Stadt verlassen. Ich hoffe, ich habe die südafrikanische Armee gut vertreten.«

Der Offizier ging eilig zu einer Gruppe seiner Kameraden. Sie diskutierten lebhaft, stürzten dann ihr Bier hinunter und standen auf.

Es war an der Zeit, ins Lager zurückzukehren. Die Männer wurden wie üblich gezählt und ihre Namen mit einer Liste verglichen. Einer fehlte. Die vorgesetzten Offiziere teilten das den Offizieren in den anderen Lastwagen mit. Die Verantwortlichen reagierten schnell, gingen von Laden zu Laden, von Café zu Café.

Ungefähr zwei Stunden später wurde der Aufsässige zurückgebracht und in einen Lastwagen verfrachtet. Man hatte ihn in der Gesellschaft von einer der einheimischen Damen gefunden. Auf der Rückfahrt war die Stimmung gedämpft. Als das Lager in Sicht kam, war plötzlich ein Dröhnen über ihren Köpfen zu hören. Alle suchten eilig Deckung. Es brauchte etliche Minuten, bis sie realisierten, was gerade geschehen war – ein deutsches Flugzeug war über sie hinweggerast und hatte Flugblätter auf sie regnen lassen.

Viele derer, die eins der hellgrünen Flugblätter erwischt hatten, konnten es nicht lesen. Zum Glück für die in der Nähe von Pitso und anderen gebildeten Soldaten wurde das Rätsel bald gelöst. Pitso nahm eins der Flugblätter und las vor. »Okay, tapfere Männer, der Deutsche Boss, Mkhize, hat eine Botschaft für uns. Hört gut zu, er sagt:

»*Ich hasse dich, Onkel Sam …*«, Pitso unterbrach sich, um zu erklären: »Onkel Sam, meine Freunde, ist Amerika.« Dann fuhr er fort: »*… weil ich nicht weiß, warum du gekommen und in diesen Krieg eingetreten bist. Ich hasse Belgien, und ich werde es vernichten, weil ich es schon zum größten Teil annektiert habe. Ich hasse Frankreich. Am meisten hasse ich England, weil es andere Länder in sein Imperium holt. Aber in diesem Krieg hasse ich die Schwarzen am meisten. Ich weiß nicht, was sie in diesem europäischen Krieg verloren haben. Wo ich sie finde, zerschmettere ich sie!* Das sagt der deutsche Herrscher, meine Freunde.«

»Komm her, du Hund Mkhize!«, brüllte einer der Männer und zeigte gen Himmel. »Komm, mein Speer soll dein Blut trinken!«

Zurück im Lager, verteilten sich die Männer auf ihre Hütten. Der Mann, der abzuhauen versucht hatte, sollte in das Gefängnis für Schwarze in Dieppe verlegt werden. Ihm drohte wahrscheinlich eine Anklage wegen Verkehr mit einer *weißen* Frau, worauf laut Vorschrift Nr. 1 der Kriegsgerichtsbarkeit eine Gefängnisstrafe von achtundzwanzig Tagen stand. Einen Beweis, dass er zu desertieren versucht hatte, würde es nicht geben.

»Was hatte dieser Narr vor?«, fragte einer am Abendbrottisch. »Angenommen, er wäre entwischt, wo könnte er denn hin? Er kann die Sprache nicht, weiß nicht genau, wo er sich befindet, hat kein Geld – ich finde, das ergibt überhaupt keinen Sinn.«

»Wenn du verzweifelt bist, denkst du nicht lange nach. Du handelst, wenn du eine Gelegenheit siehst.«

»Aber es ist ja nicht so, dass wir gezwungen wurden, hierherzukommen«, fügte der erste Sprecher an. »Ich weiß ja nicht, wie das bei euch war, aber viele von uns wurden vom Geld angelockt.«

»Und von dem Versprechen, dass wir daheim das Wahlrecht bekommen würden, wenn der Krieg dann vorbei ist.«

»Versprechen, lauter Versprechen.«

»Aber um auf diesen Burschen zurückzukommen ... wie heißt er?«

»Mjoli.«

»Hört sich an wie ein Familienname vom Kap.«

»Ja, irgendwo aus der Gegend von Qumbu.«

»Mich beschäftigt immer noch sehr, was er getan hat oder zu tun versucht hat.«

»Vielleicht wollte Mjoli ja gar nicht weglaufen. Vielleicht wollte er nur Zeit mit seiner Dame verbringen«, deutete einer grinsend an.

Pitso aß still und hörte sich das Gespräch an, ohne sich einzumischen. Es war nicht so, dass ihn das Gesagte nicht interessiert hätte – es interessierte ihn sehr wohl. Aber der Abwurf der deutschen Flugblätter beschäftigte ihn viel mehr.

Schließlich ergriff er das Wort, erpicht darauf, den feindlichen Angriff zu diskutieren. »Was haltet ihr von Mkhizes Flugblättern?«

»Mkhize hat Eier. Fliegt einfach so in Feindesgebiet.«

»Habt ihr euch mal Gedanken gemacht – wenn Mkhize nun keine Flugblätter, sondern Bomben abgeworfen hätte?« Jetzt hatte er ihre Aufmerksamkeit. »Denkt drüber nach, Gentlemen – da waren wir, im Freien, unbewaffnet, weit und breit keine Deckung.

Wie auf dem Präsentierteller. Was ist das für ein Tod? Ein Soldat, der unbewaffnet stirbt, direkt an der Front.«

»Was schlägst du also vor?«, fragte einer.

»Ich schlage nichts vor. Ich will nur sagen, wir sind Mkhize auf Gedeih und Verderb ausgeliefert. Er weiß, dass die Schwarzen unbewaffnet sind. Er lacht uns ins Gesicht. Das wird nicht sein letzter Besuch auf der von Schwarzen dominierten Seite der alliierten Front sein.« Pitso trank seinen Becher Mahewu aus, rülpste lang und genüsslich und sagte dann: »Ich jedenfalls werde nicht wehrlos sterben wie ein Idiot. Ich werde mich bewaffnen.«

KAPITEL 32

Seit den Tagen, als er an Bord der *Mendi* Kohle in den Kessel geschaufelt hatte, hatten sich die Schwielen auf Pitsos Handflächen zu glänzenden Krusten verhärtet. Seine Fingernägel glichen Schildpatt. Seine Arme, von Natur aus groß und kräftig, ließen die Muskeln spielen, wenn er die Axt hob bei seiner stetigen Attacke auf einen Baumstamm. Während einige der Männer aus seinem Lager zur Arbeit in einen Steinbruch geschickt wurden, war er einer Mannschaft von Baumfällern zugeteilt worden. Nachdem sie die Bäume gefällt hatten, zersägten sie die Stämme. Die wurden dann von dafür ausgebildeten Pferden zu Wagen gezogen, die damit zu den Schützengräben fuhren.

Die Überlebenden der *Mendi* waren nur eine winzige Fraktion der gewaltigen Mannschaft des Native Labour Contingent, das insgesamt 20 887 Schwarze Männer umfasste, die in ganz Frankreich beschäftigt wurden. Das Kontingent war in 43 Kompanien aufgeteilt, die bei verschiedenen Aufgaben eingesetzt wurden. Hauptsächlich waren das die Bereiche Munition (Schiffslöschung, Beladung und Entladung von Zügen, Bau und Überspannen von Hangars), Vorräte (Schiffslöschung), Benzin (Schiffslöschung, Beladung von Zügen, Seilbahnarbeit), Material für die Royal Engineers (Schiffslöschung, Beladung von Zügen) und natürlich Forstarbeiten.

Pitso liebte den Rhythmus seiner neuen Beschäftigung in der Forstabteilung. Wie schon seine Arbeit als Heizer an Bord des Schiffs gestattete ihm das Baumfällen das Nachdenken, statt die Zeit damit zu verbringen, sich mit den Kameraden zu unterhalten – obwohl er doch etliches von ihnen gelernt hatte. Einer der Kameraden, der daheim in einer Sträflingskolonne beim Straßenbau gearbeitet hatte, brachte ihnen einige nützliche Arbeitstechniken bei. Mit der Erlaubnis des Aufsicht führenden Offiziers zeigte er ihnen, wie sie am Fuß des zu fällenden Baumes stehen sollten. Und wenn er dann *»Nazo-ke!«* schrie, fing jeder an, seinen Baum mit der Axt zu bearbeiten. Das geschah auf koordinierte Weise, die Schneiden der Äxte fielen im Gleichklang auf die Basis der Stämme, sodass eine musikalische Kadenz durch den Wald schallte. Bei jedem Schlag schrien alle: *»Abelungu oswayini! Basincintsh'itiye, basibize ngoswayini. – Weiße* sind Schweine! Sie verweigern uns Tee und nennen uns Schweine.«

Den ganzen Morgen lang schallte der Sprechgesang durch den Wald, während die Äxte sich hoben und niederfielen. Ohne den Rhythmus zu verändern, nutzte dann ein Mann den Gesang als Sprungbrett für ein Gedicht oder ein kurzes Lied, das von seiner Liebe zu der Frau sprach, die er in der Heimat zurückgelassen hatte. Das ging so:

O Mädchen, wenn du sehen könntest, was sie uns hier antun ...
Abelungu oswayini, basincintsh'itiye basibize ngoswayini
In alten Eimern bekommen wir einen Fraß, den sie Essen nennen
Abelungu oswayini, basincintsh'itiye basibize ngoswayini
Du solltest sehen, wie unsere Äxte riesengroße Bäume liebkosen
Abelungu oswayini, basincintsh'itiye basibize ngoswayini
Wenn ich einen Baum fälle, fälle ich einen deutschen Schuft
Abelungu oswayini, basincintsh'itiye basibize ngoswayini
Von dir, Mädchen, beziehe ich meine Stärke und meine Motivation
Abelungu oswayini, basincintsh'itiye basibize ngoswayini
Ich benutze eine Axt, denn die *Weißen* verweigern mir ein Gewehr.

Das ging immer so fort, der Sprechgesang und die Axthiebe und das Singen und das Fluchen. Insekten und Ströme von Schweiß machten die Männer blind, doch sie wurden nicht langsamer, denn ihre

Konzentration war stark. Feindliche Granaten, die in der Ferne mit schrecklichem Getöse einschlugen, wurden bald Teil der Lieder des Waldes von Arques. *Abelungu oswayini …*

Mittags machten sie eine Essenspause, gewöhnlich ein schneller Imbiss mit Maisbrei und etwas Gemüse, hinuntergespült mit einem großen Becher Mahewu. Das war kraftspendende Kost. Nach dem Essen ließen sich einige Männer, faul an Körper, Herz und Geist, auf den Boden fallen und machten ein Schläfchen. Andere drangen tief in den Wald ein, um Fallen aufzustellen, die sie dann vor Arbeitsbeginn am nächsten Tag kontrollierten. Sie fingen Kaninchen, manchmal irgendwelche Böcke, deren Namen sie nicht kannten, doch sie erinnerten sie an die heimatlichen Impalas. Wenn etwas in eine Falle geraten war, tötete es der Fallensteller vor der Arbeit. Bei Arbeitsschluss trug er dann seinen Fang zurück ins Lager. Der Rückweg war stets begleitet von viel Gesang und Erzählen und Herumalbern.

Unmittelbar nach dem Abendessen teilten sich einige von ihnen in Grüppchen auf und brachten sich gegenseitig Lieder bei, die sie an ihre heimatlichen Dörfer erinnerten. Andere beschäftigten sich mit Stockkämpfen. Männer mit einer Missionsschulbildung führten Sketche auf, die sie auf der Schule gelernt hatten. Pitso sang in einer der Gruppen, doch manchmal sah er lieber bei den verschiedenen Aufführungen zu. Es verschaffte ihm einen Einblick in das Leben seiner Kameraden. Dann hatte er auch Zeit, sich aufs Zeichnen zu konzentrieren. Wie bei seinem Vater vor so vielen Jahren waren seine wirklichkeitsgetreuen Zeichnungen bald bei seinen Kameraden beliebt. Sie posierten für ihn während der Aufführungen oder wenn sie ein Tier häuteten, das sie im Wald gefangen hatten.

Ein Gesicht, das er immer wieder zeichnen musste, war das von Marie-Thérèse, der Krankenschwester. Marie-Thérèse zu Pferd; Marie-Thérèse in einem leuchtend rosa Kleid, die leichtfüßig auf einer Lichtung voller bunter Blumen flanierte; Marie-Thérèse Hand in Hand mit ihm auf einer Straße in Rouen. Er fragte sich, wie es ihr wohl ginge und ob sie auch einmal an ihn dachte.

KAPITEL 33

An einem Samstag mitten im Frühling marschierten die verschiedenen Kompanien, die in Lagern am Rand von Arques-la-Bataille stationiert waren, aus vollem Halse singend in die Stadt. Stolz auf ihre Uniformen, schwangen sie die Arme, die Stiefel dröhnten auf der staubigen Straße. Die Junisonne berührte mit warmen Fingern die Gesichter der Männer. Die grüne Landschaft mit ihren schön gerundeten Hügeln und Anhöhen breitete sich neben ihrer Marschroute aus. Auf einem Hügel vor ihnen erblickten sie eine ausgedehnte herrschaftliche Ruine – ihr Ziel.

Als sie schließlich dort ankamen, ließ man sie auf dem Gras niedersitzen. Der Morgentau hatte sich verflüchtigt. Vor ihnen, beim Eingang zu einer alten Festung, befand sich eine behelfsmäßige Plattform.

Ein katholischer Priester begrüßte alle und eröffnete die Veranstaltung mit einem kurzen Gebet. Dann stand ein französischer Soldat auf und ging aufs Podium. Er stellte die verschiedenen Personen vor, die an diesem Tag zu den Soldaten sprechen würden – prominente Bürger des Ortes, darunter Ladenbesitzer und Politiker. Sie sprachen alle darüber, dass das Geschäftsleben seit der Ankunft der südafrikanischen Soldaten in der Stadt rege gewesen sei und die Stadt zu einer neuen Entschlossenheit gefunden habe. Die Bürgerinnen und Bürger hätten sich nie sicherer gefühlt. Sie seien dankbar für das nachbarschaftliche Verhalten der Soldaten und ihre positive Haltung.

Der französische Soldat übersetzte vom Französischen ins Englische. Einer der südafrikanischen Soldaten ergriff die Initiative, stand rasch auf und bot an, vom Englischen ins Xhosa und Sotho, die hier vertretenen Hauptsprachen Südafrikas, zu übersetzen.

Pitso bekam fast einen Herzanfall, als die nächste Sprecherin vorgestellt wurde. Marie-Thérèse stieg auf die Bühne. *Seine* Marie-Thérèse. Sie begrüßte alle Anwesenden und hob dann an: »Ich bin stolz darauf, eine Bürgerin von Arques zu sein und Sie in unserer kleinen, aber historisch reichen Stadt zu begrüßen.«

Das Licht, das auf ihr Gesicht fiel, hatte noch die magisch goldene Färbung des frühen Tages, als sie fortfuhr.

»Der vollständige Name dieser Stadt ist Arques-la-Bataille, benannt nach der Schlacht von Arques, die jedem Menschen in Frankreich, der etwas auf sich hält, wichtig ist. Die Schlacht fand im September 1589 statt, zwischen den französischen Königlichen Truppen von Henry IV. und den Truppen der Katholischen Liga, während des achten und letzten der Französischen Religionskriege. Ihr Männer kamt aus dem weit entfernten Afrika, um euren König zu verteidigen, um internationales Recht und Demokratie zu schützen. Ihr werdet also ohne Weiteres verstehen, was es bedeutet, auf seine Nation, seine Kultur, seine Religion stolz zu sein.«

Pitso schaute auf ihre Lippen, als sie einen Schluck Wasser aus ihrem Glas nahm.

»Henry IV. hatte keine Chance gegen die 35 000 Soldaten der Katholischen Liga, also floh er in diese Stadt, die ihr am Fuß dieses Hügels seht, die Stadt Arques. Das hier sind die Ruinen von nur einigen der Festungsanlagen, die von Henry IV. stammen.« Sie deutete mit einer Handbewegung auf die kolossalen alten Strukturen, die durch einen Burggraben ergänzt wurden. »Die Katholische Liga griff Arques und die angrenzenden Gebiete mehrfach an, doch als Königin Elizabeth ungefähr viertausend englische Soldaten zur Unterstützung der Franzosen schickte, siegte Henry IV. schließlich.

Meine Freunde, wir haben also starke historische Verbindungen: Damals retteten und beschützten die Engländer Arques; heute beschützt die Britische Krone nicht nur Frankreich, sondern Demokratie und Recht im internationalen Maßstab. Und ihr seid die Fußsoldaten dieser gerechten Armee. Ihr solltet stolz auf euch sein.«

Sie machte eine Pause, als Applaus aufbrandete. Inzwischen traf eine neue Kompanie Soldaten ein, doch Pitso beachtete sie nicht. Er hasste Zuspätkommende.

Marie-Thérèse beschloss ihre Rede: »Während ihr hier bei uns in dieser Stadt seid, dürft ihr gewiss sein, dass wir Kämpfer sind. Ihr dürft gewiss sein, dass wir die Geschichte respektieren, wie ihr es auch tut, so hoffen wir. Im Auftrag des Bürgermeisters heiße ich euch herzlich willkommen. Ich weiß, dass ihr hier schon eine ganze Weile seid, aber heute möchte euch der Bürgermeister offiziell willkommen heißen und euch danken für das, was ihr für unsere Stadt getan habt.«

Alle applaudierten.

Eine Gruppe Männer vom Kap waren die Nächsten auf der Bühne. Traditionell in Leopardenfelle gehüllt und zeremonielle Stöcke schwingend, stürmten sie auf das Podium. Ihre Stimmen, die tief aus ihrem Bauch kamen, hallten rings um den Hügel wider und rollten den Abhang hinunter bis zur Stadt. Die Erde dröhnte und bebte, als sie mit den bloßen Füßen aufstampften und Staubgeister in die Luft schickten.

Bald war die Menge der Zuschauer angeschwollen, als noch mehr Menschen aus der Stadt den Hang heraufstiegen, um selbst zu sehen, was die Afrikaner da aufführten.

Während die Feierlichkeiten weitergingen, schlich sich Pitso zu Marie-Thérèse und erreichte sie, als sie hinter dem alten Château spazieren ging. Aber als er fast bei ihr war, stellte er fest, dass sie dort hinten ein Rendezvous mit einem anderen hatte. Er ließ die Schultern sinken.

Als er sich zum Gehen wandte, rief sie: »He, wo willst du denn hin? Komm zu uns.«

Er begriff, dass sie zu ihm sprach, und folgte ihr wortlos. Als er um die Ecke kam, stand er überraschenderweise Captain Portsmouth gegenüber.

»Na, so was, hier treffe ich dich«, sagte Portsmouth lachend.

»Wann sind Sie angekommen, Captain?«

»Als die Mademoiselle hier gerade die Zuhörer mit der Geschichte dieser berühmten Stadt unterhielt.«

Die Männer verstummten und sahen sich an. Dann wieder schauten sie Marie-Thérèse an, die ein scheues Lächeln auf den Lippen hatte.

Sie sagte zu Portsmouth: »Sie sind hier der Vorgesetzte, würden Sie freundlicherweise diesem jungen Mann die Erlaubnis erteilen, in die Stadt zu gehen und Tabak zu kaufen? Anders gesagt, können Sie ihn begleiten, gemäß Ihren Armeevorschriften?«

Pitso öffnete den Mund, überlegte es sich aber dann anders.

»Na, sicher doch.«

»Nun«, sagte sie und machte sich auf den Rückweg zur Stadt, Portsmouth im Schlepptau, »worauf warten wir?« Pitso folgte ihnen den Hang hinunter.

Portsmouth rief einem der höheren Offiziere zu: »Gehe nur kurz in die Stadt, um etwas Tabak zu kaufen. Wenn Sie dort oben fertig sind, können Sie sich uns auf einen Drink im Bistro anschließen. Und von dort kehren wir dann zurück.«

In der Stadt angekommen, gingen sie zu einem Gasthaus. »Das Haus gehört meinem älteren Bruder«, erklärte Marie-Thérèse, als sie Pitsos fragenden Blick sah. »Er ist im Moment in Saint-Nazaire an der Nordküste. Also verbringe ich meine Freizeit hier, wenn ich nicht im Krankenhaus arbeite.«

Sie nahmen an einem Tisch auf der Terrasse Platz, tranken Erfrischungsgetränke und besprachen, was ihnen seit Pitsos Entlassung aus dem Krankenhaus widerfahren war. Bald schloss sich ihnen eine junge Frau an. »Gentlemen, das ist meine Schwester Geneviève.«

Die Ähnlichkeit der beiden Frauen war auffallend. Die Männer gaben der Dame höflich die Hand, bevor sie sich wieder setzten. Ihr Gespräch wandte sich den üblichen Allgemeinplätzen zu – das Wetter, der endlose Krieg, die leeren Regale in den Geschäften.

Dann erhob sich Marie-Thérèse und schlug einen geschäftsmäßigen Ton an: »Entschuldigen Sie, Corporal Pitso, kann ich unter vier Augen mit Ihnen sprechen?«

Pitso sah zu Portsmouth hin, der seine Genehmigung durch Nicken erteilte. Der junge Soldat stand auf und folgte Marie-Thérèse nach drinnen und durch das Restaurant zu einer Tür, die in die inneren Räume des Gebäudes führte. Marie-Thérèse schloss die Tür hinter sich. Pitso sah sich um und stellte fest, dass sie sich nun in einer Art Korridor befanden.

»Du hast ziemlich schockiert gewirkt, als ich vorhin die Rede gehalten habe.«

»Ich habe nicht erwartet, dich hier zu sehen, geschweige denn eine Rede von dir zu hören.«

»Du hast offensichtlich nicht gut genug recherchiert«, neckte sie ihn.

»Was meinst du damit?«

»Unsere Familie genießt in dieser Stadt hohes Ansehen. Mein Bruder, dem dieses Gasthaus gehört, ist ein berühmter Rechtsanwalt. Er hat eine Kanzlei in Paris und etliche Unternehmen in verschiedenen Landesteilen. Wenn er nicht Rechtsanwalt wäre, würde er vielleicht Bürgermeister dieser Stadt sein.«

Sie öffnete eine Tür, führte ihn hinein und schloss die Tür hinter ihm. Er schaute sich in dem typischen Hotelzimmer um, hübsch eingerichtet mit einem Bett, einem Schreibtisch, einem bequemen Stuhl.

»Ich weiß, dass du darauf brennst, mit mir zu sprechen. Jetzt ist deine Chance«, sagte sie.

»Eigentlich wollte ich dir etwas sagen, ja, aber ... ich dachte, du und Captain Portsmouth ...«

»Ich wusste, dass du einen falschen Eindruck gewonnen hast, wie er auch. Er ist an mir interessiert, und ich bin an dir interessiert«, erklärte sie schüchtern.

Pitso, erleichtert, dass seine Gefühle erwidert wurden, spürte Schmetterlinge im Bauch. Doch in Erinnerung an seine bittersüße Erfahrung mit Christine in der Heimat konnte er nicht anders, als das Thema zu wechseln. »Mir hat deine Rede sehr gefallen. Sie hat mir eine neue Sicht auf europäische Angelegenheiten eröffnet.«

Verlegen stand Marie-Thérèse auf und sagte: »Ich werde uns etwas zu trinken holen.«

Bei ihrer Rückkehr brachte sie ein Tablett mit einer halb vollen Flasche Weißwein und zwei Gläsern mit. Sie stellte das Tablett auf einem Beistelltisch ab. Er erhob sich, um einzuschenken.

»Danke«, sagte sie. Sie stießen an. Pitso setzte sich und nahm einen Schluck von seinem Wein.

»Nun, Mister Soldat, ein Willkommen, wie es sich für Frankreich gehört!«, sagte sie lachend und erhob ihr Glas.

»Vielen Dank. Langsam bekomme ich eine Ahnung davon, dass du vor dem Krieg nicht die bescheidene Krankenschwester warst wie jetzt ... dass du viel Macht im Rücken hast.«

Sie lächelte und erzählte ihm von ihrer Familie, von den Unternehmen, die sie in verschiedenen Landesteilen hatten, über ihre Geschichte als Angehörige des französischen Adels.

»Ich dachte, Adlige würden nichts mit uns niederen Plebejern zu tun haben wollen!«

»Du missverstehst mich. Wir waren vor langer Zeit Adlige, vor der Revolution. Jetzt sind wir nur Geschäftsleute. Wenn du bei Kriegsende noch hier bist, wirst du wahrscheinlich meinen Bruder und meine Cousins kennenlernen. Sie sind sehr erfolgreiche Geschäftsleute, doch bescheidene Menschen.« Sie machte eine Pause. »Aber erzähl mir doch von dir.«

Pitso lieferte ihr eine Biografie in groben Zügen, emotionslos und ohne bei den Spannungen in seiner Heimat zu verweilen. Er spürte, dass das Thema *race* für diese Dame, die so entspannt mit ihm umging, nicht viel Sinn ergeben würde. Er erinnerte sich daran, dass sie immer irritiert die Augenbrauen gehoben hatte, wenn es damals im Krankenhaus unerfreuliche Wortwechsel zwischen ihm und *weißen* Soldaten gegeben hatte. Doch sie hatte sich über diese Dinge ihm gegenüber nicht geäußert, warum sollte er sich also darüber auslassen?

Sie sprachen über Geschichte, über Bücher. Er lobte die Schönheit ihres Landes. Sie hielt vor Überraschung den Atem an, als er ihr erzählte, dass sein Schiff für die Überfahrt von Afrika nach Europa einen ganzen Monat gebraucht hatte. »So lange? Das hätte ich nicht überlebt. Ich wäre vor Angst gestorben, oder vor Erschöpfung!«

Er leerte sein Glas und stellte es ab. Nach diesem Gespräch fühlte er sich ermutigt. »Kannst du tanzen?«

»Ja, aber es gibt keine Musik«, antwortete sie mit leichtem Stirnrunzeln.

»Komm.« Er stand auf und half ihr auf die Füße. »Lass mich dir zeigen, wie man zur Musik unserer Herzen tanzt.«

Sie lachte. »Du musst verrückt sein!«

»Hör nur drauf, hör auf die Musik. Hörst du sie?«

»Nein, Kindskopf, bist du schon betrunken? Ein Glas Wein, und du fantasierst. Was tanzen wir überhaupt? Walzer, Polka, Foxtrott?«

»Halb Walzer, halb Herz. Ein neuer Tanz, nur für dich und mich.«

Wieder kicherte sie. »So etwas Törichtes habe ich noch nie gehört.«

»Schließ deine Augen«, sagte er und zog sie dicht an sich. »Wenn du dem Tanz mit deinem Herzen folgst, wenn du auf die Musik hörst, dann findest du die Botschaft an dich, meine Worte an dich, darin verborgen. Schließ deine Augen.«

Sie bewegten sich zunächst langsam. Dann wurden ihre Bewegungen und Drehungen schneller. Sie drehten und drehten sich im Zimmer herum. Marie-Thérèse' Augen blieben geschlossen. Als sie am Beistelltisch vorbeikamen, verfing sich ihr Kleid in seinen Hosen. Sie bekam es mit der Angst und öffnete die Augen. Er sah auf sie hinunter, sein Arm hielt sie fest an sich gedrückt. »Ich lasse dich nicht fallen.«

Sie setzten sich wieder in Bewegung, und Pitso führte sie elegant. Sie war eine gute Tänzerin, ihre Bewegungen waren anmutig und zart.

Dann legte sie ihr Gesicht an seine Brust. Schwer atmend hielten sie inne. Er berührte ihr Kinn, und ihre Wimpern flatterten scheu. Er senkte sein Gesicht zu dem ihren. Mit geschlossenen Augen gab sie ihm einen Kuss auf die Lippen.

In diesem Augenblick klopfte es leise an der Tür. Sie strich sich übers Haar. »Wer ist da?«

Von der anderen Seite der Tür kam ein höfliches Husten.

»Das ist dein Kollege«, sagte sie. »Du musst wohl gehen.«

»Werde ich dich wiedersehen?«, fragte er, richtete sich auf und ordnete seine Uniform.

Sie sah weg und zuckte mit den Schultern, beschäftigte sich mit einem Blumenstrauß auf dem Fensterbrett. Die Blumen hatte er bisher nicht wahrgenommen, sie waren strahlend gelb. Jetzt roch er ihren würzigen Duft. Er trat zu ihr und küsste sie wieder. Dann beugte er sich vor und atmete den Blütenduft ein. Vielleicht war dieses ungewöhnliche Gelb die Farbe der Hoffnung.

Eine Woche danach trafen sie sich wieder. Er war unangemeldet mit einem Freund zum Gasthaus gekommen. Sie saßen zu viert draußen in der Sonne – Marie-Thérèse und ihre Schwester und die beiden Soldaten. Sie tranken und erzählten sich Geschichten und lachten, bis es Zeit für die Soldaten war zu gehen. Ein paar Tage später kamen Pitso und sein Freund wieder. Pitso brachte einen Strauß gelber Blumen mit, ähnlich denen, die er in ihrem Zimmer gesehen hatte. Wieder saßen die vier in der Sonne, tranken und lachten, bis Pitso sie vielsagend ansah. Sie nickte verstohlen. Dann entschuldigten sie sich und begaben sich zu ihrem Zimmer.

Sie saßen nebeneinander auf dem Bett und küssten sich. Dann kniete er sich vor sie und berührte ihre Schuhe. »Darf ich?«

Sie lächelte zustimmend. Vorsichtig zog er ihr die Schuhe aus, stand dann auf und umfasste ihren Oberkörper, um ihr Korsett zu öffnen. Sie erstarrte. Er zögerte, setzte sich dann neben sie, die Hände auf den Knien.

»Ich ziehe mich selbst aus, wenn es dir nichts ausmacht«, sagte sie nach einer kurzen Pause. Sie küsste ihn wieder auf die Lippen und stand auf.

Während sie sich auszog, entledigte er sich seiner Schuhe, dann seiner Uniform. Sie legten sich nebeneinander auf das Bett, küssten sich, erkundeten ihre Körper. Er schmeckte eine Spur von dem Wein, den sie gerade genossen hatten, in ihrem Speichel. Dann roch er ihr Parfüm, dezent, berauschend. Ihre Brüste waren wohlgeformt, spitz und fest wie frische Birnen. Sie waren wie der übrige Körper so blass, dass sie wohl nie von der Sonne berührt worden waren. Im Kontrast dazu waren die Brustwarzen von einem sehr dunklen Rosarot, das ihn an Erdbeeren erinnerte, mit helleren Höfen um sie herum.

Sanft spreizte er ihre Beine und kniete sich dann zwischen sie, sein Gesicht tauchte in das Tal zwischen ihren Brüsten. Etliche Zeit streichelte er sie dort mit der Zungenspitze. Dann biss er sanft in die Erdbeere ihrer Brust. Sie sog hörbar die Luft ein, zitterte dann.

In aller Ruhe wandte er sich von dieser Brust ihrem Zwilling zu. Sie ließ ein tiefes Stöhnen hören. Dann fuhr er mit der Zunge vom Tal hinunter bis zu ihrem Nabel, dem er sich mit der Zunge widmete. Sie stöhnte, stellte die Knie auf und bäumte sich rhythmisch auf. Ihre scharfen Nägel gruben sich in seine Schulterblätter.

Von ihrem Nabel wanderte seine Zunge nach Süden, bis sie ihre

Oase fand. Sie konnte nicht länger warten. Sie fasste ihn fest unter den Armen und zog ihn zu sich und empfing ihn. Ihre Bewegungen waren gemessen, ohne Hast. Als wären sie langjährige Reisegefährten auf dieser Straße der gegenseitigen Befriedigung.

Er wechselte seine Bewegungen ab zwischen schnellen, wilden Stößen und langsamen, geschmeidigen Hüftbewegungen. Sie schlang ihre Beine um seinen Rücken, ihre Fersen trommelten auf sein Gesäß und stachelten ihn an. Die ganze Zeit über stöhnten beide und flüsterten ihre Namen.

Sie spürte, dass sie dem Höhepunkt nahe war, hielt sich aber zurück. Sie wollte die Lust verlängern.

Pitso fühlte sich einer Explosion nahe. Um sich abzulenken, schloss er die Augen und lauschte einem Akkordeonspieler irgendwo da draußen.

Sie schaukelten als Einheit. Eine elektrisierende Woge kam tief aus ihrem Innern, wuchs gewaltig an und traf zusammen mit seinem pulsierenden Erguss in sie. Ihre Körper wanden sich. Dann lagen sie erschöpft nebeneinander, ihre schweißnassen Hände in leidenschaftlicher Umklammerung. Schlaf kam über ihn.

Als er vor dem Spiegel stand und seine Uniform ordnete, wandte er sich an sie. »Sag mir bitte – bist du verheiratet?«, fragte er, weil er an seine erste Liebe zurückdachte.

»Nein«, sagte sie stirnrunzelnd.

»Kein fester Freund irgendwo an der Front?«

»Kein Mann, keine Eltern, nur meine Schwester und mein Bruder. Keine Katzen, keine Hunde, keine Kinder. Wenn du mein Beau sein willst, bist du sehr willkommen.« Sie kicherte nervös und schaute zu Boden.

Tränen standen ihm in den Augen, als er nach draußen ging und sie zurückließ, immer noch damit beschäftigt, sich herzurichten. Er hoffte, sie mit diesen Fragen nach Freunden und Ehemännern nicht beleidigt zu haben.

Die kühle Brise des Nachmittags traf sein Gesicht und machte ihn wach. Dort stand Captain Portsmouth mit einem undurchdringlichen Gesichtsausdruck. Marie-Thérèse' Schwester war nirgends zu sehen. Pitso sank das Herz, als ihm dämmerte, dass er Portsmouth hatte warten lassen, während er sich vergnügte. Er machte sich auf eine ernsthafte Zurechtweisung gefasst.

Aber erst einmal versuchte er, heiter zu wirken: »Captain, mein Captain, wie geht es Ihnen heute Nachmittag?«

Portsmouth sah ihn lange und fest an und kam dann fast zornig auf ihn zu. Dann brach er plötzlich in Gelächter aus. »Corporal, mein Corporal, du bist solch ein Spitzbube.«

Die beiden Männer verließen das Gasthaus und machten sich auf den Weg zurück zum Lager. Die übrigen Soldaten waren noch in der Stadt, die meisten auf dem öffentlichen Platz, wo das vergnügte Singen weiterging.

KAPITEL 34

Am 9. Juli erging ein Aufruf – der König war in der Stadt. Er würde am nächsten Tag eine Truppeninspektion vornehmen. Die Offiziere waren nervös, und die Soldaten lachten hinter ihrem Rücken über sie. Wie Pitso von Portsmouth erfuhr, war zuvor noch kein einziger Offizier dem König begegnet. Sie wussten nicht, welchen Eindruck er von den Soldaten, und von den Offizieren selbst, gewinnen würde, und das machte sie nervös.

Nach einem schnellen Frühstück am nächsten Morgen versammelten sich die Männer auf dem Paradeplatz in Arques. Die aufgeregten Offiziere inspizierten ihre jeweiligen Kompanien und ließen die Männer *God Save the King* ein paarmal proben. Um 9 Uhr stiegen sie in Lastwagen und fuhren zur Stadt Abbeville. Eine Stunde danach traf König George V., begleitet von Königin Mary, auf dem Rasen eines Offiziersclubs in Abbeville ein. Die Männer beeindruckte natürlich, dass sie nun endlich den Herrscher trafen, für den sie kämpfen würden. In der Delegation des Königs waren einige Persönlichkeiten von hohem Rang – Sir Douglas Haig, der Kommandant der British Expeditionary Force, und Colonel S. M. Pritchard, kommandierender Offizier des South African Native Labour Contingent. Colonel Pritchard stellte dem König höhere Offiziere des Kontingents vor. Pitso war fasziniert, als er erfuhr, um wen es sich bei einigen von ihnen handelte. Darunter waren Lieutenant Colonel J. C. Emmett, ein Burengeneral aus dem Burenkrieg, und Lieutenant Colonel J. Jacobsz, früher Stabsoffizier bei General de Wet, genau der General, der zusammen mit Pitsos Vater im Burenkrieg gekämpft hatte. Pitso fand es erstaunlich, wie diese *Weißen* das Kriegsspiel betrieben. Anwesend waren auch einige führende Chiefs des Schwarzen Südafrika, unter ihnen Chief Mamabolo aus Pietersburg, der etliche Hundert seiner Männer zum Arbeitskorps geschickt hatte. Während des Burenkriegs hatte er den Briten als Scout gedient, war von den Buren gefangen genommen und erst befreit worden, als Pretoria den Briten in die Hände fiel.

Unter der angenehm warmen Morgensonne lief der König langsam die Reihen ab. Hin und wieder blieb er bei einem Mann stehen und stellte Fragen mithilfe eines Dolmetschers. Pitso schwitzte und betete, dass Seine Majestät nicht bei ihm stehen bleiben möge, weil er nicht wusste, wie er sich anhören würde, wenn er dem König antwortete – sollte er auf Englisch antworten, oder sollte er die Dienste des Dolmetschers in Anspruch nehmen wie alle anderen auch? Der König blieb tatsächlich vor Pitso stehen, schaute ihn aber nur lange an, lächelte und ging weiter.

Dann begab sich der König in die Mitte des Platzes. Er musterte das Meer erwartungsvoller Gesichter und sprach: »Ich bin sehr froh, euch zu sehen, die ihr von so weit her übers Meer gekommen seid, um in diesem großen Krieg zu helfen. Ich ergreife die Gelegenheit, um euch für die Arbeit zu danken, die ihr in Frankreich mit dem South African Labour Corps getan habt. Mir wurde von den wertvollen Diensten berichtet, die die Indigenen von Südafrika meinen Armeen in Deutsch-Südwestafrika und Deutsch-Ostafrika geleistet haben. Die Loyalität meiner Untertanen in Südafrika wird durch die Rolle, die sie in diesem Weltkrieg spielen, voll und ganz unter Beweis gestellt. Seid versichert, dass alles, was ihr getan habt, eine große Hilfe für meine Armeen an der Front ist. Diese eure Arbeit kommt gleich nach der meiner Seeleute und Soldaten, die der vollen Wucht der Schlacht ausgesetzt sind.

Doch ihr seid auch Teil meiner großen Armeen, die für die Rechte und die Freiheit aller meiner Untertanen jeglicher *race* und jeglichen Glaubens im ganzen Empire kämpfen. Ohne Munition können meine Armeen nicht kämpfen. Ohne Nahrung können sie nicht leben. Ihr helft, ihnen dies alles täglich zukommen zu lassen, und dadurch schleudert ihr eure Assegais auf den Feind und beschleunigt die Vernichtung, die ihm bevorsteht. Ein so großes Korps wie das eure benötigt Rekruten und Verstärkung, und ich bin sicher, dass eure Chiefs diese Pflicht zur Unterstützung eurer Bataillone durch stetig wachsende Zahlen erfüllen werden. Ich wünsche ihnen und allen ihren Völkern, dass sie mit meinen loyalen Untertanen diesen großen Sieg teilen werden, der der ganzen Welt Frieden bringen wird. Ich wünsche, dass ihr diese meine Worte euren Leuten hier bekannt macht und sie euren Chiefs in Südafrika übermittelt.«

Nach dieser Ansprache, der eine Erwiderung durch eine Delegation traditioneller Chiefs folgte, schenkte der König, in Übereinstimmung mit dem afrikanischen Brauch, den Soldaten einen weißen Ochsen als Glücksbringer. Der Ochse sollte am darauffolgenden Tag geschlachtet werden. Leider verpassten Pitso und seine Kameraden von Arques-la-Bataille das Fest. Trotzdem hatten sie ihr Vergnügen an den Feierlichkeiten des Tages, bevor sie am späten Nachmittag zurück ins Lager fuhren, nachdem sie sich an einem üppigen Mahl und etlichen traditionellen Tänzen erfreut hatten.

Auf dem Rückweg unterhielten sich einige der Männer aufgeregt. »Habt ihr gehört, was der König gesagt hat? Er hat gesagt, wir sind hier, um für unsere Rechte zu kämpfen, für die Freiheit aller Menschen in seinem Empire.«

»Es ist gut, dass wir hierhergekommen sind. Wenn wir heimkehren, werden wir stolz und frei sein.«

»Wir werden den *weißen* Südafrikanern gleichgestellt sein. Wir werden das Wahlrecht haben – wie der *weiße* Mann.«

Pitso wusste, dass das Wunschdenken war. Doch gleichzeitig hatten ihm die Worte des Königs Hoffnung gegeben.

Die gerichtliche Untersuchung des Untergangs der *Mendi* begann am 24. Juli. Gemäß Seerecht hieß das nicht Untersuchung, sondern Offizielle Ermittlung. Die Verhandlung wurde geleitet von Mr J. G. Hay Halkett, einem Friedensrichter, der viel praktische Erfahrung mit dieser Art Untersuchungen hatte. Ihm assistierten drei sachverständige Beisitzer, die auch nach ihrer Erfahrung mit maritimen Angelegenheiten ausgewählt worden waren.

Vor Gericht geladen waren die Kapitäne der beiden Schiffe, die zusammengestoßen waren – Captain Yardley von der *Mendi* und Captain Stump von der *SS Darro*. Anwesend waren auch einige Offiziere des Schwarzen Kontingents. Verschiedene interessierte Parteien – darunter die südafrikanische Regierung – waren durch ihre Anwälte vertreten.

Pitso wäre gern dabei gewesen, wie viele andere Soldaten, aber das war nicht möglich. Es gab viel Arbeit: Munition musste von Schiffen gelöscht und dahin gebracht werden, wo sie benötigt wurde; Heizmaterial musste für die verschiedenen Lager besorgt und Essen musste gekocht werden; Schützengräben mussten ausgehoben und medizinische Hilfsmittel nach Bedarf beschafft werden. Die Soldaten waren dankbar, dass die Behörden es für angemessen befunden hatten, so viele Informationen über die Verhandlung wie möglich zu verbreiten. Sie versprachen die Verteilung von Zeitungsberichten an die Offiziere, die dann etliche gebildete Untergebene beauftragen würden, öffentliche Lesungen in regelmäßigen Abständen zu halten. Die Behörden glaubten, dass das die Moral der Männer stärken würde. Es würde zeigen, dass man sich um die Männer kümmerte und das Verfahren transparent war.

Die öffentlichen Lesungen bekamen bald einen legendären Status, da sie einige an die Geschichten am Lagerfeuer erinnerten, mit denen sie aufgewachsen waren.

Da Pitso des Lesens kundig war und verschiedene Sprachen beherrschte, wurde er als einer der Vorleser ausgewählt. Er bekam regelmäßig Material, das er zunächst schnell durchlas und dann zusammenfasste, sodass es kurz und knapp, aber so dramatisch wie möglich war.

Die ersten beiden Tage der Untersuchung waren im Großen und Ganzen einer Überprüfung vorbehalten, was sich vor und während des Zusammenstoßes ereignet hatte, basierend auf Aussagen mehrerer Zeugen. Am 20. Februar fuhr die *Mendi* bei leicht nebligem Wetter von Plymouth los, begleitet von der *HMS Brisk*, einem Zerstörer. Gegen 23.30 Uhr fuhr das Schiff mit voller Kraft. Weil der Nebel dichter geworden war, ertönte im Minutentakt die Dampfpfeife, um die Position anzugeben, wie es vorgeschrieben war. Yardley blieb meist auf der Brücke und hielt sich nur kurz unten im Kartenraum auf, um die Position zu bestimmen.

Um 4 Uhr traten der Zweite Offizier H. Raine und der Vierte Offizier Hubert Frank Trapnell ihre Wache an. Wegen des Wetters beschlossen sie, die Fahrgeschwindigkeit zu drosseln. Denn die *HMS Brisk* hatte Mühe mitzuhalten, auch wegen des dichten Nebels.

Captain Yardley und seine Mannschaft ahnten nicht, dass sich ein anderes Schiff schnell näherte. Die *SS Darro* war ein viel größeres Schiff als die *Mendi*: fünfhundert Fuß lang, zweiundsechzig Fuß breit, mit einer Bruttotonnage von 11 484 Tonnen. Die *Darro* unter dem Kommando von Henry Winchester Stump war auf der Fahrt von Le Havre in Frankreich nach Liverpool. Spätere Untersuchungen würden zeigen, dass die *Darro* mit einer Geschwindigkeit von dreizehn Knoten fuhr. Die *Darro* hatte Wachen auf dem Vorderdeck, im Krähennest und oben auf dem Ruderhaus. Doch es herrschte heimtückischer Nebel.

Ungefähr zur selben Zeit, als die *Mendi* ihr Tempo drosselte, fuhr die *Darro* mit voller Geschwindigkeit, mit Captain Stump und den wachhabenden Offizieren auf der Brücke und den Wachen noch auf Position. Es kam heraus, dass zwar die Lichter an der Mastspitze und die elektrischen Seitenlichter brannten, doch die Dampfpfeifen nicht eingesetzt wurden, wie es eigentlich vorgeschrieben war.

Auf der *Mendi* hörte der Vierte Offizier Trapnell, der sich am Steuerbordende der Brücke befand, wie sich ein anderes Schiff näherte. Er warnte seinen Kollegen: »Raine, ich glaube, es ist ein Schiff in unserer Nähe.« Als Nächstes ließ er die Dampfpfeife viele Male ertönen. Genau da sah er das Licht auf der Mastspitze eines anderen Schiffs, und zwar so nah, dass das andere Schiff direkt über dem ihren zu sein schien. Raine ließ die Dampfpfeife dreimal aufheulen, aber das andere Schiff blieb stumm.

Es war schon zu spät. Exakt um 4.57 Uhr am 21. Februar 1917 krachte der Bug der *Darro* in die Steuerbordseite der *Mendi*. Der Zusammenstoß ereignete sich ungefähr elf Meilen Süd-Südwest vor St Catherine's Point auf der Isle of Wight.

Es braucht nicht extra erwähnt zu werden, dass sich die Aufmerksamkeit während der Anhörung zum großen Teil auf Captain Stump richtete, den Befehlshaber der *SS Darro*. Ihm wurde Nachlässigkeit vorgeworfen, und alle, besonders die Presse, lechzten nach seinem Blut. Am dritten Tag der Untersuchung sagte Captain Stump vor Gericht aus, ins Kreuzverhör genommen von Sir Reginald Acland, Kronanwalt, der das Handelsministerium vertrat. Die Fragen bezüglich des Versagens von Captain Stump, der keine Anstalten gemacht hatte, die Männer im Wasser zu retten, lauteten so:

Acland: Was haben Sie unternommen, um Leben zu retten?
Stump: Unmittelbar habe ich nichts unternommen.
Acland: Warum nicht?
Stump: Ich habe angenommen, dass mein eigenes Schiff in Gefahr war zu sinken … Es ist kein robustes Schiff, denke ich.
Acland: Haben Sie jemand laut rufen hören?

Stump: Ich habe lautes Rufen gehört ... Sehr kurz habe ich die Ruder eines Bootes gehört, das längsseits kam. Natürlich habe ich gedacht, das Rufen käme von dem Boot, in dem sich einige Männer befanden. Es war ein Trampschiff, soviel ich wusste, ein gewöhnlicher Frachtdampfer. Ich hatte keine Ahnung, dass 800 oder 900 Männer auf einem Schiff mit 6 Booten oder so ähnlich waren.

Stump gab allerdings zu, dass er, nachdem das erste Boot eine halbe Stunde später längsseits gekommen war, eine Nachricht erhielt, dass sie mit der *Mendi* zusammengestoßen waren, die Schwarze Soldaten an Bord hatte. Er bestritt, Schreie vom Wasser gehört zu haben, nachdem das zweite *Mendi*-Boot angelegt hatte. Andere Zeugen von der *Darro* hatten noch viel später Schreie gehört, zwei von ihnen bis Tagesanbruch, was gegen 6.30 Uhr gewesen sein dürfte. Stump argumentierte, er hätte nicht genügend Besatzung gehabt, um im Notfall die Boote zu bemannen und zugleich sein Schiff zu führen. Er hatte eine Mannschaft von einhundertdreiundsechzig Mann. Er behauptete, wenn er Boote zu Wasser gelassen hätte, wären sie im Nebel verloren gewesen.

Pitso machte hier eine Pause und sah seine Zuhörer an. »Gentlemen, ihr müsst beim nächsten Abschnitt gut zuhören. Hört gut zu. Dieser Captain Stump sagt, er hätte bis Mittag nicht sicher gewusst, dass die *Mendi* gesunken war.« Ein paar Sekunden wartete Pitso ab. Einige schüttelten den Kopf, andere spielten nervös mit den Händen herum. »Deshalb verließ er den Schauplatz. Er glaubte, er könne die Rettungsarbeiten dem Patrouillenboot der Marine überlassen.«

»Wie herzlos!«, schrie einer.

»Das war so, weil er gehört hatte, dass die Männer auf der *Mendi* Schwarze waren«, sagte Pitso. »Deshalb ließ er uns im Stich.«

Ein *weißer* Offizier, der zugehört hatte, stand auf. »Corporal! Sie hetzen diese Männer auf! Sie machen sie zornig.«

»Bei allem nötigen Respekt, Sir, ich mache nur meine Arbeit. Ich lese vor, was für mich vorbereitet wurde.«

»Gut«, sagte der Offizier. »Sie sind jedenfalls mit der heutigen Präsentation fertig, oder?«

Pitso nickte, und die Menge zerstreute sich langsam, dabei unterhielten sich die Männer leise über das unehrenhafte Verhalten des Kapitäns der *Darro*.

Pitsos Präsentation am nächsten Tag handelte von der Befragung von Captain Stump durch seinen Anwalt, der sagte: »Sie sind all diese Jahre Schiffsführer für eine große Reederei gewesen, und nun wird von Sir Reginald die Vermutung geäußert, dass Sie Männer, die im Wasser waren, wie Sie wussten, haben ertrinken lassen.« Stump erwiderte: »Keiner könnte die Umstände mehr bedauern als ich selbst.«

Nachdem Stump geschildert hatte, wie er schließlich den Ort des Zusammenstoßes um 6.45 Uhr verlassen und sich auf den Weg nach St Helens Roads auf der Isle of Wight begeben hatte, folgte dieser Wortwechsel:

Acland: Es wäre von Interesse zu erfahren, ob Sie mit voller Geschwindigkeit in diesem Nebel unterwegs waren.

Stump: Nein, das war nicht der Fall.

Acland: Warum haben Sie nicht die Anweisungen der Admiralität befolgt, die Sie zugegebenermaßen erhalten haben …?

Stump: Ich hatte mir schon genug Ärger eingehandelt.

Durch verschiedene Zeugen entstand während der Untersuchung der Eindruck, dass es viel Verwirrung darüber gab, welches Verhalten von einem Schiffskapitän in Kriegszeiten erwartet wurde, und das betraf auch die Gerichtsmitglieder. Es sah so aus, als ob Anweisungen der Admiralität in Kriegszeiten von den üblichen Vorschriften bezüglich der Sicherheit auf See abwichen. Es ergaben sich viele Fragen, darunter: Sollte ein Schiff bei Nebel in einer Gefahrenzone mit voller Geschwindigkeit fahren, und sollte es seine Dampfpfeife einsetzen? Stump argumentierte, dass die Betätigung eines Nebelhorns in einer Gefahrenzone einen feindlichen Angriff auf sein Schiff hätte provozieren können.

Pitso hatte noch nie ein Gerichtsverfahren erlebt, war aber entsetzt darüber, dass das Verfahren schon am dritten und vierten Tag abgeschlossen wurde. Er hatte erwartet, dass die Anhörung in Anbetracht der Schwere des Falls und der Menge an menschlichen Opfern länger dauern würde. Auch weil er Platon und seine Apologie des Sokrates gelesen hatte, hatte er angenommen, dass Gerichtsverfahren, besonders wenn es um Todesfälle ging, lange, weitschweifige Angelegenheiten sein müssten.

Er wünschte, Ngqavini wäre da. Schließlich hatte er zahlreiche Gerichtsverhandlungen erlebt. Ngqavini hätte einen gewissen Einblick in diese Verfahren vermitteln können.

Am fünften Tag verlas der Friedensrichter Mr Halkett den Gerichtsbericht. Dem Bericht beigefügt war ein Anhang, der die Beweisaufnahme und die verschiedenen Aspekte der Ermittlung enthielt. Zum Fahren mit hoher Geschwindigkeit bei Nebel hieß es im Anhang:

> Das Gericht ist durchaus gewillt, die heikle Lage, in der sich die Kapitäne aufgrund der gegenwärtigen Gefahren befinden, in vollem Umfang zu berücksichtigen. Seiner Ansicht nach rechtfertigen diese Gefahren, so allgegenwärtig sie auch sein mögen, jedoch nicht, dass die Kapitäne ihre Schiffe anderen Gefahren aussetzen, insbesondere da sie keine amtlichen Befehle der Admiralität dazu zwingen.

Zum Fakt, dass Captain Stump es unterlassen hatte, Leben zu retten, verkündete der Anhang:

> Die Sachlage liefert dem Gericht keinerlei Entschuldigung für die Untätigkeit des Kapitäns. Er wusste, dass sein leistungsfähiges Schiff in voller Fahrt einem anderen Schiff einen heftigen Stoß im rechten Winkel versetzt hatte, und erfuhr sehr bald danach, dass dieses Schiff die *Mendi* mit Truppen an Bord war und dass die Mannschaft sich in die Rettungsboote begeben musste. Er muss die Schreie vom Wasser gehört haben – viel länger, als er zugegeben hat, da sie allgemein an Bord seines Schiffs von glaubwürdigen Zeugen stundenlang gehört wurden. Es gab nichts, was ihn daran gehindert hätte, Boote in dem zu dieser Zeit ruhigen Wasser auszusenden, um sich zu vergewissern, was mit dem anderen Schiff geschehen war und in welcher Lage sich diejenigen befanden, deren Schreie gehört wurden.

Der Bericht schloss folgendermaßen:

> Nach sorgfältiger Prüfung der Umstände des oben erwähnten Schiffsunglücks stellt das Gericht aus den im Anhang genannten Gründen fest, dass der Zusammenstoß und die daraus resultierenden Verluste an Menschenleben, der Verlust der *SS Mendi* und die Schäden an der *SS Darro* durch das rechtswidrige Verhalten und das Versäumnis von Mr Henry Winchester Stump, dem Kapitän der *SS Darro*, verursacht wurden, dadurch dass er sich nicht an die Artikel 15 und 16 der Vorschriften zur Vermeidung von Zusammenstößen auf See gehalten hat, was das Signalgeben und die Fahrtgeschwindigkeit bei Nebel betrifft, und durch sein noch schwerwiegenderes Versäumnis, für das es keinen triftigen Grund gab, ein oder mehrere Boote auszusenden, um das Ausmaß des Schadens an der *Mendi* festzustellen und

ihr, ihrem Kapitän, ihrer Besatzung und ihren Passagieren die mögliche und notwendige Hilfe zu leisten, wie es von Abschnitt 422 (1) (a) des Handelsmarinegesetzes von 1894 gefordert wird. Das Gericht setzt sein Kapitänspatent, Nr. 017169, für zwölf Monate vom heutigen Datum an außer Kraft.

8. August, 1917.

Als Pitso die letzten Worte vorlas, herrschte Schweigen bei seinen Zuhörern. Die Rufe von Sommervögeln aus ihren Verstecken waren zu hören, vom Meer her wehte eine leichte Brise. Dann ertönte eine Sirene, und die Männer standen langsam auf.

KAPITEL 35

So enttäuscht die meisten auch waren vom Ergebnis der gerichtlichen Untersuchung, so brachten die Ermittlungen doch einige positive Nachrichten für Pitso. Sein mutiges Verhalten war dabei erwähnt worden. Das Komitee für die Wohlfahrt von Afrikanern in Europa organisierte eine materielle Anerkennung für die Mannschaftsmitglieder, die sich in der Nacht des Schiffsunglücks hervorgetan hatten. Obwohl Pitso kein Mannschaftsmitglied war, bezeugten einige Offiziere, die sein tapferes Verhalten beobachtet hatten, dass er eine Anerkennung verdiente. Er erhielt zehn Guineen, zusammen mit anderen, die sich ausgezeichnet hatten.

»Ich bin so stolz auf dich, alter Knabe«, sagte Captain Portsmouth bei seinem Besuch des Lagers an dem Tag, als das mitgeteilt wurde, zu Pitso.

»Vielen Dank, mein Captain, doch ich weiß gar nicht, was ich so Außerordentliches an jenem Morgen getan haben soll.«

»Nun, laut Zeugen hast du ausgezeichnete Arbeit geleistet. Du bist selbstlos auf dem Schiff zurückgeblieben, um sicherzustellen, dass viele deiner Kameraden in Sicherheit waren.«

Pitso bekam auch eine Bibel, als Geschenk des Erzbischofs von Canterbury. Einige Wochen nach der Auszeichnung wurde Pitso zum anerkannten Dolmetscher bestellt. Damit verknüpft waren eine Reihe von Privilegien, deren wichtigste eine andere Verpflegung war. Statt Maisbrei standen ihm jetzt Reis und viel mehr Fleisch zu. Mit einem Schaudern erinnerte er sich, dass die Frage der Verpflegung eine Revolte in einem der Lager von Dieppe entfacht hatte.

Während seines Lazarettaufenthalts hatte er von einem Disziplinarverfahren gegen einen Stimela Jason Jingoes gehört. Der aus Lesotho Stammende war mit einem der früheren Bataillone nach Frankreich gekommen. Dieser redegewandte Mann, der keine Angst vor *Weißen* hatte, war eines Morgens beim Frühstück aufgestanden, hatte seine Porridgeschüssel an die Nase gehalten und gesagt: »Hmmm, wie lecker! Maisbrei mit Rüsselkäfern! Das Frühstück eines Schwarzen Soldaten in Frankreich.«

Dann schüttete er den Inhalt seiner Schüssel auf den Boden. Mehrere Männer taten es ihm nach und riefen: »Keine Käfer mehr! Keine Käfer mehr!«

Weiße Offiziere kamen hereingestürmt und wollten wissen, was der Krawall sollte.

Etliche Schwarze Soldaten, die nicht mit den »Unruhestiftern« in Verbindung gebracht werden wollten, hatten brav an ihren Tischen gesessen und sich den käferverseuchten Brei hineingewürgt.

Auf dem Höhepunkt des hitzigen Wortwechsels zwischen den Soldaten und den Offizieren hatte Jingoes eine leidenschaftliche Ansprache auf Englisch begonnen, die offenbar für die Ohren der Offiziere bestimmt war. Er sagte so manches, aber folgende Worte brachten ihn in Schwierigkeiten: »Wir Bantu werden hier von den *Weißen* aus der Heimat oft wie Hunde behandelt, doch sie vergessen, dass wir alle hier im Krieg gegen einen gemeinsamen Feind sind. Eigentlich habe ich mich falsch ausgedrückt, als ich gesagt habe, dass sie uns wie Hunde behandeln, weil sie ihre Hunde meist sehr gut behandeln. Sie ignorieren die Tatsache, dass wir für den Moment Südafrika verlassen haben. Wir befinden uns in Europa und im Krieg, und uns wurde eine anständige Behandlung versprochen, wenn wir gegen die Deutschen kämpfen.«

Jingoes wurde für den Tag vom Dienst suspendiert. Am nächsten Tag wurde er vor ein Disziplinargericht zitiert.

Als Eröffnungssalve sagte der Captain, der das Verhör leitete: »Sie sind Lance Corporal. Doch Sie wurden angeklagt, gestern hier als Unruhestifter aufgetreten zu sein. Ich muss Ihren Fall nach Kriegsrecht untersuchen.«

Kriegsrecht. Das gefürchtetste Wort an der Front, denn es bedeutete möglicherweise Tod durch Erschießen.

Auf diese Eröffnung des Captain erwiderte Jingoes: »Sir, ich habe gestern gesagt, dass wir hier in Europa keine *Natives* sind. Ist das eine Straftat, Sir?«

»Haben Sie das gesagt?«

»Jawohl, Sir.« Dann ging er sofort zum Thema Essen über. »Sir, als Verpflegung wurde uns jetzt statt der üblichen Rationen Maisbrei vorgesetzt, von morgens bis abends, Sir. Von Montag bis Montag, und der Maisbrei, den wir bekommen, ist schlecht. Es sind Käfer darin. Sie haben zu entscheiden, Sir, was in dieser Sache gerecht ist.«

Der Captain stürmte aus dem Raum und begab sich in die Küche. Er schöpfte etwas Porridge und etwas ungekochtes Maismehl in Schüsseln. In beiden Schüsseln krochen Käfer.

Wütend wandte sich der Captain an die Ankläger des Mannes – einen Sergeant Major und den Sergeant vom Zug des Mannes, beides *Weiße* – und sprach zu ihnen. »Nachdem Sie die Aussage dieses Mannes über seine Offiziere und die Beschwerden der Männer über das Essen gehört haben, sind Sie da in die Küche gegangen, um zu kontrollieren, ob er die Wahrheit gesagt hat?«

Die Ankläger verneinten das.

»Was haben Sie dann unternommen?«

»Wir haben nichts unternommen, Sir.«

Der Captain forderte die beiden Ankläger auf, sich das Essen genau anzuschauen. Das taten sie und gaben zu, dass darin Käfer waren.

Der Captain sagte: »Warum beschweren Sie sich, wenn Ihre Männer Ihnen sagen, dass in ihrem Essen Käfer sind?«

»Wir haben ihnen als *Natives* nicht geglaubt ...«

»Was meinen Sie mit diesem Ausdruck *Natives*?«

Die beiden Offiziere wanden sich. »Wir meinen diese Schwarzen.«

Der Captain stand auf und ging im Raum auf und ab. Schließlich sagte er: »Dann beschweren Sie sich darüber, dass dieser Mann gesagt hat, Schwarze seien keine *Natives* in Europa, womit er andeutete, dass *Weiße* hier *Natives* seien?«

»Sir, ich bin Europäer, kein *Native!*«, rief einer von ihnen.

Der Captain schüttelte den Kopf und sagte den Angeklagten, sie seien frei und könnten gehen.

An diesem Nachmittag waren den Schwarzen Soldaten Kartoffeln, Fleisch, Reis, Brot und, natürlich, ihr geliebtes Mahewu serviert worden.

Pitso lächelte und schüttelte den Kopf bei der Erinnerung. Jetzt wurde ihm, zusammen mit anderen Angestellten und neu ernannten Feldgeistlichen, eine neue Unterkunft angewiesen, die ihnen die für ihre Arbeit nötige Privatsphäre bot. Aber diese neue Situation bedeutete auch, dass Pitso in ein anderes Lager umsiedeln musste – was er bedauerte, da er sein Lager in Arques lieb gewonnen hatte. Er würde eine Menge guter Freunde zurücklassen.

Man stelle sich also seine Überraschung bei seiner Ankunft im neuen Lager – auch in Arques – vor, als er von Portsmouth und einigen Überlebenden der *Mendi* begrüßt wurde. Denn die anderen Überlebenden, einschließlich seines Freundes Tlali und Offizier Haig, befanden sich im Lager nebenan. Er freute sich sehr darüber, seine alten Kameraden wiederzutreffen. Die ersten Tage verbrachte er damit, sich mit der neuen Umgebung und den neuen Aufgaben vertraut zu machen.

»Sie sind ein Schelm, Captain Portsmouth«, sagte Pitso, als er zwei Tage später zufällig auf ihn traf.

»Ich weiß nicht, was du damit sagen willst, Junge«, erwiderte Portsmouth und wandte den Blick ab.

»Das ist alles Ihr Werk, Sir, die Beförderung, dann die Versetzung. Das trägt unmissverständlich die Portsmouth-Handschrift.«

Portsmouths Miene war undurchdringlich. Er wechselte das Thema. »Hier macht ein Gerücht die Runde. Ein schlimmes Gerücht.«

»Ich hoffe, es geht nicht um mich, Sir.«

»Am Morgen des Schiffsunglücks, als wir uns alle in Sicherheit zu bringen versuchten, entdeckte einer der Männer ein Rettungsfloß. Aber sobald er auf das Floß gelangt war, stieß er mit dem Fuß jeden ins Wasser zurück, der zu ihm hochklettern wollte.«

»Ich habe diesen Mann flüchtig gesehen. Aber ich glaube, sein Floß wurde in den Strudel hinabgerissen, als die *Mendi* unterging, Sir.«

»Nein, Kamerad, der Mann ist immer noch unter uns.«

»Woher wissen Sie das, Sir?«

»Ich habe Kenntnis von vielem, was man einfach wissen *muss*. Vergiss nicht meinen Vater und seinen militärischen Hintergrund; ich habe meine Augen und Ohren überall, mein lieber Junge. Was ich dir mit Bestimmtheit sagen kann, ist, dass der Mann unter uns ist. Was für eine Schande.«

Pitso wandte den Blick ab. »Sir?«

»Ja?«

»Ganz unter uns, Sir …«

»Ich bin ganz Ohr.«

»Ich glaube, ich habe den Mann erkannt.«

Portsmouth sah Pitso prüfend an. Dann ging er auf und ab. »Wenn du sicher bist, dass du den Mann erkannt hast, behalte es für dich. Eines Tages kann es sein, dass du seinen Namen preisgeben musst, aber bestimmt nicht jetzt. Wir sind mitten in einem Krieg. Und wer weiß, vielleicht möchtest du dieses Geheimnis mit ins Grab nehmen. Ich will nicht wissen, was du weißt. Ich möchte keine Gerüchte verbreiten – ich bin schließlich Offizier. Ich kann es mir nicht leisten, meinen Namen und meine Reputation zu beschmutzen. Als Bataillon haben wir unsere Sache so gut gemacht. Als Überlebende der *Mendi* haben wir einen Ruf zu verteidigen. Um der Nachwelt willen müssen wir diesen Schandfleck beseitigen.«

KAPITEL 36

Pitso widmete sich souverän seiner neuen Aufgabe als Dolmetscher. Immer wieder sah man ihn in Erfüllung seiner Pflichten von einem Ort zum anderen reiten.

Seine neue Aufgabe verschaffte ihm mehr Zeit und Vorwand, mit seinem Freund Portsmouth zusammen zu sein. Dieser, der für eine Kompanie verantwortlich war, die im Steinbruch arbeitete, verbrachte viel Zeit mit den Köchen, nachdem es Beschwerden über die Qualität der Verpflegung gegeben hatte. Portsmouths lukullische Gelüste waren legendär, seine kulinarischen Fähigkeiten hatte er während seines Aufenthalts auf dem Militär-College in Großbritannien nebenbei kultiviert – Fähigkeiten, die er später noch verfeinerte, als er als Laienprediger Dienst tat. Er aß und trank, wenn möglich, nur das Beste.

Eines Tages entdeckte Pitso ihn mit aufgekrempelten Ärmeln in der Küche, und die Schwarzen Köche, wie sie ihm überrascht und amüsiert zusahen. Er war nicht in der Küche, um Anweisungen zu geben, sondern kochte tatsächlich selbst, wobei er jeden Schritt bei der Zubereitung seines Gerichts erklärte.

»Gentlemen«, sagte Pitso zur Begrüßung zu den Köchen, »warum erlaubt ihr diesem Mann, seine lange europäische Nase in eure Töpfe zu stecken? Habt ihr schon mal was von Lebensmittelvergiftung gehört?«

»Ich dachte, ich wüsste, wie man kocht«, sagte einer der Köche auf Sesotho, »bis er mir all dieses Zeug gezeigt hat, was man Gewürze nennt. Das einzige Kochpulver, das ich jemals benutzt habe, ist Salz. Jetzt haben mir diese bunten Pulver und die Blätter, die er verwendet, die Augen geöffnet. Sie riechen gut, muss ich zugeben. Kann es gar nicht erwarten, sie zu kosten.«

»He, Pitso, alter Knabe«, sagte Portsmouth, ohne vom Kochtopf hochzublicken, »was machst du hier? Solltest du nicht irgendwo Dienst tun?«

»Ein kleines Vögelchen hat mir gezwitschert, dass Sie mich hier brauchen, Captain.«

»Hm, ja und nein. Diese Gentlemen hier sind gute Köche, oder sie haben zumindest das Potenzial dazu. Es stellt sich nun als ziemlich schwierig heraus, ihnen meine Kenntnisse zu vermitteln. Sie verstehen mein Sotho nicht.«

»Das ist so, weil sie Sepedi sprechen, was ihr *Weißen* Nord-Sotho nennt. Aber ich kann hier aushelfen. Was kochen Sie also, Sir?«

»Keine Sorge, die Burschen hier haben schon die obligatorische Mahlzeit für die Soldaten gekocht. Was wir jetzt zaubern, ist für meinen persönlichen Verzehr bestimmt – obwohl ich natürlich mit ihnen teilen werde, damit sie mit meinen Rezepten in aller Ruhe experimentieren können.«

»Gut für Sie, Sir.«

»Okay, fangen wir damit an – kannst du überhaupt kochen?«

»Nun, ich bin kein erstklassiger Koch wie Sie, Captain, doch mein Bobotie wird Ihre Geschmacksknospen jubeln lassen. Der traditionelle Braai ist meine Spezialität. Ein einfacher Rindseintopf mit Reis bedeutet auch keine große Herausforderung.«

»Wenn du also einen annehmbaren Rindseintopf kochen kannst, dann wirst du auch mit Rogan Josh klarkommen. Das ist das Gericht, das ich mit diesen Gentlemen durchgehe.«

»Josh was?«

»Im Grunde bedeutet *Rogan* Fett, und *Josh* bedeutet Hitze. Man kocht also Fleisch am Knochen im eigenen Fett, langsam bei niedriger Temperatur. Aber man verwendet eine Menge Gewürze – Chilipulver, Kardamom, Kaschmir-Schalotten, Zimt oder Lorbeerblätter, Koriander, Fenchelpulver und natürlich Lammschmorbraten oder -keulen.«

»Aber wir haben hier kein Lammfleisch, Sir.«

»Wir improvisieren, mein Junge, wir improvisieren. Denk dran, unsere Boys haben jetzt die volle amtliche Genehmigung, Fallen im Wald zu stellen.«

»Was machen wir da, Captain?«

»Wir fangen Wild und tun so, als wäre es Lamm, das machen wir. Ich selbst war noch nie ein tüchtiger Jäger, also weiß ich nicht mal, wie diese Tiere hier heißen. Aber sie haben genau den richtigen Fettanteil, genau wie ein Schaf.«

»Ich verstehe. Doch das Gericht, das Sie heute kochen, hört sich ... indisch an? Ich habe als Kind bei einer indischen Familie gewohnt«, sagte Pitso.

»Natürlich ist es indisch. Kaschmirisch, um genau zu sein. Es ist ein Currygericht. Damals auf dem Militär-College in England hatten wir diesen großartigen Koch aus Indien – gigantischer Schnauzbart, ständig zuckende Nasenlöcher, durchdringende Augen ... Hat mir alles beigebracht, was ich über die indische Küche weiß, der alte Knacker.«

»Und wo kriegen Sie diese indischen Gewürze her, mitten in einem Krieg?«

»Britische Offiziere. Viele von denen sind der indischen Küche so verfallen, dass sie ihr Land nicht ohne diese Gewürze verlassen können. Wenn sie in den Krieg ziehen, gehören die Gewürze zu ihrem Arsenal.«

»Einen mangelernährten britischen Soldaten muss ich erst noch zu sehen bekommen, Captain.«

Portsmouth lachte gut gelaunt.

»Aber es stimmt, Sir«, beharrte Pitso. »In allen Kriegsbüchern, die ich gelesen habe, machen die Briten ausnahmslos, mitten in einem heftigen Gefecht, eine Pause für einen ›Snack‹, wie sie es nennen.«

Es wurde schnell zur Freitagnachmittagstradition: Portsmouth an den Töpfen, Kaninchen-Vindalho oder Wild-Rogan-Josh oder

Wild-Korma kochend, die Köche, die allmählich den Dreh heraushatten, und Pitso, der so tat, als wäre er nur in seiner Funktion als Dolmetscher anwesend, wenn er eigentlich auch ein eifriger Lehrling war. Ganz zu schweigen davon, dass er die daraus hervorgehenden Gerichte genoss.

Etliche Male jede Woche ritt Pitso zum Lazarett, angeblich um einem Auftrag nachzugehen, wobei sein Hauptmotiv tatsächlich war, Marie-Thérèse zu besuchen. Wenn er eigentlich arbeiten sollte, stahl er sich in die Stadt und verbrachte Zeit mit ihr in ihrem Haus, sobald sie dienstfrei hatte. Er wusste, dass das gefährlich war, obwohl ihm sein neuer Status eine gewisse Immunität vor allzu eingehenden Nachforschungen bot. Er konnte an viele Orte gehen, unbegleitet von einem *weißen* Offizier, aber die Stadtbesuche gingen etwas zu weit. Jeder Ladenbesitzer in der Stadt kannte die Vorschriften: Bediene keinen Schwarzen Soldaten, wenn er nicht von einem *weißen* Offizier begleitet wird. Die zweite Vorschrift, allerdings nicht schriftlich festgehalten, war: Französische Bürger sollten nicht zögern, einen unbegleiteten Schwarzen Soldaten den Behörden zu melden.

Eines Tages, nachdem er einen knisternden Nachmittag in Marie-Thérèse' Schlafzimmer verbracht hatte, band Pitso gerade sein Pferd von einem Pfosten los, als eine bekannte Stimme sagte: »Und was machst du hier?«

Er fuhr herum und erblickte Offizier Haig, dessen Augen trüb und rot unterlaufen waren.

Offizier Haig wechselte von Englisch zu Afrikaans. »Antworte – was machst du hier unbegleitet?« Als der Offizier zum zweiten Mal sprach, bestätigte sich Pitsos Verdacht – der Mann war betrunken.

»Du weißt, dass ich dich vor ein Kriegsgericht bringen könnte?«

»Warum sollten Sie das tun wollen, Sir?«

»Die Vorschriften sind einfach: Ein Schwarzer Soldat darf nicht ohne Begleitung eines *weißen* Offiziers in die Stadt.«

»Aber, Sir, Sie sind hier. Ich bin nicht ohne Begleitung.«

»Du willst mich wohl verarschen! Du weißt, dass ich dich dafür bestrafen lassen kann. Das ist Insubordination.« Er machte einen Schritt nach vorn.

Drei Vorübergehende wurden langsamer, um den Wortwechsel zwischen den beiden Soldaten zu beobachten.

»Sir, Sie erregen Aufmerksamkeit, glaube ich. Die Leute können sehen, dass Sie betrunken sind. Sie möchten sicher nicht, dass ein anderer vorgesetzter Offizier, sagen wir, Captain Portsmouth, davon erfährt ...« Er brach ab.

Offizier Haig drehte sich nach den Zuschauern um und grinste einfältig. Pitso stieg auf sein Pferd.

»He«, rief ihm Haig hinterher, »nimmst du mich mit ins Lager?«

»Gern, Sir.«

Offizier Haig hinten aufs Pferd zu bekommen war eine Herausforderung. Sein betrunkener Zustand und sein unförmiger Bauch machten die Sache nicht leichter. Pitso fragte sich, was die Vorübergehenden von diesen albernen Männern in Uniform halten mochten. Wie hatte Offizier Haig die Musterung mit einem so unförmigen Körper bestanden?

Eine Weile ritten sie schweigend, bevor Pitso sagte: »Verzeihen Sie, Sir, warum sprechen Sie in der letzten Zeit mehr Afrikaans? Auf dem Schiff haben Sie mit jedem Englisch gesprochen.«

»Englisch ist eine gute Sprache beim Kricket oder Polo. Afrikaans ist die Sprache des Krieges. Zulu ist die Sprache des Krieges. *So waar as wragtig!* Wir sind jetzt in den Schützengräben; wir müssen uns in einer motivierenden Sprache wie Afrikaans unterhalten.«

Pitso war nach Lachen zumute, doch er blieb vorsichtig in der Gegenwart dieses Mannes.

»Ernsthaft. Ich bin durch Geburt ein Afrikaans-Muttersprachler. Aber wir sind Kap-Buren. Und wie du weißt, waren Kap-Buren immer Verbündete der Engländer. Aus praktischen Gründen, Mann ...«

»Das habe ich nicht gewusst, Sir.«

»Dann hör zu und lerne. Mein Großvater wechselte schon vor Langem zur englischen Seite über, im Austausch für große Gebiete in der Kap-Provinz, in der Gegend von Grahamstown. Seitdem waren wir immer mehr englisch als afrikaans – zumindest in der Öffentlichkeit. Zu Hause sprechen wir Afrikaans. Es versteht sich von selbst, dass wir während des Burenkriegs offiziell neutral waren, aber unsere Sympathien galten den Engländern.«

Vielleicht spürte er, dass er einem einfachen Corporal, dazu noch einem Schwarzen Corporal, zu viel offenbart hatte, deshalb wurde er plötzlich schweigsam. Still setzten sie ihren Ritt fort. Irgendwann merkte Pitso, dass Haig eingeschlafen war, und dachte an das zurück, was an diesem Nachmittag in Marie-Thérèse' Haus geschehen war.

Als sie sich anzogen, nachdem sie sich geliebt hatten, hatte sie aus heiterem Himmel gesagt: »Pitso, ich sehe Blut. Blut wird fließen. Und du bist mittendrin.«

»Was bist du?«, sagte er beiläufig, während er sich weiter anzog. »Eine Hellseherin oder etwas Ähnliches?«

»Gott, nein, keine Hellseherin!«, erwiderte sie erschrocken. »Es ist nur, wenn etwas Schreckliches bevorsteht, träume ich davon. Manchmal werden meine Träume wahr.«

»*Manchmal.* Diesmal wird es nicht so sein, Liebes. Mir wird nichts passieren.«

Sie ignorierte ihn und fuhr fort: »Vermeide unnötige Konfrontationen während der nächsten Stunden – oder Tage. Ich weiß, das ist alles vage, aber ... So war es in dem Traum.«

»Du bist einfach besorgt, Liebes. Das ist nur natürlich. Und es ist auch nur natürlich, dass, wenn du dich zu sehr mit etwas beschäftigst, es sich in deine Träume schleicht.«

»Aber ich sehe jede Menge Blut!«

»Blut ist unvermeidlich. Schließlich befinden wir uns mitten in einem Krieg.«

»Versuche, jede Konfrontation zu vermeiden«, wiederholte sie, »sogar eine der mildesten Art.«

Offizier Haigs trunkene Stimme riss Pitso aus seinen Gedanken. »Sag mir, hast du die Gerüchte darüber gehört, was beim Untergang des Schiffs geschehen ist?«

»Ich weiß nichts von irgendwelchen Gerüchten, Sir. Ich weiß nur, was ich gesehen habe, Sir, und was ich bei der Untersuchung gehört habe.«

»Was hast du gesehen?«

»Man könnte über das Ganze ein Buch schreiben, Sir.« Pitso blieb unverbindlich.

Sie kamen an der Ruine des normannischen Châteaus vorbei. Ein paar Kinder winkten ihnen vom Straßenrand zu. Pitso winkte zurück.

»Irgendjemand verbreitet bösartige Gerüchte ... Gerüchte, die das Leben eines Mannes zerstören können.«

Pitso schwieg. Seine Gedanken flogen zurück zum Tag des Schiffsuntergangs.

»Soldat.« Haig unterbrach seine Gedanken. »Ich weiß, dass du mit Captain Portsmouth befreundet bist ... ich glaube, er steckt hinter dem Gerücht. Vielleicht könntest du ihn höflich bitten, damit aufzuhören.«

»Worum geht es bei dem Gerücht, Sir?« Pitso konnte jetzt ganz deutlich Haig auf dem Floß vor sich sehen, wie er verzweifelte Männer zurück ins Wasser stieß, als sie auf das Floß zu klettern versuchten.

»Hörst du mir zu, Soldat?«

»Jawohl.«

»Der Captain sagt ... man sagt, ich wäre der Mann, der Leute von dem Floß gestoßen hat, als das Schiff sank.«

»Welches Floß?« Pitso versuchte krampfhaft, seinen Zorn im Zaum zu halten.

»Offenbar gab es da ein Floß. Und ... und diese ... diese Person kletterte auf das Floß. Als die anderen Männer zu ihm auf das Floß zu gelangen versuchten, stieß er sie mit dem Fuß zurück ins Wasser.«

Obwohl er innerlich kochte, sagte Pitso ruhig: »Warum wurde das bei der gerichtlichen Untersuchung nicht erwähnt, Sir?«

»Keine Ahnung. Ich habe keine Ahnung, warum man erst jetzt darüber redet.«

»Aber warum kümmert es Sie, Sir?«

»Hab ich dir doch gerade gesagt. Man behauptet, ich wäre diese Person. Man sagt, man müsste mich vor das Kriegsgericht bringen. Aber sie haben keinen Beweis gegen mich.« Haig wurde lauter, es war fast ein Geheul.

Erschreckt durch diesen Laut, blieb das Pferd stehen und scharrte heftig mit dem rechten Vorderhuf. Pitso strich ihm beruhigend über die Mähne. Es lief wieder los.

»Soldat, ich bin ein guter Mann, ein besserer Soldat als die meisten. Glaubst du, ich würde so etwas tun?«

Falls Pitso irgendeinen Zweifel an dem gehabt hätte, was er in jener Nacht gesehen hatte, so bestätigten Haigs Angst und Befürchtungen nur seinen Verdacht.

»Was auch immer davon zu halten ist, ich werde mit Captain Portsmouth darüber sprechen, Sir.« Pitso war erleichtert, als er Haig bei seinem Lager absetzte.

In dieser Nacht ging Pitso zu Bett, mit Offizier Haig dort, wo er ihn nicht haben wollte – in seinen Gedanken.

KAPITEL 37

Zwei Tage später erhielt Pitso eine dringliche Aufforderung, sich zum Gefängnis für Schwarze in Dieppe zu begeben. In einem der Lager hatte es einen Tumult gegeben, und einige Männer waren verhaftet worden. Sie sollten an diesem Tag vor ein Kriegsgericht gestellt werden, und dabei wurden die Dienste eines Dolmetschers benötigt. Als er seine Hütte verließ, vergaß er nicht, etliche Bleistifte, Zeichenpapier und einige seiner älteren Zeichnungen mitzunehmen. Er hatte herausgefunden, dass bei diesen Missionen die Räder der Bürokratie sich nicht zuverlässig zur festgesetzten Zeit in Bewegung setzten. Die beste Art, die Zeit totzuschlagen und sich bei Laune zu halten, war, an seinen Zeichnungen zu arbeiten, während er wartete – entweder alte Zeichnungen zu überarbeiten oder ganz neue zu beginnen.

Sein Pferd schwitzte und hatte Schaum vorm Maul, als er beim Gefängnis ankam. Pitso meldete sich bei den beiden verantwortlichen Offizieren. Sie versicherten ihm, es werde kein langer Prozess werden, was alles Mögliche bedeuten konnte. Er solle sich setzen, da sie noch auf einen Offizier warteten, der in dieser Sache der Ankläger war.

Obwohl Pitso die beiden Offiziere vorher noch nie gesehen hatte, war ihr südafrikanischer Akzent nicht zu verkennen. Sie mussten mit früheren Bataillonen herübergekommen sein. Sie waren freundlich und höflich, vom selben Schlag wie Portsmouth, nicht so burisch wie Haig und einige andere.

Er war zum ersten Mal in dem Gefängnis, ein primitives Gebäude – eigentlich ein riesiger Raum, in der Mitte geteilt durch Eisenstangen. Die Seite der Gefangenen war düster, schwache

Lichtstrahlen drangen durch winzige Fenster hoch oben. Er konnte in der Finsternis erkennen, dass der Boden vollkommen kahl war. Die Schlafmatten und -decken der Gefangenen waren, sauber zusammengefaltet, ordentlich an den Wänden aufgestapelt. Als Toilette dienten den Gefangenen drei Eimer, die nebeneinander in einer Ecke standen.

Auf der Seite der Gefängniswärter bestand der Boden in Richtung Eingang aus dunklem, glattem Zement, auf Hochglanz poliert. Zwei stabile Tische standen nebeneinander, und zu jedem Tisch gehörte ein Stuhl. Eine große graue Schreibmaschine stand mitten auf einem der Tische, daneben lag ein ordentlicher Stapel weißes Papier. Auf dem anderen Tisch befand sich nur ein großes kupfergebundenes Buch, eine Art Protokollbuch, das an einem der Tischbeine festgekettet war. Den Tischen für die Offiziere gegenüber gab es an der Wand zwei Besucherbänke.

Die Offiziere luden Pitso ein, mit ihnen eine Tasse Tee zu trinken. Er nahm dankend an und beobachtete, wie die Offiziere den Tee von ihren Tassen auf die Untertassen gossen, die sie ganz leicht ankippten und den Tee daraus schlürften. Diese Affektiertheit hatte Pitso schon bei Briten beobachtet. Er lächelte vor sich hin und sann darüber nach, dass sein Freund Portsmouth seit ihrer Ankunft in Frankreich immer englischer geworden war.

Als die Offiziere ihren Tee ausgetrunken hatten, entschuldigten sie sich und verließen den Raum, angeblich um die endgültige Verfahrensweise für den Prozess des Tages durchzugehen.

Schnell begab sich Pitso zu den Gitterstäben und forderte die Männer auf, näher zu kommen und ihn aufzuklären, bevor die Offiziere zurückkehrten. Erst da entdeckte er Tlali unter den Männern.

Pitso schrie fast vor Freude darüber, den Freund zu sehen, den er monatelang nicht zu Gesicht bekommen hatte. Sie waren sich zum letzten Mal begegnet, als Tlalis Kompanie an Pitso Lager vorbeigefahren war – ein flüchtiger Blick und Zuruf. Sosehr ihn die

Begegnung mit seinem Freund auch aufwühlte, nahm er sich doch zusammen und sah Tlali nur an. Er musste sich hier zurückhalten. Tlali trug wie die anderen Gefangenen ein weißes Unterhemd, Soldatenhosen, keine Schuhe. Tlali war untypisch missmutig, sein Gesicht wies dunkle Schwellungen auf.

»Was ist passiert? Schnell, bevor sie zurückkommen.«

»Gestern Nacht gab es einen Kampf im Lager. Ich habe mit Offizier Rotbart« – Offizier Haig – »gekämpft, und er hat mein Geld gestohlen.«

»Was?«

»Ich habe ihm Geld gegeben, wie immer, damit er mir Tabak aus der Stadt mitbringt. Und auch etwas von dem Schnaps des *weißen* Mannes. Er kauft den immer für mich.«

»Bist du verrückt geworden?«, rief Pitso, der seinen Freund kaum wiedererkannte. Das waren alles neue Angewohnheiten, denn Tlali hatte vorher nie getrunken oder geraucht.

»Als ich mein Geld zurückhaben wollte, hat er mich angegriffen. Die anderen Männer sind mir zu Hilfe geeilt. Deshalb sind wir hier.«

Als die beiden Offiziere zurückkamen, war Pitso wieder auf seiner Bank, auf der er vorher gesessen und seine Zeichnungen angesehen hatte. Die eine, die ihm besonders viel bedeutete, war das Bild seiner Mutter, vor so vielen Jahren von seinem Vater angefertigt. Es war unter den Arbeiten in der Tasche seines Soldatenmantels gewesen, den er am Tag des Untergangs der *Mendi* angehabt hatte. Er hatte die Zeichnung seitdem aufgefrischt.

Einer der Offiziere unterbrach seine Gedanken. »Ich erwarte nicht, dass das eine längere Verhandlung wird. Wir machen das nur pro forma, um unsere Soldaten daran zu erinnern, dass wir sie im Auge haben. Die Disziplin bei unseren Truppen ist bisher wirklich lobenswert gewesen.«

»Ganz hervorragend, Captain Moffett«, schloss sich der andere an, »wenn man bedenkt, dass das keine ausgebildeten Soldaten sind. Sie mussten das ganze Problem der … mmh, kulturellen Anpassung bewältigen. Der Schnee, das Meer und das Essen, das muss ihnen zum großen Teil fremd gewesen sein. Das alles muss ein Schock für sie gewesen sein. Aber sie haben das alles gemeistert und sich bewundernswert angepasst.«

Pitso nickte nur.

»Sie werden wahrscheinlich nur eine Abmahnung bekommen«, sagte Captain Moffett. »Und alle können heimgehen.«

»Disziplin ist wichtig«, sagte Pitso leise.

Plötzlich ertönte Gesang in der Morgenluft draußen – kehlige afrikanische Stimmen, singend, rufend. Als sie näherkamen, war der Sprechgesang deutlicher zu hören: »*Bakhululeni, bakhululeni.* – Befreit sie, befreit sie.«

Die beiden Offiziere – Captain Moffett und Lieutenant Benjamin – griffen instinktiv nach ihren Pistolen.

Die Stimmen kamen noch näher. Pitso lief, begleitet von den beiden Offizieren, nach draußen. Sie sahen die Schwarzen Soldaten, in voller Uniform, aus der Richtung der Kasernen auf das Gefängnis zulaufen.

»Sie dürften eigentlich nicht hier sein«, sagte der eine Offizier. »Diese Verhandlungen sind nicht öffentlich. Es sind keine Gerichtsverfahren.«

»Hören Sie, Lieutenant, das sind keine regulären Soldaten. Sie verstehen das Verfahren nicht wie Sie und ich.«

»Aber Vorschriften sind Vorschriften, Captain.«

»Vielleicht sollten wir sie einlassen, nur um sie davon zu überzeugen, dass alles seine Ordnung hat. Es wird ihnen auch zu verstehen helfen, wie unser Justizsystem funktioniert.«

Pitso schaltete sich ein: »Ich denke, sie haben keine bösen Absichten. Ich selbst kenne nicht alle Vorschriften, doch ich halte das, was der Captain sagt, für vernünftig.«

»Es ist Ihre Entscheidung, Captain.«

Die Männer, zwischen dreißig und vierzig an der Zahl, waren jetzt am Tor und protestierten gegenüber den Wachen, die sie nicht einlassen wollten.

Der Captain sagte: »Lance Corporal Motaung, warum gehen Sie nicht hin und sagen den Männern, sie sollen aufhören zu protestieren? Sagen Sie ihnen, sie sollen geordnet in das Gebäude kommen und Platz nehmen, während wir auf den Offizier warten, der der Hauptankläger in dieser Angelegenheit ist.«

Pitso ging schnell zum Tor, um den Wachen die Situation zu erklären. Dann sprach er auf Sotho und in gebrochenem Xhosa zu den Männern. Sie hörten sofort auf zu rufen und folgten ihm in das Gebäude. Aber sie waren noch sehr erregt, und ihre leisen Wortwechsel waren mit zornigen Ausdrücken gewürzt.

Weil die vordere Abteilung des Gefängnisses nicht für größere Besuchergruppen ausgelegt war, gab es nicht ausreichend Sitzplätze. Die Männer entschieden sich, stehen zu bleiben und zu warten. Sofort als sie ihre Kollegen in der Dunkelheit hinter dem Gitter erblickten, skandierten sie: »*Siy'ekhaya! Siy'ekhaya!* – Wir gehen heim, wir gehen heim.«

Pitso rief sie zur Ordnung. Sie gehorchten.

Der Captain sprach: »Nur für das Protokoll, Gentlemen, das hier ist kein Gericht. Sie dürften eigentlich nicht hier sein. Die Verhandlung, die gleich stattfinden wird, sollte eigentlich nicht öffentlich, sondern eine Angelegenheit zwischen den Angeklagten und dem betreffenden Offizier sein. Aber im Interesse von Gerechtigkeit und Transparenz sehe ich nicht, dass etwas dagegenspräche, Ihre Anwesenheit zu erlauben.«

Nachdem Pitso die Worte des Captains übersetzt hatte, jubelten die Männer und sangen Loblieder auf den Captain. Pitso wusste, dass die Worte des Captains nicht ernst gemeint waren. Er glaubte, der Mann war so überhöflich und vernünftig, weil er merkte, dass eine Meuterei bevorstehen könnte. Jetzt sagte er: »Aber wie Sie wissen, bin ich nicht der oberste Chef hier. Ich bin nur einer der kleineren Chefs. Es gibt viele Chefs über mir, die sehr aufgebracht wären, wenn sie erfahren würden, dass ich die Vorschriften nicht eingehalten habe. Damit sie das nicht herausfinden, bitte ich Sie um Kooperation. Ich bitte Sie dringend, meine Position zu achten, und, was noch wichtiger ist, das Verfahren zu respektieren, das gleich stattfinden wird. Wenn Sie nicht schreien und dazwischenrufen, wird diese Sache den großen Chefs nie zu Ohren kommen. Wenn Sie Probleme mit dem Verfahren haben oder sich beschweren wollen, gibt es Wege dafür. Sie können das Urteil anfechten oder eine Überprüfung des Urteils beantragen – das heißt, wenn jemand verurteilt wird. Was ich sehr bezweifle.«

Nachdem Pitso die Worte des Captains für die Gruppe übersetzt hatte, wurden die fünf Männer hinter Gitter nach vorn geführt. Sie wurden neben dem Tisch mit der Schreibmaschine aufgereiht.

Kaum hatten die Angeklagten ihre Position eingenommen, da ging die Tür auf. Herein kam Offizier Haig in voller Montur.

Einige der Männer brüllten vor Zorn: »Hier ist der Hund! Hier ist der Hund!«

»Ruhe!«, schrie Pitso, »Ruhe! Zeigt ihnen, dass ihr zivilisiert seid.«

Das Gebrüll wurde zu einem Gemurmel herabgedimmt.

Offizier Haig war eindeutig erschüttert, als er die Männer sah. Er nahm seinen Platz neben dem Captain ein.

»Ah«, sagte der Captain, auf seine Uhr blickend, »Offizier Haig hat sich endlich herabgelassen, unsere schlichte kleine Veranstaltung mit seinem Erscheinen zu beehren. Da uns inzwischen schon der Tee ausgegangen ist, werden wir unverzüglich in die vorliegende Angelegenheit einsteigen …«

Pitso stellte fest, dass Offizier Haig, obwohl er sein Bestes versucht hatte, fesch auszusehen – mit gut gebügelten Hosen und sauber gestutztem Bart –, dennoch irgendwie erschöpft wirkte. Sein Gesicht sah aufgedunsen aus, als hätte er eine Woche lang nicht geschlafen. Seine dünnen Lippen waren aufgesprungen, die Augen blutunterlaufen.

»Ich bitte um Entschuldigung, Captain«, sagte Offizier Haig, doch er sah Pitso an. »Was macht dieser Mann hier? Er gehört nicht zu meinem Lager, dem Lager, wo die ... unglückseligen Vorkommnisse stattfanden. Und ich habe auch keine Zuschauer erwartet.«

»Lance Corporal Motaung ist Dolmetscher«, sagte der Captain. »In dieser Eigenschaft ist er hier.«

Offizier Haig wechselte zu Afrikaans. »Bei allem nötigen Respekt, *agbare kaptein*, können wir nicht einen Dolmetscher von einem anderen Bataillon zuziehen? Nicht vom Fünften Bataillon. Bestimmt nicht einen Überlebenden von der *Mendi* ...«

»Warum nicht?«

»Die Leute von der *Mendi* sind voreingenommen gegen mich, *en dis die waarheid*. Insbesondere dieser Mann ist ein notorischer Hetzer, der bösartige Gerüchte über mich verbreitet. Im Interesse der Gerechtigkeit beschwöre ich Sie, in Erwägung zu ziehen, einen anderen Dolmetscher zu beschaffen. Nicht diesen Mann.«

»Ah, das wird komplizierter, als ich angenommen hatte«, sagte der Captain in seinem unsicheren Afrikaans. »Können wir ...«

Pitso war bei Haigs Worten zurückgeschreckt. Der Captain sah ihn scharf an. »Alles in Ordnung, Lance Corporal?«

»Alles ist gut, Sir.«

»Sie sehen gar nicht gut aus.«

Pitso schwitzte und zitterte. In seinen Ohren klangen die Worte von Marie-Thérèse: »Versuche, jede Konfrontation zu vermeiden. Sogar eine der mildesten Art.«

Der Captain sprach Pitso direkt an: »Lance Corporal Pitso, haben Sie gehört, was Offizier Haig zu sagen hatte, oder wollen Sie, dass er es wiederholt?«

»Captain«, sagte Pitso plötzlich zu seiner eigenen Überraschung, »ich bin bereit, zurückzutreten. Ich kann einen anderen Dolmetscher organisieren, wenn das für das Verfahren förderlich ist.«

Ein Mann schrie: »Wir verstehen nicht, was du sagst. Sag es uns in einer unserer afrikanischen Sprachen. Wir sind nicht hergekommen, um zuzusehen, wie du so durch die Nase sprichst ...«

Die anderen Männer lachten.

Pitso wandte sich an den Captain. »Die Männer wollen wissen, was vor sich geht. Erlauben Sie mir, dass ich ihnen eine Zusammenfassung liefere?«

»Ich denke, das kann nicht schaden.«

Pitso übersetzte Haigs Worte für die Zuschauer.

»Er kann nicht einfach die Vorschriften ändern!«, rief einer.

»Ruhe!«, schrie Pitso.

»Hy lieg soos 'n koerant, hierdie rooibaard!«, sagte einer der Männer aus dem Freistaat. *Er lügt wie die Zeitung, dieser Rotbart!*

»Ruhe!«, schrie der Captain.

»Er hat auf der *Mendi* unsere Leute umgebracht, dieses Stück Scheiße!«

»Die Wahrheit muss ans Licht!«

Die beiden bewaffneten Wachen kamen, aufgeschreckt von dem Lärm, von ihren Posten am Tor angerannt und stürmten in das Gebäude.

»Es ist alles unter Kontrolle!«, schrie der Captain. »Alle bleiben ruhig. Wachen, kehren Sie auf Ihre Posten zurück.«

»Hört auf, euch wie die Affen zu benehmen!«, brüllte Offizier Haig.

Ein Mann stürzte nach vorn und rammte den Kopf in Offizier Haigs Bauch, der so kolossal war, dass der Angreifer abprallte und hinfiel. Während Offizier Haig rückwärts taumelte, versetzte ihm ein anderer einen Faustschlag gegen die Schläfe. Haig brüllte vor Wut und Schmerz.

Eine Wache feuerte einen Warnschuss in die Luft, der ins Dach einschlug. Ein Mann riss der Wache das Gewehr aus der Hand und fing an, wahllos über die Köpfe der Männer hinweg zu schießen und dabei zu schreien: »Lasst unsere Männer frei!«

Der Captain schoss dem Mann in die Schulter, sodass das Gewehr geräuschvoll zu Boden fiel.

»Ruhe!«, schrie Pitso und blickte mit einem Ausdruck der Panik in die Runde.

Tlali sprang den Captain an und versetzte ihm einen so heftigen Faustschlag, dass er ihm die Nase brach, aus der das Blut schoss. Er nahm dann die Waffe des Captains und stürzte zur Raummitte.

Offizier Haig zog seine Pistole, zielte und drückte ab. Blut spritzte aus Tlalis Brust und leuchtete auf dem Weiß des Hemdes.

Als er seinen Freund fallen sah, schrie Pitso vor Wut, sprang auf Haig zu und packte ihn bei der Gurgel. Die beiden krachten gegen einen der Tische. Haig drückte wieder ab. Die Kugel ging weit daneben. Eine Wache kam auf sie zugeschossen und schlug Pitso mit dem Gewehrkolben. Er traf ihn im Gesicht, und die Gewalt des Schlags sandte eine Schmerzexplosion durch seine linke Augenhöhle.

Jemand schlug Pitsos Angreifer mit einem Stuhl. Noch mehr Gewehrschüsse. Offizier Haig rang mit einem Mann auf dem Boden, während andere die Wachen zu entwaffnen versuchten.

Pitso war bei vollem Bewusstsein, doch er entschied sich dafür, noch eine Weile auf dem Boden liegen zu bleiben, zu Atem zu kommen und eine Möglichkeit zur Flucht zu finden. Ihm war klar, dass der Kampf nicht vorbei war. Der Raum stank nach Pulver. Langsam kroch er zur Tür, die weit offen stand. Dort angekommen, versuchte er aufzustehen. Ein Schwindelanfall überwältigte ihn, und er brach zusammen. Er schmeckte sein Blut, das in Strömen aus seinem verletzten Auge schoss. Er leckte den blutigen Speichel auf, der sich in seinen Mundwinkeln gesammelt hatte, und spuckte ihn aus. Mit großer Mühe kam er auf die Füße und schwankte hinaus in den staubigen Hof. Er presste die Linke auf das beschädigte Auge und versuchte so, den Blutfluss zu stoppen. Dort war kein Schmerz, nur das schnelle, dumpfe Pochen von Blut, als hätte sein Herz sich in seine Augenhöhle verlagert.

Er versuchte zu rennen, fiel aber auf die Knie. Als könnte es die Bedrängnis spüren, wieherte sein Pferd lebhaft. Die Hand noch immer fest auf das verletzte Auge gepresst, blinzelte Pitso mit dem anderen. Er sah, wie das Pferd ungeduldig auf den Boden stampfte. Die Verzweiflung des Tiers gab ihm neue Hoffnung. »Ich schaffe es, ich schaffe es«, murmelte er vor sich hin. Mit letzten Kräften richtete er sich auf, humpelte dann trunken los, bis er das Pferd erreichte. Das Aufsteigen kostete ihn große Mühe.

Sobald er auf dem Pferd saß, galoppierte er in wildem Tempo davon.

Er wusste, dass früher oder später jemand Verstärkung herbeirufen würde. Es gab keinen Zweifel daran, dass die Meuterer vor ein Kriegsgericht gestellt werden würden. Sie würden tot sein, bevor der Tag um war. Obwohl er von seiner Unschuld überzeugt war und seine Tätlichkeit gegenüber Offizier Haig an diesem Vormittag rechtfertigen konnte, waren seine Chancen, den Fall zu gewinnen, gering. Das Risiko wollte er nicht eingehen.

Es wäre traurig, durch ein Erschießungskommando zu enden, wo er doch wusste, dass er nichts Unrechtes getan hatte und dass der Krieg langsam auf sein Ende zukroch. Was würde er den Engeln im Himmel erzählen – dass er den ganzen Weg von Afrika hergekommen war, um in Europa den Kugeln seiner Kameraden zu erliegen? Dass er so schnell seinen Traum aufgegeben hatte, für seine Würde zu kämpfen? Dass er, wie sein Vater, sich geweigert hatte, den Krieg bis zum Ende durchzustehen?

Sobald er an seinen Vater dachte, verspürte er den Anflug eines schlechten Gewissens. Viele seiner Freunde im Lager hatten bei ihm

Rat, Freundschaft, Führung gesucht. Doch nun lief er davon. Wie ein Verrückter ritt er – nicht zurück zum Lager. Es musste einen anderen Weg geben, in diesem Krieg weiter zu kämpfen. Aber wie, wie? Er versetzte sein Pferd in einen leichten Galopp, und Tränen der Scham blendeten sein gutes Auge. Ihm war schwindlig, und im Kopf pochte es. Er hielt sein Pferd an und betupfte sein verletztes Auge mit seinem Taschentuch, bevor er laut zu heulen anfing. Er war zornig über das gerade Geschehene, doch beschämt über seine Reaktion. Wie sollte er mit sich selbst weiterleben? Sein Leben lang hatte er seinen Vater dafür verspottet, dass er vor dem Krieg, vor seinen Verpflichtungen fortgelaufen war. Doch genau das tat er jetzt. Er stieg vom Pferd, fiel auf die Knie und heulte eine Weile. Es kümmerte ihn nicht, ob man ihn verfolgte. Er wühlte mit den Fingern in der Erde und hoffte, der Boden würde unter ihm nachgeben und ihn, seinen Schmerz, seinen Zorn und seine Scham begraben.

Erst als er sich Marie-Thérèse' Gasthaus näherte, spürte Pitso fürchterliche Schmerzen. Er verlor immer wieder kurz das Bewusstsein. Marie-Thérèse kam ihm entgegengelaufen, und er erklärte ihr kurz die Situation, während er fühlte, dass ihn alle Kraft verließ.

»In dieser Stadt können wir nicht bleiben. Die Militärpolizei wird nach ihm suchen«, sagte Marie-Thérèse zu ihrer Schwester Geneviève, als sie ihm vom Pferd halfen und in eines der Schlafzimmer brachten.

»Wir müssen uns erst um seine Blutung kümmern. Er könnte durch Blutverlust sterben.«

»Ich mache einen Breiumschlag, um die Blutung zu stoppen. Er muss auch viel trinken. Dann wirst du ihn so bald als möglich aus der Stadt bringen«, drängte Marie-Thérèse.

»Was? Warum ich, warum nicht du?«, fragte Geneviève.

»Wenn die Militärpolizei an meiner Tür klopft und nur mich hier vorfindet, wird es sie verwirren. Sie werden mich einer langen

Befragung unterziehen wollen. Sie werden das Gasthaus und das Haus gründlich durchsuchen. Das verschafft dir genug Zeit, nach Amiens zu gelangen. Cousin Bernard wird sich um ihn kümmern.«

»Warum bringen wir ihn nicht nach Saint-Nazaire? Dort ist mehr los, und er wird nicht so auffallen.«

»Saint-Nazaire wäre eigentlich ideal. Das Problem ist die Entfernung – es ist zu weit für jemanden in seinem Zustand. Außerdem ist Bernard Chirurg – er kann helfen. Wenn Pitso dann völlig wiederhergestellt ist, können wir die Situation neu bewerten.«

»Was sage ich Bernard?«

»Er weiß schon von mir und Pitso. Du brauchst nur zu betonen, dass Wachsamkeit unabdingbar ist. Niemand sollte erfahren, dass Pitso dort ist – oder dass er überhaupt existiert. Mein armer Schatz. Sein Auge sieht schrecklich aus.«

»Bernard sollte es behandeln können. Er hat magische Hände.«

»Pitso muss die ganze Zeit über drinnen bleiben. Sag Bernard, dass ich in ein paar Tagen nach Amiens kommen werde«, gab Marie-Thérèse ihrer Schwester mit auf den Weg.

Pitso lallte: *»Dulce et decorum est pro patria mori.«*

»Was hat er gesagt?«, fragte Geneviève.

Marie-Thérèse übersetzte: »Il est doux et beau de mourir pour la patrie.«

»Du glaubst ...«, fragte Geneviève zögernd, »... du glaubst, er stirbt?«

»Nein«, antwortete Marie-Thérèse, da sie wusste, wie zäh Pitso war.

KAPITEL 38

Neun Wochen später saß Pitso auf der Terrasse eines reich ausgestatteten Hauses in Amiens und blickte auf die Somme, die in einer Entfernung von knapp zweihundert Metern anmutig vorüberfloss. Die Gärten, die sich sanft zum Ufer hin senkten, waren voller Kastanienbäume, Platanen und Fliederbüsche, die den Bewohnerinnen und Bewohnern des Hauses Abgeschiedenheit und Schutz vor neugierigen Augen boten. Pitso konnte stundenlang auf der Terrasse sitzen oder im Garten auf und ab gehen, ohne befürchten zu müssen, von in ihren Booten Vorbeisegelnden oder von über ihre Angeln gebeugten Fischern etwas weiter flussaufwärts bemerkt zu werden.

Jetzt im Herbst waren der Rasen und die Gärten mit einem bunten Laubteppich bedeckt. Der Geruch des Flusses war scharf und sein kalter Atem sogar noch schärfer auf Pitsos Haut. Vogelgesang erfüllte noch die Luft, doch nicht so lärmend wie im Hochsommer. Eine Schar Enten von einer Rasse, die Pitso vorher noch nie gesehen hatte, ließen sich vorübertreiben. Er fragte sich, wie sie schmecken würden. Sein Kontakt mit der Tierwelt in Arques-la-Batailles üppigem Wald hatten seinen Appetit für Wildfleisch geweckt.

Dies hier war ein Haus von maßvollem Reichtum. Die Gärten erstreckten sich auf allen Seiten bis in einige Entfernung, und die Pferdeställe waren geräumig. Neben den Ställen befanden sich Wagenschuppen mit der schönsten Sammlung von Kutschen, die Pitso je gesehen hatte, und dann gab es da ein Automobil – ein wundersames Monster, das schwarz glänzte. Er bewunderte eine Weile das Emblem mit seinen zwei glitzernden Buchstaben: RR – Rolls Royce.

Obwohl er dankbar für den Schutz war, der ihm hier gewährt wurde, stellte er fest, dass er das Lager und seine Aufgaben als Baumfäller vermisste – die hypnotische Musik seiner Axt, wenn er sie gegen einen Baum schwang, die schimpfenden Vögel von nahen Bäumen, als würden sie die Baumfäller auffordern, mit ihrer Arbeit aufzuhören. Und den Gesang der Baumfäller: *Abelungu oswayini! Basincintsh'itiye, basibize ngoswayini!*

Während all der Wochen, die er im Haus hier war, hatte er sich nicht ein einziges Mal im Spiegel betrachtet. Bernard, Marie-Thérèse' Cousin, war gut zu ihm gewesen. Als verberenteter Chirurg in Personalunion mit einer guten Seele hatte er sich um Pitso gekümmert, seit er angekommen war, hatte den Verband über Pitsos verletztem linkem Auge täglich selbst gewechselt. Er konnte es nicht riskieren, dass sich eine Sepsis entwickelte.

Bei zahllosen Gelegenheiten hatte Pitso versucht, sich ein genaueres Bild von Bernard zu machen. Wie war er mit Marie-Thérèse »verwandt«? Warum opferte er so viel Zeit und Geld für einen Fremden? Pitsos Erfahrung mit Christine hatte ihn gelehrt, immer auf der Hut zu sein, was Frauen betraf: Sie hoben einen in den Himmel der Glückseligkeit und stießen einen dann in ein frühes Grab. War Bernard Marie-Thérèse' Ehemann? Wenn das so war, warum kümmerte er sich so fürsorglich um einen jungen Mann, der ihn zum Hahnrei machte? Pitso dachte, dass er die Art der Franzosen nie verstehen würde.

Wenn Pitso sich nach seinem verletzten Auge erkundigte, sagte Bernard immer nur: »Ja, es ist in einem schlimmen Zustand. Doch die moderne Medizin hält Überraschungen bereit. Wenn der Krieg vorbei ist – was nur eine Frage von Monaten ist, wie ich glaube –, gehen wir nach Paris. Dort gibt es einige hochqualifizierte Augenspezialisten – die werden wissen, was zu tun ist.«

Jedes Mal wenn sich Pitso an die Ereignisse des Tages erinnerte, als er in die blutige Meuterei verwickelt worden war, schauderte er. Eine Menge Fragen schwirrten ihm durch den Kopf und raubten ihm nachts den Schlaf. Wie hätte er anders handeln können, um die Situation nicht eskalieren zu lassen? Wie viele Tote hatte es an jenem Tag gegeben? Wer hatte überlebt? Was hatten sie sich über ihn erzählt? Portsmouth würde von seiner Verstrickung in die Meuterei gehört haben. Er musste empört und enttäuscht über Pitsos verachtenswertes Verhalten gewesen sein. Was hatte er der Militärpolizei über ihn gesagt?

Und am wichtigsten – warum war er davongelaufen? Hätte er nicht die Stellung halten und die Konsequenzen tragen sollen? Hatte er sich nicht eben das geschworen: Verantwortung zu übernehmen, im Krieg auszuharren und bis zum Letzten zu kämpfen, anders als sein Vater, der Fersengeld gegeben hatte, als es ihm zu heiß wurde?

Er war Marie-Thérèse dankbar, dass sie ihn vor der Gefangennahme gerettet hatte. Sie hatte ihm in der Tat das Leben gerettet. Er hätte verbluten können. Aber was war der nächste Schritt? Bestimmt war ihm die Militärpolizei auf der Spur. Amiens war schließlich nicht weit entfernt von Arques. Es war nur eine Frage der Zeit. In Kriegszeiten schrieb die Armee ihre eigenen Gesetze, wie er wusste. Nichts hinderte sie daran, eine Suche von Haus zu Haus zu veranstalten. Da er nun völlig wiederhergestellt war, wenn auch mit einem großen Verband über dem linken Auge, traute er sich zu, hinaus in die große, weite Welt zu gehen und dort Fuß zu fassen, seine eigenen Kämpfe auszufechten. Nur dass er Frankreich nicht kannte, abgesehen von dem, was er in Büchern gelesen und auf Landkarten betrachtet hatte. Aber seine Pläne brauchten Marie-Thérèse' Zustimmung – sie hatte das Geld. Sie konnte auch sehr leicht die Militärpolizei zu seinem Versteck führen, wenn sie wollte; sie hatte so viel Macht über ihn. Seit er aus Arques fort war, hatte er kein Wort mehr von ihr gehört.

Während er tief in Gedanken versunken auf der Terrasse saß,

drang ein vertrauter Klang zu ihm. Er lauschte angestrengt. Die Klangwellen wurden immer betörender und nachdrücklicher. Tränen traten ihm in die Augen, als er *An der schönen blauen Donau* erkannte. Die Musik ließ seine Gedanken zurückwandern nach Bloemfontein, zu Christines Haus, zu ihrem Grammofon, zu ihnen beiden, die sich zu diesem Walzer drehten und herumwirbelten, die sich zum hinreißenden Fluss der Musik liebten.

Pitso stand auf und ging ins Haus. Mitten im großen Ballsaal entdeckte er Marie-Thérèse und Bernard, wie sie Walzer tanzten. Sie waren so versunken in die Musik, dass sie ihn nicht sofort bemerkten, jedenfalls nicht, bevor er über einen Stuhl stolperte.

»Ah, da bist du ja«, rief Marie-Thérèse und kam mit ausgestreckten Armen auf Pitso zu. »Wir haben angenommen, du machst einen Spaziergang unten am Fluss.«

Sie umarmten sich, dann trat sie zurück, stellte sich auf die Zehenspitzen und drückte ihre Lippen sanft auf den Verband über seinem linken Auge.

Pitso sagte nur: »Lass uns tanzen. Bernard, leg etwas Flottes auf, bitte.«

Bei den Fingerspitzen führte er sie zur Mitte des Ballsaals. Bernard legte die Platte auf das Grammofon, stellte sich dann neben die Treppe, ein Glas Rotwein in der Hand und ein amüsiertes Lächeln auf dem Gesicht.

Der Klang von Johann Strauss' *Vergnügungszug* füllte den riesigen Raum. Das Tanzpaar glitt dahin und drehte sich. Während die Musik langsamer wurde und dann wieder anzog, machten ihnen die lebhaften Violinen und die zornigen Flöten und die dumpf pochende Tuba wieder einmal deutlich, warum das Stück *Vergnügungszug* hieß. Der Zug raste zwischen österreichischen Bergpässen dahin, schoss an tiefen üppigen Tälern vorbei, überquerte glitzernde Flüsse, wand sich an den Ufern lächelnder Seen entlang und bahnte sich den Weg durch endlose goldene Kornfelder.

Pitsos nackte Füße erzeugten ein Quietschen, wenn er sich auf dem glänzenden, polierten Parkett drehte. Marie-Thérèse wusste, dass er keine Schuhe trug, wenn es möglich war. Er hatte ihr gesagt, das Barfußlaufen ließe ihn sich eins fühlen mit der Erde, auf der er ging; er liebte die tröstliche Sanftheit welkender Blätter unter den Sohlen, wenn er durch den Garten ging oder den kühlen Morgentau im Frühling und Sommer.

Marie-Thérèse merkte, dass er weinte, Tränen liefen ihm die rechte Wange hinunter.

»Mach dir keine Sorgen, Liebes«, sagte sie, die Stimme leicht über die Musik erhoben, aber nicht so laut, dass es Bernard hören konnte, »wir lassen dein Auge wieder in Ordnung bringen.«

Aber sie verstand nicht. Das waren Freudentränen, die er vergoss. Er war nicht sicher gewesen, wie bald er wieder ihre Hände halten würde – wenn überhaupt. Immer wieder hatte sich sein Herz zusammengezogen bei dem Verdacht, dass Marie-Thérèse, wie Christine damals, ihm einfach hinterrücks einen Dolchstoß versetzen könnte. Seine Kameraden steckten knietief im Schlamm, deutsche Granaten fielen rings um sie, doch er lebte noch, einen Trog mit köstlichem Essen vor der Nase. Deshalb weinte er. Nicht weil er sein Auge vermisste.

Als die Musik endete, atmete sie schnell, Schweißtröpfchen sammelten sich auf ihrer Nase. »Tanzt ihr den Walzer so in Afrika?«

»Das war eine Polka, Liebes, kein Walzer.«

»Du weißt, was ich meine, Dummkopf.«

»Ex Africa semper aliquid novi!« Aus Afrika kommt immer etwas Neues.

Später, nach dem Abendessen mit Bernard, schlug Marie-Thérèse einen Spaziergang im Garten vor. Pitso freute sich, einmal herauszukommen, da er im Bunker geschlafen hatte, seit er in der Villa angekommen war. Er fand das klaustrophobisch, doch er musste sich an Bernards Regeln halten. Pitso half ihr in das Cape, nahm ihren Arm, und sie schlenderten in die Nacht hinaus. Der Himmel war klar, mit Sternen übersät, und das natürliche Licht reichte gerade so, dass sie den Weg zum Fluss hinunter fanden.

»Erzähl mir, wie es dir ergangen ist«, bat er.

Ein Nachtvogel rief. Die Somme murmelte.

»Die Lage war angespannt, wie du dir denken kannst. Viele Male wurde ich von eurer Militärpolizei vernommen. Sie sind davon überzeugt, dass ich dich irgendwo verstecke.«

»Sehr scharfsinnig, nicht wahr?«

»Einer war so hartnäckig, dass es an Belästigung grenzte – der mit dem roten Bart, Offizier Haig. Er stand zahllose Male vor meiner Tür, schmeichelte mir, bedrängte mich, drohte mir mit Arrest, wenn ich ihm nicht deinen Aufenthalt verriete. Es ging so weit, dass ich ihn daran erinnern musste, wer mein Bruder ist, welchen Einfluss unsere Familie hat, nicht nur in Arques, sondern auch in Paris.« Sie hielt inne. »Dieser Mann ist ... wie rekrutiert ihr bei euch daheim eure Soldaten? Dieser Mann ist ständig betrunken, ständig. Sein Benehmen und sein Äußeres sagen mir nicht *Soldat*. Sie rufen *Vagabund*.«

Pitso wollte ihr erzählen, dass er daran gedacht hatte, fortzugehen. Es wäre nicht schwer gewesen – im Haus waren keine Wachen. Aber wo sollte er hin, wenn er sich zum Gehen entschloss? Ja, er hatte sich die Landkarte der Region angeschaut, in der er war, die Picardie. Er hatte die Landkarte Frankreichs und Europas studiert. Doch er wusste nicht, wie tief die Flüsse waren. Und die Gebirge und Täler – konnte man sie durchqueren? Er fühlte sich hin- und hergerissen. Er traute Bernard nicht, aber Marie-Thérèse hatte so viel für ihn geopfert, hatte sich selbst in Gefahr gebracht, um ihn zu schützen. Zählte das denn gar nichts? Er war sich nicht sicher.

Wenn er wirklich floh und erwischt wurde, würde man ihn zweifellos zurück nach Südafrika schicken, wo er eine lange Haftstrafe bekommen würde. Oder noch schlimmer, man würde ihn einfach hier, auf europäischem Boden, hinrichten, um eine Botschaft auszusenden: So gehen wir mit Verrätern um. Er war schließlich maßgeblich an einer mörderischen Meuterei beteiligt gewesen. Er war auch desertiert. Je mehr er über Flucht nachdachte, desto schlechter fühlte er sich, zweifelte an seiner Integrität. Scham überwältigte ihn. War er nicht Soldat geworden, um zu kämpfen?

Er gab zu: »Ich dachte, du würdest mich nie abholen. Ich bekam richtig Angst. Da ich von den Verbindungen deiner Familie zu den französischen Behörden wusste, dachte ich, man hätte mich an die Militärpolizei verraten.«

Sie stieß ihn erzürnt von sich. »Wofür hältst du mich? Wofür hältst du meine Familie?«

»Entschuldige, so habe ich das nicht gemeint. Du weißt doch, das Gehirn eines Verzweifelten ist voller giftiger Gedanken, stets misstrauisch, stets auf der Suche nach Verschwörungen. Und es ist fast zwei Monate her, seit wir uns das letzte Mal gesehen haben«, erklärte er mit verzweifelter Stimme.

Sie ließ die Schultern sinken. »Ich weiß, mein Schatz. Ich musste meinen Besuch verschieben, weil ich unter strenger Beobachtung stand. Ich wollte sie nicht zu dir führen. Selbst jetzt musste ich besonders vorsichtig sein. Ich habe einen Zug von Dieppe nach Rouen genommen, wo ich zwei Tage bei einer Freundin geblieben bin.«

Sie liefen am Ufer des Flusses entlang, sich vorsichtig den Weg zwischen Steinen und Gestrüpp hindurch bahnend. Ein Fisch sprang aus dem Wasser, landete mit lautem Platschen wieder im Fluss und erschreckte sie beide.

»Jedenfalls habe ich nach zwei Tagen einen Zug zurück nach Hause genommen, nur dass ich nicht in Arques oder in Dieppe ausgestiegen bin. Ich bin nach Abbeville weitergefahren, habe dort die Nacht verbracht, bin im Morgengrauen aus meinem Hotel geschlichen, und mein Chauffeur hat mich die ganze Strecke bis hierher gefahren.«

Er lachte über ihre Raffiniertheit.

»Jetzt erzähl mir deine Geschichte«, sagte sie. »Wie ist es dir ergangen?«

»Ich habe gegessen, gegessen, gegessen, dazwischen gab es lange Momente, in denen ich meine Liebste vermisst habe. Was gibt es sonst zu berichten? Ich kann nicht aus dem Haus, kann nichts tun, was normale Leute tun. Also sitze ich hier, esse, lese, höre etwas Musik und esse wieder.«

»Deshalb ist dein Gesicht so rund und sind deine Schultern so kräftig«, lachte sie.

»Leg dich nicht mit mir an«, sagte er und drückte spielerisch ihren Arm.

»Mein Liebling«, sagte sie, ihr heiteres Geplänkel genießend, »ich denke, wir gehen besser wieder hinein. Es wird ziemlich frisch.«

Bevor sie sich zur Ruhe begaben, sagte sie: »Dein Freund Portsmouth hat mich einmal besucht, um mich zu ermutigen. Er war sehr nervös, als er eines Nachts zu meinem Haus kam. Er wollte mir einen Brief für dich übergeben. Ich wollte ihn nicht entgegennehmen. Zwei Tage später gab ihn mir Geneviève. Ich war so böse auf sie – ich habe ihr gesagt, wenn wir ihn annehmen, bestätigt das nur, dass wir wissen, wo Pitso ist. Jedenfalls habe ich ihn mitgebracht. Wenn sie später zu mir kommen und wissen wollen, was ich mit dem Brief gemacht habe, sage ich einfach, ich weiß nichts von einem Brief. Sie können mich nicht vor ein Kriegsgericht stellen oder so verrückte Sachen mit mir anstellen wie mit euch Soldaten. Ich habe entsetzliche Geschichten gehört ...«

»Kann ich den Brief sehen?«, schnitt ihr Pitso das Wort ab, da er begierig war zu erfahren, was sein Freund geschrieben hatte.

»Natürlich. Ich habe ihn hier.«

Mit zitternden Händen öffnete Pitso den Umschlag und zerriss dabei beinah den Brief.

KAPITEL 39

Mein lieber alter Dummkopf!

Ich weiß, dass Du körperlich und seelisch unversehrt bist, weshalb ich keine Zeit mit der Frage nach Deiner Gesundheit verschwende. Was ich fragen will, ist: Servieren sie Dir gutes Essen, dort, wo Du bist? Und hast Du einen guten Arzt oder eine gute Krankenschwester, die sich um Deine Verletzungen kümmern? Leider hast Du keinen mächtigen Medizinmann, der Dich vor Deinen Verfolgern schützt. Wie Du weißt, haben Tlali sein Medizinmann und seine Amulette an jenem Tag nicht beschützt, und er ist nicht mehr unter uns.

Es ist alles nicht so, wie es sein sollte, und ich schreibe Dir mit schwerem Herzen. Die Deutschen würden sich krummlachen, wenn sie von dem Blut erführen, das in unseren Lagern vergossen wurde, von den Meutereien und Kriegsgerichten. Ich finde das sehr traurig.

Es war gut, dass Du dorthin gegangen bist, um für Deine Kameraden bei dieser Verhandlung zu dolmetschen. Ein Zeichen guter Führerschaft. Du siehst, Führer fallen nicht vom Himmel. Führer gehen aus Familien, aus Gemeinschaften hervor. Führer verkörpern die Träume ihrer Leute, aber sie lenken auch die Tatkraft ihrer Leute in die richtige Richtung. Führer sind die Quelle des Lichts, aber sie sind auch der Treibstoff, der eine Gemeinschaft am Laufen hält. Du bist all das. Deswegen bist Du ein wandelnder Albtraum für solche wie Haig. Ja, er hat die blutige Meuterei überlebt. Die beiden dort anwesenden Offiziere sind gestorben, wie auch drei der Wachen. Aber Haig hat überlebt. Und aus irgendeinem Grund hat er es sich zur Lebensaufgabe gemacht, Dich aufzuspüren.

Ich vertraue Dir. Ich bin überzeugt von Deiner Fähigkeit, Dir unter Menschen aus allen Gesellschaftsschichten ein Leben einzurichten, wenn all das vorbei ist. Ich habe mit hochrangigen Militärs zusammengelebt – mein Vater war einer von ihnen –, ich bin mit adligen Personen verkehrt: Earls, Baronen, Counts etc. Hochgebildeten, vielgereisten, kultivierten Menschen. Doch Du hast eine so tiefe Menschlichkeit, wie ich sie selten erlebt habe.

Bestimmt wirst Du feststellen, dass die Karten im Moment schlecht für Dich stehen. Ja, wir befinden uns mitten in einem Krieg, aber es gibt Männer in unserer Mitte, Männer, die vom echten Krieg abgelenkt wurden und ihre Energie und Zeit nun darauf verwenden, Dich aufzuspüren. Es ist, als hätten wir den Krieg der races *von Südafrika auf französischen Boden gebracht. Was jetzt geschieht, ist lächerlich und traurig. Schwarze Männer werden gezielt herausgegriffen und vor's Kriegsgericht gestellt. Männer werden niedergestreckt, weil sie gegen schlechtes Essen protestieren. Sie werden als Meuterer gebrandmarkt und erschossen, als wären sie Wild. Unsere Lager ächzen unter dem Geruch von Pulver und dem Blut unserer eigenen Männer, wo das Pulver doch rechtmäßigerweise für den Feind reserviert sein sollte.*

Pitso, Du hast Deinen Kampf gekämpft, und ich weiß, Du hast nicht zu kämpfen aufgehört. Ich auch nicht. Als wir auf dem Schiff waren und Du mir erzählt hast, dass Du in Europa kämpfen wirst, es komme, was wolle, habe ich Dich als verwirrten Schwarzen Mann abgetan, der von seiner Wut und Machtlosigkeit erfüllt ist. Wie habe ich mich getäuscht: Jetzt sehe ich, dass Kämpfen ein solch allumfassender Begriff ist. Er ist nicht beschränkt auf die derzeitigen Schützengräben, auf das Gewehr, die Haftmine, das Bajonett.

Ich will nicht wissen, wo Du bist, doch ich hoffe und bete, dass Du in Sicherheit bist. Geh auf Tauchstation. Beflecke nicht Deinen guten Namen, indem Du Dich erwischen lässt. Dafür bist Du zu schlau. Ich weiß, dass wir uns wiedersehen werden, wenn das hier vorbei ist. Das Ende des Kriegs steht bevor, und in Europa wirst Du mit einer neuen Identität untertauchen können. Du sprichst gut Französisch, und Du beherrschst so vieles: Du kannst auf einem Schiff oder in der Forst-

wirtschaft arbeiten, Du kannst kochen, Du kannst Musik machen, Du kannst Sachen mit Deinen Händen herstellen. Du kannst Menschen das Schreiben beibringen – ja, es gibt viele Franzosen, die ihren eigenen Namen nicht schreiben können. Du hast sogar die Vorrausetzungen, um zu studieren, wenn Du das möchtest. Du brauchst Dir also keine allzu großen Sorgen um die Zukunft zu machen, alter Freund.

Zum Schluss: Heb Dir Deinen Zorn auf, geh auf Tauchstation. Auf Dich wartet eine Zukunft jenseits der blutgetränkten Schützengräben, die dieses Land jetzt ersticken.

Mit besten Grüßen verbleibe ich
Dein Freund

Pitso faltete den Brief zusammen und schloss sein Auge.

Kurz darauf fragte Marie-Thérèse: »Worum geht es?«

Wortlos stand er auf und ging zur Getränkebar im Salon.

Zurück in ihrem Schlafzimmer, setzte er sich neben sie aufs Bett und gab ihr einen Drink. Schweigend tranken sie eine kleine Weile.

Tief Luft holend, berührte sie seine Schulter. »Sagst du mir, was in dem Brief steht?«

Vergeblich suchte er nach dem angemessenen französischen Ausdruck, um das wiederzugeben, was ihm durch den Kopf ging. Er zuckte mit den Schultern und sagte: *»A curate's egg.«*

Da er ihre Verwirrung sah, versuchte er, sich zu erklären. »Halb gut, halb schlecht. Die Realität des Kriegs entgleitet mir – ich werde abgelenkt von Nichtigkeiten, Nebensächlichkeiten.«

»Du musst dich glücklich schätzen. Der Krieg ist direkt vor der Haustür, aber du wirst ihn natürlich nicht zu sehen bekommen. Du bist hier, wo du bist, sicher und geschützt.«

»Der Lärm der Granaten ist so fern, dass ich mich wundere, warum Bernard darauf besteht, dass ich im Bunker schlafe.«

»Als der Krieg damals 1914 anfing, stand diese Stadt kurzzeitig unter deutscher Besatzung«, erklärte sie.

»Tatsächlich?«

»Sie nahmen einige Männer gefangen. Sie plünderten einige Geschäfte. Doch sie zogen sich zurück, weil die Briten näher rückten …«

»Das ist nicht dein Ernst.«

»Frag Bernard.«

»Wer ist überhaupt dieser Bernard? Warum ist er so wortkarg, so ausweichend?«

»Bernard ist mein Onkel, der Halbbruder meines Vaters. Biologisch gesehen ist er Österreicher, man könnte auch sagen, Deutscher …«

»Ich wohne bei einem Deutschen?«

»Mein Großvater adoptierte ihn, als er zehn Jahre alt war und in einem Waisenhaus lebte, und zog ihn wie einen eigenen Sohn auf. Er studierte Medizin und arbeitete sehr lange als Arzt. Jetzt im Ruhestand kümmert er sich um die Geschäfte der Familie. Leider ist er sich seiner österreichischen Wurzeln sehr bewusst, daher rührt sein Unbehagen in Gegenwart von Fremden.«

»Aber ich kann ihm vertrauen?«

»Tatsächlich ist er derjenige, der vorgeschlagen hat, dass wir dir eine neue Identität verschaffen. Ich habe mit meinem Bruder in Paris gesprochen, der meint, er könne helfen.«

KAPITEL 40

Nichts hätte Pitso auf das vorbereiten können, was er sah, als er am 15. März 1918 in Paris ankam. Er hatte eine schwelende, zerstörte Stadt erwartet – morsche Gebäude, die sich zur Seite neigten oder ganz zusammengebrochen waren, die Wände von Granatenbeschuss geschwärzt und die Fenster wie die leeren Augenhöhlen eines von der Sonne gebleichten menschlichen Schädels. Aber als er dort ankam, öffneten ihm die breiten Boulevards ihre Arme. Die Stadt war richtig lebendig, und so etwas wie sie hatte er noch nie gesehen. Überall gab es riesige Bibliotheken, auch Museen und Kunstgalerien. Die gepflasterten Alleen lächelten ihm milde zu und boten an, ihre Millionen Geheimnisse mit ihm zu teilen – ebendie Geheimnisse, die sie Voltaire, Rousseau, Balzac, Zola, Flaubert und anderen Träumern zugeflüstert hatten. Notre-Dame, die Champs-Élysées, der Arc de Triomphe, der Eiffelturm – sie alle Zeichen des menschlichen Erfindungsreichtums und den Werten *liberté, égalité, fraternité* verpflichtet – standen trotzig da und verkündeten die Unermüdlichkeit des menschlichen Geistes.

Während die Gebäude noch standen, waren die Bewohner der Stadt zutiefst betroffen vom Krieg – mental und emotional. Die verlassenen Straßen und geschlossenen Geschäfte sprachen von Angst und Unsicherheit. Hinter den Gardinen, hinter den Rollläden schlichen Männer und Frauen herum – einen Brotlaib für Bargeld in diesem Laden; auf der anderen Straßenseite, in der Fleischerei, wurde ein Pfund Pferdefleisch dankbaren Händen angeboten. Ein Stück die Straße hinunter drückte ein Mann vielleicht eine Tür auf und schloss sie hinter sich, entledigte sich der Handschuhe, rieb die Hände gegeneinander. Die Männer drinnen schauten den Neuankömmling misstrauisch an. Er bestellte sich etwas zu trinken. Einer nach dem anderen widmete sich wieder seinem Glas, trank Bier, kippte Absinth. Das Leben musste weitergehen. Abends wurde die Stadt lebendiger, wenn sich die Bars mit Männern und Soldaten aller Nationalitäten füllten.

Pitso beobachtete das alles, nach und nach, im Verlauf von Wochen. Er hielt immer noch an seiner Anonymität fest – fast unkenntlich in seinen Wintersachen, nie Mütze und Mantel ablegend, wenn er etwas essen oder trinken ging. Unter keinen Umständen setzte er je seine Mütze ab, die mit großen Ohrenklappen ausgestattet war und mit einem Schirm, der wie eine starre Zunge vorragte und einen langen, dunklen Schatten auf seine obere Gesichtshälfte warf. Als er sich endlich im Spiegel betrachtet hatte, hatte er festgestellt, dass seine neue Inkarnation eher europäisch als afrikanisch aussah. Die bis in den Nacken fallenden Locken, der Backen- und der Schnurrbart, eine Nase, die eine seltsam rötliche Färbung angenommen hatte – all das verlieh ihm ein ausreichend abstoßendes Aussehen. Keiner würde ihn genauer mustern wollen.

Bei seiner Ankunft in Paris hatte ihn Bernard selbst begleitet, sie hatten auf dem Rücksitz eines von einem Chauffeur gefahrenen Rolls Royce gesessen. Bernard hatte ihn dann zu einem kleinen, doch vornehmen Haus auf dem Boulevard Raspail gebracht, das Marie-Thérèse' Familie gehörte. Dort würde er bis auf Weiteres bleiben.

»Marie-Thérèse hat mir erzählt, dass du Künstler bist«, sagte Bernard. »Ist das so?«

»Das ist ein wenig übertrieben. Ich zeichne nur ein bisschen, das ist alles.«

»Nun, hoffentlich bist du nicht enttäuscht«, sagte Bernard und führte ihn in eins der Zimmer des Hauses. Darin befanden sich eine Staffelei und ein reichlicher Vorrat an Zeichenblöcken, ein Wald von Federn und Bleistiften, Paletten und so einiges an künstlerischem Zubehör, das Pitso noch nie in der Hand gehabt hatte.

Eine Zimmerecke wurde von einem Klavier beherrscht. Das war, wie Pitso begriff, Bernards Würdigung der langen Stunden, die der Soldat am Klavier unten in Amiens verbracht hatte.

Zeitig am nächsten Tag bekam Pitso Besuch von Marie-Thérèse' Bruder. Sebastien, stämmig und so groß wie Pitso, war ein angenehmer Mensch, der gern lachte. Er sprach Englisch mit einem klangvollen Akzent, der Pitso an den *weißen* Captain erinnerte, der damals 1916 zur Gruppe von Rekruten gesprochen hatte, die sich in jenem Saal in Bloemfontein versammelt hatten. Sebastien lud Pitso zum Frühstück in ein Bistro eine Straßenecke weiter ein.

»Wie gefällt dir also dein neues Zuhause?«, fragte Sebastien.

»Ich kann gar nicht in Worte fassen, wie dankbar ich dafür bin, was Sie und Ihre Familie für mich bisher getan haben.«

»Marie-Thérèse sagt, du bist ein guter Mensch, und sie ist die beste Menschenkennerin, die mir je begegnet ist. Und sie liebt dich wahnsinnig. Ich werde alles tun, damit sie weiter glücklich ist. Wenn du ihr das Herz brichst, dann werde ich nicht zögern, dir das Genick zu brechen, dich in Stücke zu reißen. Verstanden?« Mit einem gespielten Lächeln schaute er über den Tisch auf Pitso, der sich über sein Frühstück aus Kaffee und Croissants hermachte.

Nach dem Frühstück begaben sie sich zu den Büros von Sebastiens Rechtsanwaltskanzlei. Er führte Pitso herum und stellte ihn einigen der leitenden Angestellten vor. Dann brachte er ihn in ein kleines Büro neben dem seinen.

»Das ist dein neues Büro. Ich kann dir Arbeit als Archivkraft anbieten, wenn dir das passt.«

»Was?«, fragte Pitso, überwältigt von Dankbarkeit.

»War das nicht dein Wunsch? Eine Beschäftigung zu haben?«

Später am Tag kam Sebastien in Begleitung eines seiner Geschäftspartner in Pitsos Büro.

»Pitso«, sagte Sebastien, »wir wissen, dass du sehr wahrscheinlich Probleme mit unserer Einwanderungsbehörde bekommen wirst.«

»Ich wäre für jede Hilfe von Ihrer Seite dankbar, Sir. Ich bin ein Staatenloser, ein Fremder.«

»Bernard hat mir das schon erzählt. Daher habe ich meinen Freund und Kollegen Charles mitgebracht, damit er einschätzt, wie er dir helfen kann. Ein großartiger Rechtsanwalt, dieser Charles hier. Er war mein intellektueller Kontrahent in Cambridge, wo wir beide Jura studiert haben. Zur Abwechslung mal ein sehr geschmeidiger Engländer. Das stimmt doch, Charles?«

»Du brauchst mich gar nicht so gönnerhaft zu behandeln, alter Froschfresser!«

Sie lachten, offensichtlich an gegenseitigen Spott gewöhnt. Sebastien wandte sich wieder an Pitso. »Hör mal, ich hab noch etwas zu tun. Warum setzt ihr beide euch nicht hin und besprecht das und schaut, was dabei herauskommt.«

Am Ende der Unterredung forderte Charles Pitso auf, sorgfältig über seine neue Identität nachzudenken.

Ohne zu zögern, sagte Pitso: »Mein Vorname ist Jean-Jacques.«

»Nach Rousseau, vermute ich. Aber, he, denken Sie noch mal darüber nach. Sie haben jede Menge Zeit.«

Dann geschah es, dass Pitso nach einem Besuch bei der Einwanderungsbehörde in Begleitung von Charles, der geholfen hatte, Hindernisse aus dem Weg zu räumen, mit einer neuen Identität dastand: Jean-Jacques Eugene Henri, geboren am 20. Januar 1901 in Tanger. Als Zehnjähriger nach Frankreich gebracht, aufgewachsen in Lyon, wo seine Eltern für eine reiche französische Familie arbeiteten. Als er volljährig wurde, arbeitete er auch für die französische Familie. Als seine Eltern zurückgingen, blieb er in Frankreich. Dieselbe Familie adoptierte ihn, nachdem seine Eltern und ein Bruder während des Algerienkriegs getötet worden waren.

Es war Mai geworden. Die Stadt war physisch und psychisch ganz und gar aufgetaut. Da die Straßen nun schneefrei waren, tauchten mehr Leute aus ihren Häusern auf – zunächst unsicher, vorsichtig, nicht unähnlich Igeln, die aus ihren Verstecken kamen, die Luft nach Bedrohungen prüfend, die Augen an die plötzliche Helligkeit gewöhnend.

Dann gab es da Automobile. Hunderte von ihnen krochen die Straßen rauf und runter. Unglaublich. Tlali hätte das gefallen, dachte Pitso. Ach, Tlali. Ach, Ngqavini. Das Herz tat ihm weh beim Gedanken an seine Freunde, die auf so sinnlose Art und Weise ihr Leben verloren hatten.

An Sonntagen wachte Pitso zum Läuten der Kirchenglocken auf. Das war es. Er war im Herzen der Zivilisation, nicht irgendwo am Rande. Es gab so viel zu tun und zu sehen, dass er einen strengen Tagesplan für sich erstellte. Er besuchte Museen und Galerien, verbrachte Zeit mit Zeichnen und Klavierüben, besuchte die Morgenmesse in Notre-Dame. Pitso Motaung in Paris, wer hätte das gedacht? Der Löwe war endlich heraus aus dem Käfig. Der Löwe biss große Stücke von seiner Freiheit ab und schluckte sie gierig. Ja, der Löwe wusste, dass Verfolger im Schatten lauerten, Jäger mit hasserfüllten Augen, teuflische Angehörige der Militärpolizei. Aber so sah die Wirklichkeit eines Löwen nun einmal aus. Adrenalin machte ihn stark. Erwartung, keine Angst.

Aber die Ankunft des Sommers brachte auch Veränderungen mit sich. Die lang aufgeschobene Operation an seinem linken Auge würde jetzt stattfinden. Der Pariser Augenspezialist, der ihn aufgrund einer Überweisung von Bernard untersucht hatte, hatte von einer Operation im Winter abgeraten, weil er Komplikationen befürchtete. Pitso konnte sich nun auch nicht mehr hinter seiner unförmigen Winterkleidung verbergen. Er musste sich eine andere Tarnung überlegen, die für den Sommer taugte. Die wichtigste Veränderung war, dass Marie-Thérèse nach Paris kommen würde, um mit ihm zusammenzuleben.

Zwei Monate später hatte er sich gut genug erholt – sowohl physisch als auch psychisch –, um sich im Spiegel zu betrachten, ohne zurückzuschrecken. Es hatte eine Zeit gegeben, da eine Begegnung mit seinem Spiegelbild ihn mit Scham und Selbsthass erfüllte. Sein fehlendes Auge erinnerte ihn ständig daran, wie er von seinen Freunden weggelaufen war, wie er sie verraten hatte. Es erinnerte ihn auch daran, wie er von Anfang an die falsche Entscheidung getroffen hatte, nämlich die, sich für diesen Krieg rekrutieren zu lassen. Viele von denen, die er auf dem Schiff kennengelernt hatte, hatten vernünftige Gründe gehabt, sich anwerben zu lassen. Einige, wie sein Freund Tlali, hatten es aus finanzieller Not getan; das angebotene Geld war einfach unwiderstehlich. Tlali hatte einen klaren Plan gehabt: den Kriegsdienst zu leisten und genug Geld zu sparen, um ein Stück Vieh zu kaufen, das er bei seiner Rückkehr als Brautpreis verwenden konnte. Andere, wie Ngqavini, waren vor der Justiz geflohen; Männer, die sich hatten rekrutieren lassen, um vor ihren Straftaten daheim fortzulaufen. Wieder andere, wie die Lovedale Boys, die auf dem Schiff ein gutes Englisch sprachen, hatten sich aus reinem Idealismus verpflichtet. Sie hofften, wenn sie für die britische Krone kämpften, würden sie sich als stolze Untertanen des Königs empfehlen, als bescheidene Bürger der Union, die das Wahlrecht verdienten sowie einen rechtmäßigen Anspruch auf das Land, das ihnen während aufeinanderfolgender Eroberungskriege geraubt worden war. Im Unterschied dazu war Pitsos ursprüngliche Motivation vage gewesen. Er hatte sich zum Teil aus Wut auf seinen Vater verpflichtet. Ein Teil von ihm hatte gehofft, er würde in Frankreich fallen, damit er alles hinter sich lassen konnte. Der Verrat seines Vaters an seiner Mutter, ihre anschließende geistige Zerrüttung und ihr Tod, seine peinliche, unglückliche Affäre mit Madame Clinquemeur – das alles hatte ihn belastet, ihn des erforderlichen Weitblicks und der Fähigkeit zum logischen Denken beraubt.

Aber das lag nun alles hinter ihm. Er mochte durch eine Fehlentscheidung nach Frankreich gekommen sein, doch nun wusste er mit großer Klarheit, dass er hierbleiben würde. Er würde hart arbeiten, um sich nicht nur gegenüber Marie-Thérèse und ihrer Familie als würdig zu erweisen, die ihm eine neue Chance gegeben hatten, sondern gegenüber all jenen, mit denen er in diesem Land zusammengearbeitet hatte. Er empfand eine Zugehörigkeit, die er in seinem Geburtsland nie erlebt hatte. Er fühlte sich respektiert, geschätzt. Ihm war zumute wie einem, der emotional gelähmt gewesen war, doch nun charismatisch und kultiviert seinen Weg ging. Wenn er redete, hörten die Menschen zu, hörten richtig zu.

Er fühlte sich frei.

Jedes Mal wenn er neben Marie-Thérèse aufwachte, empfand er sein Glück. Er betrachtete ihre schlafende Gestalt, ihr ruhiges Gesicht, ihr gleichmäßiges Atmen, und eine Woge gemischter Gefühle durchflutete ihn. Ja, es gab Momente des Selbstzweifels, in denen er glaubte, er verdiene dieses schöne Menschenkind nicht, das neben ihm schlief, Augenblicke der Furcht, dass er ihr nichts zu bieten habe, dass sie eines Tages aufwachen und ihre Meinung über ihn ändern würde.

»Sei kein Feigling«, sagte er an einem Sonntagmorgen zu sich, als er sich im Spiegel betrachtete. »Sag ihr, was dir durch den Kopf geht!«

Nach einem besonders bewegenden Gottesdienst in Notre-Dame, wohin Marie-Thérèse und er nun regelmäßig gingen, unternahmen sie ihren gewohnten Sonntagnachmittagsspaziergang entlang der Seine. Andere Paare wie sie flanierten dort Hand in Hand, blieben ab und zu stehen, um zu lachen oder einander in die Augen zu sehen. Ein Mann wischte imaginäre Fusseln vom Kleid seiner Partnerin, eine Frau richtete ihrem Schatz den Kragen.

Als sie eine halbe Stunde gegangen waren, holte Jean-Jacques Luft und packte Marie-Thérèse' Hand mit so festem Griff, dass sie zusammenzuckte.

»Autsch! Du tust mir weh!«

»Entschuldige, Liebes, ich wollte dir nicht wehtun.« Der Mund wurde ihm plötzlich trocken, seine Lippen bebten, doch die Worte fehlten ihm.

»Schatz, stimmt etwas nicht? Ist dir schwindlig?«

»Ja«, krächzte er. »Nein, mir ist nicht schwindlig. Aber lass uns eine Bank suchen und uns eine Weile hinsetzen.«

Nachdem sie sich auf einer Bank in der Nähe niedergelassen hatten, legte Marie-Thérèse besorgt die Stirn in Falten und sah ihm in die Augen. »Vielleicht sollten wir besser nach Hause gehen, damit du dich hinlegen kannst?«

»Ja, gute Idee. Aber lass mich erst zu Atem kommen, bevor wir weitergehen.«

»Gut, keine Eile. Hast du irgendetwas gegessen, das dir nicht bekommen ist?«

Er antwortete nicht. Er schloss sein eines gutes Auge fest und senkte den Kopf. Als er sich schließlich gefasst hatte, schluckte er, bevor er sprach. »Ich weiß nicht, was du von dem, was ich sagen will, halten wirst, aber es muss gesagt sein ...«

»Sag es, Schatz, es gibt nichts zu befürchten. Wir sind unter uns.«

»Ja, es geht auch um uns ...«

»Ja?« Sie lehnte sich zurück und durchforschte sein Gesicht. Ihre Stimme zitterte ein wenig, als sie fragte: »Worum geht es?«

»Mein Schatz, ich besitze gar nichts. Sogar die Kleider, die ich trage, gehören mir nicht. Du hast sie gekauft.«

»Aber warum sprichst du jetzt davon? Ich weiß, mit deinen Fähigkeiten wird es dir nicht schwerfallen, eine Arbeit zu finden, sobald dieser Krieg vorüber ist. Wir haben genug Reserven, um uns um deinen ... Gesundheitszustand zu kümmern. Ich könnte es mir nicht verzeihen, wenn ich dich in der Stunde der Not im Stich lassen würde.«

»Bitte, lass mich ausreden.«

»Aber du bist ja ganz außer dir. Dein Blick ist glasig, als hättest du gerade einen Geist gesehen. Du musst dich hinlegen.«

»*Jislaaik*«, sagte er in seiner Muttersprache, »kann ein Mann nicht seine Sache vorbringen, ohne unterbrochen zu werden?«

Das ließ sie verstummen.

»Was ich dir sagen will, Liebes, ist: Ich kniee vor dir nieder. Ich bitte dich, Mitleid mit diesem Bettler zu haben und ihn zu einem ehrbaren Mann zu machen. Willst du mich heiraten?«

KAPITEL 41

Mit Entsetzen erfuhr Jean-Jacques von Sebastien, dass Amiens, die Stadt, in der er sich eine Zeit lang erholt hatte, am 8. August von den Deutschen bombardiert worden war. Bernard war nach Arques-la-Bataille geflohen und hatte die schöne Villa menschenleer zurückgelassen. Jean-Jacques gestikulierte lebhaft, während er mit großen Schritten durchs Zimmer ging.

»Das ist absurd, Sebastien, total absurd«, rief er. »Hier bin ich, ein kräftiger Mann, ein Soldat, der über die Ozeane hergekommen ist, um hier zu kämpfen. Doch nun verfolge ich den Kriegsverlauf durch Zeitungsberichte.«

Sebastien, der wie sein zukünftiger Schwager vor Wut zitterte, nachdem er von den in der Stadt Amiens angerichteten Verwüstungen gelesen hatte, griff sich eine Flasche Wein und schleuderte sie gegen die Wand seines Büros.

Seine schottische Sekretärin Elspeth steckte den Kopf durch die Tür. »Ist etwas passiert, Monsieur?«

»Entschuldigung, Elspeth. Sagen Sie allen, dass sie nach Hause gehen sollen. Nehmt die restliche Woche frei. Ihr alle.«

»Aber es ist erst Dienstag, Monsieur.«

»Ich weiß. Gehen Sie einfach nach Hause. Was hat unsere Arbeit für einen Sinn, wenn das übrige Land in Flammen steht? Geht nach Hause. Ihr alle.«

»Oui, monsieur. Merci beaucoup.«

Später stellte sich heraus, dass Sebastiens Verzweiflung voreilig gewesen war. Was sich am 8. August, am ersten Tag dessen, was später die Schlacht bei Amiens genannt werden sollte, tatsächlich ereignet hatte, war das Vorrücken der Alliierten um etwa zehn

Kilometer. Das war einer der größten Durchbrüche des Kriegs und markierte das Ende des Grabenkriegs, der über die letzten drei Jahre typisch für die Westfront gewesen war. Die Britische Vierte Armee machte 13 000 Gefangene, während die Franzosen weitere 3000 gefangen nahmen. Deutschland verlor ungefähr 30 000 Mann. Andererseits verlor die Vierte Armee – zusammengestellt aus britischer, australischer und kanadischer Infanterie – 8800 Mann. Darin waren die Verluste an Panzern und Flugzeugen oder die der französischen Verbündeten nicht inbegriffen. Weitere positive Meldungen über alliierte Siege würden in den nächsten Wochen folgen.

Von diesen Entwicklungen an den Frontlinien ermutigt, Entwicklungen, die anzudeuten schienen, dass der Krieg sich seinem Ende näherte, trieben Jean-Jacques und Marie-Thérèse ihre Hochzeitspläne voran. Als Heranwachsender hatte er von einer aufwendigen Hochzeit mit Hunderten Gästen geträumt, darunter Verwandte und Nachbarn, wie das im Bloemfontein seiner Kindheit üblich war. Er hatte von einer Feier geträumt, wo etliche Tiere geschlachtet wurden und wo getanzt und gesungen wurde. Leider hatte er hier in Frankreich keine Verwandten und, abgesehen von den Menschen, die er durch Marie-Thérèse' Familie kennengelernt hatte, auch nicht viele Freunde. Es stimmte ihn traurig, dass seine Mutter, sein Onkel und seine Cousins und Cousinen nicht Zeugen dieses wichtigen Ereignisses sein konnten. Was würden die Nachbarinnen und Nachbarn seiner Mutter in ihrem Dorf sagen, wenn sie erführen, dass »ihrer aller Sohn« ohne ihren Segen geheiratet hatte? Aber das war natürlich ein verrückter Gedanke. Sie würden nie wieder von ihm hören. Der alte Pitso war tot.

Die Feier am 10. Dezember 1918 – fast einen Monat nach der Kapitulation Deutschlands – fand dann mit Marie-Thérèse' engerer Familie und einigen Büroangestellten von Sebastien statt. Das Essen war gut, die Musik hervorragend, aber dem Ganzen fehlte die Unbekümmertheit, die Pitso mit Hochzeiten in Bloemfontein verband.

Dennoch war er außer sich vor Freude. Marie-Thérèse war jetzt seine Frau. Sie widmeten sich der Familienplanung. Vor dem Einschlafen betete er jede Nacht: *Ich werde meine Mutter mit Stolz erfüllen, wo immer sie sein mag. Ich werde meine Frau ehren und respektieren. Gemeinsam werden wir eine Schar glücklicher, zufriedener Kinder haben. Keiner war mir als Vater Vorbild, doch mit Gottes Führung und Güte werde ich mein Bestes tun.*

Drei Monate später verkündete Marie-Thérèse die Neuigkeit, die Jean-Jacques wie ein Blitz traf. Sie war schwanger. Die Freudentränen, die ihm in die Augen schossen, wurden bald zu Sorgentränen – er war noch immer ohne Arbeit. Wie sollte er für seine Familie sorgen? Er wusste, dass es Marie-Thérèse nicht unbedingt an Geld mangelte, doch er fand, es war seine Verantwortung als Mann, für seine Familie zu sorgen.

Er eilte in eine Holzhandlung, wo er billige Abfallstücke Holz und Bretter kaufte.

Der Händler war neugierig. »Was, glauben Sie, können Sie mit diesem Ramsch herstellen?«

»Ein Kinderbett, Monsieur, ich möchte ein Bett für meinen Sohn bauen.«

»Ich bin selbst kein gewiefter Tischler – ich verkaufe nur Holz –, doch ich bastele ein wenig, und bei mir ist auch ein Baby unterwegs. Ich würde gern zuschauen, wie Sie ein Kinderbett zusammenbauen. Darf ich in Ihre Werkstatt kommen?«

»Eigentlich habe ich gar keine, Monsieur. Ich besitze nicht einmal Werkzeuge.«

Der Mann wirkte überrascht. »Wie wollten Sie denn da ein Kinderbett herstellen, wenn Sie keine Werkzeuge haben?«

»Ich hatte gehofft, dass Sie mir sagen können, wo ich welche ausleihen kann.«

Der Händler sah ihn lang und gründlich an. »Ich mache Ihnen einen Vorschlag. Ich habe hier einige Werkzeuge, doch ich kann sie Ihnen nicht mitgeben. Wenn Sie möchten, können Sie hier Ihr Kinderbett bauen.«

Diese Abmachung brachte beiden etwas: Der Händler, der sich als Agostino vorstellte, würde durch Anschauung lernen, wie man ein Kinderbett baut, und Jean-Jacques arbeitete fern von den neugierigen Augen seiner Frau an dem Projekt.

Eine Woche später luden die beiden Männer das Bett auf einen Lastwagen und transportierten es zu Jean-Jacques' Zuhause. Marie-Thérèse war überglücklich, als sie es sah.

»Ihr Mann ist ein echter Handwerker«, sagte Agostino. »Sehen Sie sich diese Arbeit an. Das sieht aus, als wäre es im Geschäft gekauft!«

Drei Tage später kam Jean-Jacques mit einem Eimer weißer Farbe und einer kleineren Dose kirschroter Farbe heim. Er strich das Bett ganz weiß. Als die Farbe getrocknet war, machte er sich daran, das Bett mit kunstvollen Malereien von Engelchen zu verzieren, die Girlanden von Kirschblüten trugen.

»Du bist ein Zauberer!«, rief Marie-Thérèse. Sie konnte die kunstvolle Malerei gar nicht genug bewundern. »Das ist wunderbar.«

»Nur das Beste für meine Lieben. Ich lasse mich von deiner Liebe inspirieren.«

Als Jean-Jacques' Sohn am 3. November 1919 geboren wurde, nannte ihn Marie-Thérèse Victor, nach einem Onkel mütterlicherseits. Seinem Vater gefiel der Name, und er fügte einen zweiten hinzu: Motsomi, der Jäger.

Als Victor Motsomi Henri sechs Monate alt war, hatte sein Vater ein neues künstliches Auge bekommen, das ziemlich echt wirkte. Es fühlte sich besser an und brachte ihn nie dadurch in Verlegenheit, dass es aus seiner Höhle fiel.

Mit einem neuen Mund, der zu füttern war, fühlte sich Jean-Jacques noch mehr unter Druck, eine Arbeit zu finden.

»Ich mache alles, Sebastien, absolut alles«, beschwor er seinen Schwager eines Tages.

»Du bist nicht verpflichtet, Arbeit zu finden, J-J«, sagte Sebastien. »Du erholst dich noch, Mann. Nimm dir Zeit. Marie-Thérèse kommt zurecht.«

»Ich bin kein Almosenempfänger, Sebastien. Ich will arbeiten. Gib mir nur die Möglichkeit dazu. Ich werde dich nicht enttäuschen.«

Also setzte Sebastien einige Hebel in Bewegung, und Jean-Jacques bekam im Juni 1920 eine Anstellung im Restaurant Tour d'Argent. Er fing als Küchenhilfe an – schnitt Gemüse, machte sauber, erledigte Botengänge und tat alles, was von ihm verlangt wurde.

Er arbeitete hart und war immer darauf aus, zu lernen. Als von Natur aus unkomplizierter Charakter machte er sich beim Chefkoch beliebt, der bald zu seinem Freund wurde.

Sein Sohn wuchs schnell heran. Marie-Thérèse war glücklich darüber, dass Vater und Sohn ein enges Verhältnis hatten, obwohl beiden ein cholerisches Temperament zu eigen war. Was sie im Lauf der Jahre einander noch näher brachte, war ihre Liebe zu Kunst und Musik.

Doch dann brach erneut Krieg aus, und das Familienleben war nicht mehr das, was es einmal gewesen war.

KAPITEL 42

Paris 1946

»Es ist ein Wunder, dass dieses Haus noch steht!« Marie-Thérèse strahlte, als sie aus dem Wagen stieg, der sie und Victor von Dieppe hergebracht hatte, wo sie während der langen Kriegsjahre Zuflucht gesucht hatten.

Überglücklich fühlte sich Jean-Jacques, als er seine Frau so fest umarmte, dass er ihr Herz gegen seinen Bauch schlagen fühlte. Dann spürte er, wie ihr Körper vor heftigen Schluchzern bebte.

»Du bist wieder zu Hause, du bist in Sicherheit«, flüsterte er. Ihre Tränen durchfeuchteten sein dünnes Hemd und badeten seine Brust. Sie tat nichts, um den Tränenfluss zu stoppen. Er wiederholte besänftigend: »Du bist in Sicherheit, Liebling, endlich zu Hause.«

Nachdem sie ihren Gefühlen freien Lauf gelassen hatte, trat sie zurück, ein schüchternes Lächeln im Gesicht. Sie wischte sich die Tränen mit seinem weißen Taschentuch aus dem Gesicht, dann schnäuzte sie sich damit. Mit Erleichterung sah sie ihm in die Augen, mit Liebe, mit Nachsicht. Er dagegen verschlang sie mit den Augen. Ihre Haut sah gesund und strahlend aus, ihr Teint klar, wenn auch etwas blass, da sie nicht aus dem Haus gekommen war, solange der Krieg tobte. Ihre Wangenpartie war neuerdings fülliger.

Victor, der ein paar Schritte entfernt dagestanden und seine Eltern schüchtern beobachtet hatte, trat näher. »Jetzt ist es aber genug«, sagte er. »Ich möchte meinen Vater begrüßen.«

»Vorsicht, junger Mann!«, neckte ihn seine Mutter.

»Mein Held!«, rief Jean-Jacques und umarmte Victor. Dann trat er zurück, schaute seinem Sohn ins Gesicht und küsste ihn auf die Stirn.

Errötend wischte sich der junge Mann mit dem Handrücken über die Stirn. »Bin ich nicht zu alt dafür, Vater?«

»Wie groß du geworden bist!«, sagte Jean-Jacques und boxte den jungen Mann spielerisch gegen den Arm.

»Ich bin so froh, dich wiederzusehen, Vater«, sagte Victor mit seiner ruhigen Stimme, und ein Lächeln umspielte seinen Mund. Er war jetzt wirklich ein Mann. Bei Kriegsausbruch war Victor im dritten Jahr seines Jurastudiums in Nizza gewesen.

Nach eingehender Diskussion war beschlossen worden, dass Marie-Thérèse und Victor während des Kriegs in der Küstenregion bleiben sollten. Sebastien würde Kriegsdienst leisten, während Jean-Jacques in Paris bleiben würde. Marie-Thérèse hatte ihren Mann beschworen, mit ihnen nach Dieppe zu kommen, doch Jean-Jacques hatte sich durchgesetzt. Es half ihm, sein Gleichgewicht zu bewahren, dass das Tour d'Argent sogar während des Kriegs geöffnet blieb. Er hatte etwas zu tun, was dafür sorgte, dass er ruhig und gefasst blieb.

Jetzt, nach etlichen langen Jahren, waren seine Lieben endlich zurück. Er wusste, dass er sich sehr bemühen musste, um die Beziehung zu seinem Sohn wiederherzustellen, doch seine Pläne, mehr Zeit mit Victor zu verbringen, wurden vereitelt, als Victor von der Universität von Massachusetts Amherst mit einem vollen Stipendium angenommen wurde. Jean-Jacques war zwar enttäuscht, dass sein Sohn so bald wieder abreisen würde, doch auch stolz darüber, dass er in die USA gehen würde, in ein Land, das in aller Munde war.

Die Amerikaner hatten während des Kriegs an Popularität gewonnen. Nach Kriegsende waren einige von ihnen in Europa geblieben. Man sah sie in Nachtclubs im Quartier Saint-Germain. Einer davon war eine Lokalität mit Namen l'Echelle de Jacob, und dorthin lud Sebastien seinen Schwager und seine Schwester im April 1950 ein.

Als sie die abgedunkelte Bar betraten, schien ein beeindruckend rauer Klang in Jean-Jacques' Körper zu fahren. Das war der unverkennbare Klang eines Saxofons, doch so hatte er es noch nie gehört. Er hatte nicht gewusst, dass man diesem schlichten Instrument solche Töne entlocken konnte.

Als sie Platz genommen hatten, bekam Sebastien mit, dass sein Schwager von der Musik gepackt war. »Ich weiß nicht, was du davon hältst, aber das ist ein neuer Musikstil, den man Jazz nennt. Für uns hier ist er neu, aber in den USA gibt es ihn schon eine ganze Weile, glaube ich.«

»Schsch«, machte Jean-Jacques, der nun dem Klavier lauschte, das eine Flut von Noten hervorsprudelte. Was für ein Klang. Bald würde er mehr über diese Jazz genannte Musik erfahren – eine Musik aus den amerikanischen Südstaaten. Was für ein Kapitel der menschlichen Zivilisation, dachte er. Er lehnte sich zurück, schloss die Augen, ließ sich von den Klängen einhüllen und glitt zurück zu den Klängen seiner Kindheit. Musik hält Erinnerungen wach, belebt sie neu, schafft Erinnerungen ... Jean-Jacques fragte sich, wie sich ein Lied aus seiner Jugend, *Der Gesang der Sonne*, in das Gewand dieses neuen Klangs gekleidet, anhören würde. Dieser Gedanke beschäftigte ihn eine ganze Weile.

Eines Sonntagnachmittags machte er wie gewöhnlich einen Spaziergang entlang der Seine. Diese Spaziergänge nutzte er nicht nur, um sich zu bewegen, sondern auch, um Zeit für sich zu haben. Um nachzudenken, um zu träumen. Manchmal schritt er flott aus und blieb hin und wieder stehen, um die Vögel zu füttern. Ein andermal ging er, bis er einen schönen ruhigen Flecken gefunden hatte, wo er sich hinsetzen, seinen Skizzenblock, Bleistift oder Zeichenkohle herausholen und eine kurze Szene oder ein Gesicht zeichnen konnte, das er tagsüber irgendwo in der Stadt gesehen hatte. An diesem Nachmittag hatte er sich dazu entschlossen, seine neue Ziehharmonika mitzunehmen. Als er dann ein nettes schattiges Plätzchen, verborgen vor neugierigen Blicken, gefunden hatte, setzte er sich auf den Boden und fing zu spielen an. Er versuchte, den im Club gehörten Jazz-Sound nachzuahmen. Ihm war zwar bewusst, dass die Ziehharmonika nicht das perfekte Instrument dafür war, aber ach, was sollte es, er spielte ja nicht für ein zahlendes Publikum. Er experimentierte nur.

Die Sonne war gerade untergegangen und hinterließ einen kobaltblauen Himmel. Hin und wieder flogen Vögel in beeindruckenden Formationen vorüber. Er spielte immer weiter. Ohne es überhaupt zu merken, fing er an, *Das Lied von der Sonne* zu spielen. Das Lied, das er in den Dörfern um Bloemfontein gehört hatte, das junge BaSotho-Männer von ihren Vätern lernten und sich aneigneten, damit sie es wiederum an ihre Söhne weitergeben konnten. Langsam, leise, nur die Töne der Ziehharmonika ohne Gesang. Ein warmes Frühlingslüftchen wehte ihn an und brachte den Geruch der Seine mit sich. Er schloss die Augen und spielte weiter. Schon bald erblickte er vor seinem inneren Auge die heimatlichen Berge. Der Geruch nach geröstetem Mais stieg ihm in die Nase. Eine leuchtende Decke von Sonnenblumenfeldern tanzte am Horizont. Er spielte und spielte. Er hörte eine begleitende Stimme zu seinem Spiel, die Stimme eines Dorfbewohners, der nach einem langen Tag draußen auf den Feldern heimging. Die Stimme hob und senkte sich, hob und senkte sich. Mit geschlossenen Augen spielte er immer fort. Seine Finger wurden schneller. Das Instrument gehorchte ihm. Die Musik kam nun in raschen, scharfen Stößen heraus; die Stimme des dörflichen Sängers hielt mit. Langsam öffnete er die Augen. Die Stimme steigerte sich zu einem Crescendo. Er merkte, dass er sich den Gesang nicht nur einbildete. Er kam von hinten. Nein, das konnte nicht sein. Er spielte weiter und hoffte, der geträumte Gesang würde verschwinden. Doch nein, er wurde nur umso intensiver. Als er sich nach links wendete, sah er einen Mann mit zurückgeworfenem Kopf und geschlossenen Augen, der aus voller Kehle sang.

Als Jean-Jacques abbrach, kam der Mann abrupt zu sich. Er schaute um sich wie einer, der gerade aus einem Traum erwacht war.

»Wer sind Sie?«, fragte Jean-Jacques auf Französisch und starrte den Mann finster an.

»Wow, mein Bruder«, sagte der Mann auf Englisch. »Ich wusste gar nicht, dass Musik aus Afrika so weit reisen kann.« Er hielt inne und sagte dann in gebrochenem Französisch: »Entschuldigen Sie, Monsieur, ich musste einfach mitsingen. Sie spielen so gut ...«

»Danke, mein Bruder, aber wer sind Sie?«

»Entschuldigung, mein Bruder, ich bin Jerry Moloto, ein Künstler aus Südafrika.«

»Willkommen in Frankreich. Ich hoffe, ich höre bald etwas von Ihnen, Mister Künstler-aus-Südafrika.«

»Ah, dieser Bruder verspottet mich!«

Sie musterten sich. Dann starrte Jerry Jean-Jacques direkt in die Augen und redete in seiner Muttersprache. »Ich hätte schwören können, dass dieser Scheißkerl direkt aus der Heimat kommt. Sieht aus wie ein Boesman aus der Heimat, ich schwöre bei Gott.«

Jean-Jacques sah ihn ausdruckslos und unbeirrt an. Schließlich sagte er: »Was war das denn für eine Sprache?«

»Meine Muttersprache Sepedi, Sir, aus Südafrika. Ich habe mich gerade an etwas erinnert.« Er hielt inne. »Sie klingen wie ein Franzose, aber ...«

»Ich *bin* Franzose, über Algerien.« Er lächelte.

»Ja, Sir. Ich weiß. Was mich interessiert, wenn es nicht zu aufdringlich ist, Sir, wo haben Sie diese Musik kennengelernt? Das ist ein Lied aus meiner Heimat, aus Südafrika.«

»Musik hat keine Heimat. Sie ist in der Welt beheimatet, sie gehört der Welt.«

»Gut gesagt, Sir. Aber es gibt immer einen Ursprung, oder?«

»Einen Ursprung, sagt er. Einen Ursprung. Nun, ich habe dieses Lied von einem der afrikanischen Seeleute gelernt. Ich habe in einem der Bistros an diesem Fluss gegessen und bin zu meiner Wohnung zurückgegangen, als ich diesen Mann getroffen habe, der dieses Lied spielte. Ich habe mich sofort in die Musik verliebt. Ich habe ihm etwas Geld gegeben und ihn gebeten, sie immer wieder zu spielen.« Er hielt inne. »Ein wunderbares Lied, nicht wahr?«

»Sir, Sie müssen die Geschichte hinter diesem Lied hören. Sie ...«

»Ich muss los, mein Bruder«, sagte Jean-Jacques, aber er rührte sich nicht.

Jerry zuckte mit den Schultern und sagte in seiner Muttersprache: »Er hat sogar das ungeduldige Temperament eines *mixed-race* Mannes. Ah, auf Reisen erlebt man was.« Er ging los.

Jerry war noch nicht weit gekommen, als er eilige Schritte hinter sich hörte. Der Ziehharmonikaspieler kam zielstrebig auf ihn zu und schien aufgeregt. Zu voller Größe aufgerichtet, wirkte er jetzt recht beeindruckend.

»Sie sagten, Sie seien Künstler?«, fragte der braune Riese.

»Kann ich jetzt Englisch sprechen? Mein Französisch ist wirklich schrecklich. Ja?«

Jean-Jacques zuckte mit den Schultern.

»Ich male, ich schnitze, ich schreibe ein wenig, ich spiele etwas Klavier. Aber meist male ich«, erklärte Jerry.

»Gehören Sie zu einer Band?«, fragte Jean-Jacques, immer noch Französisch sprechend.

»Nein. Aber ein Bekannter hat mich in einen Club eingeladen, der so was wie Jakobsleiter heißt.«

»L'Echelle de Jacob?«

»Ja, genau. Waren Sie schon mal dort?«

Jean-Jacques öffnete den Mund, entschied aber, seine Begeisterung zu zügeln. »Sagen Sie, wie lange sind Sie schon hier?«

»Drei, vier Wochen. Warum?«

»Hören Sie.« Jean-Jacques sah den Mann lang und fest an. Dann blickte er weg, ehe er sagte: »Vielleicht kreuzen sich unsere Wege wieder. Vielleicht im l'Echelle de Jacob, wer weiß?«

Tatsächlich trafen sich die beiden Männer zwei Wochen später zufällig im Club. Jean-Jacques war höflich, blieb aber distanziert. Sie trafen sich nun regelmäßig, um etwas zu trinken und sich über Musik und Kunst zu unterhalten. Doch es brauchte einen weiteren Monat, bevor er zu der Einschätzung kam, er könne Jerry Moloto genug vertrauen, um ihn über seine wahre Identität aufzuklären.

Jerry freute sich sehr darüber. »Ich hab's gewusst!«, sagte er. Sein Anfangsverdacht war bestätigt worden.

Da nun alle Karten auf dem Tisch lagen, gedieh ihre Freundschaft. Jean-Jacques übernahm es, seinem Landsmann die angesagten Orte in der Stadt zu zeigen. Jerry dagegen war froh darüber, von Jean-Jacques betreut zu werden. Sie wurden beide Stammgäste im l'Echelle de Jacob. Bald darauf nahm Jean-Jacques einen zusätzlichen Job als Teilzeit-Barmixer im Club an, nur damit er der Musik nahe sein konnte. Der Besitzer entdeckte begeistert, dass Jean-Jacques auch kochen konnte – was er dann zu speziellen Anlässen auch tat und die Gäste mit den indischen Gerichten überraschte, die er von Portsmouth gelernt hatte, und mit der heimatlichen afrikanischen Küche. Und immer, wenn er frei hatte, jammte er mit der Band, ohne dass sein Name genannt wurde. Meist spielte er Klavier. Doch zunehmend widmete er sich dem Altsaxofon. Er beherrschte das Instrument nicht makellos, doch er spielte annehmbar.

Seine Stelle im Tour d'Argent behielt er. Und dort blieb er auch bis zu einem gewissen Tag des Jahres 1958, als zwei Männer in das Restaurant kamen und einer von ihnen etwas auf Afrikaans zu dem anderen sagte.

»Sie sehen also, Thierry«, sagte Jerry, als er am Ende seiner Geschichte angekommen war, »dass Jean-Jacques und ich einander recht gut kennen. Er hat mir unter die Arme gegriffen, als ich hier neu war. Ich frage mich oft, wie es mir wohl ergangen wäre, wenn ich ihm nicht begegnet wäre. Dieser Bruder hat nicht nur Türen für mich geöffnet, er gab mir auch das Vertrauen, als Künstler auf eigenen Beinen stehen zu können, über die nächste Mahlzeit hinaus zu denken. Und seine Geschichte … seine Geschichte zeigte mir, dass das Leben ein Feld unbegrenzter Möglichkeiten sein konnte.«

KAPITEL 43

Jean-Jacques bereute nicht, was er im Restaurant getan hatte. Haig hatte es verdient zu sterben. Er hatte zahlreiche verzweifelte Männer während des Untergangs der *Mendi* zurück ins Wasser gestoßen, und er hatte Pitsos Freund Tlali getötet. Außerdem war er die Ursache für die Meuterei, die Pitso fast das Leben gekostet hatte. Die Wahrheit war jedoch auch, dass das plötzliche Auftauchen der Männer im Restaurant ihn in Schock versetzt und er rein instinktiv gehandelt hatte. Ganz plötzlich hatte er sich eingebildet, dass sie Mitglieder der Militärpolizei seien, die nach all den Jahren nach ihm suchten. Sie würden ihn in sein Land zurückbringen, wo man ihn wegen Desertation verurteilen würde. Er hatte gehört, dass dort jetzt ein neues Regime an der Macht war; eine Regierung, die ein System geschaffen hatte, das man Apartheid nannte; eine Regierung, die im Umgang mit Schwarzen Menschen noch bösartiger war. Da die Männer nun tot waren, glaubte er, sich sicher fühlen zu können. Keiner würde je sein Geheimnis erfahren: dass er ein Südafrikaner war, der desertiert war.

Während Pitso meinte, dass seine Tötung Haigs gerechtfertigt war, bedauerte er den Tod des anderen Mannes – seine einzige Sünde war es gewesen, mit dem falschen Mann am falschen Ort zur falschen Zeit zu sein. Er war bereit, sich vor Gericht zu verantworten und seine Geschichte zu erzählen. Er wusste, dass er Unrecht getan hatte, und war mit seiner Bestrafung nach französischem Gesetz einverstanden.

Aber er hätte auf Marie-Thérèse hören sollen – darauf hören, als sie ihm vor all diesen Jahren dringend geraten hatte, Konfrontationen jeglicher Art zu vermeiden. Auf ihre Träume, die er nicht ernst genommen hatte, war eine Meuterei gefolgt, während derer er fast getötet worden war und ein Auge verloren hatte.

In späteren Jahren waren solche Träume immer wieder einmal aufgetaucht, stets gefolgt von einem Missgeschick – einem Autounfall, einem Einbruch im Haus in Amiens, einer plötzlichen Krankheit. Jetzt begriff er, dass er ihre Träume schon die ganze Zeit hätte ernst nehmen sollen. Sie gründeten sich auf etwas; sie besaßen eine innere Logik. Seit über einem Jahr hatte sie ihn gebeten, seine Arbeit im Restaurant aufzugeben, weil sie in ihren Albträumen immer wieder ein Blutbad sah, das dort stattfand und in dessen Mittelpunkt sich ihr Mann befand. Aber da er nun einmal so störrisch war, hatte er ihre Warnungen in den Wind geschlagen. Er wollte wie geplant in den Ruhestand gehen, im Dezember.

Dann wachte er eines Morgens auf und entdeckte, dass Marie-Thérèse fort war. Sie hatte eine kurze, kryptische Notiz hinterlassen, die er immer und überall bei sich hatte, sogar in seiner Zelle.

Liebster,
ich kann die Qual nicht länger ertragen. Ich denke, das Beste für mich, für uns beide, wird sein, dass ich fortgehe. Lange vor unserer Hochzeit habe ich Dir gesagt, dass ich Unglück bringen würde. Meine Träume sind ein Fluch, mit dem ich nicht länger leben kann. Irgendwie bringen sie den Menschen, die ich liebe, Leid, sogar den Tod. Du hast jene Meuterei vor Jahren nur knapp überlebt. Du könntest das, was ich jetzt sehe, nicht überleben. Du weißt, dass ich diese nicht enden wollenden Albträume während des ganzen vergangenen Jahres gehabt habe. Glaube mir, mein Schatz: Es wird eine Gewalttat stattfinden. Viel Blut. Mindestens zwei Menschen werden sterben. Wenn Du nicht auf mich hören und weggehen willst, werde ich es tun.

Ich weiß nicht, wie lange ich Dir fernbleiben werde. Ich werde warten, bis ich eine Botschaft von dort erhalte, wo diese Dinge herkommen. Und versuch mich bitte nicht zu finden, Schatz. Das würde die Dinge nur für alle verkomplizieren. Ich weiß nicht, wo ich hingehen werde, und ich beabsichtige auch nicht, es meiner Familie mitzuteilen, nicht einmal unserem geliebten Motsomi. Ich werde zurückkommen, wenn die Zeit dafür reif ist.

Bis zu dem Tag, an dem er die beiden Männer tötete, war Jean-Jacques von Reue und schlaflosen Nächten gequält worden, in denen er sich vorzustellen versuchte, wo seine Frau hingegangen sein könnte. Versteckte sie sich im Haus in Amiens? Hatte sie Frankreich ganz verlassen? War sie heimlich nach Boston geflohen, wo ihr Sohn Motsomi jetzt als Rechtsanwalt lebte? Wo er auch suchte, Jean-Jacques konnte keine Spur von ihr entdecken, und sie meldete sich auch nicht. Wohin konnte sie nur verschwunden sein, und wann würde sie zurückkommen? Die Fragen hatten ihn gequält und ihn gereizt und unberechenbar gemacht; er hatte sich kaum unter Kontrolle.

Seit seiner Verhaftung hatte er sich geweigert, den Ermittlungsbeamten über sein Motiv für die Morde Rede und Antwort zu stehen. Wie lange konnte er das noch durchhalten? Wie weit konnte er das Spiel, das er spielte, aufrechterhalten? Mit jedem verstreichenden Tag machte er sich mehr Sorgen. Er wusste, dass die Franzosen ihn zum Tod durch den Strick für Doppelmord verurteilen konnten.

Er machte sich auch Sorgen darum, ob seine Geschichte gehört werden würde. Würde man angemessen über den Fall berichten? Er bezweifelte das. Wenn die Geschichte nicht ein möglichst breites Publikum erreichte, wären es die Morde nicht wert gewesen. Obwohl er keine Zeit zum Nachdenken gehabt hatte, bevor er die Männer getötet hatte, würde ihm eine öffentliche Gerichtsverhandlung das Forum geben, das er brauchte, um seine Geschichte mit größtmöglichem Effekt zu erzählen.

Es machte ihm Mut, als er hörte, dass niemand nach den Leichen der von ihm ermordeten Männer gefragt hatte. Tatsächlich hatten die Behörden entdeckt, dass die Männer, die als Stephen Humphrey Monash und William John Scobie aus Australien identifiziert worden waren, nicht die waren, die sie zu sein behaupteten. Ihre Pässe waren gefälscht. Eine riesige Menge Diamanten wurde in ihrem Gepäck im Hotel entdeckt – daher vielleicht die falschen Pässe und der Revolver im Stiefel des Mannes.

Diese Enthüllung würde die Untersuchung unausweichlich hinauszögern. Und das Naheliegendste für Jean-Jacques wäre gewesen, mit den Behörden zu kooperieren und eine Freilassung auf Kaution zu beantragen. Aber würden sie ihm diese überhaupt gewähren, wo seine Papiere ihn doch als Algerier auswiesen, was aus Sicht der Behörden ein Fluchtrisiko bedeutete? Er bezweifelte das. Wenn der Fall die größtmögliche Öffentlichkeit erhielt, könnte das die Entscheidung des Gerichts beeinflussen, dachte er. Er wusste es nicht. Er lebte nur von der Hoffnung. Hoffnung, dass die Geschichte, die er vor Gericht erzählen würde, genug mildernde Umstände enthalten würde.

Dann bekam er eines Tages zwei unerwartete Besucher.

»Wer sind sie?«, fragte er den Wachmann, der ihn zum vorderen Raum begleitete, wo Untersuchungsgefangene ihre Besucher trafen. »Wie sehen sie aus?« Könnte es die Militärpolizei sein? Wie hatten sie ihn aufgespürt? Warum jetzt, nach so vielen Jahren? Soweit er wusste, war kein Foto von ihm in den Zeitungen aufgetaucht. Und selbst wenn, hatte sich sein Äußeres über die Jahre hin völlig verändert. »Wie sehen sie aus?«, wiederholte er.

»Der eine ist Franzose, der andere klingt ... wie ein Engländer.«

»Schwarz? *Weiß?*«

»Der Franzose ist *weiß*, der andere Schwarz. Der Schwarze sagt, er sei Ihr Arzt, der Franzose sagt, er sei Ihr Anwalt oder so.«

Wenn das Angehörige der Militärpolizei waren, dann würden sie ihn einfach mitnehmen. Er würde sich ihnen stellen, entschied er, aber er würde das Gebäude nur in einem Leichensack oder einem Sarg verlassen.

Als er den Besucherraum betrat, summte Jean-Jacques' Körper wie eine Maschine, sein Geist war hellwach, seine Muskeln kribbelten vor Erwartung.

»Uijuijui, Bruder, schau dich an!«, rief eine vertraute Stimme. Jean-Jacques drehte sich um und war überrascht, seinen Freund Jerry Moloto zu erblicken. Tränen der Erleichterung und Freude traten Jean-Jacques in die Augen.

Er sagte beinah flüsternd auf Sesotho: »Bruder! Was machst du hier?«

»Entspann dich, Bruder, entspann dich. Ich denke, du brauchst mich, du brauchst meinen Freund hier. Die Welt muss deine Geschichte erfahren, bevor es zu spät ist. Deine Geschichte zu erzählen kann dein Leben retten.«

Die drei folgten dem Wachmann, der sie zu drei unbequemen Stühlen führte und sich dann diskret zurückzog.

»Du warst der Letzte, den ich erwartet habe, mein Bruder«, sagte Jean-Jacques. »In Anbetracht deines Einwanderungsstatus dachte ich, du würdest nichts mit offiziellen Stellen zu tun haben wollen.«

Jerry wechselte zu Englisch, redete aber sehr leise. »Mein Bruder, das hier ist Monsieur Thierry Bousquet. Er ist Journalist und Autor.«

Sie gaben sich die Hand. Jerry fuhr fort: »Wir haben nicht viel Zeit, um mit dir zu sprechen, lass uns deshalb gleich zur Sache kommen. Thierry und ich haben deine Lebensgeschichte in groben Zügen aufgeschrieben. Wir haben schon viele Aspekte angesprochen ...«

»Was zum Teufel macht ihr da? Ihr könnt doch meine Lebensgeschichte nicht veröffentlichen ...«

»Warte, lass mich erklären. Uns ist sehr wohl bewusst, dass wir deine Erlaubnis brauchen, um weiterzumachen und um etwas zu veröffentlichen. Deshalb sind wir hier. Aber wir haben in erster Linie deshalb daran gedacht, deine Geschichte aufzuschreiben, weil wir helfen wollten, eine Verteidigung für dich aufzubauen. Zugegeben, wir sind keine Juristen, deshalb brauchen wir eine gute Beratung.«

Jean-Jacques seufzte und lehnte sich zurück. »In Ordnung, sprich weiter.«

»Also, ich weiß, dass dein Schwager Sebastien eine der größten Anwaltskanzleien hier führt. Aber ich weiß auch, dass du ihm nie deine vollständige Lebensgeschichte erzählt hast. Da ich mit Thierry seit deiner Verhaftung an dieser Geschichte gearbeitet habe, glaube ich, dass wir Sebastien nützlich sein könnten. Wir könnten alle eventuellen Lücken in deiner Geschichte füllen – vorausgesetzt, du beauftragst ihn als deinen Anwalt, heißt das.«

»Ich habe nicht mit ihm gesprochen.«

»Was soll das heißen, du hast nicht mit ihm gesprochen?«

»Er ist nicht hier gewesen.«

»Was? Wer ist dann hier gewesen?«

»Keiner.«

»Scheiße. Warum nicht?«

Jean-Jacques zuckte mit den Schultern. Er hatte keine Ahnung, warum sein Schwager, einer der angesehensten Anwälte der Stadt, ihn seit seiner Verhaftung nicht besucht hatte. Hatte Marie-Thérèse ihn angewiesen, wegzubleiben? War er jetzt ein Ärgernis für die Familie?

»Mein Bruder«, fuhr Jerry behutsam fort, »hoffentlich bist du mir nicht böse, doch ich möchte wissen, warum du diese Männer getötet hast. Wer sind sie?«

»Rate mal. Ich habe dir meine Geschichte so oft erzählt, dass du zwei und zwei zusammenzählen können müsstest.«

»Sind es Angehörige der Militärpolizei?«

»Das könnte man so sagen.«

»Wie hast du gewusst, dass es Militärpolizisten waren? Haben sie gesagt: *Sie sind verhaftet?*«

»Nein. Wenn sie nicht begonnen hätten, Afrikaans zu sprechen, hätte ich sie nicht wiedererkannt. Als einer der beiden anfing, sich auf Afrikaans beleidigend über mich zu äußern, konnte ich meine Neugier nicht unterdrücken. Ich musste ihnen ins Gesicht sehen. Und stell dir vor, da schaut mir Offizier Haig direkt ins Gesicht. Er griff nach dem Messer, doch ich bin ihm zuvorgekommen. Keine Zeit nachzudenken. Es war der reine Instinkt.«

»Was war mit dem anderen Kerl, wer war der?«

»Das weiß ich nicht. Ich habe ihn nur getötet, weil er versucht hat, mich mit einer Pistole zu bedrohen«, erklärte Pitso, unruhig auf seinem Stuhl herumrutschend.

»Eine Pistole? Das habe ich nicht gewusst.«

»Ja, er hatte eine Pistole in seinem Stiefel versteckt.«

»Verdammt, Bruder. Aber du steckst immer noch in der Scheiße. Knietief. Erzähl mir jetzt, wie hat die südafrikanische Regierung darauf reagiert?«

»Diese Scheißkerle reisten inkognito. Falsche australische Pässe.«

»Die Story wird mit jedem Tag besser ...« Thierry ließ sich zum ersten Mal hören.

Jean-Jacques sagte: »Um das weitere Vorgehen festzulegen, Gentlemen, schlage ich vor, dass ihr Sebastien in meinem Namen kontaktiert. Sagt ihm, ihr habt mein Einverständnis, mit ihm zusammenzuarbeiten, und bittet ihn, sich mit mir in Verbindung zu setzen. Ich bin ganz allein. Meine Frau ist irgendwo da draußen in der Welt ...« Er machte eine Pause und dachte kurz nach. »Warum interessiert ihr beide euch überhaupt so sehr dafür?«

»Komm schon, Mann, ich bin dein Bruder. Ich sollte mich für dich einsetzen. Diese Geschichte muss ein für alle Mal an die Öffentlichkeit kommen.«

»Jerry, ich kenne dich. Was ist in diesem Fall noch von Interesse? Ist damit Geld zu machen?«

Jerry sah zu Boden. »Mein Freund, natürlich muss ein Bruder essen. Thierry wird eine Serie in seiner Zeitung veröffentlichen. Und daraus wird ein Buch – deine Lebensgeschichte. Wir teilen uns die Einnahmen. Mann, es ist doch nicht so, als würde ich mir dein letztes Stück Brot einverleiben. Ich helfe dir. Die Leute müssen langsam mitbekommen, wer du wirklich bist, kein ›Mohr‹, der völlig grundlos durchgedreht ist.«

Jean-Jacques lachte laut heraus. »Ich wusste es. Hast du dich um meine Dokumente und Zeichnungen gekümmert?«

»Natürlich.«

»Hören Sie, Thierry, wenn ihr beiden mit meinem Schwager geredet habt, kommt bitte wieder und lasst uns das weiter besprechen. Ich weiß alles, was ihr bis jetzt getan habt, zu schätzen.« Er erhob sich.

»Warte!«, sagte Jerry. »Unsere Besuchszeit ist noch nicht vorbei.«

Doch Jean-Jacques ging eilig in Richtung seiner Zelle, die Wachmänner folgten ihm.

Drei Wochen später war der Name Jean-Jacques Henri wieder in den Schlagzeilen. Sein Mordprozess sollte beginnen. Es sollte ein in der Öffentlichkeit sehr beachteter Prozess werden. Das Palais de Justice war brechend voll – mit Journalisten, Stammkunden des Tour d'Argent und neugierigen Parisern.

Jean-Jacques schritt zum Zeugenstand.

»Sie dürfen sich setzen, Monsieur«, sagte der Gerichtsdiener.

»Ich stehe lieber, Monsieur, wenigstens bis der Richter hereinkommt.«

Während er so dastand, fing er an, rhythmisch auf das Holzpult zu trommeln. Dann begann er einen Sprechgesang, der allmählich lauter und schneller wurde: »*Abelungu oswayini, basincintsh'itiye basibize ngoswayin'* – *Weiße* sind Schweine; sie verweigern uns Tee und nennen uns Schweine.«

»Das dürfen Sie nicht tun«, sagte der Gerichtsdiener und berührte seinen Schlagstock.

Doch Jean-Jacques ignorierte ihn. Er fuhr mit dem Sprechgesang fort. Die Besucher auf der Galerie verstummten, gebannt vom eindringlichen Gesang des Mannes.

»Abelungu oswayini, basincintsh'itiye basibize ngoswayin'.«

Er war wieder in den Wäldern von Arques-la-Bataille und fällte Bäume, brach Steine im Steinbruch, leistete seinen Anteil am Kriegsdienst.

Er trat aus dem Zeugenstand. Der Gerichtsdiener versuchte ihn aufzuhalten, besann sich dann anders und griff nach seinem Schlagstock. Er packte ihn fest – doch er machte den Weg frei und gestattete Jean-Jacques, zu dem freien Platz vor dem Richterpult zu gehen, das auf einer erhöhten Plattform stand. Als Jean-Jacques den Blick über die Menge schweifen ließ, bekam er flüchtig Jerrys vertrautes Gesicht zu sehen, daneben Thierry, mitten in einer Schar erwartungsvoller Journalisten. Dem leeren Richterpult zugewandt, hob Jean-Jacques dann seine Hände in die Luft, beugte die Knie, bereit zu tanzen.

Immer noch *»Abelungu oswayin'«* singend, reckte er die Arme hoch, drehte sich zweimal im Kreis und stampfte dann rhythmisch mit den Füßen auf die hölzernen Dielenbretter. Mit jedem Stampfen der Füße schrie er laut: *»AJI! AJI!«*

Während er stampfte, ließ er seine Stimme über das aufgeregte Gemurmel von der Besuchergalerie schweben. »Sie mögen mir die Mannesehre geraubt haben, sie mögen mir ein Gewehr verweigert haben, sie mögen über die Gründe, warum sie mich nach Europa geholt haben, gelogen haben, sie mögen mich auf die Küche beschränkt haben, auf Baumfäller- und Steinbrucharbeiten, aber sie konnten mich nicht daran hindern, den Tanz des Todes zu tanzen. Heute tanze ich den Tanz des Todes, ich erzähle meine Geschichte. Ob ich sterben werde oder nicht, spielt keine Rolle mehr. Niemand kann mir meinen eigenen Todestanz verwehren – *Abelungu oswayin'!*«

Als der Richer aus einer Seitentür auftauchte, rief der Gerichtsdiener: »Ruhe im Gerichtssaal! Ruhe! Ruhe!«

Jean-Jacques verbeugte sich respektvoll vor dem Richter, hörte aber nicht auf, zu singen und zu tanzen. »Ich weiß, dass ich sterben werde. Ich hätte auf diesem Schiff sterben sollen. Hätte dort draußen in Dieppe durch deutsche Kugeln sterben sollen. Ich hätte sterben sollen, bevor ich geboren wurde.«

»RUHE! RUHE!«

»Ich hätte viele Male sterben sollen. Was hat der Tod jetzt also noch für eine Bedeutung? Aber meine Geschichte muss gehört werden.«

»RUHE! RUHE!«

»Ich tanze meinen Todestanz. Keiner kann ihn mir wegnehmen. Dieser Todestanz ist meine Wahrheit. Sie haben dafür gesorgt, dass ich meinen Speer und meinen Schild vor so vielen Jahren in der Heimat zurückgelassen habe. Ich werde also mit meinen Worten kämpfen, ich werde meine Worte zu Kugeln machen. Dieser Tanz ist meine Geschichte, mein Erbe, meine Erzählung, die sie zu unterdrücken versucht haben. Das ist mein Todestanz, mein Tanz des Todes, mein Tanz der Wahrheit.«

Wie die Männer auf der *Mendi* tanzte er, das rhythmische Stampfen der Füße wurde mit jeder Bewegung schneller. Stampf-stampf! Stampf-stampf!

ANMERKUNG DES AUTORS

Die Geschichte vom Untergang des Dampfschiffs *Mendi* hat mich verfolgt, seit ich ein Kind war. Anders als viele Erzählungen der Kindheit hörte ich diese Geschichte nicht aus dem Mund meines Großvaters väterlicherseits oder meiner Großmutter mütterlicherseits, die beide meine Fantasie durch ihre Erzählungen prägten; diese Geschichte kam zuerst durch das Medium Musik zu mir.

Im frühen Teenageralter war ich Mitglied des Ingede-Grundschulchors. Wir sangen Stücke sowohl von europäischen als auch von afrikanischen Komponisten für Chormusik – von Händel bis R. T. Caluza, von Haydn bis Myataza. Wir sangen auf isiZulu, meiner Muttersprache, auf Sesotho, isiXhosa und sogar Englisch, was eine für uns so fremde Sprache war, dass wir, obwohl wir diese ausländischen Lieder mit Begeisterung und Selbstvertrauen sangen, die meiste Zeit nicht wussten, wovon sie handelten. Wir konzentrierten uns einfach auf die Noten, auf die Musik und mühten uns mit den fremden Wörtern ab.

Dann wurde uns ein schwermütiger Trauergesang nähergebracht, *Amagorha eMendi*. Komponiert hatte das auf isiXhosa geschriebene, kurze, bewegende Musikstück Jabez Foley, einer der berühmtesten Schwarzen Komponisten, zum Gedächtnis an die mehr als sechshundert Männer, die mit der *SS Mendi* vor der Küste der Isle of Wight untergegangen waren.

Dieses Lied hatte ich verinnerlicht und fing nun an, mir weitere Geschichten über diese Soldaten anzuhören. Vielleicht waren diese Geschichten schon immer im Umlauf gewesen – sie hatten nur damals für mich noch keinen Sinn ergeben. Das Lied hatte das Leben dieser Männer in einen Kontext gestellt und menschlich verständlich gemacht.

Als ich in die neunte Klasse kam und anspruchsvolleren Unterricht in südafrikanischer Geschichte erhielt, wurde der Untergang des Dampfschiffs *Mendi* wieder erwähnt. Doch das war nur eine Fußnote zu Südafrikas Beteiligung am Krieg. Die Ahnen, die mir und meinen Klassenkamerad*innen durch die Seiten dieses Buches zuflüsterten, schwiegen sich darüber aus, warum Schwarze Männer sich für einen Krieg anwerben ließen, der zuallererst ganz sicher nicht der ihre war. Warum wollten sie ihr Schicksal mit der britischen Krone verknüpfen, der Regierung, die vor nicht allzu langer Zeit den *Native Land Act* von 1913 in Kraft gesetzt hatte, der die Schwarze Bevölkerungsmehrheit auf dreizehn Prozent des Landes beschränkt hatte? Ebendie Krone, die ihnen zahllose Steuern auferlegt hatte? Die Krone, die der Nagel zum Sarg des Zulu-Königreichs gewesen war, dem letzten derartigen Gebilde auf dem Subkontinent? Warum sollten sie ein Regime unterstützen, das ihnen fortwährend das Wahlrecht verweigert hatte, das ihnen eine Mitsprache in den Angelegenheiten der *Native* Gemeinschaft verweigert hatte, wie die Schwarzen damals noch genannt wurden?

Jahre danach, als ich schon Journalist und Romancier geworden war, merkte ich, dass sich die Geschichte der *Mendi* in meiner Psyche festgesetzt hatte. Sie ließ mich einfach nicht in Ruhe. Mir wurde klar, um mich von den *Mendi*-Dämonen zu befreien, musste ich die Geschichte ein für alle Mal aufschreiben. Aber wo beginnen? Gab es noch Überlebende? Wie sollte ich sie ausfindig machen? Man stelle sich meine Begeisterung vor, als ich 2004 zufällig ein Buch von Norman Clothier mit dem Titel *Black Valour – The South African Native Labour Contingent, 1916–1918 and the Sinking of the Mendi* entdeckte!

Ich verschlang das 177-Seiten-Buch in einem Zug und schrieb danach für die Zeitung *Rapport* eine Rezension. Ein Jahr danach wurde ich zusammen mit John Battersby von *The Sunday Independent* und Chris More vom *Sowetan* von der französischen Regierung (vom Außenministerium, um genau zu sein) zu einem zweiwöchigen Briefing über die revidierte Außenpolitik dieser Regierung mit besonderem Augenmerk auf Afrika eingeladen. Während unseres Aufenthalts dort wurden wir, ohne dass wir darauf gedrungen hätten, die ganze Strecke von Paris bis zur Küste chauffiert, wo uns südafrikanische Kriegsgräber gezeigt wurden. Und dort, in Dieppe, wurden wir besonders auf die Gräber einiger Mitglieder des Native Labour Contingent hingewiesen. Zufall? Schicksal?

Nachdem ich die Kriegsschauplätze und die Gräber gesehen hatte, begann ich darüber nachzudenken, Clothiers Buch weiterzuführen – indem ich die persönlichen Geschichten dieser Männer zum Leben erweckte; indem ich so etwas wie ein Epos zur Erinnerung an ihre Selbstlosigkeit und ihren Mut schuf. Es ist kein Zufall, dass Südafrikas höchster Orden für Tapferkeit der Mendi-Orden ist. Die Geschichte der *Mendi* wohnt im Herzen unserer Nation, doch wir müssen diesem Narrativ noch gerecht werden. Das ist mein bescheidener Beitrag zu diesem Bemühen.

Clothiers Buch, das inzwischen leider vergriffen ist, war mir nicht nur Inspiration, sondern auch ein Leuchtturm, der mich immer wieder auf Kurs zu bringen half, wenn ich mich im Meer dieser umfangreichen, ausgedehnten Erzählung verirrte. Clothier bot mir festen Halt, wies mich aber auch auf weitere Quellen hin, die enorm hilfreich waren, um die Dinge in die richtige Perspektive zu rücken und die Geschichte im angemessenen Kontext zu begreifen. Falls ich die Quellen falsch verstanden und interpretiert haben sollte, ist das meine Schuld.

»Jantoni«, auf den auf S. 61 Bezug genommen wird, spielt auf John Dunn an, einen *weißen* Jäger, der von König Cetshwayo, dem letzten unabhängigen Herrscher der Zulu, beherbergt wurde, nur um seinen Beschützer zu verraten und sich später selbst zum *weißen* Zulu-Chief auszurufen und Hunderte Zulu-Jungfrauen zu heiraten.

Die auf S. 239 zitierten Zeilen stammen aus einem Brief von Captain Louis Hertslet, der in Norman Clothiers *Black Valour* enthalten ist (S. 50). Die Rede des Königs auf S. 254 f. ist ebenfalls Clothiers Buch (S. 140) entnommen, desgleichen die Protokolle von Aclands und Stumps Dialog auf S. 258 f. (S. 86–88).

Auf S. 206 ff. stehen die Zeilen: »Brüder, wir tanzen den Tanz des Todes. Ich, ein Xhosa, sage, ihr seid meine Brüder. Swazis, Pondos, Basutos, wir sterben als Brüder. Wir sind die Söhne Afrikas.« Diese Ansprache wird in mündlichen Berichten vom Untergang der real existierenden Persönlichkeit Reverend Isaac Wauchope Dyobha zugeschrieben. Sie wurde in verschiedenen Texten zitiert.

Einzelheiten zum 20. Februar 1917, die auf S. 257 f. aufgeführt werden, stammen aus dem *Wreck Report for Mendi and Darro, 1917*, wie er zu finden ist unter: https://plimsoll.southampton.gov.uk/SOTON_Documents/Plimsoll/21285a.pdf [abgerufen im Oktober 2022].

Stimela Jason Jingoes, auf den auf S. 265 f. Bezug genommen wird, war eine reale Person. Sein Bericht über das Leben mit dem Arbeitskontingent ist festgehalten in *A Chief is a Chief by the People: An Autobiography of Stimela Jason Jingoes* (London: Oxford University Press 1975), dem einige der zitierten Äußerungen entnommen sind.

Ich bin Professor Bill Nasson und Professor Albert Grundlingh zu Dank verpflichtet, die beide an der Stellenbosch University Geschichte unterrichteten, als ich am Roman arbeitete. Sie haben ihre Kenntnisse über den Südafrikanischen Krieg und den Untergang der *Mendi* durch ihre Schriften und informelle Gespräche mit mir geteilt. Darüber hinaus möchte ich mich herzlich bedanken beim Stellenbosch Institute for Advanced Study, wo einige Kapitel dieses Buches entstanden. Vielen Dank, Professor Hendrik Geyer und Team.

Dieses Buch wäre wahrscheinlich nicht vollendet worden ohne die großzügige und beflügelnde Hilfe meiner Kolleginnen und Kollegen an der Wits University (MA Creative Writing, Seminar 2013/14). Ich danke insbesondere meinem Betreuer Dr. Christopher Thurman und dem Initiator des Programms

Dr. Gerrit Olivier, die mich sanft, doch bestimmt wieder auf Kurs brachten, wenn ich vom Reiz der Erzählung auf Kosten der historischen Genauigkeit verführt wurde. Mein uneingeschränkter Dank gilt auch Dr. Michelle Adler, ebenfalls Wits University, und Professor Michael Green von der Northumbria University für ihre gründlichen und konstruktiven Kommentare zum Manuskript.

Ich verbeuge mich vor Dr. Danyela Demir von der Universität Augsburg und Dr. Meg Samuelson von der University of Cape Town für ihre detaillierten Reaktionen auf meinen ursprünglichen Text. Ich danke Professor Zakes Mda *(Enkosi Gatyeni)*, Professor Kgomotso Michael Masemola *(Nazo-ke mf'ethu!)* von der University of South Africa und Dr. Grace Musila von der Stellenbosch University für ihren Glauben an das Vorhaben.

Meine Frau Nomvuzo war quasi Witwe, während ich dieses Buch geschrieben habe – *Enkosi, MaMgebe omhle!* Ich danke meinem Sohn Vusisizwe Freddy The Famous dafür, dass er meinen sehr langen und stellenweise weitschweifigen ersten Entwurf gelesen und mir ehrliches, ausführliches Feedback gegeben hat. Sohn, du bist großartig!

QUELLEN UND WEITERFÜHRENDE LITERATUR

CLOTHIER, N.: *Black Valour – The South African Native Labour Contingent, 1916–1918 and the Sinking of the Mendi.* Pietermaritzburg: University of Natal Press 1987

Commonwealth War Graves Commission: *Let Us Die Like Brothers.* Film, London, 2006

GRUNDLINGH, A.: »Mutating Memories and the Making of a Myth: Remembering the *SS Mendi* Disaster 1917–2007«, in: *South African History Journal*, Bd. 63, Heft 1, 2011

KAY, J.: *The Lament of the SS Mendi.* Radiodokumentation, BBC Radio 4, London, 19. November 2008

KESSLER, S.: *The Black Concentration Camps of the Anglo-Boer War 1899–1902.* Bloemfontein: The War Museum of the Boer Republics 2012

MORRIS, W.: *Off The Record.* Animierter Kurzfilm, Flandern, The History Channel, 2008

NASSON, B.: *Uyadela wen'osulapho: Black Participation in the Anglo-Boer War.* Johannesburg: Ravan Press 1999

Ders.: *The War For South Africa: The Anglo-Boer War (1899–1902).* Cape Town: Tafelberg 2010

PERRY, J. und C. (Hg.): *A Chief is a Chief by the People: The autobiography of Stimela Jason Jingoes.* London: Oxford University Press 1975

Wreck Report for Mendi and Darro, 1917: https://plimsoll.southampton.gov.uk/SOTON_Documents/Plimsoll/21285a.pdf; http://www.delvillewood.com/sinking2.htm [beide abgerufen im Oktober 2022]

FRED KHUMALO ist Journalist und Autor von aktuell elf Büchern. Er studierte an der Universität Witwatersrand in Johannesburg und schreibt für verschiedene Magazine in Südafrika, Kanada und Großbritannien. Für seine Romane hat er zahlreiche Auszeichnungen erhalten, u. a. den European Union Literary Award (seit 2015: Dinaane Debut Fiction Award). Seine Autobiographie (*Touch My Blood: The Early Years,* 2006) wurde von James Ngcobo als erfolgreiche Bühnenproduktion adaptiert. Neben seinen Sachbüchern und Romanen ist Fred Khumalo insbesondere bekannt für seine Kurzgeschichten.

CHRISTIANE SEIDEL übersetzt seit 50 Jahren Literatur aus dem Englischen.

BEFORE YOU GO ...
SPRACHE. MACHT. WIRKUNG.

Schwarz und *weiß* bezeichnen hier keine (Haut-)Farben, sondern Positionen und Identitäten innerhalb eines rassistischen Systems. »Schwarz« ist eine politische Selbstbezeichnung für Personen, die von rassistischer Diskriminierung betroffen sind. Sie ist Ausdruck des langen Widerstandskampfes gegen rassistische Fremdbezeichnungen und wird großgeschrieben, um sie von der adjektivischen Farbbezeichnung zu unterscheiden und die politische Identität des Begriffes herauszustellen.

Dem gegenüber werden Menschen, die keine rassistische Diskriminierung erleben als *weiß* bezeichnet. *»Weiß«* wird im Schriftbild kursiv formatiert und anders als »Schwarz« kleingeschrieben, sofern es nicht am Satzanfang oder als Nomen vorkommt, um die konstruierte Eigenschaft der Kategorie und die privilegierte Position innerhalb rassistischer Machtstrukturen zu betonen und um wiederum die Unterscheidung zur Farbbezeichnung herzustellen.